HEYNE
BÜCHER

Von Johanna Lindsey sind
als Heyne-Taschenbücher erschienen:

Zorn und Zärtlichkeit · Band 01/6641
Wild wie der Wind · Band 01/6750
Die gefangene Braut · Band 01/6831
Zärtlicher Sturm · Band 01/6883
Das Geheimnis ihrer Liebe · Band 01/6976
Wenn die Liebe erwacht · Band 01/7843
Herzen in Flammen · Band 01/7746
Stürmisches Herz · Band 01/7843
Auf den Wogen der Leidenschaft · Band 28/53
Geheime Leidenschaft · Band 01/7928
Lodernde Leidenschaft · Band 01/8081
Auf den Wogen der Leidenschaft/Paradies der Leidenschaft/
Wildes Liebesglück · Band 23/34
Liebe unter heißer Sonne/Die Sprache des Herzens/
Sündige Liebe · Band 23/43
Wildes Herz · Band 01/8165
Sklavin des Herzens · Band 01/8289

JOHANNA LINDSEY

FESSELN DER LEIDENSCHAFT

Roman

Deutsche Erstausgabe

WILHELM HEYNE VERLAG
MÜNCHEN

HEYNE ALLGEMEINE REIHE
Nr. 01/8347

Titel der Originalausgabe
DEFY NOT THE HEART
Aus dem Amerikanischen übersetzt
von Ingeborg Salm-Beckgerd

Printed in Germany 1991
Umschlagillustration: Elaine Duillo/Schlück
Umschlaggestaltung: Atelier Ingrid Schütz, München
Satz: IBV Satz- und Datentechnik GmbH, Berlin
Druck und Bindung: Elsnerdruck, Berlin

ISBN 3-453-05276-5

1

Schloß Clydon, England, 1192

Bum! Wieder und wieder – bum! Das dumpfe Dröhnen des Sturmbocks übertönte das lärmende Durcheinander hinter der Brustwehr, es übertönte die Todesschreie der von Pfeilen Getroffenen im Außenhof und den hämmernden Schmerz in Reina de Champeneys Kopf. Und wieder: bum!

Der Angriff hatte zu überraschend stattgefunden. Reina war von dem Ruf »Zu den Waffen!« geweckt worden. Da war der Außenhof dem Verrat bereits anheimgefallen. Der angebliche Pilger, dem sie in der vorhergehenden Nacht Obdach gewährt hatte, war ein Betrüger. In der Morgendämmerung hatte er das Außentor geöffnet und ein kleines Heer hereingelassen. Gott sei Dank hatte Reina den Kettensteg im Innenhof und im Wohntrakt nicht heruntergekurbelt, sonst hätte sie von der Brustwehr über dem Pförtnerhaus her keine Verteidigung dirigieren können. Das war aber auch alles, wofür sie dankbar sein konnte.

Die angreifende Armee bestand wohl kaum aus mehr als hundert Männern, aber Clydon hatte für ein Schloß seiner Größe monentan viel zu wenig Soldaten zur Verfügung. Nachdem Reinas Vater den Bestand dezimiert hatte, um das Heer aufzufüllen, das er zum Kreuzzug mitnahm, waren nur fünfundzwanzig Männer zurückgeblieben, die nicht einmal alle anwesend waren. Zwanzig bewaffnete Soldaten und zehn Armbrust- oder Bogenschützen hielten die Stellung. Doch mindestens sechs von ihnen waren inzwischen tot oder vor dem Außenwall eingeschlossen. Die Angreifer gaben sich nicht die Mühe, sich zu schützen, denn sie trafen auf keinen geschickten Bogenschützen, der ihre Flanken bedroht hätte.

»Mehr Öl in das Feuer!« rief Reina einem der Diener zu, die alle zur Verteidigung abkommandiert worden waren. »Wir brauchen das kochende Wasser jetzt und nicht dann, wenn das Tor nachgibt!«

Sie beugte sich über die Brustwehr und sah gerade noch, wie ein mächtiger Felsbrocken mindestens einen Meter neben dem Rammbock zu Boden krachte und anschließend in den trockenen Wassergraben unter der Mauer rutschte, ohne Schaden angerichtet zu haben. Reina warf Theodric, ihrem vertrautesten Diener, einen mörderischen Blick zu. Der schlaksige Achtzehnjährige hatte darauf bestanden zu helfen, obwohl Reina ihn nach unten schicken wollte, nachdem er ihre Rüstung heraufgebracht und sie ihr angelegt hatte.

»Idiot!« schrie sie ihn verärgert an. »Du solltest den Sturmbock zerstören und nicht nur Staub aufwirbeln!«

»Diese Felsbrocken sind schwer!« gab Theodric zornig zurück, als könne das seine Verschwendung der Wurfgeschosse entschuldigen.

»Ja, und du hast nicht die Kraft, sie hochzuheben, deshalb geh und tu das, was du tun kannst, Theo. Wir brauchen hier mehr Wasser, um es schnell zu kochen, und eine weitere Feuerstelle. Die Zeit wird knapp.«

Sie drehte sich um, ehe sie sah, ob er seinen brennenden Stolz hinunterschlucken und ihren Befehl ausführen würde. Da stieß sie den kleinen Aylmer beinahe um, der sich an ihre Seite geschlichen hatte. Der siebenjährige Junge schlang die dünnen Ärmchen um ihr Bein, um nicht zu stürzen. Reina blieb das Herz fast stehen, denn das Kind hätte direkt über die Mauer fallen können, zumal es mit seinem verkrüppelten Fuß das Gleichgewicht nur schlecht halten konnte.

»Was machst du hier?« schrie Reina. Sie war wütend, weil Aylmer sie so erschreckt hatte.

Sofort stiegen Tränen in die braunen Augen, die zu ihr aufblickten, und bewirkten, daß auch Reinas Augen feucht wurden. Nie zuvor hatte sie den Jungen angeschrien, nie etwas anderes als ein liebevolles Wort für ihn übrig gehabt – oder eine weiche Schulter, an der er seinen Schmerz ausweinen konnte. Für ihn war sie wie eine Mutter, da er als Waise zu niemandem gehörte und die Zinsbauern ihn ohne Ausnahme wegen seines verkrüppelten Fußes ablehnten. Er war nur ein Sklave, aber Reina hatte ihn durch so viele Kinderkrankheiten hindurchgerettet, daß sie ihn nun wie ihr eigenes Kind beschützte und umsorgte.

»Ich möchte dir helfen, Herrin«, antwortete Aylmer.

Reina kniete vor ihm nieder, um die Tränen von seinen rußverschmierten Wangen zu wischen. Sie hoffte, daß das Lächeln, das sie ihm nun schenkte, ihrer vorangegangenen Grobheit die Schärfe nahm. »Ich bin froh, daß du gekommen bist, Aylmer«, log sie und schob ihn in eine Position, in der ihr gepanzerter Rücken sich zwischen dem Jungen und den Pfeilen befand, die über die Mauer schwirrten. »Ich bin so schnell hier heraufgeeilt, daß ich keine Zeit fand, meinen Damen im Wohntrakt die nötigen Anweisungen zu geben. Geh du und sag Lady Alicia, sie soll Bandagen für die Verwundeten zurechtschneiden und bereitlegen. Bleib bei ihr und der Dame Hilary und hilf ihnen, soweit du kannst. Und, Aylmer...«, fügte sie mit einem gezwungenen Lachen hinzu, »... versuche die jüngeren Damen davon zu überzeugen, daß es noch keinen Grund gibt, sich zu ängstigen. Du weißt ja, wie töricht sie sein können.«

»Ja, Herrin. Es sind doch nur Mädchen.«

Und du bist nur ein Junge, dachte sie zärtlich, während sie ihn beobachtete, wie er zu der Leiter humpelte. Sein Stolz war wenigstens noch intakt. Wenn sie nur Theodric ebenso leicht vom Schauplatz hätte entfernen können! Sie sah, wie er einem anderen Mann half, den großen Kessel mit kochendem Wasser über die Mauer zu kippen, und öffnete den Mund, um ihn zurückzurufen, da flog ein Pfeil haarscharf an ihrer Wange vorbei. In der nächsten Sekunde wurde sie von Aubert Malfed zu Boden gerissen.

»Jesus, meine Lady, Sie wären beinahe...«

»Laß mich los, du Hornochse!« Zornig betrachtete sie Auberts aschfarbenes Gesicht. »Glaubst du, ich bin gern hier? Aber nachdem sich Sir William seit gestern abend krank fühlt – sicher hat ihn dieser falsche Pilger irgendwie vergiftet –, ist außer mir niemand da, der die Verteidigung leiten könnte.«

»Ich kann es.«

»Du kannst es nicht«, widersprach sie, nun etwas weniger verbittert. Wie sehr hätte sie gewünscht, ihm diese schwere Aufgabe übertragen zu können, doch Sir Williams Knappe war erst fünfzehn Jahre alt. Und sie selbst war es gewesen, die erst letzte Woche von Sir William hier oben eine zwar kurze, aber gründliche Verteidigungslektion erhalten hatte, nicht Aubert. »*Mich* wollen sie haben, und mein Schicksal liegt nun in meiner Hand – aber ich danke dir. Wenn sie mich fangen, bin ich selbst schuld, und niemand sonst.«

»Aber bleiben Sie wenigstens von der Mauer weg«, flehte er sie an, während er ihr auf die Füße half.

»Ja, ich... Theo!«

Ihr Schrei ließ die beiden Burschen hochfahren. Theodric warf ihr einen gereizten Blick zu, nachdem er sich mit einem Sprung vor dem überschwappenden Wasser gerettet hatte, das seine Füße zu verbrühen drohte. Als Reina das sah, verlor sie völlig die Beherrschung.

»Zur Hölle mit deinem Stolz, Theo. Verschwinde nach unten – sofort! Ich liebe dich zu sehr, um dich verbrannt oder von Pfeilen durchbohrt zu sehen, nur weil du glaubst, mit deinen mageren Armen die Arbeit eines Mannes verrichten zu können.« Als er sich nicht rührte, brüllte sie: »Auf der Stelle, Theo! Oder ich werde dich, bei Gott, im Wohntrakt in Ketten legen lassen. Und dich auch, Aubert! Hier oben benötige ich Muskelkraft und nicht Babys, die im Weg sind. Euer Schwert ist nutzlos, solange die Angreifer nicht Leitern anlegen, um die Mauern zu stürmen, oder das Tor aufbrechen. Also entfernt euch – und ohne ein weiteres Wort!«

Aubert errötete bei dieser Schelte, weil er wußte, daß Reina recht hatte. Seine Fähigkeiten kamen tatsächlich erst zum Tragen, wenn er dem Feind direkt gegenüberstand. Doch Theodric grinste auf dem Weg zur Leiter. Ohne dieses ›Ich liebe dich zu sehr‹ wäre er zutiefst gekränkt gewesen, doch so konnte er sich nun würdevoll und dankbar zurückziehen. Obwohl er ein Jahr älter war als Reina, wäre er beim ersten Anblick von Blut sowieso sofort in Ohnmacht gefallen, und das wußten sie beide.

Reine seufzte, als die Burschen gegangen waren, und beobachtete, wie das kochende Wasser über die Mauer geschüttet wurde. Ein paar Schreie ertönten von unten, doch gleich darauf dröhnte der Rammbock erneut. Hol sie der Teufel! Wahrscheinlich hatten die Kerle ihre, Reinas, Tiere getötet und deren nasse Felle als schützende Kopfbedeckungen benützt, denn die rohen Häute widerstanden dem Feuer ebenso wie kochendem Wasser. Die Angreifer hatten das Tor der Schmiede herausgerissen und als Brücke über den Graben gelegt. Reina wußte, daß sie auch einen ihrer Wagen als Stütze für den Sturmbock verwendeten, und daß dieser Sturmbock aus einem riesigen Baumstamm bestand, den sie aus Reinas Wäldern geholt hatten.

»Meine Lady?«

Sie drehte sich um und sah sich ihrem Tafelmeister, Gilbert Kempe, gegenüber. Er bot ihr ein Stück Brot, Käse und Wein an. Sein Gewand war durchnäßt, denn er hatte dabei geholfen, den Innenhof unter Wasser zu setzen, obwohl die Angreifer bisher noch keine Flammenpfeile abgeschossen hatten.

»Danke, Gilbert«, sagte sie liebenswürdig und nahm das Essen entgegen, obwohl ihr Magen sich momentan weigerte, irgendwelche Speisen zu akzeptieren.

Beim Dröhnen des Rammbocks zuckte Gilbert zusammen. »Wissen Sie, wer die Leute sind?«

»Sir Falkes' Männer«, erwiderte sie sofort.

Daran hatte Gilbert nicht gedacht, doch der Gedanke beunruhigte ihn nun. »Aber sie tragen keine Farben«, stellte er fest. »Und es befindet sich auch kein Ritter unter ihnen. Zudem sind sie nicht auf eine Belagerung eingerichtet.«

»Stimmt. Sie dachten, leicht hereinzukommen – mit Hilfe ihres Spions. Und beinahe hätte das auch geklappt, wenn nicht jemand den Pilger beobachtet und Alarm geschlagen hätte. Wer, außer Falkes, würde es wagen, mich zu fangen, Gilbert?« Sie senkte die Stimme. »Wer sonst weiß, daß mein Vater tot ist?«

Gilbert schüttelte den Kopf. »Inzwischen kann es jeder wissen. Fast ein Jahr ist vergangen, obwohl wir selbst erst vor vier Monaten von Lord Rogers Tod gehört haben. Glauben Sie, daß keiner von König Richards Gefolgsleuten nach Hause schreibt, so, wie Ihr Vater es getan hat? Und der Graf informierte seinen Kastellan in Shefford über den Verlust seines Vasallen, wie er uns informierte. Wir wissen nicht, was der Kastellan in den vergangenen Monaten herumerzählt hat, eventuell auch über Sie. Hat er nicht erst letzte Woche schriftlich angefragt, wann Sie heiraten werden?«

Das alles entsprach den Tatsachen, doch Reina mochte es nicht gern zugeben. Es fiel ihr noch immer schwer, über den Tod ihres Vaters und die Schwierigkeiten, in die er sie gebracht hatte, zu reden. Sie war so von Kummer überwältigt gewesen, daß sie beinahe einen Monat hatte verstreichen lassen, ehe sie die Briefe schrieb, die ihre Zukunft sichern sollten. Dieser Monat kam sie teuer zu stehen, wie der Angriff auf Clydon nun zeigte. Sie zweifelte nicht daran, daß es sich um einen Versuch Falkes de Rocheforts handelte, sie zu erobern.

»Das mag sein, wie es will«, widersprach sie, »aber du vergißt den Besuch, den Rochefort uns vor vierzehn Tagen abstattete. Hielt er da nicht um meine Hand an? Und als ich ihn abwies – schlich er nicht nachts in mein Zimmer, um mich zu vergewaltigen und auf diese niederträchtige Weise sein Ziel zu erreichen? Wenn Theo meinen Schrei nicht gehört hätte ...«

»Meine Lady, bitte ... Sie brauchen jene unglückselige Nacht nicht zu erwähnen. Tatsächlich könnte der Angriff auf Sir Falkes' Konto gehen, zumal er sicher Rachegefühle hegt, nachdem Sie ihn aus Clydon hinausgeworfen haben. Ich wollte nur darauf hinweisen, daß er nicht der einzige Lord ist, der viel riskieren würde, um Sie zu gewinnen.«

»Ich bin keine reiche Erbin, Gilbert«, erklärte Reina bitter.

Er betrachtete sie mit gefurchter Stirn. »Um einen Grafen zu reizen, vielleicht nicht. Aber ihre vielen Lebensgüter können den zahllosen kleinen und auch größeren Baronen in der Gegend schon begehrenswert erscheinen. Clydon allein wäre schon zugkräftig genug.«

Damit sagte er ihr nichts Neues, aber wiederum mochte sie sich nicht darüber äußern. Sie hätte schon vor zwei Monaten heiraten können, wenn sie mit dem Briefeschreiben nicht so lange gezögert hätte. Sie wußte, in welch einer verletzlichen Lage sie sich befand, nachdem ihr Oberherr, der Graf von Shefford, die Hälfte ihrer Vasallen auf den Kreuzzug mitgenommen hatte. Drei von diesen waren schon tot, wie ihr Vater. Und dieser Überfall auf Clydon hatte sich so rasch abgespielt, daß sie ihren benachbarten Vasallen, Simon Fitz Osbern, nicht hatte benachrichtigen können.

»Die Angreifer könnten auch Gesetzlose aus den Wäldern sein«, fuhr Gilbert fort.

Reina bezwang das Bedürfnis zu lachen, denn sie wollte Gilbert nicht beleidigen, und für einen Moment vergaß sie ihre Furcht. »Diese miesen Ratten würden es nicht wagen.«

»Aber es ist kein Ritter unter ihnen, meine Lady, und kein einziger Mann mit einem Panzer«, gab er zu bedenken.

»Ja, de Rochefort ist zu geizig, um seine Leute ordentlich auszustatten. Nun genug, Gilbert. Es ist egal, wer herein will, solange wir standhalten können.«

Er sagte nichts mehr, denn es fiel ihm nicht ein, mit ihr zu streiten. Als er ging, kehrte Reinas Furcht wieder. Und sie ängstigte sich wirklich. Wenn Clydon nur belagert worden wäre, hätte sie monatelang standhalten können, doch das wäre nicht einmal nötig gewesen. Inzwischen würde Simon kommen, und Lord John de Lascelles würde irgendwann nächste Woche auftauchen – als Reaktion auf ihre Briefe. Doch diese Kerle dort unten schienen zu wissen, daß sie momentan zu wenig Männer um sich hatte. Warum hätten sie sonst sofort angegriffen? Sie waren offenbar entschlossen, sich der Herrin von Clydon zu bemächtigen, ehe Hilfe eintraf, denn so zahlreich waren sie auch wieder nicht, wenn auch bei weitem zahlreicher als Reinas Leute.

Sie hatte alles ihr mögliche getan, doch die Schlacht war halb verloren. Reinas stärkste Verteidigungsanlage war der äußere Wall mit dem breiten, tiefen Graben gewesen. Der Bau einer Brücke hätte den Feind viele Tage gekostet, doch darüber brauchte Reina sich den Kopf nun nicht mehr zu zerbrechen. Der innere Wall war nicht so lang wie der äußere. Er umschloß nur ein Viertel des ganzen Anwesens. Der Wohntrakt lag in einer Ecke und war leichter zu verteidigen, mit vier soliden Türmen, die durch ein zweites, schweres Tor abgesichert waren. Dieses Tor führte zum äußeren Hof und wurde von den Feinden mit ganzer Kraft attackiert.

Reina hatte etwas Zeit gehabt, sich vorzubereiten, nachdem sie die Forderungen der Angreifer gehört und abschlägig beschieden hatte.

Während der Rammbock vorbereitet, die Schmiede auseinandergenommen und Reinas Tiere geschlachtet wurden, um dem Feind sein Eindringen zu erleichtern, hatte Reina alles in die Tat umgesetzt, was sie bei Sir William gelernt hatte. Sie ließ die Waffen prüfen und vorbereiten, Wasser und Sand erhitzen, Stangen zusammensuchen, um Leitern zurückstoßen zu können, und alles Brennbare unter Wasser setzen. Die Diener wurden herbeigerufen. Wenn sie auch nichts vom Kämpfen verstanden, so konnten sie doch Steine werfen, Leitern zurückstoßen und Armbrüste für diejenigen spannen, die damit umzugehen verstanden. Sollte der Rammbock jedoch sein Werk vollenden, würde alles nichts mehr helfen. Dann würde Reina sich nur mehr in den Wohntrakt zurückziehen können – falls ihr die Zeit dazu blieb.

2

Das Miauen weckte ihn. Lady Ella gab ihm zu verstehen, daß sie es nicht schätzte, auf ihr Frühstück warten zu müssen. Ranulf Fitz Hugh streckte seinen langen Arm aus, ohne die Augen zu öffnen, nahm das zerzauste Fellbündel hoch und ließ es auf seinen breiten Brustkorb plumpsen.

»Es ist wohl Zeit, aufzustehen?« Die schläfrige Frage galt der Katze, doch eine Antwort erklang von ungewünschter Seite.

»Mein Herr?«

Ranulf zog den Kopf ein. Er hatte vergessen, daß er am Vorabend nicht nur sein Lieblingstier ins Bett mitgenommen hatte. Die Dirne – eine von mehreren herumziehenden Weibern, die seinen Männern zu Gefallen waren –

rückte näher heran und rieb ihr nacktes Bein an seinem Knie. Ranulf zeigte kein Interesse. Letzte Nacht war die Hure ihm gelegen gekommen, da er Begierde verspürt hatte, doch jetzt war es Morgen, und er mochte nicht gestört werden, wenn er anderes vorhatte.

Er setzte sich auf und verabreichte dem weiblichen Hinterteil einen scharfen Schlag. Gleich darauf streichelte er die betroffene Stelle, um seine Zurückweisung etwas schmackhafter zu machen. »Verschwinde, Weibsbild.«

Sie zog eine Schnute, die ihn nicht beeindruckte. Von den billigen Mädchen mochte sie die hübscheste sein, aber Ranulf tat sich leicht mit Schönheiten. Er konnte sich nicht einmal an den Namen dieser Bettgenossin erinnern, obwohl sie ihm nicht das erste Mal das Lager gewärmt hatte.

Sie hieß Mae, und sie wußte, daß sie vergessen war, sobald man eine Münze hervorgekramt und ihr zugeworfen hatte. Dieser Mann war nicht vergessen. Es war unmöglich, nicht wenigstens hundertmal am Tag an ihn zu denken, denn Mae hatte den Fehler begangen, sich bei ihrem Broterwerb auf Gefühle einzulassen. Sie wußte, welches Verderben das brachte, doch es war zu spät. Sie hatte sich schon verliebt, wie alle Frauen, die je einen Blick auf diesen Typen geworfen hatten. Davon waren auch ihre ›Kolleginnen‹ nicht ausgenommen, die Mae haßten, weil sie die einzige aus der Gruppe war, die Ranulf zu sich rief. Wenn die Huren gewußt hätten, daß er seine Knappen nach ›der Blonden‹ schickte, weil er sich nicht einmal ihren Namen merkte, wären sie nicht so eifersüchtig auf sie gewesen. Doch ihm bedeutete sie nur das, was sie war: eine Käufliche, eine Annehmlichkeit, nicht mehr.

Sie seufzte, als sie ihm nachblickte, wie er nackt das Zelt verließ, um seine Notdurft zu verrichten. Wie die meisten Männer dachte er sich nichts bei der Zurschaustellung seiner Nacktheit, solange nicht Damen anwesend waren, die sich daran störten. Huren zählten nicht. Doch Mae vermutete, daß auch Damen nicht allzu entsetzt sein dürften, wenn sie einen Blick auf Ranulf Fitz Hugh erhaschten. Wenige Männer besaßen eine ebenso große wie wohlgeformte Gestalt. Daß Sir Ranulf Damen wie einen kotverstopften Abort mied, war das Pech der Ladys.

Mae erschrak, als ihr bewußt wurde, wieviel Zeit sie mit ihrer Grübelei verschwendet hatte. Sir Ranulf war mit seiner üblichen morgendlichen Verdrießlichkeit erwacht, doch wenn er Mae nun noch in seinem Zelt vorfinden würde, hätte sie eine schaurige Steigerung dieser Verdrießlichkeit zu erwarten.

Ranulf war jedoch an diesem Morgen für seine Verhältnisse gut gelaunt – ein Wunder, soweit es Lanzo Shepherd betraf. Anstatt des üblichen Fußtritts ins Kreuz als Weckritual wurde sein rotes Haar zerzaust, und er bekam Lady Ella zum Füttern in den Schoß gesetzt.

»Glaubst du, daß Mae ihm mehr Befriedigung verschafft hat als sonst?« fragte Lanzo seinen Gefährten, den Knappen Kenric, der bereits sein Leintuch zusammenrollte.

Der ältere Knappe schüttelte den Kopf und sah Ranulf nach, wie er in den Büschen verschwand. »Nein, sie behandelt ihn immer besser als uns alle.« In seinen Worten lag kein Groll.

Die beiden waren wie die anderen Männer daran gewöhnt, daß Frauen kein Auge für sie hatten, wenn Ranulf sich in der Nähe befand. Und Lanzo mit seinen vierzehn Jahren konnte noch nicht viel mitreden, deshalb war es ihm egal.

»Er ist einfach froh, daß er diesen speziellen Auftrag bald erledigt haben wird«, fuhr Kenric fort und richtete seine türkisfarbenen Augen wieder auf Lanzo. »Der alte Brun, der uns für den Job empfohlen hat, meinte, es sei keine große Herausforderung darin, aber du weißt, wie Ranulf es haßt, sich mit Damen abgeben zu müssen.«

»Ja. Searle glaubte, er würde den Auftrag gar nicht übernehmen.«

»Nun, er hat ihn auch noch nicht endgültig übernommen. Jedenfalls hat er Lord Rothwells Geld bis jetzt noch nicht angerührt, wenn er auch Rothwells Männern erlaubt hat, uns zu begleiten.«

»Sie haben uns nur aufgehalten. Aber ich verstehe nicht, warum...«

»Ihr klatscht wohl wieder wie kleine Mädchen?«

Lanzo errötete und richtete sich hastig auf, doch Kenric grinste nur, während Searle und Eric sich zu ihnen gesellten. Beide Männer waren erst kürzlich zum Ritter geschlagen worden. Ranulf hatte das mit dem letzten Lord, der sie angeheuert hatte, vereinbart – anstelle einer Bezahlung. Er hätte sie auch selbst zum Ritter schlagen können, doch er wollte ihnen etwas von der Feierlichkeit dieser Zeremonie vermitteln und ihnen fremde Zeugen gönnen, nicht nur seine eigenen Männer. Sie waren beide achtzehn Jahre alt. Searle von Totnes war größer, blond, mit fröhlichen, hellgrauen Augen; Eric Fitzstephen hatte Haare, die so schwarz schimmerten wie die von Kenric, und tiefliegende Haselnußaugen, die ihm ständig einen schläfrigen Ausdruck verliehen. Die beiden befanden sich schon viel länger in Ranulfs und Sir Walter de Breautes Begleitung als Lanzo und Kenric, und doch hatten die vier vieles gemeinsam. Sie waren alle Bastarde, im Dorf oder in der Schloßküche unehelich geboren, von ihren vornehmen Vätern verleugnet und ohne Hoffnung, je in einen anderen Stand aufzusteigen. Als halbe Zinsbauern und halbe Edelleute wurden sie von beiden Gesellschaftsschichten gemieden. Wenn Ranulf nicht erkannt hätte, was in ihnen steckte, und ihre Freiheit nicht erkauft hätte, wären sie immer noch Leibeigene gewesen, an das Land gekettet, das ihren Erzeugern gehörte. Doch gleich und gleich gesellt sich gern, denn Ranulf war selbst ein uneheliches Kind.

»Wir haben überlegt, warum Ranulf sich weigerte, von Lord Rothwell die erste Hälfte des Geldes für den Job anzunehmen«, sagte Lanzo als Erwiderung auf Searles scherzhafte Frage.

»Wenn du darüber nachdenkst, kleiner Lanzo, wird dir die Antwort einfallen.«

»Aber die einzige Antwort wäre, daß er den Job nicht ausführen möchte.«

»Genau«, meinte Eric.

»Aber warum nicht?«

Eric lachte leise vor sich hin. »Hier ist die Antwort nicht so einfach. Was denkst du, Searle? Hat Ranulf entdeckt, daß er Rothwell nicht leiden kann, oder glaubte er Rothwells Story von der aufgelösten Verlobung nicht?«

Searle zuckte die Schultern. »Er hat schon für andere Männer gearbeitet, die er nicht ausstehen konnte, und andere haben auch gelogen, und es machte keinen Unterschied. Geld ist Geld.«

»Dann muß es an der Art dieses Jobs liegen – daran, daß eine Dame mit im Spiel ist.«

»Vielleicht – zusammen mit anderen Gründen. Aber ob Ranulf jetzt schon entschlossen ist...«

»Wir sind doch hierhergekommen«, sagte Lanzo. »Also muß er wohl eine Entscheidung getroffen haben. Und er wird fünfhundert Goldmünzen nicht herschenken, oder?«

Die Gesprächspartner schwiegen, denn sie sahen, daß Ranulf sich ihnen näherte. Jetzt erst bemerkte der Junge, daß er Lady Ella noch im Arm hielt, und jetzt erst ließ die Katze ein herzzerreißendes Miau hören, damit Ranulf denken sollte, sie sei am Verhungern. Das verwöhnte Biest! Manchmal hätte Lanzo ihr am liebsten den räudigen Hals umgedreht, doch Ranulf hätte jeden bei lebendigem Leib gehäutet, der ihr nur ein Haar hätte krümmen mögen. Dieses häßliche, braune Ding. Wie konnte ein Mensch nur so etwas Häßliches lieben?

»Du hast meine Lady noch nicht gefüttert?«

»Ah, nein Sir«, mußte Lanzo zugeben.

»Vielleicht habe ich dich nicht richtig geweckt?«

»Ich wollte gerade gehen«, piepste Lanzo und hielt eine Hand schützend vor sein bedrohtes Hinterteil, bis er aus Ranulfs Reichweite war.

Ranulf lachte und ging in sein Zelt. Searles und Erics Blicke trafen sich, und die Burschen grinsten.

Searle sprach aus, was sie beide dachten, als sie Ranulfs Lachen hörten. »Er hat sich entschieden. Wir werden die Dame zu ihrem neuen Ehemann geleiten. Lanzo hatte recht. Fünfhundert Münzen sind zuviel zum Wegwerfen, wenn ihr Besitz den Besitz von Land bedeutet. Und Ranulf denkt doch nur an Land.«

»Dann war er möglicherweise nie unentschlossen und wollte Rothwell nur nervös machen.«

»Ja, das kann sein. Er verabscheute diesen alten Lord zutiefst. Wir hätten Sir Walter fragen sollen...«

»Was hättet ihr ihn fragen sollen?« Das war Walters ruhige Stimme, die hinter ihren Rücken erklang.

Die drei jungen Männer drehten sich um und sahen sich Ranulfs Pflegebruder gegenüber, der ihre verlegenen Gesichter mit einem heiteren Blinzeln seiner dunkelbraunen Augen quittierte.

Es gab keine zwei Männer, die so verschieden waren wie Ranulf Fitz Hugh und Walter de Breaute, im Temperament wie auch im Aussehen, und dennoch hatten sie vom ersten Tag ihrer Begegnung eine Zuneigung wie echte Brüder füreinander empfunden. Bei der eindrucksvollen Größe von einem Meter fünfundachtzig überragte Walter die meisten Männer, doch Ranulf war noch fünfzehn Zentimeter größer, ein wahrer Riese. Walter wirkte nachtdunkel mit seiner olivfarbenen Haut und dem schwarzen Haar. Ranulf verbreitete Sonnenschein – mit goldener Haut und goldenem Haar. Ranulf sprach laut und schroff, selbst wenn er guter Laune war. Walter hatte eine leise

Stimme, die zu verstehen man sich manchmal anstrengen mußte. Walter lachte über den ärmlichsten Witz. Ranulf lachte fast nie.

Walter besaß ein sorgloses Gemüt. Als drittem Sohn eines unbedeutenden Barons gehörte ihm ebensowenig Land wie Ranulf, doch der Unterschied lag darin, daß es ihm gleichgültig war. Er hätte sich im Gefolge eines großen wie eines unbekannten oder auch gar keines Lords immer gleich glücklich gefühlt. Er hatte keine Ambitionen, nicht das dringliche Bedürfnis, sich einen Namen zu schaffen oder Reichtum und Macht zu erlangen. Seine älteren Brüder liebten ihn, also würde er immer einen Unterschlupf finden, falls er einmal in Not geraten sollte.

Ranulf hatte nicht diesen Rückhalt. Mochte sein Vater auch ein berühmter Lord sein, der ihn aus dem Dorf geholt hatte, in dem er die ersten neun Jahre seines Lebens von seinem Stiefvater aufgezogen worden war. Mochte dieser Lord ihm eine Pflegestelle für das Training zur Ritterschaft besorgt haben – Ranulf haßte den Mann und würde ihn nie um etwas bitten, selbst dann nicht, wenn sein Leben davon abhinge.

Ranulf hatte kein Zuhause, doch es war sein brennender Wunsch, diesem Manko abzuhelfen. Er kannte nur dieses eine Ziel, und es erfüllte sein ganzes Dasein. Er arbeitete nur darauf hin, ließ sich von jedem anheuern, ganz gleich, um welche Aufgabe es sich handelte, wie schwierig sie war, und welche Gefühle ihn dabei bewegten. Sein Ehrgeiz gestattete ihm keine Skrupel. Ranulf hatte für irgendwelche Lords Burgen erstürmt, Kriege für sie geführt, Diebe aus ihren Städten und Gesetzlose aus ihren Wäldern vertrieben. Was immer er tat – es mißlang nie. Dadurch hatte er sich einen legendären Ruf aufgebaut, und seine Dienste waren nicht immer billig zu haben. Deshalb war auch Lord Rothwell bereit, die horrende Summe von fünfhundert Goldmünzen zu bezahlen; er wollte sichergehen, daß ihm die gewünschte Braut zugeführt wurde.

»Nun?« Walter grinste, als niemand seine Frage beantwortete. »Hat Lady Ella eure Zungen gestohlen?«

Nun meldete sich Kenric. Die Neugier eines Fünfzehnjährigen gestattete nicht viel Diplomatie. »Sir Ranulf spricht mit Ihnen. Sie kennen seine Gedanken und Gefühle besser als jeder andere. Hat er aus Abneigung gegen Lord Rothwell das Geld für diese Aufgabe nicht angenommen?«

»Er sagte dem Mann nicht, daß er auf den Job verzichtet.«

»Er sagte ihm aber auch nicht zu«, meinte Eric.

Walter lachte. »Ja. Seine Worte ›Wir werden sehen‹ wirkten wohl recht gesprächig bei einem Mann von Ranulfs bärbeißiger Art.«

»Glauben Sie, daß Rothwell aus Mißtrauen darauf bestand, uns fünfzig seiner Männer mitzugeben?«

»Gewiß. Typen wie er können nicht vertrauen, vor allem nicht, wenn ihnen etwas sehr wichtig ist. Der Lord kann nicht einmal seinen eigenen Vasallen trauen, sonst hätte er uns doch nicht anheuern müssen, oder? Wenn ihn die Gicht nicht daran gehindert hätte, wäre er mitgekommen. Zweifellos denkt er, daß seine Männer, die uns zahlenmäßig übertreffen, bei der Erledigung der Aufgabe als Ansporn dienen.«

»Dann kennt er Ranulf nicht«, erklärte Searle lachend.

»Nein, er kennt ihn nicht«, stimmte Walter zu. Auch er lächelte vor sich hin.

»Aber was hatte Ranulf gegen den Mann einzuwenden? Mir erschien er recht harmlos, wenn auch etwas verschlagen.«

»Harmlos?« Walter schnaubte. »Du hättest einmal seine Leute fragen sollen, was für ein Mensch er ist.«

»Haben Sie sie gefragt?«

»Nein, aber Ranulf und ich bemerkten, daß er dem Lord

von Montford glich, der uns beide in Pflege hatte. Er machte uns zu seinen Knappen, anstatt uns einem seiner Ritter zuzuteilen. Ranulf spürte sofort, daß Rothwell pure Gemeinheit ausstrahlte, und reagierte darauf.«

»Was ist dann mit dem Auftrag?« fragte Kenric. »Er ist durchaus nicht ungewöhnlich, obwohl *wir* noch nie engagiert wurden, eine zögernde Braut zu ihrem Verlobten zu bringen. Wollte Sir Ranulf so etwas wirklich nicht machen, oder wollte er Lord Rothwell einfach darüber im unklaren lassen, *daß* wir es machen würden?«

Ein Funken Belustigung blitzte in Walters braunen Augen auf. »Wenn ich auch das nun verraten würde, Kinder – worüber könntet ihr dann noch klatschen?«

Searle und Eric setzten finstere Mienen auf, weil Walter, der selbst erst vierundzwanzig war, sie Kinder genannt hatte. Dann hörten sie, wie Kenric leise stöhnte, und sahen Ranulf, völlig gepanzert, aus seinem Zelt herauskommen.

»Gott möge uns helfen, Lanzo ist heute morgen zu flink«, sagte Walter, und sein Humor war verflogen. »Pfui, Kenric, daß du mich hier in meiner Unterwäsche herumstehen und wie ein altes Weib schwätzen läßt. Bewegt euch, ihr Esel, sonst wird er ohne uns losreiten.«

Das hätte leicht passieren können, wenn Lady Ella Lanzos Frühstücksangebot nicht verschmäht und sich nicht auf den Weg gemacht hätte, nach einer eigenen Mahlzeit Ausschau zu halten. Ranulf wollte sich nicht darauf verlassen, daß die Katze ihn finden würde, obwohl sein Ziel kaum eine Wegstunde entfernt lag. Alle mußten warten, bis die Gnädigste mit ihrer Feldmaus zurückkehrte. Dann wurde sie in den Versorgungskarren gesetzt, wo sie ihre Beute genüßlich verspeisen konnte.

3

Reina fing den Verwundeten auf, ehe er fiel, doch er war zu schwer für sie, und beide gingen zu Boden. Er hatte den Pfeil aus seiner Schulter gezerrt, ehe die junge Frau es verhindern konnte, und sie hatte nichts zur Hand, um das Blut zu stillen, das aus der klaffenden Wunde rann. Vom Schüren des Feuers war der Mann so mit Asche und Ruß verschmiert, daß Reina ihn nicht erkennen konnte, doch er ertrug den Schmerz nicht heldenhaft, sondern wurde ohnmächtig. Reina durfte ihn so nicht liegen und verbluten lassen.

»Aubert, ich brauche ein Stück Stoff, etwas...«

Aubert hörte sie nicht – entweder aus Zerfahrenheit oder wegen des Dröhnens des Rammbocks. Die geschlossene Zugbrücke war inzwischen zerstört, ebenso wie das eine der beiden Fallgatter innerhalb des Burgfriedens. Die Männer mit dem Sturmbock befanden sich nun im Innenraum. Sie konnten mit kochendem Wasser oder Sand nicht mehr bekämpft werden.

Es wurde Zeit, sich in den Wohntrakt zurückzuziehen. Die Verteidiger, die sich um die Feuerstellen gekümmert hatten, waren vor Erschöpfung gegen die Mauern gesunken. Die Soldaten schossen ihre Pfeile noch ab, wenn ein Feind die Deckung verließ. Der Großteil der Angreifer wartete einfach, bis der Rammbock sein Werk vollendet haben würde, obwohl hin und wieder ein Pfeil über die Brustwehr flog.

»Aubert!«

Er stand ganz in Reinas Nähe und blickte zum Außenhof hinunter, doch er hörte sie immer noch nicht. Sie beschloß, ihn sich vorzunehmen, wenn das Ganze vorbei war, ob man sie nun schnappte oder nicht. Sie würde mit Aubert Malfed abrechnen, weil er sie beinahe so erzürnt hatte wie die Meute dort unten. Schließlich hieb sie ihm gegen das Bein, um seine Aufmerksamkeit zu erregen.

»Gib mit dein Messer – oder das Schwert.«

Reina hatte keine Waffe, denn sie hätte nicht damit umgehen können. Außerdem war ihr gepanzertes Gewand allein schon schwer genug. William hatte nicht vorgehabt, sie persönlich kämpfen zu lassen. Ihm ging es darum, sie genügend zu schützen, falls sie einmal gezwungen sein sollte, von der Mauer aus Verhandlungen zu führen.

Diese Idee war ihm erst vor ein paar Tagen gekommen, als er mit Entsetzen festgestellt hatte, daß er als einziger potentieller Verteidiger übriggeblieben war, nachdem Reina ihre anderen beiden Ritter mit einem Auftrag weggeschickt hatte. Die junge Frau, die nie damit gerechnet hatte, einen Notfall zu erleben, war ungern und nur ihm zuliebe auf seine Wünsche eingegangen. Nun hatte sich das aber bezahlt gemacht, denn Reina hatte in der – wenn auch verhaßten – Verkleidung als Ritter im Namen seiner Herrin mit den unten versammelten Feinden geredet, nicht als die Lady selbst. Da ihr Haar unter einer Haube und einem Helm versteckt war, hatte keiner der Angreifer geargwöhnt, sie sei eine Frau – die Frau, die sie entführen wollten.

Auberts grüne Augen weiteten sich jetzt, als er sah, daß sie halb unter dem Verwundeten lag. »Meine Lady!«

»Ein Messer, du Schafskopf!« schrie sie ihn an.

Er reichte ihr seinen Degen, doch ihre Hände waren vom Zudrücken der Wunde so blutig, daß ihr die Waffe entglitt.

Aubert riß sich soweit zusammen, daß er sein Messer hervorzog und vom Gewand des Verwundeten einen Streifen abtrennte, den er Reina reichte. Sie benutzte den Stoff, um die Wunde abzudecken. Aubert war so klug, einen der anderen Diener zu rufen, damit er dem Verletzten helfen sollte, doch nicht klug genug, Reina zuerst unter dem Bewußtlosen hervorzuholen. Die junge Frau stellte ungeduldig fest, daß sie, angetan mit der schweren Rüstung, nicht ohne Hilfe aufstehen konnte. Doch Aubert wurde wieder abgelenkt, ehe er irgend etwas zustande brachte, und Reina hörte, wie er scharf die Luft einsog, dann vernehmlich stöhnte.

»Was ist?«

»Jesus, Herr Jesus!«

»Was ist denn?«

Aubert bekreuzigte sich und stammelte: »Sie... sie haben Verstärkung erhalten, meine Lady. Durch das äußere Tor kommen mehr Männer – zu Pferd. Jesus, mehr als dreißig Reiter und eine Menge zu Fuß... und... und Ritter... Sie haben Ritter als Anführer!«

Reinas Blut gefror zu Eis. Was sollte sie jetzt tun? William war verrückt zu glauben, daß sie eine Situation meistern könne, in der sie vor Angst kaum mehr einen Gedanken zu fassen vermochte. Wenn die Außenmauer nur nicht gestürmt worden wäre, oder wenn der Feind nur das Normale getan und eine Belagerung angestrebt hätte – dem wäre sie gewachsen gewesen. Aber de Rochefort, dieser Bastard, dieses wollüstige Schwein, wußte, daß sie zu wenig Männer um sich hatte. Sicher war er nun selbst erschienen, weil er die Schlacht für geschlagen hielt. Und damit hatte er ja auch recht. Wenn sich die Kerle die Mühe machten, in die Scheune zu schauen, brauchten sie die dort lagernden Leitern nur anzulegen, und in wenigen Minuten wären die Mauern erklommen.

Und hier lag sie, Reina, auf dem Boden festgenagelt. Ihre Arme waren von den langen, gepanzerten Ärmeln so müde, daß sie das Gewicht, das auf ihr lastete, nicht wegschieben konnte.

»Aubert!« rief sie. »Hilf mir auf!«

Doch er war vom Anblick der sich unten abspielenden Szene wie hypnotisiert und fuhr fort, seiner Herrin zu berichten, was sie gar nicht hören wollte. »Es kommen noch weitere ... siebzig, achtzig... ihre Anzahl verdoppelt sich... Warten Sie! Jesus!«

»Was ist?« Als er nicht sofort antwortete, brüllte sie: »Herrgott, noch mal, Aubert! Was ist los?«

Er sah mit einem unvergleichlichen Lächeln auf sie nieder. »Meine Lady, *wir* haben Verstärkung bekommen! Wir sind gerettet!« Nun konnte sie es selbst hören: das Klirren von Schwertern, zahllose Schreie, aufmunternde Rufe ihrer eigenen Leute entlang der Mauer. Aubert fuhr lachend fort: »Sie haben die neue Truppe nicht bemerkt, und jetzt ist es zu spät. Sie werden in alle Winde zerstreut. Sehen Sie, wie die Feiglinge rennen!«

»Wie kann ich es sehen, du Strohkopf?« fragte sie, doch auch ihre Züge entspannten sich nun zu einem Lächeln.

Er wurde feuerrot, als ihm klarwurde, daß sie feststeckte. Sofort rollte er den Bewußtlosen von ihrem Körper und half ihr auf die Füße. Als sie den Kampf sah, der unten stattfand – wie die Ritter mit jedem Schwerthieb einen Feind zu Boden streckten und die neuen Männer ihre Angreifer zu Fuß über den Außenhof jagten –, strahlte sie. Das war kein Wettbewerb unter Gleichwertigen. Die Neuankömmlinge siegten unglaublich schnell und mühelos. Reina war so erleichtert, daß sie sogar Aubert all seine Ungeschicklichkeit vergeben konnte.

»Laß sie ein, sobald keine Gefahr mehr besteht, Aubert. Mein Gott, ich muß mich umziehen. In diesem Zustand kann ich sie nicht empfangen.«

Sie schnitt eine Grimasse, als sie auf ihr Männergewand hinunterblickte, und errötete schamhaft bei dem Gedanken, Fremde könnten sie so sehen. »Heiße sie willkommen, Aubert!« fügte sie hinzu und eilte zur Leiter.

»Aber wer sind diese Leute, meine Lady?«

»Was zählt das schon, nachdem sie Clydon gerettet haben?«

4

Ranulf nahm seinen Helm erst ab, als er die große Halle betrat und feststellte, daß sie nur mit Frauen und Kindern gefüllt war. Es machte ihn jedoch unsicher, in einem so riesigen Areal so wenige Männer anzutreffen. Er konnte sich des Gedankens nicht erwehren, irgendwo müsse eine Armee von Soldaten verborgen sein, die ihn als Freund oder Feind einstufte, ehe sie hervorbrechen würde.

Er hatte bisher mehr Diener als Soldaten gesehen, die den geradezu jämmerlichen Verteidigungsversuch der Burg erklärten. Die Festung war von einer lächerlich geringen Anzahl von Männern beinahe eingenommen worden, und nicht einmal irgendein Ritter hatte dabei mitgewirkt. Allein die äußeren Wälle hätten schier unüberwindlich sein müssen. Wer auch immer die Verteidigung geleitet hatte, mußte entweder ein Idiot sein oder den Kampf in schlauer Absicht verloren haben.

»Wenn Sie bitte hier warten wollen, mein Herr, die Lady... Lady Reina... wird Sie bald willkommen heißen.«

Ranulf betrachtete den jungen Mann, der nicht älter als Kenric erschien. Er nannte sich Aubert Malfed, Edelknabe von Sir William Folville, wer immer das sein mochte. Malfed hatte Ranulf und seine Männer im Innenhof empfangen und ohne eine einzige Frage direkt in den Wohntrakt geführt. Ranulf war daran gewöhnt, die Männerwelt einzuschüchtern, aber so viel Unterwürfigkeit war sträflich. Es reizte ihn, den Jungen wegen seiner Dummheit ins Gebet zu nehmen, Fremden buchstäblich das letzte Refugium zu übergeben. Doch das wäre seinen eigenen Absichten zuwidergelaufen.

Er hatte vorgehabt, nach Roger de Champeney, dem Lord von Clydon, zu fragen, als wisse er nicht, daß der Burgherr tot war. Der vorgetäuschte Wunsch, mit dem Lord zu sprechen, hätte den wahren Grund seines Hierseins vertuscht und keinen Argwohn in der Lady aufkommen lassen. Doch in diesem Fall wäre er allein aufgetaucht, mit nur wenigen Männern im Schlepptau.

Daß er Clydon von Feinden belagert vorgefunden hatte, änderte die Situation schlagartig. Nun mußte er seine eigenen dreißig bewaffneten Männer und die fünfzig von Rothwell antreten lassen, was sein Erscheinen bedrohlich machte. Wenn er die Lady nicht so erschrecken wollte, daß sie sich versteckte, mußte er sich einen neuen Grund für sein Auftauchen ausdenken.

Im Augenblick mußte er sich hochwillkommen fühlen, da er die Belagerer in die Flucht geschlagen hatte. Doch die Behauptung, nur zufällig vorbeigekommen zu sein, würde allzu unglaubwürdig klingen. Ritter pflegten nicht ohne militärischen Zweck mit einer Menge Soldaten herumzuziehen. Und falls sie einem Auftrag folgten, beendeten sie nicht irgendeinen Kampf zwischen Fremden, einen Kampf, der sie nichts anging.

Der junge Knappe war viel zu nervös. Er faselte etwas über einen Nachbarn namens de Rochefort, der mit Gesetzlosen aus den Wäldern um Clydon im Bunde war und vermutlich hinter dem Angriff steckte. Offenbar wollte der Junge Zeit gewinnen. Er redete pausenlos, so daß keine Frage gestellt werden konnte. Die Herrin des Schlosses hätte längst erscheinen müssen, um die Neuankommlinge zu begrüßen. Schaffte man sie vielleicht inzwischen fort – außer Reichweite?

Ranulf hob schließlich die Hand, um den Redefluß des Knappen zu stoppen. »Wo ist Ihre Herrin? Ich möchte wissen, daß sie sich in Sicherheit befindet.«

»Ah... sie ist in Sicherheit. Ich habe sie gesehen... ah... Wo sie jetzt ist, weiß ich nicht genau.« Diese Antwort konnte Ranulf nicht beruhigen, und seine grimmige Miene erschreckte den armen Aubert, so daß er schnell hinzufügte: »Ich werde sie suchen«, und aus der Halle rannte.

»Was hältst du von der Sache?« fragte Walter neben ihm nachdenklich, während beide beobachteten, wie der junge Edelknabe in der Ecke des Raumes die Stufen eines Türmchens hinauflief. »Glaubst du, daß die Gemächer der Dame dort oben liegen?«

»Das Gebäude ist so groß, daß man nicht ahnen kann, was wo liegt, deshalb behalte ich die Treppe im Auge.« Ranulf selbst ließ seinen Blick durch die Halle schweifen und merkte sich besonders eine weibliche Schönheit für eventuelle spätere Berücksichtigung. Dann wandte er sich seinen Leuten zu. »Eric, geh und . . . Eric!« Der Bursche benötigte einen Rippenstoß, ehe er den Blick von derselben aufregenden Blondine losriß, die Ranulf entdeckt hatte. »Jetzt ist keine Zeit, mit den Weibern zu liebäugeln«, brummte Ranulf leise.

»Ja, aber bei allen Heiligen! Haben Sie je so eine . . .« Eric verstummte, als Searle ihn von der anderen Seite stieß, und endlich bemerkte er Ranulfs finsteres Gesicht. »Ah, ja, Sir?«

»Geh und laß jedes Tor von einem Mann bewachen. Ich will nicht, daß auch nur eine einzige Frau das Schloß verläßt.« Als Eric ging, sagte Ranulf zu Kenric: »Frag die Dienerinnen, wo die Lady ist.« Doch als Kenric direkt auf die blonde Schönheit zumarschierte, rief Ranulf ihn zurück. »Wenn du mir einen Grund lieferst, werde ich dir dein Glied abschneiden. Die Arbeit kommt vor dem Vergnügen.«

Kenric erbleichte und hielt die Hand schützend vor den Unterleib, dann nickte er und startete erneut. Walter und Searle lachten, weil er diesmal einen großen Bogen um die Blondine machte.

»Komm, Ranulf, setzen wir uns hin, wenn wir schon warten müssen«, meinte Walter und schob einen der Stühle für Ranulf vor den Kamin, ehe er sich selbst auf einen zweiten fallen ließ. »Lanzo, schau mal, ob du den Tafelmeister finden kannst – oder sonst jemand, der uns ein Bier bringen würde. Nach unserer kleinen sportlichen Betätigung könnte ich einen Drink gebrauchen, aber wie gewöhnlich hat jeder zuviel Respekt vor unserem Anführer hier, als daß man uns eine Erfrischung reichen würde.« Walter grinste über den säuerlichen Blick, den Ranulf ihm zuwarf. »Du weißt, daß das stimmt, Bruder. Die Frauen kriechen ja alle auf dir herum, sobald sie merken, daß du nicht so gefährlich bist, wie du aussiehst – aber nicht eher.«

»Du bist verrückt, daß du ihn jetzt neckst«, flüsterte Searle.

»Durchaus nicht«, wisperte Walter. »Wenn ich schweige, wird er seine Geduld mit der Lady viel schneller verlieren, und dann ... wehe ihr.«

»So, wie er dreinblickt, hat er die Geduld schon verloren.«

»Nein, noch nicht«, widersprach Walter vergnügt. »Doch sie sollte nun schleunigst erscheinen.«

Unglücklicherweise kehrte Kenric in diesem Moment zurück und erklärte, seit der Dämmerung habe niemand Reina de Champeney gesehen. Ranulf explodierte. »Zum Teufel! Sie ist vor dem Beginn des Kampfes geflohen. Sie ist entkommen!«

»Sachte, Ranulf«, meinte Walter beschwichtigend. »Es kann ebenso möglich sein, daß sie sich aus Klugheit versteckt und keiner ihr gesagt hat, sie könne sich nun hervorwagen.«

Searle nickte. »Ihre Damen werden wissen, wo sie sich aufhält. Die hätten wir fragen sollen! Ich will versuchen, eine aufzutreiben und ... Der Gnädigen Mutter Maria sei Dank! Hier ist die Lady, Ranulf!«

Ranulf drehte den Kopf und sah Aubert Malfed kommen. Ihm folgte eine junge Person, die tatsächlich sehr damenhaft wirkte. Sie war in üppigen, blauen Samt gekleidet, und ihr kupferfarbenes Haar bedeckte ein glatter, weißer Schleier.

Sie war viel jünger, als er sie sich vorgestellt hatte, vielleicht dreizehn oder vierzehn. Da die meisten Erbinnen in diesem zarten Alter verheiratet wurden, verspürte er lediglich einen Hauch von Unbehagen, sie für Rothwell einzufangen – und diesen Hauch auch nur, weil sie so kindlich und bezaubernd war.

Es gehörte zu den ganz gewöhnlichen Ereignissen, daß die alten Lords Kinder zu Frauen nahmen, und er hatte sich bereits mit seinem Gewissen auseinandergesetzt, einem Menschen wie Rothwell überhaupt irgendeine Frau zuzuführen. Dann war er zu dem Schluß gekommen, daß ein Mann wie er es sich nicht leisten konnte, über Recht oder Unrecht in einem Vorhaben zu entscheiden. Wenn *er* dem alten Mann das junge Wesen nicht heranschaffte, würde es ein anderer tun. Warum sollte er also auf fünfhundert Goldmünzen verzichten, nur, weil ihm Rothwell persönlich zuwider war? Sein Zögern bei der ganzen Angelegenheit resultierte hauptsächlich aus der Tatsache, daß er sich nicht gern mit einer ›Dame‹ befaßte. Seine Erfahrung hatte ihn gründlich gelehrt, daß Damen nicht das waren, was sie zu sein vorgaben.

Trotz der Ausstrahlung süßer Unschuld und trotz aller Nervosität konnte auch diese so bösartig und grausam sein wie jede andere, die er gekannt hatte. Bei diesem Gedanken knirschte er mit den Zähnen, denn nun mußte er zu allem Übel noch mit ihr reden. Es geschah aus reiner Halsstarrigkeit, daß er sich nicht einmal höflich erhob, oder sogar aus dem einfachen Grund, daß diese Kindfrau im Rang so weit über ihm stand. Damen hatten ihn immer wieder ungehobelt und flegelhaft genannt, weil er seine Verachtung ihnen gegenüber nicht verbarg. Doch da er sich mit dieser hier abgeben mußte, setzte er eine neutrale Miene auf, die seine Gefühle nicht preisgab.

Die junge Person knickste doch tatsächlich vor ihm! Gut, warum nicht? Er war es gewöhnt, von Dienern als Lord bezeichnet zu werden – oder von Leuten, die nicht wußten, daß er ein grundbesitzloser Ritter war, der diesen Titel nicht einmal verdiente.

»Ich heiße Sie in Clydon willkommen«, sagte sie und erhob sich. Ihre Stimme klang sanft und ein wenig zögernd vor Aufregung. »Vergeben Sie uns bitte, daß wir Sie nicht schon eher begrüßten, aber wir dachten alle, unsere Lady würde Sie...«

»Ihre Lady? Sie sind nicht Reina de Champeney?«

»O nein, mein Lord. Ich bin Elaine Fitz Osbern von Forthwick. Ich genieße die Ehre, hier in Clydon von der Oberherrin meines Vaters protegiert zu werden.«

»Nun, Ranulf...«, begann Walter, als er sah, wie sich sein Freund zornig erregte, doch es war zu spät.

»Beim heiligen Blut Christi!« brüllte Ranulf. »Ich will wissen, warum mich die Lady nicht empfängt, und ich will es auf der Stelle wissen! Sie, Malfed, sollten doch...«

»Mein Herr, bitte!« rief Aubert und wich, ebenso wie Elaine Fitz Osbern, erschrocken zurück. »Meine Lady war nicht dort, wo ich sie vermutete, doch ich schwöre, daß sie vorhat, Sie zu begrüßen!«

»Fünf Minuten noch, oder, bei Gott...«

Er mußte seine Drohung nicht beenden. Aubert drehte sich um und rannte zum zweitenmal davon, diesmal hinaus in den Hof. Ranulf sah nun Lady Elaine ins Gesicht. Sie begann zu stottern.

»Darf ich Ihnen... etwas... anbieten...« Mit einem winzigen Seufzer gab sie es auf und floh ebenfalls.

»Also, da geht nun unsere Erfrischung dahin – dafür danke ich dir herzlich«, meinte Walter mürrisch. »Und dein Donnergetöse hat auch alle anderen verscheucht. Ich könnte ja versuchen, die Speisekammer allein zu finden, aber in solch einem Riesenbau würde das wohl Tage dauern.«

Ranulfs Reaktion war kurz und eindeutig. »Searle, stopf ihm etwas in den Mund, wenn er noch ein einziges Wort sagt.«

5

Aubert rannte Reina beinahe um, als sie mit Theodric an der Seite die Treppen hinaufstieg. Wenn Theodric sie nicht aufgefangen hätte, wäre sie rückwärts hinabgestürzt, doch der Knappe war so aufgewühlt, daß er nicht einmal an ein Wort der Entschuldigung dachte.

»Gott sei Dank, kommen Sie endlich, meine Lady! Der Lord fühlt sich irgendwie beleidigt, weil Sie ihn nicht begrüßt haben. Er hat Lady Elaine zu Tode erschreckt und...«

»Und dich ebenfalls, wie ich sehe«, gab Reina ungeduldig zurück. »Himmel, ich trug dir doch auf, die Leute willkommen zu heißen. Hast du Ihnen Erfrischungen angeboten und dich um ihre Bequemlichkeit gekümmert?«

»Ich... ich dachte nicht, daß Sie so lang wegbleiben würden, und... und er ist monströs, meine Lady. Ich habe noch nie einen Mann gesehen, der so...«

»Schafskopf! Heißt das, daß unsere Retter die ganze Zeit nicht bedient worden sind?«

»Ich dachte, *Sie* kämen herunter!«

»Ich war gar nicht oben. Es gab Verwundete, um die ich mich sofort bemühen mußte, und... ach, es ist egal. Aubert, du machst mich so wütend – wenn ich dich eine Woche nicht mehr sehe, dann ist das zu wenig. Tu etwas – zieh mich die Treppen hoch! Ich bin todmüde, und dank deiner Unaufmerksamkeit kann ich mich nicht einmal in mein Zimmer schleichen, wie ich es beabsichtigte. Theo, steh nicht grinsend da wie ein Idiot. Hilf mir!«

»Sie müssen zugeben, Herrin, daß wir Sie nicht oft so griesgrämig erleben.« Theo lachte in sich hinein, während er an ihrem einen Arm zog und Aubert am anderen, um die letzten wenigen Stufen zu überwinden. »Es ist höchst neu und lehrreich. Kommen Sie jetzt zurecht?« fragte er auf dem obersten Treppenabsatz.

»Ja, und dich werde ich in die Küche verbannen, wenn

du mich weiterhin auslachst. Du gehst wieder einmal zu weit, wie schon öfter. Momentan bin ich nicht in der Stimmung für Scherze. Wo, zum Teufel, ist das ganze Volk hingekommen?«

Sie überblickte die Halle, die leer war, bis auf die Männer neben dem Kamin am entgegengesetzten Ende des Raumes.

»Ich sagte Ihnen doch, daß er zum Fürchten ist«, meinte Aubert ungehalten.

»Du hast das Wort ›monströs‹ benützt. Soll das heißen: Dieser Lord hat die Leute so erschreckt, daß sie davongelaufen sind und sich versteckt haben?«

»Ich konnte es nicht sehen, weil ich selbst schnellstens weggerannt bin, aber es ist klug von ihnen, sich zu verkriechen. Er ist nicht normal, Lady Reina – beeilen Sie sich!«

»Habe ich Grund, mich zu ängstigen?« fragte sie nun ganz ernst.

»Nein, er will sich nur davon überzeugen, daß es Ihnen gutgeht. Mir mochte er nicht glauben. Offenbar hegt er irgendeinen Verdacht, weil Sie bisher nicht erschienen sind.«

»Gut, lauf voraus und kündige mich an. Ich vermag mich nicht rascher zu bewegen, Aubert, nicht einmal, um meine Seele zu retten – nicht mit dieser Rüstung am Körper, die inzwischen so viel wiegt wie ein Pferd.«

»Bitte, meine Lady... Er wird mir den Hals umdrehen, bevor ich einen Ton sagen kann, wenn Sie nicht mitkommen. Lassen Sie uns zusammen gehen.«

Sie seufzte und war einverstanden. Voller Verachtung bemerkte sie, daß ihre beiden ›Beschützer‹ rechts und links je einen Schritt hinter ihr blieben. In Begleitung ihrer Damen hätte sie sich sicherer gefühlt, obwohl die meisten von ihnen noch Kinder waren.

Mit hängenden Schultern, einem vor Erschöpfung schmerzenden Kopf und wie gerädertem Körper präsentierte sich Reina ihrem ›Befreier‹. Sie wollte gerade einen Knicks machen, obwohl sie nicht wußte, wie sie sich danach wieder erheben sollte, da spürte sie, daß sie in die Luft gehoben wurde.

»Ich habe von den Entschuldigungen, Verzögerungen und Ausweichmanövern endgültig genug. Wenn du mir nicht sofort sagst, wo sich die Herrin dieses Schlosses aufhält, bist du ein toter Mann.«

Reinas Mund öffnete sich, doch kein Laut kam heraus. Die Worte blieben ihr im Halse stecken. Der Mensch hielt sie in die Höhe. Seine Faust packte ihr gepanzertes Gewand direkt über ihrer Brust. Diese eine Faust hob sie und ihre verfluchte Ritterrüstung beinahe einen halben Meter über den Boden, so daß Reina dem Mann direkt ins Gesicht sah. Ein kurzer Blick nach unten verriet ihr, daß kein Podest für die ungeheuerliche Größe dieses Typen verantwortlich war. Monströs, hatte Aubert gesagt. Himmel, das war ein Riese, so breit wie hoch – nun, das stimmte nicht ganz – aber seine Schultern und seine Brust hatten unglaubliche Ausmaße. In Reinas gegenwärtiger Position war das besonders deutlich zu sehen. Es handelte sich hier nicht um ein hohes Schilfrohr, sondern um einen Bären – mit dem Brummen eines Bären.

Reina war nicht die einzige, die sich in einem vorübergehenden Schockzustand befand. Theodric und Aubert waren ebenfalls sprachlos, daß dieser Riese es wagte, so mit der Lady umzugehen und zu reden – und nicht nur das. Er schüttelte sie auch noch! Er schüttelte sie tatsächlich, als sie ihm nicht schnell genug antwortete.

Aubert kam als erster wieder zu Verstand, doch er verlor ihn gleich wieder bei dem Gedanken, er allein könne etwas tun. Anstatt den Riesen auf seinen Irrtum aufmerksam zu machen, wählte der dumme Junge diesen Moment, um endlich Mut zu beweisen. Er sprang dem Riesen in den Rücken, wurde aber gleich wie ein lästiges Eichhörnchen abgestreift. Der einzige Effekt war, daß der Riese Reina noch zorniger hin und her schwenkte.

Dann hörte Reina eine äußerst vernünftige Stimme, die trocken vorschlug: »Vielleicht solltest du den Burschen herunterlassen, Ranulf. Möglicherweise findet er dadurch seine Sprache wieder.«

Doch es war Theodric, der seine Sprache wiederfand. »Das ist Lady Reina, die Sie da halb erdrosseln, mein Lord.«

Oh, zum Teufel mit diesem Jungen, der sich nicht ein bißchen feinfühliger ausdrücken konnte! Der Riese war so überrascht, daß er sie einfach fallen ließ, und Reina krachte zu seinen Füßen auf den Boden.

Sie standen um sie herum, drei zur Salzsäule erstarrte Ritter, und blickten sprachlos und mit lächerlich törichtem Gesichtsausdruck auf sie nieder. Hätte sie nicht solche Schmerzen gehabt, wäre sie in lautes Gelächter ausgebrochen, denn das war tatsächlich die perfekte Krönung eines Unglückstages. Reina war sich der Situationskomik bewußt. Später würde sie sich gedemütigt fühlen, doch jetzt waren die Fremden an der Reihe.

»Nun, das ist eine Form zu entdecken, ob die Bodenplatten erneuert werden müssen.«

Sie hätte nichts sagen können, was den Riesen mehr in Verlegenheit gebracht hätte. Sein Gesicht erglühte flammend rot.

Reina fühlte sich besser, bis sie versuchte, aus eigener Kraft aufzustehen. Es gelang ihr nur, sich auf die Hände und Knie zu stützen. Mein Gott, sie mußte diesen Panzer loswerden – sofort! Nichts hatte sie je so plump und durch und durch schwerfällig erscheinen lassen wie diese Rüstung. Der Panzer würde ins Feuer wandern, sobald Reina ihn vom Leib hatte!

Zwei Hände griffen ihr unter die Arme, und in der nächsten Sekunde wurde sie auf die Füße gestellt. Nun befanden sich ihre Augen auf der Höhe der Riesenbrust. Reina blickte erst höher hinauf, als sie ein paar Schritte zurückgetreten war, denn sie wollte sich den Hals nicht verrenken. Was sie nun sah, überraschte sie.

Vorher hatte sie dieses Gesicht nur verschwommen wahrgenommen, doch nun trat jeder Zug klar zutage. Reina bemerkte goldene Brauen, gerade und dicht, einen Ton dunkler als das hellblonde Haar, das auf die mächtigen Schultern des Mannes fiel; eine wohlgeformte Nase zwischen breiten Wangenknochen, die von sonnengebräunter Haut bedeckt wurden; feste Lippen über einem eckigen Kinn, auf dem sich dunkelbronzene Bartstoppeln zeigten. Es war ein hartes, sehr männliches und dennoch unglaublich hübsches Gesicht. Und der Mensch besaß violette Augen, die sich verengten und sie fast durchbohrten, während sie ihn betrachtete. Veilchenblaue Augen – so etwas mußte man sich einmal vorstellen!

Ranulf spürte, wie sein Ärger zurückkehrte und sich allein auf die Lady konzentrierte, falls sie überhaupt eine Dame war. Er hatte sie für einen Mann gehalten, wenn auch für einen sehr klein geratenen. Das war nicht weiter verwunderlich bei dem formlosen, gepanzerten Gewand, das ihr bis zu den Knien reichte, den gepanzerten Beinen und der Metallhaube, die nur ein schmales Oval ihres Gesichtes freiließ. Sogar die Brauen und das Kinn steckten unter dem Helm, und an den Ärmeln und Händen klebte getrocknetes Blut.

Mochte sie auch kein Schwert oder irgendeine andere Waffe tragen, so erschien sie doch keinesfalls wie eine Frau – aber ihre Stimme war sanft und melodisch. Allerdings hatte er diese Stimme zu spät gehört, um seinen Irrtum noch rechtzeitig revidieren zu können. Es wurde ihm nicht einmal die Genugtuung zuteil, Reina wie die meisten Frauen auf seine Persönlichkeit reagieren zu sehen. Vielleicht war sie erstaunt gewesen, doch höchstens eine Sekunde lang. Ihre großen blauen Augen, die so blaß waren wie der Morgenhimmel, verrieten weder Bewunderung noch Faszination, während sie ihn musterten. Sie sahen ihn nun offen und furchtlos an – mit einer winzigen Spur Neugierde.

»Danke«, sagte Reina, weil er ihr auf die Füße geholfen hatte.

»Danken Sie mir nicht«, widersprach er, fast gegen seinen Willen. »Ich muß Sie um Entschuldigung bitten.« Am liebsten hätte er ihr die Haube vom Kopf gerissen, um festzustellen, ob sie ein Kind oder eine junge Frau war. Ungewißheit konnte er nicht leiden.

Dann überraschte Reina ihn damit, seinen Irrtum auf ihre Kappe zu nehmen, obwohl sie allen Grund gehabt hätte, ihm Vorwürfe zu machen. »Nein, mein Lord, ich bin es, die sich dafür entschuldigen muß, Sie so empfangen und Verwirrung gestiftet zu haben. Eigentlich wollte ich mich zuerst umziehen, aber Aubert sagte mir, Sie seien... ungeduldig – aus Besorgnis um meine Sicherheit.«

Der dunkelhaarige Mann neben dem goldenen Riesen lachte plötzlich. »Sie waren also sicher, mein Fräulein, ehe Sie meinem Freund hier unter die Augen traten. Darf ich Ihnen diesen bekümmerten Burschen, der sich wie ein Narr vorkommt, als Ranulf Fitz Hugh vorstellen, und unseren jungen Freund Searle von Totnes.«

»Und Sie sind?«

»Walter de Breaute, zu Ihren Diensten.«

Sie nickte jedem zu und wartete auf ein weiteres Wort von dem Riesen. Er schwieg jedoch beharrlich und betrachtete Walter de Breaute mit finsterer Miene, weil dieser Ranulfs peinliche Verlegenheit enthüllt hatte.

Die Männer hatten zwar ihre Nahmen preisgegeben, aber nicht gesagt, wer sie wirklich waren. Doch die Höflichkeit verlangte ihr Recht. »Ich bin Reina de Champeney und heiße Sie in Clydon willkommen. Wie Sie sicher bemerkt haben, sind Sie gerade zur rechten Zeit erschienen.«

Walter kam ihren eventuellen Dankesworten zuvor. »Wie lange hat man Sie belagert?«

»Es gab keine Belagerung. Die Leute griffen in der Morgendämmerung an, nachdem ihr Spion, der die Nacht bei uns verbracht hatte, die äußeren Tore geöffnet hatte.«

»Und Sie sind hinausgegangen, um persönlich zu kämpfen?« In dieser Frage, die der Riese stellte, lag unmißverständliche Verachtung, und Reina wünschte, er hätte den Mund gehalten. »Um zu kämpfen? Nein. Mein Beschützer, Sir William, war ans Bett gefesselt, und es war niemand da, der die Verteidigung hätte übernehmen können.«

»Haben Sie jemand ausgeschickt, um Hilfe zu holen?«

»Dazu fehlte die Zeit«, erwiderte Reina, ohne zu überlegen. Dann wurde sie blaß bei dem Gedanken, wie dumm es von ihr war, das zu verraten, ehe sie wußte, was die Männer hier wollten.

Der Riese mochte sie von einem Teufel befreit haben und sich als ein zweiter entpuppen. Und sie hätte schwören können, daß ihre Antwort ihn beruhigte, daß er entspannter wirkte.

»Warum haben Sie keine...?«

Sie schnitt ihm das Wort ab. »Sie haben mir nicht gesagt, was Sie zu Schloß Clydon führt.«

»Wir kommen von Ihrem Lord.«

Reina war sofort beruhigt. Es war zwar ein wenig seltsam, Guy von Shefford als ›ihren Lord‹ zu bezeichnen, aber der Riese war eben ein seltsamer Mensch. Sicher sollte er ihr einen weiteren Brief vom Kastellan des Grafen überbringen, da sie den letzten noch nicht beantwortet hatte, der auf das Datum ihrer Hochzeit Bezug nahm. Sie konnte nun auch diesen Brief nicht beantworten, wenigstens nicht vor nächster Woche und der Ankunft John de Lascelles, denn sie wußte ja nicht, ob John sie heiraten wollte. Lord Richard, den *sie* am liebsten geheiratet hätte, befand sich laut Auskunft seines Kastellans noch in Irland, wo er sich um die Ländereien seines Vaters kümmerte. Niemand wußte, wann er zurückkehren würde. Aber das waren Reinas persönliche Probleme, die nun warten mußten.

Da diese Männer hier zu Sheffords Vasallen gehörten, waren sie verpflichtet, Reina zu helfen, und sie brauchte sich nicht zu tief in deren Schuld zu fühlen. Auch wenn es sich nur um Sheffords Gefolgsleute handelte, waren sie doch willkommen.

»Vergeben Sie mir meine Schroffheit, Sir Ranulf. Ich muß bekennen, daß mich die Ereignisse dieses Morgens durcheinandergebracht haben. Ich werde all Ihre Fragen beantworten, aber erlauben Sie mir bitte, daß ich mich zuerst um Ihre Bequemlichkeit kümmere.« Als er zögernd nickte, seufzte sie erleichtert und wandte sich an Aubert: »Laß die Dienerschaft die Tische decken und schick mir meinen Tafelmeister. Sag Lady Margaret, daß er Sir Ranulfs Männer versorgen wird. Ich möchte wissen, wie es Sir William geht. Theo, such Dame Hilary und trage ihr auf, mehrere Zimmer vorzubereiten – mit Bädern und Wein. Vergiß den Wein nicht. Und schick Lady Elaine zu den Verwundeten. Ich habe die schwersten Fälle versorgt, aber einige Wunden müssen noch genäht werden. Es wird Zeit, daß Lady Elaine lernt, mit ihrer Nadel auch in menschliches Fleisch zu stechen. Dann kannst du nach mir sehen.«

Walter beobachtete sie, wie sie sich von ihnen entfernte, und schüttelte den Kopf. »Sie kann kaum mehr stehen, geschweige denn ihr Zimmer erreichen – und trotzdem teilt sie solche Befehle aus, diese winzige Person! Vielleicht sollte ich ihr helfen...« Seine Worte verhallten, denn Ranulf hatte sich erhoben und folgte selbst der Lady – zu Walters maßlosem Erstaunen.

Mit drei Schritten hatte Ranulf die junge Frau erreicht und hob sie in seine Arme. Er hörte, wie sie scharf die Luft einsog, ignorierte es aber und ging auf die Treppe zu.

»Sie Sollten keine Rüstung tragen, wenn Sie ihr Gewicht nicht aushalten können«, sagte er nur.

Das wußte Reina wohl, doch sie schwieg aus Angst vor seinen Absichten. Diese Angst verflog jedoch nach den wenigen Sekunden, die Ranulf brauchte, um die Treppenflucht hochzusteigen, die im östlichen Eckturm immerhin über die ganze Höhe der großen Halle bis in die dritte Etage führte. Oben setzte Ranulf die junge Frau ab, nickte kurz und ging sofort zurück.

Wie galant, dachte sie, dann verschwendete sie keinen Gedanken mehr an den Riesen. Sie stand vor der Tür zu den Zimmern des Lords, daneben führte die Treppe weiter hinauf zu den Zinnen auf dem Dach. Reina wanderte langsam den schmalen Korridor entlang, der in die dicke Außenmauer eingelassen war und von mehreren Schießscharten erhellt wurde. Sie kam am Frauentrakt vorbei, der die meisten ihrer Damen beherbergte. Davor lagen der Web- und Nähraum und die Schlafstätte der Zimmermädchen. Schließlich erreichte Reina ihr eigenes kleines Refugium im Nordturm. Sie hätte längst in die weitläufige Wohnung des Lords übersiedeln können, aber ihr Kummer hielt sie davon ab. Es war noch früh genug, als verheiratete Frau dort einzuziehen.

Sie lehnte sich mit einem tiefen Seufzer gegen die Tür, zu müde, um die wenigen Schritte bis zu ihrem Bett zu gehen. Ihr graute vor dem Rest des Tages, vor der Verpflichtung, die Gäste zu unterhalten und deren Fragen zu beantworten, wie sie es versprochen hatte. Es war so schwierig für Reina, mit Besuchern zu reden und nie zu wissen, wieviel sie über ihre gegenwärtige Situation verraten durfte und wie oft sie lügen mußte. Das Lügen war das Schlimmste, und ihr Vater hatte damit begonnen, in der Annahme, das Richtige für Reina zu tun.

Wenn nur Lord Raymond nicht gestorben wäre, dann hätte sie geheiratet, ehe ihr Vater vor zwei Jahren König Richard auf seinem Kreuzzug folgte. Reina war schon als

Dreijährige mit Raymond verlobt worden und hatte dieser Verbindung nie widersprochen, obwohl sie Raymond kaum kannte und ihn in ihrem ganzen Leben nur ein halbes dutzendmal gesehen hatte. Doch als die Zeit ihrer Hochzeit herannahte, war er an Henrys Hof zu großer Beliebtheit gelangt, und der alte König hatte ihn ständig mit irgendwelchen Aufgaben betraut. Raymond schien niemals Zeit zu haben, sich um seine Braut zu kümmern. Und dann hatte sie die Nachricht erhalten, Raymond sei bei einer Durchquerung des Kanals umgekommen. Er war ertrunken bei dem Versuch, ein Kind zu retten, das über Bord gefallen war.

Reina hatte die Botschaft mit Trauer vernommen; der Mann war ihr jedoch zu fremd gewesen, als daß sie echtes Leid hätte empfinden können. Aber sein Tod hatte sie in eine heikle Lage gebracht, da ihr Vater schon den Eid geleistet hatte, mit Lord Guy, seinem Oberherrn, und dem neuen König Richard Löwenherz am Kreuzzug teilzunehmen. Da saß sie nun in der Klemme, fünfzehnjährig und unverheiratet, und Roger de Champeney war im Begriff, ins Heilige Land aufzubrechen. Es reichte die Zeit nicht mehr, einen neuen Ehemann für sie zu finden.

Also hatte ihr Vater ihr vorgeschlagen, daß sie selbst ihre Wahl treffen und ihn schriftlich um seine Einwilligung bitten solle, und das hatte sie getan. Doch ihr erstes Schreiben hatte ihn nicht erreicht. Sie hatte zuerst von ihm gehört – einen Bericht über die Eroberung Cyperns und die dort erfolgte Trauung des Königs mit Berengaria von Navarra. Der König hatte vier seiner Vasallen auf die Insel mitgenommen und dort einen der Männer durch das Fieber verloren.

Mit dem Brief war eine Fuhre voller Beutestücke angekommen, aber Reina hatte trotz ihres Geldmangels davor gescheut, die Dinge zu verkaufen. Sie stammten vom Kreuzzug, und das machte sie beinahe heilig.

Reinas zweiter Brief hatte den Vater noch auf Cypern erreicht, denn der König war lange Zeit dort geblieben, und der Vater hatte zwei der von Reina genannten Männer für gut befunden: John de Lascelles, der zu seinen Gefolgsleuten gehörte, bis Johns Bruder starb und der junge Mann die Ländereien der Familie in Wales erbte; und Richard de Arcourt, den Erben von Lyonsford, der die Burg und die Stadt Warhurst bereits besaß, die nur ein paar Reitstunden von Clydon entfernt lagen. Beide Männer kannte Reina gut und mochte sie; von beiden nahm sie an, sich in einer Ehe mit ihnen wohl zu fühlen. Beide waren jung und nett anzusehen. Richard besaß einen feinen Humor und brachte Reina zum Lachen, John war gütig und freundlich. Sie würde mit jedem der beiden glücklich sein, doch ihre Vorliebe galt Richard.

Ihr Vater starb bei der Belagerung von Acre, einen Monat nach seinem letzten Schreiben, und er erfuhr nie von Reinas Vorliebe. Im Brief des Grafen, der Reina über den Tod ihres Vaters informierte, stand, daß Roger die Verlobung seiner Tochter, nicht aber den Namen des Bräutigams, erwähnt habe. ›Ich zweifle nicht daran, daß ich denjenigen, den Roger für Sie auswählte, akzeptieren kann, und daß er mir huldigen wird. Roger liebte mich zu sehr – wie auch ich ihn liebte –, als daß er einen meiner Feinde für Clydon bestimmt hätte. Also gebe ich Ihnen hiermit meine Erlaubnis und meinen Segen für Ihre Heirat.‹ Der Graf fuhr fort, er wünsche eine Hochzeit innerhalb weniger Monate, zu Reinas eigener Sicherheit, und Informationen über die Einzelheiten.

Reina war verwirrt gewesen, bis ihr klarwurde, was ihr Vater getan hatte. Er hatte seinen Freund und Oberherrn angelogen, um Reina die Möglichkeit zu verschaffen, selbst einen der beiden Heiratskandidaten auszusuchen. Andernfalls hätte Lord Guy, der nach ihres Vaters Tod ihr Vormund wurde, das Recht gehabt, einen Mann für sie zu wählen oder sogar die Vormundschaft zu verkaufen. Das hätte für sie bedeutet, unverheiratet zu bleiben, obwohl ein solches Vorgehen seinerseits nicht zu erwarten war. Er war immer gütig zu ihr gewesen und hatte sie um ihres Vaters willen gern gehabt, doch oft wurden derlei menschliche Beziehungen beiseite gefegt, wenn es um eine wünschenswerte oder vorteilhafte eheliche Verbindung ging. Und ohne seine Erlaubnis und seine Anerkennung des Mannes, den sie heiratete, konnte sie ihr Erbe verlieren.

Also hatte sie Richard geschrieben und ihn gebeten, nach Clydon zu kommen. Sie hatte keinen Grund angegeben, da sie Richard keinen schriftlichen Heiratsantrag machen wollte, doch sie hatte die Dringlichkeit ihres Anliegens erwähnt. Es war schwierig gewesen, ihn ausfindig zu machen, und nachdem er innerhalb eines Monats nichts von sich hören ließ, hatte sie auch an John geschrieben. Zu diesem Zeitpunkt war sie bereit gewesen, jeden der beiden Männer zu nehmen, zumal der Kastellan des Grafen sie wegen des Heiratstermins drängte. Nach diesem Morgen und Falkes de Rocheforts Versuch, sie zu entführen, wurde die Dringlichkeit noch viel deutlicher. Reina hatte Glück, daß er in all den Monaten der einzige gewesen war, der sie überfallen hatte.

Reina wollte sich gerade von der Tür abstoßen, als diese mit einem heftigen Schwung geöffnet wurde. Ein Ruf bremste Theodric, sonst wäre Reina zu Boden gestürzt.

»Reina, Sie hätten diese Hure Eadwina sehen sollen, wie sie um ihn herumschwänzelte«, sagte Theo angewidert. »Und die Dame Hilary wird sie anweisen, ihn zu baden, wenn Sie nichts anderes bestimmen. Bitte, Reina, lassen Sie mich für ihn sorgen! Eadwina bekommt immer...«

»Für wen sorgen?«

Er seufzte dramatisch. »Für den goldenen Riesen – wen sonst?«

Reina seufzte normal. »Natürlich, für wen sonst?

Geh!« Sie machte eine lässige Handbewegung. »Was kümmert es mich?« Dann fügte sie hinzu: »Warte! Nimm mir zuerst das Teufelsgewicht ab.«

Er gehorchte, doch er zog sie so flink aus wie nie zuvor. Sie lachte beinahe über seine Ungeduld. Und er hatte Eadwina eine Hure genannt?

Als sie nur mehr ihre Unterwäsche anhatte, fiel sie erschöpft auf das Bett. »Hast du wenigstens an mein Badewasser gedacht?«

»Selbstverständlich«, erwiderte er entrüstet und warf ihre Rüstung in die Ecke.

»Dann schick mir Wenda. Und, Theo...« Sie stützte sich auf die Ellenbogen und meinte: »Wenn dein ›goldener Riese‹ kein Interesse hat, geh ihm schnellstens aus dem Weg.«

Der Junge nickte, grinste und verschwand.

6

Lord Rothwell verdiente nicht soviel Glück – ein Mann, der seine ausgedehnten Ländereien durch die Ehe mit fünf reichen Frauen erlangt hatte. Und nun war er dabei, seinen ungeheuren Reichtum durch Clydon zu vermehren.

Ranulf wußte nicht, ob noch andere Lebensgüter oder Pachten inbegriffen waren, doch Clydon allein war in jeder Hinsicht ein prächtiger Besitz. Auf seinem Weg zum Schloß hatte er die zahlreichen Getreidefelder gesehen, das große Dorf, in dem mindestens zweihundert Zinsbauern lebten, mit solide gebauten Hütten aus schweren, dauerhaften Holzbalken, einem Fluß im Hintergrund und mächtigen, alten Eichen. In der Ferne rauschte eine Wassermühle, daneben lag ein Herrschaftshaus, und ringsum dehnten sich endlose Wälder, in denen er und seine Männer gestern kampiert und heute morgen die Vorratskarren und Nachhut zurückgelassen hatten.

Am eindrucksvollsten war jedoch das Schloß selbst. Nicht einmal Lord Montforts Landgut war so riesig – und das von Ranulfs Vater ebenfalls nicht. Der Außenhof umfaßte mehrere Morgen und wurde von einer dicken Mauer geschützt, aus der in regelmäßigen Abständen viele Türme ragten. Zahlreiche Gebäude befanden sich innerhalb des Walls: ein großer Stall, eine strohgedeckte Scheune mit Verschlägen für die Tiere an jeder Seite, eine Schmiede, ein Brauhaus und verschiedene Lagerhäuser. Im linken Feld lag ein Fischteich, daneben sah man einen Taubenschlag, doch das ganze rechte Feld bot sich als Übungsplatz an.

Im inneren Hof befanden sich mehrere kleinere Stallungen und Lagerhäuser. Hier waren auch die Küche und ein Garten mit Bienenstöcken untergebracht, obwohl später eine neuere Küche im Wohntrakt errichtet worden war – in moderner Bauweise und zu dem Zweck, das Essen einigermaßen warm auf den Tisch zu bekommen.

Die weißgetünchte Burg selbst mit ihren extrem dicken Mauern erreichte eine Höhe von mindestens dreißig Metern, die Ecktürme noch weitere fünf Meter mehr. Der Wohntrakt wurde durch eine Querwand geteilt, die seine ungeheure Höhe stützte, denn er hatte über dem Erdgeschoß immerhin drei Stockwerke aufzuweisen. Hier fanden sich die Unterkünfte der Besatzung, dann die neue Küche und die obere Brunneneinfassung in der zweiten Etage sowie die große Halle in der dritten. Man betrat den Wohntrakt durch einen Vorbau, eine beträchtliche Ausdehnung der linken Schloßseite. Auch dieser reichte drei Stockwerke hoch. Die äußeren Treppen, die bis zur obersten Etage und in die seitlich der großen Halle gelegene Kapelle führten, wurden abschließend von einer Zugbrücke gesichert.

Ranulf hatte einen beträchtlichen Teil der Anlage mit eigenen Augen gesehen. Der Knappe Aubert hatte wortreich mit zusätzlichen Einzelheiten aufgewartet, während er die Fremden in die große Halle geleitet hatte. Und der Diener, den die Lady Theo genannt hatte, erwies sich ebenfalls als Informationsquelle. Er beantwortete jede Frage, die Ranulf ihm stellte. Nur aus diesem Grund akzeptierte Ranulf die angebotenen Dienste des Jungen als Badehelfer, nachdem er Lanzo weggeschickt hatte, seine blutverschmierte Rüstung und das Schwert zu reinigen.

Gewöhnlich halfen Dienerinnen einem Gast beim Baden, und wenn der Gast wichtig genug war, tat es die Hausherrin persönlich, das heißt, die Ehefrau des Lords, selten seine Tochter. Ranulf war niemals als wichtig genug angesehen worden, um die Hausherrin als Badehilfe in Anspruch nehmen zu können, und dafür war er dankbar. Doch die Auslese der Dirnen hatte sich immer um die Ehre gerissen, ihm zu Diensten sein zu dürfen, und er konnte sich an manche vergnügliche Stunde erinnern, die er nicht nur mit Baden zugebracht hatte.

Eigentlich hatte er das sinnliche, blonde Weib aus der Halle erwartet, als er in sein Turmzimmer geführt worden war. Doch statt dessen war der Junge in Begleitung der Diener erschienen, die eine große Wanne, Krüge mit heißem Wasser und ein Tablett hereintrugen. Wein, Käse und Brot sollten wohl den ärgsten Hunger stillen, bis das Nachmittagsmahl serviert wurde. Sogar für Kleidung zum Wechseln war gesorgt. Daran war Ranulf nicht gewöhnt, hauptsächlich wegen seiner Größe, und dann – wiederum – weil er kein einflußreicher Mann war. Er nahm an, daß die Lady von Clydon ihn für wichtig hielt, nicht nur, weil er gesagt hatte, er käme von ihrem Lord – es war ihm klar, daß sie nicht Lord Rothwell meinte –, sondern weil er sie und Clydon vor ihren Feinden gerettet hatte, wer auch immer diese Feinde gewesen waren.

Daß er für sein Bad keine Hure zugeteilt bekommen hatte, machte ihm nichts aus. Nach der Befriedigung der letzten Nacht brauchte er keine Frau. Doch Theos Gegenwart befremdete ihn ein wenig. Der halbwüchsige Bursche war sehr schlank und besaß eine langsame Anmut der Bewegungen, die beinahe weiblich wirkte und vermutlich mit den Jahren vergehen würde. Dunkelblonde Locken ringelten sich um seine Ohren und den schmalen Nacken, und die braunen Augen blickten zu keck und vorwitzig für einen Sklaven. Doch der Junge war schön – oder würde es einmal sein, wenn sich die knabenhafte Hübschheit seines Gesichtes in einem Reifeprozeß gewandelt haben würde.

Ranulf hatte bemerkt, wie Lady Reina die Hand auf die Schulter des Jungen gelegt hatte, als sie ihm in der Halle ihre Befehle erteilte. Die Geste war auffällig, weil es nicht zum Normalen gehörte, daß eine Dame ihren Diener berührte. Ranulf hatte auch ihren Satz gehört: »Dann kannst du nach mir sehen.« Was das heißen sollte, wußte er nicht, aber der Bursche lag ihr offenbar irgendwie am Herzen. Demnach würde er auch ihr Vertrauen genießen, und alles Wissenswerte über ihre Person würde ihm bekannt sein. Er mußte sich auch auf ihren Befehl hin hier aufhalten, und das konnte nur bedeuten, daß die Hausherrin Informationen über Ranulf haben wollte. Der Junge hatte aber bisher noch keine Fragen gestellt, sondern lediglich Ranulf Auskunft über Clydon gegeben.

Ranulf stieg nackt in die große, runde Wanne. Als er sich setzte, ließ das Gewicht seines Körpers das Wasser bis zu seiner Brust steigen. Er bemerkte nicht, wie Theo jede seiner Bewegungen mit erwartungsvoll funkelnden Augen verfolgte.

Theodric war entzückt und verängstigt zugleich. Er hatte noch nie einen so schönen oder riesenhaften Körper gesehen. Jeder Muskel verriet eiserne Kraft. Arme wie diese konnten mühelos Knochen brechen. Lange, lange Beine, ein schmaler, wundervoll geschwungener Po, ein endloser breiter Rücken, und alles in goldene Haut verpackt und felsenhart. Theo konnte getötet werden. Er mußte das Risiko eingehen. Doch er wußte nicht, wie er mit so einem Mann verfahren sollte.

Er hatte die Kleidung des Ritters weggelegt. Seine Finger hatten dabei auf dem Stoff geruht – gerade so lange, wie es möglich war, ohne Anstoß zu erregen, doch der Riese hatte nichts bemerkt und den Jungen nicht einmal angesehen, während er Fragen stellte. Theo antwortete mechanisch, denn seine Gedanken kreisten nur um eines. Gewöhnlich mußte er sich nicht so auffällig benehmen. Es genügte ein schwüler Blick, doch offensichtlich nicht bei diesem Mann, dessen ganzes Interesse Clydon zu gelten schien – bisher.

»Wie alt ist sie, deine Herrin?«

Theo sah, wie der Ritter nach dem Waschlappen und der Seife griff, die auf einem Schemel neben der Wanne lagen, und kam ihm zuvor. »Erlauben Sie mir, Sie zu waschen, mein Lord.«

Ranulf zuckte mit den Schultern, obwohl er nicht erwartet hatte, daß die Hilfe des Jungen so weit gehen würde. Doch Lanzo und Kenric schrubbten ihm oft den Rücken, deshalb beugte er sich vor, vergaß jedoch nicht seine Frage.

»Deine Herrin?«

Theo seifte den Waschlappen ein und zögerte zu antworten sowie den Riesen zu berühren. »Warum fragen Sie?«

»Weil ich keine Brüste, keine Hüften, überhaupt keine Kurven entdeckt habe, die mir das Raten erleichtert hätten. Ist sie noch ein Kind?«

Theo hätte beleidigt sein können, weil ein Fremder die Brüste, die Hüften und Kurven seiner Herrin erwähnte, doch er grinste nur, und Ranulf sah es nicht. Reina war tatsächlich nicht so kurvenreich wie die meisten Frauen, doch was sie besaß, hatte die richtigen Maße. Reina war eben nur extrem winzig. Wer sie nicht unbekleidet sehen durfte, konnte nicht ahnen, wie tadellos ihre Beine geformt waren, und daß sie den entzückendsten kleinen Po besaß, ein anmutig gewölbtes Hinterteil, so glatt wie Seide. Ihre Brüste mochten keine Handvoll ergeben, doch sie standen nach oben, mit großen Brustwarzen, die einem Mann den Mund wäßrig machen konnten – jedenfalls den meisten Männern.

Theo mußte sich anstrengen, einen selbstgefälligen Ton zu vermeiden, als er antwortete, denn er kannte die schönen Seiten seiner Herrin, die dieser Ritter niemals kennenlernen würde. »Meine Lady ist schon seit vielen Jahren kein Kind mehr. Sie erscheint zwar nicht so, aber sie ist eine erwachsene Frau.«

Ranulf stellte fest, daß seine Frage bezüglich des Alters nicht direkt beantwortet worden war. Wenn der Junge nicht über die Dame sprechen wollte, würde sich das nun zeigen.

»Wenn ihre Kinderjahre so weit zurückliegen, warum ist sie dann nicht verheiratet?«

Theo fuhr liebkosend mit dem Waschlappen über die goldene Haut. Es fiel ihm schwer nachzudenken, während dieser schöne, muskulöse Rücken unter seiner Hand lag.

»Sie war verlobt, doch der Mann starb vor zwei Jahren.«

»Doch sie verlobte sich wieder?«

Theo furchte die Stirn und bemühte sich um Konzentration. Das war jetzt ein gefährliches Thema. Der Ritter kam von Shefford, deshalb mußte er, wie Shefford, glauben, Reina sei verlobt. Weshalb fragte er dann?

»Natürlich ist sie verlobt. Schickte Sir Henry Sie nicht hierher, um das Hochzeitsdatum zu erfahren? Lord Guys Kastellan muß als Zeuge erscheinen und im Namen des Grafen die Huldigung des neuen Lord von Clydon entgegennehmen.«

Ranulf war dankbar, daß seine Gegenwart so eine einfache Begründung gefunden hatte. Und es war offensichtlich, daß Rothwell wenigstens in einem Punkt recht hatte. Falls es wirklich einen Vertrag mit Rothwell gab, so ignorierte ihn die Lady. Sie plante, sich anderweitig zu verheiraten.

»Dann steht das Datum also schon fest?« fragte Ranulf.

Theo nutzte das Abgelenktsein des Riesen, um mit dem Waschlappen über dessen breite Brust zu fahren. »Das kann nur meine Herrin beantworten.«

»Und wer ist der glückliche Zukünftige?«

Theo war nun auf der Hut, denn Reina pflegte solche Fragen abzuwehren. Wie konnte er sagen, es sei de Lascelles, wenn die Möglichkeit bestand, daß de Arcourt zuerst auftauchte und daher von Reina genommen wurde? Theo vermutete, Ranulf Fitz Hugh wußte nicht, daß nie ein Name bekanntgegeben worden war.

»Es ist ziemlich intern, aber Sir Henry hat es Ihnen sicher verraten?«

Ranulf brummte nur. Der Junge wich schon wieder aus, und das gefiel ihm nicht. Falls die geplante Hochzeit bald stattfinden würde, was nach den Vorkommnissen dieses Morgens nahelag – was war so geheimnisvoll an dem Mann, den Reina an Rothwells Stelle heiraten wollte? Er konnte nicht die Wahl ihres Vaters sein, wenn Rothwell die Wahrheit gesagt hatte. Dann mußte der Graf von Shefford dahinterstecken. Keine Frau würde es sich erlauben, aus eigenen Stücken eine Verbindung anzustreben oder ein Verlöbnis zu brechen. Der verschmähte Mann würde zweifellos eine Armee hinter ihr herschicken – oder einen gedungenen Häscher, wie es Rothwell getan hatte. Warum ließ der Graf sie dann die ganze Zeit ungeschützt? Wenn er sie einem anderen Mann geben wollte, hätte das sofort geschehen müssen, denn als Unverheiratete war sie eine leichte Beute.

Es war ein Rätsel, aber eines, das nicht wirklich zählte. Ranulfs Pflicht bestand darin, die Lady Rothwell zuzuführen, und das wollte er tun. Es interessierte ihn nicht, wer durch sie letzten Endes Clydon besaß. Natürlich hätte er den Gewinner beneiden können, denn Clydon war großartig. Daß mit dem Besitz auch eine winzige, kindhafte Frau in Kauf genommen werden mußte, die wie ein General Befehle erteilte, war der einzige Nachteil, doch im Grunde unwesentlich. Selbst eine verkrüppelte Bucklige hätte begehrenswert sein können, solange ihr Clydon gehörte.

In diese Gedanken versunken hatte Ranulf nicht darauf geachtet, was Theo machte. Nun nahm er mit einem Schlag wahr, daß der Junge neben ihm stand und, mit dem Arm im Wasser, den Waschlappen über die Innenseite seiner wuchtigen Oberschenkel gleiten ließ. Ranulf erstarrte und mochte dem Verdacht nicht trauen, der ihn überkam. Der Junge konnte doch nicht so lebensmüde sein! Ranulfs Zweifel wurden gleich zerstreut, denn die Hand des Burschen rutschte weiter. In dem Moment, als sie Ranulf berührte, wo sie nichts zu suchen hatte, wandte er sein Gesicht dem Jungen zu und sah, wie dessen glasige Augen sich an ihm festsogen. Nun reagierte er blitzschnell.

Sein Wutgebrüll ließ die Dachsparren erzittern, und mit einer einzigen Armbewegung schleuderte er Theo quer durch den Raum. »Bei allen Heiligen! Sie schickt mir einen Lustknaben!«

Theo rappelte sich auf, doch in seiner Enttäuschung meinte er schmollend: »Sie hätten einfach nein sagen können!«

»Nein?« schrie Ranulf ungläubig. »Du scheußlicher kleiner Köter hast Glück, wenn ich dir nicht den Schwanz ausreiße und in deinen Hintern stecke! Verschwinde, ehe ich es mir anders überlege!«

Ranulf beobachtete mit feuersprühenden Augen, wie Theo aus dem Zimmer stürzte. Bei dem mädchenhaften Gehabe des Jungen hätte er Bescheid wissen und wachsamer sein müssen, doch die Lady hatte ihm den Knaben geschickt, und er hatte nur vermutet, einen Kundschafter vor sich zu haben, was nicht einmal ansatzweise der Fall gewesen war. Beim Kruzifix – dachte die Dame denn, er sei ein gottverdammter Sodomit? Sah er so aus? Aber man sah es den Menschen wohl nicht an, oder?

Als Ranulf sich das eingestand, legte sich sein rasender Zorn. Selbst vom König, einem unerschrockenen Krieger und Riesen von Gestalt, wurde gemunkelt, er zöge einen Jungen im Bett einer Frau vor. Es gab eben Männer, die mochten beides, und Männer, die mochten nur das eine oder andere. In der Kirche wurde so oft darüber gepredigt, daß Ranulf die weit verbreitete Praxis dieser Perversion kannte. Doch er hatte nie zuvor eine derartige Annäherung erlebt. Kein Mann hatte das je gewagt. Dieser mädchenhafte Theo war vom Glück begünstigt, daß Ranulf ihn nicht in Stücke gerissen hatte.

7

Reina benützte selten den Badeschemel, der für sie in die Mitte der mit Tüchern ausgeschlagenen Wanne gestellt wurde. Auch heute setzte sie sich nicht darauf. Sie spürte das Bedürfnis, tief in dem heißen Wasser zu versinken, um ihren schmerzenden Muskeln Entspannung zu verschaffen. Da sie so klein war, brauchte sie nicht sehr viel Wasser. Ihr Bad enthielt Myrrhenöl, dessen köstliche, exotische Süße sie beruhigte. Es war ihr Lieblingsduft, seitdem sie das Öl in der Wagenladung voller Schätze entdeckt hatte, die von ihrem Vater nach Hause gesendet worden waren.

Beim Öffnen der Tür richtete Reina sich auf. Wenda hatte bereits den Rest des heißen Wassers hereingebracht, das über dem Herd im Zimmer des Lords erhitzt worden war. Als Reina Theodric erkannte, ließ sie sich wieder zurücksinken. Sie hörte, wie er Wenda fortschickte, und wunderte sich, daß er schon da war. Dann wartete sie auf seinen Bericht. Eine Vorahnung sagte ihr, daß ihr dieser Bericht nicht gefallen würde, deshalb hatte sie auch keine Eile, ihn zu vernehmen.

Sie hatte bereits mit ihrem Tafelmeister gesprochen und war sicher, daß unten alles beinahe normal ablaufen würde, doch sie wußte, daß sie nicht in ihrem Zimmer verweilen durfte, wenn Gäste zu betreuen waren. Doch hier war der einzige Platz, an dem sie Ruhe hatte, und die benötigte sie im Moment. Außer Theo oder Wenda durfte niemand ohne Erlaubnis dieses Zimmer betreten, und wenn Reina sich hier aufhielt, was nicht zu oft vorkam, wußte jeder, daß sie nicht gestört werden wollte. Diese Regelungen waren wegen Theo getroffen worden. Reinas Damen war bekannt, daß er ihre Herrin bediente, doch nicht, in welcher Eigenschaft. Es war auch kein Geheimnis, daß er sich nicht für Frauen interessierte – dafür zeigte er seine Vorliebe viel zu augenfällig. Doch die meisten der Damen waren noch zu jung, um die Situation zu verstehen, sollten sie zufällig hereinkommen, wie jetzt, und Theo im Zimmer vorfinden, während ihre Herrin badete.

Theos Zwillingsschwester Ethelinda war seit Reinas zwölftem Lebensjahr ihre persönliche Bedienstete gewesen. Daß die Zwillinge beinahe unzertrennlich waren, hatte Reina veranlaßt, sich auch an Theos Gegenwart in ihren Räumen zu gewöhnen. Zuerst hatte der Junge Arbeiten verrichtet, die für männliche Bedienstete bestimmt waren. Doch bald hatte er, wenn Ethelinda unabkömmlich war, einige Pflichten seiner Schwester übernommen. Seine Berührung war sanfter, deshalb mochte Reina es lieber, von ihm gekämmt und frisiert zu werden. Er hielt ihre Kleidung sauberer, ebenso wie ihr Zimmer, denn Schmutz stieß ihn ab.

Als er vierzehn war, verliebte er sich zum erstenmal. Obwohl es Reina schockierte, daß seine Liebe einem anderen Mann galt, gewöhnte sie sich bald auch daran. Und schließlich verhüllte sie ihre Nacktheit nicht mehr, wenn er unerwartet ihr Zimmer betrat. Für sie war er einfach Theo, zwar ein Junge, aber kein auf irgendeine Art bedrohliches männliches Wesen. Als Ethelinda kurz nach Roger de Champeneys Aufbruch ins Heilige Land bei einem tragischen Unfall starb, erschien es nur natürlich, daß Theo ihre Stelle einnahm.

Reina hatte ihn bereits liebgewonnen, wie sie auch seiner Schwester zugetan gewesen war. In ihrem Kummer über Ethelindas Verlust trösteten sie sich gegenseitig und kamen sich dadurch noch näher. Zwischen ihnen entstand eine Bindung. Theo war nicht nur Reinas Diener, sondern auch ihr Freund, und deshalb konnte er sich Freiheiten bei ihr herausnehmen wie kein anderer. Ihr Vater hätte das nicht gestattet, wie überhaupt kein Mann das verstanden hätte; deshalb wußte auch nur Wenda, daß Theo Reinas ›persönliche Bedienstete‹ war, daß er sie badete und ankleidete und sich um ihre Bedürfnisse kümmerte.

Dieses Geheimnis zu wahren war nötig gewesen, weil Reina jünger war als Theo, und weil ihre noch jüngeren Damen vor jedem ungebührlichen Einfluß geschützt werden mußten. Doch nun beanspruchte Reina gewisse Rechte für sich selbst und machte sich keine Gedanken mehr, wer über Theo Bescheid wußte, denn niemand würde ihr zu widersprechen wagen. Nicht einmal ihr Ehemann würde bestimmen dürfen, wer sie bediente, nicht bei all dem Reichtum, den sie ihm einbrachte, und vor allem nicht, wenn er die besonderen Umstände kannte. Wenn nötig, würde sie eine entsprechende Klausel in ihren Ehevertrag einfügen lassen.

Theo schwieg immer noch, und Reinas Badewasser wurde allmählich kalt. »Nun?« rief sie aus der Tiefe der Wanne.

»Nun – was?«

Bei dieser trotzigen Antwort richtete sie sich auf und stützte die Arme auf den Rand der Wanne. Es dauerte einen Moment, bis sie Theo niedergeschlagen in der Ecke auf dem Boden sitzen sah. Er hielt sein Kinn auf die Knie gesenkt.

Offensichtlich brauchte sie keine Fragen zu stellen, doch sie tat es ganz sanft. »Er war nicht interessiert?«

»Kein bißchen.«

»Was ist los mit dir? Gewöhnlich nimmst du eine Zurückweisung nicht so schwer.«

Er hob den Kopf. »Sie haben ihn nicht gesehen, Reina! Diese goldene Haut, diese Schönh...«

Sie unterbrach ihn. »Erspar mir ein Loblied, Theo. Es ist immer dasselbe mit dir, wenn ein neues, hübsches Gesicht auftaucht, dann mußt du immer daran denken, was dein derzeitiger Liebhaber machen wird, wenn er von deiner Untreue erfährt. Ist er nicht ein Soldat? Ich möchte ihn nicht in den Turm werfen müssen wie den letzten, weil er dich wegen deiner Untreue verprügelte.«

»Kann ich etwas dafür, daß Männer so besitzergreifend sind?«

Reina lachte über seinen schmerzlichen Ton. »Wenn du wie Eadwina sein und von einem Mann zum anderen schwirren willst, dann darfst du dich nicht an einen einzelnen binden.«

»Sie vergleichen mich mit dieser Hure, die in jedes Bett im ganzen Haus gekrochen ist?« fragte er empört. »Sie ist zu dumm, um einen Mann länger als einen Tag fesseln zu können.«

»Doch schlau genug, um Eifersuchtsprügeleien zu vermeiden, was dir nicht gelingt«, wandte Reina ein. »Ich schätze es nicht, dich immer wieder zusammenrichten zu müssen, wenn sie dich fertiggemacht haben. Wenn du nicht treu sein kannst, Theo, such dir wenigstens Liebhaber aus, die schmächtiger sind als du, oder trainiere deine Muskeln.«

»Aber ich mag es, mich hilflos wie eine Frau zu fühlen. Möchten Sie vielleicht stärker sein als...«

»Von mir ist hier nicht die Rede«, gab sie zurück und stand auf. »Ich weiß auch nicht, warum ich versuche, dir Vernunft beizubringen. Du wirst es so wie immer machen, ganz gleich, was ich sage.«

Er kam schnell mit einem Badetuch herüber und half ihr aus der großen Wanne. Er haßte es, Reina beichten zu müssen, daß er den Riesen verärgert hatte, doch er konnte nicht zulassen, daß sie Ranulf gegenübertrat, ohne etwas zu wissen. Nun fing sie selbst wieder an, von dem Fremden zu sprechen.

»Hast du wenigstens herausgefunden, was Sir Ranulf hier will?«

Er wickelte ein Handtuch um ihr nasses Haar, das Wenda vorher gewaschen hatte. »Ich hatte kaum eine Chance, etwas zu erfahren, nachdem er selbst ständig Fragen stellte. Wie jeder, der zum erstenmal herkommt, war er sehr neugierig, was Clydon betraf. Aber er wollte auch vieles über Sie wissen.«

»Oh?«

Theo grinste. »Es wurmte ihn wohl, daß er Ihr Alter nicht erraten konnte.« Er mochte den genauen Wortlaut nicht wiederholen. »Er fragte nach Ihrem Alter, nach dem Datum der Hochzeit und nach dem Namen Ihres Verlobten.«

»Was hast du ihm erzählt?«

»Nichts, in das er sich verbeißen könnte, also wird er Sie noch einmal ausfragen, wenn... wenn sein Zorn verraucht ist.«

Reina wurde sehr still. »Theo, du hast ihn doch nicht beleidigt?«

»Natürlich nicht, aber vielleicht bildet er es sich ein.«

»Berichte!«

Theo errötete und blickte zur Seite. »Er war so abgelenkt, als ich... Nun, ich ging ihm nicht so schnell aus dem Weg, wie Sie es mir geraten haben. Er wollte mich in Stücke reißen. Ich wartete nicht, ob er es ernst meinte.«

»Oh, Theo.« Reina stöhnte. »Konntest du sein Desinteresse nicht spüren, *ehe* du so weit gingst, ihn zu erzürnen?«

»Ich sagte doch schon – er war abgelenkt.« Seine Stimme klang abwehrend. »Es war nicht leicht...«

»Du hättest ihn direkt fragen können! Himmel, was habe ich mir nur dabei gedacht, dich in seine Nähe zu lassen! Diese Komplikation fehlt mir gerade noch!« Sie riß ihre Kleidertruhe auf und zerrte heraus, was obenauf lag. »Steh nicht einfach herum! Ich muß mich beeilen, um ihn nicht ein zweites Mal warten zu lassen. Hast du ihm dann wenigstens Eadwina als Badefrau geschickt?«

Theo stülpte ihr ein Leinenhemd über den Kopf. »Sie war bereits mit einem der anderen beschäftigt.«

»Wen hast du ihm geschickt?«

»Amabel.«

»Theo! Die fette Amabel? Wie konntest du!«

»Was habe ich getan?« fragte er in aller Unschuld, während er die Spitzen an ihrem langärmeligen Oberteil befestigte. »Sie stand gerade zur Verfügung.«

Reina sah ihn böse an und hätte ihn am liebsten geohrfeigt. »Falls er vorher nicht beleidigt war, dann ist er es jetzt. Und ich schwöre, wenn dein dümmlicher Groll mir Schwierigkeiten mit dem Riesen bereitet, werde ich persönlich dein Fell an die Wand nageln.«

Theo protestierte. »Er hatte so viel im Sinn, daß er nicht an einen Geschlechtsakt dachte – mit niemand. Er wird Amabel nicht einmal bemerken.«

»Das wäre dein Glück! O Jesus, du mußt mein Haar noch trocknen. Beeil dich, Theo. Ich muß da sein, wenn er in die Halle zurückkehrt.«

8

Als Ranulf die Turmtreppe herunterkam, saß Walter bereits auf der untersten Stufe und wartete auf ihn. »Ich dachte schon, du wärst da oben verlorengegangen. Vorher vermutete ich, daß *ich* der letzte sei, der in die Halle zurückkehrt, nachdem diese aufregende blonde Dirne sich um mich gekümmert hat.

Walter hätte nichts Schlimmeres sagen können, denn Ranulf war extra noch eine Weile im Turmzimmer geblieben, um seinen Zorn abebben zu lassen. Zuerst hatte man ihm diesen Lustknaben geschickt und dann eine Frau wie ein Faß, die er nicht umarmen hätte können, selbst wenn er es gewollt hätte.

»Wie war sie denn?« meinte Ranulf kurz.

»Mußt du fragen?«

Ranulf stieß einen dumpfen Grunzlaut aus. »Ist die Lady schon heruntergekommen?«

»Ja, vor geraumer Zeit«, erwiderte Walter mit einem neugierigen Blick. »Was fehlt dir eigentlich?«

»Nichts, was die Dame nicht in Ordnung bringen könnte«, erklärte Ranulf und marschierte unter dem Rundbogen durch, der in die große Halle führte.

Der Ärger erstickte ihn fast, während er sich der Estrade mit dem Kamin in der Mitte näherte. Searle und Eric standen dort, umringt von einer Gruppe Damen. Selbst der Gedanke, sich so vielen ›Damen‹ zuzugesellen, schüchterte ihn nicht ein. Doch er beruhigte sich und fühlte sich fast beschämt, als er um den langen Tisch herumging, der nun für das Nachmittagsmahl mit weißem Leinen gedeckt war. Es wurde ihm klar, daß er nicht erkannte, welche der Frauen Reina de Champeney war.

Es standen dort vier ältere weibliche Wesen, die junge Lady Elaine, die er zuvor erschreckt hatte, und drei andere Mädchen, die wie Zwölf- oder Dreizehnjährige aussahen. Welche der älteren Frauen die Herrin von Clydon war, konnte man unmöglich erraten, denn selbst die ältesten wirkten wie halbe Kinder.

Es war die jüngste der vier Frauen, die vortrat, um ihn zu begrüßen. Da sie, ebenso wie die anderen, den Blick züchtig gesenkt hielt, blieb er weiter im ungewissen, denn die himmelblauen Augen der Schloßherrin hätte er auf alle Fälle wiedererkannt.

»Sir Ranulf, erlauben Sie mir, daß ich Ihnen Lady Margaret, die Frau von Sir William Folville, vorstelle, der noch krank ist und sich uns nicht anschließen kann.«

Lady Margaret war die älteste, nun fehlten von dieser Gruppe noch drei.

»Lady Elaine kennen Sie schon.« Lag da ein Tadel in ihrer Stimme? »Und das ist Lady Alicia, Sir Williams Tochter.«

Eine hübsche Zwölfjährige. Offenbar wurden sie nach Rang vorgestellt.

»Die Damen Hilary und Florette sind nun Witwen«, fuhr die Wortführerin fort. »Ihre Männer waren Clydon-Ritter. Sie starben, wie mein Vater, im Heiligen Land.«

Hierauf mußte er etwas sagen, obwohl er nun wußte, welches die Lady war, die er sich vorknöpfen wollte. Die Dame Hilary wirkte stämmig für ihre fünfzehn Jahre. Die Dame Florette war eine reizende Braunhaarige mit grünen Augen, die scheu zu ihm emporblickten.

»Ich bedaure sehr, von Ihrem großen Verlust zu hören«, sagte er zu den beiden, erntete aber nur ein halbherziges Lächeln und Nicken als Antwort.

»Auch Cecilias und Eleanors Väter begleiteten meinen Vater auf dem Kreuzzug. Wir hoffen, daß diese Ritter, zusammen mit Lord Guy, gesund zurückkehren werden.«

Das waren die beiden letzten jungen Mädchen – zu schüchtern oder verängstigt, ihn anzusehen.

»Es ist mir eine Ehre«, erklärte Ranulf und verneigte sich vor allen.

Nun, da die Szene vorüber war, hatte er gründlich genug von jeder Art Höflichkeit. Er wandte sich Lady Reina in der Absicht zu, sie irgendwohin zu schleppen und ihr deutlich Bescheid zu sagen, was seine Gefühle betraf.

Doch sie sprach zuerst. Sie legte ihre winzige Hand auf seinen Arm, trat ganz nahe an ihn heran und wisperte mit sanfter Stimme: »Sir Ranulf, würden sie bitte mit mir kommen. Ich möchte ein privates Wort mit Ihnen reden, ehe wir uns zu Tisch begeben.«

Trotz der höflichen Form klang das wie ein Befehl in seinen Ohren. Und obwohl er dasselbe, nur weniger liebenswürdig, hatte sagen wollen, paßte es ihm nicht, von einer Frau herumkommandiert zu werden. Doch sie wartete seine Antwort nicht ab, in der selbstverständlichen Annahme, daß er sich ihrem Wunsch nicht verweigern würde. Sie drehte den anderen den Rücken zu, und ihre Hand ruhte nicht mehr auf seinem Arm, sondern packte ihn, als wolle sie ihn mit sich fortziehen – als ob ihr das möglich gewesen wäre, wenn er sich widersetzt hätte! Aber er folgte ihr, nur, weil auch er dieses private Wort mit ihr reden wollte.

Sie führte ihn zu einer Schießscharte auf der Seite der Halle. Hier gelangte man über zwei Stufen in eine Nische von der Tiefe der Mauerbreite, in der sich zwei Bänke gegenüberstanden. Die Strahlen der nachmittäglichen Sonne fielen hell darauf.

Reina ging zuerst hinein und nahm auf der linken Bank Platz. Ranulf setzte sich auf die rechte Bank, die von den Leuten an der Feuerstelle voll eingesehen werden konnte. Er glaubte nicht, daß das ihn abhalten würde, seinem Ärger freien Lauf zu lassen, doch wiederum gab Reina ihm keine Gelegenheit, das erste Wort zu ergreifen.

»Danke, mein Lord, daß Sie mir erlauben, mich bei Ihnen unter vier Augen zu entschuldigen. Es ist mir peinlich, über den Vorfall zu sprechen, den meine Unachtsamkeit verschuldet hat, und deshalb fasse ich mich kurz. Ich wollte Sie nicht durch das Auftreten meines persönlichen

Dieners beleidigen. Als er mich anflehte, ihn zu Ihnen zu schicken, war ich nicht bei klarem Verstand. Gewöhnlich ist Theodric nicht so ungeschickt, aber in Ihrem Fall war er es, wie er zugab, und ich bitte Sie, mir und Theo zu vergeben. Es ist nicht zu entschuldigen, daß er dachte, Sie wären... Er war einfach berauscht... o Gott, das ist peinlicher, als ich glaubte.«

Reina wand sich förmlich, und ihre Wangen färbten sich glühend rot. Ihr Gegenüber half ihr mit keinem Wort. Während ihrer Rede war sie seinem Blick ausgewichen, aber sie wußte, daß der Mann sie anstarrte und wartete, was sie noch zu sagen hatte. Aber was konnte sie noch sagen?

Mit einem Seufzer fuhr sie fort. »Man braucht Sie nur anzusehen, Sir Ranulf, um zu wissen, daß Sie nicht... Nun, Sie haben wohl erkannt, daß Theo anders ist, daß er nur Männer...« In dieser Tonart konnte sie nicht weiterreden. »In der Tat, ich trete wohl ins Fettnäpfchen.«

»Ja, damit haben Sie recht.«

Reina versteifte sich, als sie endlich seinen mürrischen Baß grollen hörte. Der Mensch war also immer noch verärgert! Nun sah sie ihm direkt in die Augen, und es gefiel ihr nicht, was in deren zu Indigo verdunkelten Tiefen zu lesen stand.

Daß er nach ihrer Entschuldigungsrede nicht großherzig sein konnte, kränkte sie, deshalb sagte sie kühl: »Der Fehler lag bei mir. Theo kann nicht aus seiner Haut. Ich habe ihn seit fünf Jahren um mich – er ist mir lieb und wert. Ich habe ihn schon bestraft und kann Ihnen versichern, daß Sie durch seine Gegenwart nicht mehr gestört werden. Falls Sie jedoch die Angelegenheit nicht vergessen können und sofort abreisen wollen, verstehe ich das.«

Es vergessen oder verschwinden? Ranulf mußte hinunterschlucken, was er am liebsten zu diesem Ultimatum gesagt hätte. Dieses kleine Weibsstück! Sie zwang ihn, die Sache ruhen zu lassen, und verwehrte ihm die Möglichkeit, seinem Zorn Luft zu machen. Natürlich konnte er nicht abreisen, nicht, ehe es Nacht wurde und er die kleine Hexe mitnehmen konnte. Aber, bei Gott – sie hatte dafür gesorgt, daß es ihn überhaupt nicht mehr reute, sie unverzüglich bei Rothwell abzuliefern. Die beiden verdienten einander.

»Wie Sie sagen, die Angelegenheit ist vergessen«, brachte er mühsam hervor.

»Fürwahr, ich kann nicht behaupten, daß ich mich fühle, als hätten Sie mir vergeben, Sir Ranulf. Möchten Sie mich noch einmal schütteln? Würde Ihnen das helfen?«

Er betrachtete sie giftig, weil sie ihn daran erinnerte, daß auch er einen unverzeihlichen Fehler begangen hatte, und er zweifelte nicht daran, daß sie es absichtlich tat. Nun besaß sie auch noch die Kühnheit, ihm zuzulächeln. Dabei entblößte sie eine Reihe weißer Perlenzähne.

Und sie erwartete keine Antwort! Mit einer kleinen Bewegung überbrückte sie den schmalen Abstand zwischen ihr und ihm und legte die Hand auf sein Knie, um sie gleich wieder wegzuziehen, als sei ihr eingefallen, daß sie ihn für eine Berührung zu wenig kannte. Doch sie lächelte immer noch.

»Mein Angebot war nicht ernst gemeint, müssen Sie wissen. Werden Sie niemals geneckt?«

»Doch. Walter riskiert damit öfter sein Leben.«

Sie lachte. Es war ein leiser, angenehmer Laut. »Schämen Sie sich, wenn das stimmt. Ich hoffe, daß nur ein leerer Bauch an Ihrer Verdrießlichkeit schuld ist, denn dem kann ich abhelfen.«

Ranulf besaß so viel Takt zu erröten. Die Lady scherzte noch immer, doch wenn er seine schlechte Laune nicht schnellstens ablegte, würde Reina ihm eine Abreise nicht mehr anbieten, sondern sie fordern.

»Verzeihen Sie, Demoiselle. Ihre Speisen sind in der Tat höchst willkommen.«

»Dann dürfen wir Sie nicht mehr länger warten lassen.

Kommen Sie – Sie werden ein Tranchierbrett mit mir teilen.«

Himmel, mußte er das? Sie zeichnete ihn aus, aber *er* sah es nicht so. Neben ihr zu sitzen und all die höfischen Regeln zu beachten, sie mit den besten Brocken zu füttern, ihr Fleisch zu schneiden und dafür zu sorgen, daß ihre Tasse nie leer war, überhaupt alles Machbare zu tun, um ihr zu gefallen – war das ein Vergnügen? Wenn ein Mann Hunger hatte, sollte er sein Mahl in Ruhe verspeisen dürfen. Aber wie konnte er das, wenn Damen anwesend waren, die bedient und unterhalten werden wollten?

Ranulf schloß die Augen und stöhnte, doch er öffnete sie gleich wieder, denn Reina kehrte zu dem Podium zurück, erneut in der Annahme, daß er ihr folgen würde. Sein Blick heftete sich auf ihre schmalen Hüften, die beim Gehen, das eher ein Gleiten war, sanft schwangen. Wie alt war sie? Fünfzehn? Sechzehn? So winzig, wie sie war, konnte sie nicht viel älter sein. Doch er mußte zugeben, daß sie Brüste besaß. Zwei kleine, aber trotz der mehrfachen Stofflagen der Kleidung sichtbare Hügel.

Als er ihr gegenübergesessen hatte, war es leicht für ihn gewesen, sie gründlich zu betrachten, jedenfalls solange sie bei ihrer Entschuldigungsrede seinen Blick vermieden hatte. In ihrem Gesicht lag nichts Kindliches. Es war klein, aber klar gezeichnet – das Gesicht einer Frau. Schräge Brauen versteckten sich beinahe völlig unter dichten Ponyfransen. Mandelförmige Augen, eine schmale, gerade Nase, ein breiter Mund mit einer vollen Unterlippe und ein zierliches Kinn vervollständigten das Bild. Es war kein schönes Gesicht im üblichen Sinn, aber gewiß ein interessantes, mit dieser üppigen Unterlippe und der makellosen Haut, die in ihrer cremigen, weißen Zartheit fast zum Berühren einlud. Doch was ungewöhnlich und verblüffend an Reina wirkte, das war die Kombination der unglaublich hellblauen Augen mit einem Haar, so schwarz wie Pech, mit Brauen, die ebenso schwarz waren, und noch schwärzeren, dichten Wimpern. Nicht schön, aber keineswegs häßlich!

Sie zog ihn jedoch nicht im geringsten an. Es waren die starken, robusten Weiber, die ihm ins Auge stachen, Frauen, die einen rohen, rücksichtslosen Beischlaf aushalten konnten, denn das war das einzige, was ihn interessierte. Kleine, zarte, weibliche Wesen versetzten ihn in Schrecken, und wenn es sich um Damen handelte, mochte er sie noch weniger, eben weil es Damen waren. Und diese besondere Lady war ihm von allen am meisten zuwider, weil sie glaubte, ein paar dürftige Worte der Entschuldigung könnten die Beleidigung tilgen, die sie ihm zugefügt hatte. Nun hatte sie der Liste von Beschwerden, die er gegen sie aufgestellt hatte, auch noch die Neckerei beigemengt. Von Walter mochte er die Frotzeleien noch akzeptieren, nicht aber von ihr.

Er bemerkte, daß Walter grinste, und erhob sich. Je schneller er das Mahl hinter sich brachte, um so eher konnte er Pläne für den Aufbruch schmieden.

Ein Horn erklang, das die Gefolgsleute des Schlosses zu Tisch rief. Ranulf konnte kaum glauben, wie wenig Soldaten, von denen einige verwundet waren, hereinmarschierten. Eine Burg von dieser Größe und solchem Reichtum hätte mehreren hundert Männern Unterhalt bieten können – wo war also die Besatzung, die zum Schutz des ganzen Komplexes benötigt wurde? Ranulf brannte darauf, die Antwort zu erfahren, doch das würde warten müssen.

Er hatte beschlossen, die Lady nicht hier zu fragen, wo er sein Temperament zügeln mußte. Mit ihrem bestimmenden Wesen verärgerte sie ihn zu leicht, und je weniger er mit ihr reden mußte, um so besser! Wenn er sie von Clydon weggeschleppt haben würde, wäre immer noch Zeit, Antworten zu verlangen. Dann würde sie sich nicht mehr so hoheitsvoll gebärden.

So überließ er es Walters Talent, das Tischgespräch witzig und amüsant zu führen, wenn es auch manchmal auf Ranulfs Kosten ging. Wenigstens belustigte Walter Lady Reina und lenkte sie ab, so daß Ranulf ihren forschenden Blick nur ein- oder zweimal ertragen mußte. Und nach dem Essen konnte er sich gleich mit der Entschuldigung zurückziehen, die meisten seiner Leute fortschicken zu wollen. Das kam Lady Reinas Wünschen entgegen, denn seine überlegene Streitmacht gab ihr offenbar zu denken, was ihm durchaus in den Kram paßte. Er zog jedoch nicht in Erwägung, die Schloßherrin aufgrund seiner Übermacht einfach gefangenzunehmen. Das hätte nur ein unnötiges Abschlachten ihrer Leute zur Folge gehabt, was durch eine heimliche Entführung vermieden werden konnte.

9

»Was hast du herausgefunden, Walter?«

»Daß ihr Zimmer im Nordturm liegt. Es kann aber nur über diese Treppe im Ostturm erreicht werden, die du heute morgen mit ihr hinaufgestiegen bist.«

Ranulf wandte sich von dem schmalen Fensterschlitz ab, durch den er das Treiben im Innenhof beobachtet hatte. »Ja, ich erinnere mich an einen langen Korridor, der direkt durch die Mauer läuft, wie in der Galerie über der Halle. Hat dein Kundschafter erwähnt, was sich noch dort oben befindet?«

»Das Zimmer des Lords und die Frauenabteilung, wo ihre Damen und deren Dienstmädchen schlafen.«

»Dann wird alles glattgehen, und kein Lärm wird die Frauen stören. Ist das unser Vorratskarren, den ich vor einem der Lagerhäuser gesehen habe?«

»Ja«, erwiderte Searle nun.

»Gemäß Ihrem Befehl brachte Eric Rothwells Männer

zum Lager zurück und schickte einen mit dem Karren hierher. Das Getreide, das Walter eingekauft hat, wurde bereits in den Karren verladen.«

»Ich hoffe, es ist noch Platz übrig.«

»Ja, genügend, um die Lady unterzubringen.«

Ranulf nickte, ehe er Kenric und Lanzo ansah. »Habt ihr entschieden, wer mit ihr fahren wird?«

»Lanzo«, antwortete Kenric, »da er kleiner ist und weniger Platz in dem Karren beanspruchen wird.«

»Zweieinhalb Zentimeter kleiner«, meinte Lanzo brummig, »und das dürfte wohl kaum eine Rolle...«

Kenric grinste. »Dann eben dünner.«

Walter lachte in sich hinein. »Also hat Kenric beschlossen, daß Lanzo es freiwillig machen wird? Kopf hoch, Lanzo. Deine Aufgabe ist die wichtigste. Du mußt dafür sorgen, daß die Lady den Coup nicht gefährdet, daß sie nicht den geringsten Laut von sich gibt, um die Wächter nicht zu mobilisieren, ehe wir das äußere Tor passiert haben. Was meinst du, Ranulf? Bringt er das fertig? Er ist nicht viel größer als sie.«

Kenric kicherte. »Zweieinhalb Zentimeter größer.«

»Kannst du es, Lanzo?« fragte Ranulf den Jungen direkt und ganz im Ernst. »Denn wenn du es nicht kannst und die Lady Alarm schlägt, werden wir unseren Abgang erkämpfen müssen. Weißt du, wieviel Leben das kosten wird, falls es so weit kommt?«

»Ich kann es«, erklärte Lanzo fest und warf Kenric nun einen selbstbewußten Blick zu. »Doch sollte jemand fragen – aus welchem Grund befinde ich mich in dem Karren?«

»Eigentlich soll es niemandem auffallen, aber wenn doch jemand neugierig ist, dann bist du eben krank, so krank, daß du nicht reiten kannst.«

»Ein wenig Gestöhn und würgende Laute des Erbrechens werden ein übriges tun, jeden zu überzeugen und ein eventuelles Ächzen der Lady zu übertönen«, fügte

Walter hinzu. »Und unsere Männer werden sich unauffällig um den Karren gruppieren. Sie wissen, daß sie niemand zu nahe herankommen lassen dürfen.«

»Noch irgendwelche Fragen?« sagte Ranulf. Als alle schwiegen, fügte er hinzu: »Dann werden wir um Mitternacht anfangen. Kenric und ich holen die Lady. Searle, du wartest draußen auf der Treppe unter der Brücke. Während Walter den Wächter im Vordergebäude ablenkt, übergebe ich dir die Lady, also sei bereit, sobald sich die Tür öffnet. Du mußt die Dame im Karren festhalten, bis Lanzo kommt und deinen Platz einnimmt. Versteck dich gut, wenn die Tore für Eric geöffnet werden. Seine Botschaft, daß unser Lager von Gesetzlosen überfallen wurde, genügt als Begründung für unseren Aufbruch. Ich werde den Verwalter wecken lassen, damit er uns begleitet, dann gibt es keine Verzögerung.«

»Und was geschieht, wenn er die Lady informieren will?« fragte Walter.

»Dann wirst du deine glatte Zunge benutzen, um es ihm auszureden. Wozu auch die Lady stören? Wir sind eine Streitmacht, die abzieht, nicht eine, die Einlaß begehrt. Ganz simpel! Schlaf noch etwas, ehe wir beginnen, denn Eric hat Rothwells Männer schon vorausgeschickt, und wir werden den Rest der Nacht und den Morgen durchreiten, wenn wir die anderen erreicht haben. Nur ein Mann muß aufbleiben, um dich zu wecken, Searle, aber sorg dafür, daß die übrigen dann sofort aufbrechen, damit nur noch die Pferde versorgt werden müssen. Kenric wird uns hier im Wohntrakt wecken, und wir bringen die Lady hinaus. Danach sollten wir wieder in unseren Betten liegen, wenn Eric erscheint, um uns erneut wachzurütteln.«

»Dann gibt es jetzt nichts mehr zu tun«, meinte Walter und entließ die Männer.

Ranulf ging zum Tisch und füllte seinen Becher noch einmal mit importiertem Wein. »Hast du Pergamentpapier von dem Kaplan bekommen und die Warnung geschrieben?«

Walter nickte. Er zog die Aufzeichnung aus seinem Gewand und reichte sie Ranulf. »Es wäre am besten, sie im Zimmer der Lady zurückzulassen. Wer dann morgens hereinkommt, findet die Botschaft. Aber meinst du wirklich, daß das nötig ist? Da dieser Sir William noch krank im Bett liegt, gibt es niemanden, der die Verfolgung aufnehmen könnte.«

»Hast du nicht gehört, daß die Dame noch andere Vasallen besitzt? Sie könnte sie heute benachrichtigt haben, vor allem nach diesem morgendlichen Angriff. Die Lady sieht sicher ein, daß sie bis zu dieser geplanten Hochzeit einen besseren Schutz braucht. Also könnte durchaus in Kürze ein größeres Heer hier auftauchen.«

»Ja, das leuchtet mir ein«, gab Walter zu. »Aber werden sie deine Warnung beherzigen?«

»Sie wissen nicht, wozu ich fähig bin, warum sollten sie dann die Warnung in den Wind schlagen? Glaubst du tatsächlich, sie würden das Leben ihrer Herrin riskieren, nur, um sie zurückzubekommen, wenn sie bei Gelegenheit sowieso und unverletzt zu ihnen wiederkehrt?«

»Unverletzt, aber mit einem Ehemann, den weder die Lady noch ihre Leute mögen.«

Ranulf zuckte mit den Schultern. »Das interessiert uns nicht. Es ist Rothwells Aufgabe, dafür zu sorgen, daß ihre Männer und Shefford ihn akzeptieren.«

Walter ließ den Wein in seinem Pokal kreisen und sah dem Spiel gedankenverloren zu. »In Fällen wie diesem wartet der Mann gewöhnlich, bis ein Baby unterwegs ist, um seine Position zu stärken. Rothwell ist zu alt, um noch fruchtbaren Samen zu produzieren. Vielleicht kann er noch mit seiner Frau schlafen, aber er wird ihr kein Kind mehr machen. Shefford wird das wissen und deshalb auch nicht mit einem Erben rechnen. Möglicherweise läßt er die Lady im Stich und fordert Clydon für sich selbst.«

»Auch das ist nicht unser Problem. Wenn wir sie abgeliefert haben, ist die Sache für uns erledigt. Mit dem Geld von Rothwell habe ich nun mehr als genug, um de Millers Preis zu bezahlen, selbst wenn er noch einmal erhöht.«

Das sagte Ranulf mit solcher Erbitterung, daß Walter lachen mußte. »Der Mann weiß nicht, was er will. Als er das letzte Mal weitere tausend Mark verlangte, dachte ich, du würdest ihn umbringen. Vielleicht erklärt er diesmal, daß er Farring Cross überhaupt nicht verkaufen will.«

»Hüte deine Zunge, Walter! Ich wünsche mir diesen Besitz. Ich wünsche ihn mir so sehr, daß ich an nichts anderes denken kann.«

»Es gibt noch mehr Güter zu verkaufen«, meinte Walter vernünftig.

»Ja, mit wertlosem Land; oder die Häuser sind in einem solch verheerenden Zustand, daß ich mich noch weitere zehn Jahre mit meinem Schwert verdingen muß, um die Reparaturen bezahlen zu können. Farring Cross ist zwar klein, aber es befindet sich in tadellosem Zustand, die Befestigungsanlagen sind stark, das Land nicht ausgelaugt, und die Zinsbauern gesund.«

»Aber es ist den Preis nicht wert, den de Miller jetzt verlangt.«

»Für mich schon, Walter. Der Mann ist eben geldgierig. Deshalb habe ich mir noch weitere Tausend hinzuverdient, um einer höheren Forderung begegnen zu können. Ende des Monats gehört Farring Cross mir.«

»Ja.« Walter seufzte. »Zur Abwechslung wird es schön sein, meinen Kopf Nacht für Nacht auf dasselbe Kissen zu legen. Tatsächlich bin ich es leid, draußen in der Kälte zu schlafen und ständig kreuz und quer über diese Insel zu ziehen.«

»Du hättest jederzeit deine eigenen Wege gehen können«, meinte Ranulf.

»Dann hättest du ja außer deinen Adoptiv-Jungtieren niemanden zum Anbrüllen gehabt.«

»Welche Albernheit!« Ranulf schnaubte verächtlich, doch sein Mund wurde weicher. »Laß mich in Frieden – und entschuldige mich bei der Lady, denn ich komme nicht zum Abendessen. Sag ihr, ich hätte zwei Tage nicht geschlafen, und du wolltest mich nicht wecken. Je weniger ich von ihr sehe, desto besser.«

Walter lachte leise. »Sie hat dich wohl schikaniert?«

»Du ahnst nicht einmal die Hälfte davon, was für ein Ärgernis sie mir war.«

»Möchtest du lieber, daß ich sie heute nacht hole?«

»Nein. Sie zusammenzuschnüren, ist das einzige Vergnügen, das dieser Job mir bietet«, erwiderte Ranulf.

10

Es war ein schwieriges Unterfangen, vom einen Ende der Halle zum anderen zu gelangen, ohne das Fußvolk zu wecken, das auf dem Boden schlief, oder die wenigen Wächter zu alarmieren, die über der Halle an den Bögen der Galerie vorbeipatrouillierten. Als Kenric zum zweitenmal in der Dunkelheit über irgend jemandes Füße stolperte, klemmte Ranulf ihn sich einfach für den Rest des Weges bis zur Treppe unter den Arm.

»Wenn wir eine Kerze hätten...«

»Dann würden wir leichter gesehen«, flüsterte Ranulf.

Er stellte den Jungen auf die Erde, und sie stiegen die engen Stufen hinauf. Oben entdeckten sie eine Fackel in der Mauer, und Kenric nahm sie mit, um den langen Korridor zu erhellen.

»Ist es hier?« wisperte der Junge, als sie die letzte Tür erreichten.

»Ja, falls Walter die richtige Auskunft bekam. Du mußt das Licht abschirmen, wenn ich die Tür öffne. Ich möchte nicht, daß die Lady aufwacht, ehe ich vor ihr stehe.«

Die Tür war nicht abgesperrt, doch der Eingang war durch einen Strohsack blockiert. Ranulf schloß die Tür wieder und fluchte leise.

»Was ist los?« fragte Kenric.

»Eines ihrer Mädchen schläft vor der Tür. Du mußt durch den Spalt schlüpfen und dafür sorgen, daß die Frau weiterschlummert.«

Kenrics Augen weiteten sich zu türkisfarbenen Kreisen. »Sie wollen, daß ich sie töte?«

»Schlafen soll sie, du Esel! Ein leichter Schlag auf den Kopf mit dem Griff deines Degens müßte genügen. Sei nur leise.«

Kenric steckte die Fackel in eine dafür vorgesehene Halterung neben der Tür, ehe er in den Raum glitt. Nach einer halben Minute kehrte er zurück und öffnete die Tür weit.

»Es war nicht eine Sie, sondern ein Er«, flüsterte Kenric mit deutlicher Verwunderung. »Dieser Junge...«

»Ich kann mir schon denken, wer das ist«, meinte Ranulf voller Abscheu. »Halt die Fesseln bereit. Wir werden uns die Lady zuerst vornehmen, dann kannst du ihren ›Wächter‹ fesseln.«

»Das habe ich bereits getan.« Als Ranulf die Brauen hob, fügte er grinsend hinzu: »Nur die Hände. Sie sagten, ich müsse flink sein.«

Ranulf brummte. »Stimmt. Also wollen wir die Angelegenheit jetzt hinter uns bringen.«

Da die Tür offen war, beleuchtete das gedämpfte Licht der Fackel den vorderen Teil des Raumes, es genügte jedoch auch weiter hinten zur Orientierung.

Das Zimmer war nur mittelgroß und entsprach in den Maßen dem von Ranulf. Theo lag neben der Tür, wo Kenric ihn hingeschoben hatte. Das Bett stand in der Mitte der einen Wand, und seine Vorhänge waren rundum geschlossen. Einige Möbel füllten den Raum – verschiedene kleine Tische und Stühle sowie eine hölzerne Truhe am Fußende des Bettes. Ranulf entdeckte eine große Kohlenpfanne, in der vorher ein Feuer gebrannt hatte. Obwohl das Wetter in diesem späten Frühling recht warm war, blieb die Kälte innerhalb der dicken Burgmauern erhalten.

Vorsichtig zog Ranulf die Bettvorhänge ein kleines Stück zur Seite und blickte nach innen. Sie war da – ein kleiner Hügel unter der Decke, gekrönt von den rabenschwarzen Locken, die über das Kissen gebreitet lagen. Selbst in der Dunkelheit dieses abgeschlossenen Raumes konnte Ranulf die Blässe des schmalen, pikanten Gesichtes sehen, die schwarzen, schrägen Brauen, die volle Unterlippe, die dem Mund im Schlaf einen schmollenden Ausdruck verlieh.

Ranulf zögerte einen Moment. Wenn sie nun aufwachte und ihn in ihrem Zimmer sah, gab es keinen Weg zurück. Sie würde Rothwell gehören – auf Gedeih und Verderb. Und er wußte, daß es nur Verderb sein würde... Doch dann würde er Farring Cross besitzen, sein eigenes Land, mit eigenen Händen erarbeitet, nicht geschenkt, wie sein jüngerer Halbbruder zu seinem Grundbesitz gelangt war. Ranulf hatte immer für das, was er haben wollte, arbeiten müssen, weil seine Mutter nur eine Dorfhure gewesen war, wohingegen die Mutter seines Bruders zu den Damen zählte – nicht verheiratet mit dem Erzeuger der Söhne, aber immerhin eine Dame. Aus diesem einzigen Grunde war ihr Sohn, ein lediges Kind wie Ranulf, zum Erben des Vaters ernannt und mit allen Privilegien eines kostbaren Nachkommens erzogen worden.

Nein, Ranulf vermochte keine Gefühle für diese Lady aufzubringen, die so unschuldig in ihrem keuschen Bett schlief. Es gab zu wenige Möglichkeiten für einen Mann, das Geld, das er brauchte, zu verdienen, ohne es zu stehlen, deshalb konnte er nicht, seinem Gewissen entsprechend, wählerisch sein. Diese junge Frau war nichts anderes als eine der vielen Erbinnen, die besiegt und vom stärkeren Rivalen gewonnen wurden – in diesem Fall von Rothwell, weil er Ranulf angeheuert hatte. Sie bedeutete nur einen Job, und hoffentlich den letzten. Nun zögerte Ranulf nicht länger.

Ihre Augen öffneten sich in dem Moment, als Ranulfs Hand sich auf ihren Mund legte, und sie waren groß und voller Angst. Eine Sekunde lang wurde dem Mann die Weichheit ihrer Lippen bewußt, dann mußte er mehr Druck anwenden, denn Reinas kleine Hand riß an seinem Arm. Ranulf beugte sich über sie, steckte der jungen Frau einen Knebel in den Mund und befestigte ihn mit einem Stoffstreifen. All ihr Sträuben half ihr nichts.

Sie stöhnte, nur, weil Ranulf sie am Haar gezerrt hatte, doch er erstarrte, da er nicht wußte, warum sie diesen Klagelaut ausstieß. Er hatte gedacht, kein Mitleid mit ihr zu haben, doch der leise Ton traf ihn bis ins Mark, und diese seine Sensibilität machte ihn wütend, auf sich selbst, auf Reina und auf das Leben ganz allgemein.

»Kenric!« Der Junge steckte sofort den Kopf durch den Vorhang. »Binde ihr die Hände und Füße zusammen.« Der Junge rührte sich nicht, und Ranulf fluchte kaum hörbar, als er bemerkte, daß die Lady unter der verrutschten Decke nackt war. »Halt sie fest.«

Ärgerlich ging Ranulf zu der Truhe, die er vorher entdeckt hatte, wühlte darin und warf ein ärmelloses Gewand durch den Vorhangspalt.

»Sie wollen, daß ich ihr das anziehe?« hörte er Kenric voller Entsetzen krächzen.

Ranulf knirschte mit den Zähnen. »Mach es, und zwar schnell!«

Kenric sah Reina um Vergebung heischend an, ehe er ihr das Gewand über den Kopf streifte. Weiter kam er nicht. Sie wehrte sich mit beiden Händen, und Kenric konnte sie nur im Bett festhalten. Er war nicht Ranulf.

»Sie läßt mich nicht«, stieß Kenric verzweifelt hervor.

»Sie wird dich lassen, sonst tragen wir sie nackt hinaus.«

Danach herrschte Stillschweigen hinter dem Vorhang.

Ranulf wartete einige Sekunden, bis die Lady vermutlich angezogen war, dann öffnete er den Vorhang weit und warf die Bettdecke auf den Boden. Inzwischen bemühte sich Kenric, der Dame die Hände zusammenzubinden.

»Bist du noch nicht fertig?«

»Sie macht es mir nicht leicht«, zischte Kenric.

Mit einem dumpfen Knurren packte Ranulf Reinas Hände, damit Kenric sie fesseln konnte. Dasselbe geschah mit ihren Füßen, und Ranulf ignorierte die wütenden Blicke der jungen Frau. Anschließend hob er sie hoch.

»Kümmere dich jetzt um den Jungen«, sagte Ranulf zu Kenric und legte Reina auf die Decke. Mit einer Hand direkt unter ihrem Busen drückte er sie nieder. »Seien Sie still, Lady«, befahl er. »Wir wollen Ihnen nichts Böses zufügen.« Unterdrücktes Murmeln klang hinter dem Knebel hervor, das laut genug war, um Ranulf zu weiteren Worten zu bewegen. »Wenn Sie still sind, wird niemandem etwas geschehen. Wenn Sie aber Aufmerksamkeit erregen, wird es ein Blutvergießen geben. Glauben Sie, daß Ihre Männer mich aufhalten können?«

Er war befriedigt, keinen Laut mehr von ihr zu vernehmen, und auch ihr Zappeln unter seiner Hand hörte auf. In einem Augenblick kehrte Kenric zu ihm zurück und kniete sich neben ihn. Gemeinsam rollten sie Reina in die Decke ein. So war sie leichter zu transportieren, und Geräusche, die sie vielleicht von sich geben würde, könnten nur gedämpft nach außen dringen.

»Sollte sie außer diesem Gewand nicht noch ein paar Kleider haben?« meinte Kenric, als Ranulf sich das Bündel über die Schulter warf.

»Meinetwegen kann sie nackt bei Rothwell ankommen«, sagte Ranulf, doch dann fiel ihm ein, daß der Transport Tage dauern würde. »Gut«, erklärte er mürrisch, »nimm ein oder zwei Kleidungsstücke aus ihrer Truhe und bring sie mit.«

Gleich darauf schlichen die beiden über den Korridor

zur Treppe. Unten ging Kenric voraus, um erneut den Griff seines Schwertes zu benützen, falls ein Soldat aufwachen sollte, doch die Vorsichtsmaßnahme war überflüssig. Die Leute hatten einen schweren Tag hinter sich und schliefen wie die Toten.

Jenseits der Halle wartete Walter neben der Treppe, die in den zweiten Stock hinab und zu dem Vordergebäude führte, vor dessen Eingang ein Wächter stand. Walter nickte und stieg die Stufen hinunter, um den Wächter abzulenken. Einige Sekunden später überreichte Ranulf vor der Tür Searle das Bündel.

Wieder oben auf der Treppe, warteten Ranulf und Kenric auf Walters Rückkehr. Als er kam, grinste er.

»Ihr hattet keine Schwierigkeiten mit der Lady?«

»Nein. Jetzt muß nur noch Eric kommen.«

»Es ist zu leicht gegangen«, bemerkte Kenric. »Was geschieht, wenn Eric aufgehalten wird oder ...«

»Halte deine Zunge im Zaum«, gab Ranulf zurück. »Eric wird innerhalb einer Stunde auftauchen, deshalb geht nun in eure Betten, damit er euch mit seiner Botschaft ›wecken‹ kann.«

»Idiot! Nur eine Lage Säcke. Mehr würde sie erdrücken.«

Das waren die letzten Worte, die Reina für eine lange Zeitspanne hörte. Sie war nicht nur fast erdrückt worden, sondern auch beinahe erstickt, als man ihr versehentlich einen Sack direkt über das Gesicht gelegt hatte. Wenn es ihr nicht gelungen wäre, den Kopf zur Seite zu drehen, hätten die Kerle beim Ausgraben ihrer Person eine schöne Überraschung erlebt.

Sie wußte, daß man sie in den Vorratskarren gepackt hatte, versteckt unter den Getreidesäcken, die Gilbert den Halunken vorher verkauft hatte. Es war die einzige Möglichkeit, Reina aus Clydon herauszuschmuggeln, und offenbar war das beabsichtigt.

Natürlich hatte sie gesehen, wer sie entführte. Und es konnte nur einen Grund dafür geben. Daß es sich um eine geplante Entführung und nicht um einen üblen Scherz handelte, ging aus der Bemerkung hervor, daß man sie zu Rothwell brachte, wer immer das auch sein mochte. Der dumme Riese nahm sie nicht einmal für sich selbst. *Das* hätte sie verstehen können. Wer sie heiratete – ob ein besitzloser Ritter oder ein großer Lord – bekam Clydon, wenn er Lord Guy seine Reverenz erwies. Doch all die Schwierigkeiten für einen anderen auf sich nehmen? Fitz Hugh mußte ein Vermögen dafür bezahlt bekommen, daß er das tat. Dies war die einzige Erklärung.

Reina hatte auch gemerkt, daß Fitz Hugh ihr wegen Theo noch böse war, daß er ihre Entschuldigung nicht angenommen hatte. Sie wünschte nun, sie hätte nie um Vergebung gebeten. Wie konnte der Mensch es wagen, wegen einer Kleinigkeit beleidigt zu sein, wenn er die ganze Zeit diese Untat geplant hatte?

Es wurmte sie unbeschreiblich, daß sie die Schlange in ihrem Haus willkommen geheißen hatte, daß sie diesem Menschen tatsächlich dankbar gewesen war. In Wahrheit hatte er sie aus Berechnung und nicht aus Edelmut gerettet. Betrug, Tücke und Lügen! Ein feiner Edelmann war das! Doch ihre eigene Leichtgläubigkeit war nicht mehr rückgängig zu machen. Sie war hoffnungslos gefangen. Selbst wenn das Verbrechen entdeckt würde, hätte Fitz Hugh recht. Ihre Männer könnten seine Übermacht nicht besiegen, sie würden bei dem Versuch nur ihr eigenes Leben verlieren. Und Hilfe würde frühestens in einigen Tagen eintreffen. Bis dahin konnte Reina schon verheiratet sein, je nachdem, wie weit entfernt dieser Rothwell wohnte. Wer, zum Teufel, war der Kerl?

Reina brummte zornig und spürte ein neues Gewicht auf ihrem Bauch, das jedoch schnell wieder entfernt wurde. Es war kein Sack gewesen. Also hatte sie wohl Gesellschaft bekommen? Ja, es bewegte sich tatsächlich jemand in dem Karren und rüttelte ihn. Sie hörte auch noch andere Geräusche, aber nur sehr schwach. Die Decke und die Säcke, die ihr Versteck tarnen sollten, sorgten auch dafür, daß sie kaum etwas hören konnte. Brachen die Leute nun auf, oder sah man nur nach ihr, ob sie brav stillhielt? Als ob sie sich hätte rühren können, so fest eingewickelt, wie sie war!

»Hier, Lanzo, nimm das!«

»Was ist es?«

»Ein paar Kleider für sie. Es war nicht genügend Zeit, sie ordentlich anzuziehen.«

»Oh?«

»Oho, spar dir *solche* Gedanken. Sie ist zu alt für dich, und außerdem verlobt.«

»Wieviel bedeutet das Alter, nachdem Rothwell alt genug ist, ihr Ururgroßvater zu sein?«

»Mach mal einen Punkt – ein ›Ur‹ genügt. Und sei jetzt still, sie öffnen das innere Tor. Denk daran, daß du stöhnen sollst, wenn es nötig ist.«

»Ich weiß, was ich zu tun habe, Kenric. Am besten besteigst du dein Pferd, ehe du zurückbleibst.«

Der Karren begann sich zu bewegen, und zwar recht schnell. Reina überlegte, welche Ausrede sie wohl benutzt hatten, um ihren Aufbruch vor dem Morgen zu erklären, doch bald spürte sie das schmerzhafte Stoßen und Schlagen des Karrens, wie er durch den trockenen Graben rumpelte, und dachte nur noch an ihre eigenen Beschwerden. Der Bursche wurde ebenfalls herumgeschleudert, und einmal plumpste er auf sie. Sie ächzte, als sein Knie zwischen zwei Säcken hindurchrutschte und ihren Oberschenkel quetschte.

»Shh, Lady!« hörte sie den Jungen zischen. »Sie müssen nicht mehr lange unter dem Zeug ausharren.«

Reina vergrub die Zähne in dem Knebel. Dieser heimtückische kleine Schuft – er und dieser andere engelsgesichtige Bursche! Die ganze Zeit hatten sie von dem Vorhaben gewußt, und doch hatten die beiden jungen Knappen den ganzen Nachmittag mit Reinas mädchenhaften Ladys geflirtet und Reina voller Unschuld angesehen, wenn ihre Blicke sich zufällig begegneten. Auch die anderen Ritter und Sir Walter mit seinem Lächeln, seinen Scherzen und seiner freundlichen Art – alles Betrüger, alles Schurken voller Arglist, die den finsteren Plan längst geschmiedet hatten! Wenigstens Fitz Hugh hatte so viel Anstand besessen, ihr den Rest des Tages aus dem Weg zu gehen. Ob er es aus Ärger getan hatte oder weil er sich nicht so gut verstellen konnte wie die anderen – jedenfalls lag ein wenig Ehrlichkeit darin, doch nicht genug, um Reina als Warnung zu dienen oder ihr irgendwie weiterzuhelfen.

11

»Bei Gott, ich habe noch nie so viele verstimmte Gesichter gesehen«, sagte Walter, als sie eine Stunde nach Sonnenaufgang langsam in das neue Lager ritten. »Sind die leichten Mädchen gestern alle davongelaufen, Eric?«

»Bei dem Verdienst, den ihnen eine Nacht mit uns einbringt?« Eric schnaubte verächtlich. »Wohl kaum.«

»Was ist dann los mit Rothwells Männern?«

»Du wirst es nicht gern hören.«

Walter furchte die Stirn, da Eric den Kopf schüttelte und dabei grinste, doch er wurde abgelenkt und rief den in der Nähe Stehenden zu: »Haltet euch fest! Lady Ella hat ihren Herrn entdeckt.«

Ein braunes Knäuel kam durch das Lager gerannt und sprang auf Ranulfs Pferd. Das große Tier schnaubte nicht einmal, da es an die Katze gewöhnt war, doch die anderen Kriegsgäule bäumten sich auf und konnten erst nach einigen Sekunden wieder beruhigt werden. Flüche ertönten, doch nicht sehr laut, da Ranulf lächelte. Und die Kreatur, die den Aufruhr veranlaßt hatte, scherte sich nicht darum, sondern nahm ihren Lieblingsplatz auf Ranulfs breiter Schulter ein, indem sie sich halb um seinen Hals kringelte.

»Was hast du gesagt, Eric?« fragte Ranulf nun, der rechts neben Eric ritt.

»Worüber?«

»Über Rothwells Männer?«

»Oh.« Es war Eric peinlich, daß Ranulf seine Bemerkung Walter gegenüber gehört hatte. »Vielleicht sollten Sie deren Anführer fragen. Mir werden Sie es doch nicht glauben.«

»Sag es trotzdem.«

Bei diesem Ton mußte man gehorchen. »Soweit ich es verstanden habe, hätten wir bei einer Verspätung von nur einem Tag in Clydon nicht nur die Männer der Lady, sondern auch Rothwells Truppe als Gegner gehabt.«

»Wieso das?«

»Weil ihr Dienstjahr bei Rothwell heute endet.«

»Und?«

»Sie wollen nicht zu ihm zurückkehren. Wenn sie heute noch in Clydon gewesen wären, hätten sie ihre Dienste der Lady angeboten.«

»Und ihr unsere Pläne verraten?« fragte Walter wütend.

»Ja. Offenbar hassen sie Rothwell, doch er hatte sie im voraus bezahlt, deshalb konnten sie nicht aussteigen; während ihrer Vertragszeit wollten sie ihm treu bleiben.«

Walter pfiff vor sich hin. »Unglaublich! Von nur ein paar Stunden hing unser Erfolg ab, weil diese Halunken förmlich am Buchstaben ihres Vertrags klebten. Da geht die unangebrachte Loyalität doch ein bißchen zu weit, zumal die Lady den Burschen ewig dankbar gewesen wäre, und das müssen sie gewußt haben.«

Eric nickte. »Hier liegt also der Grund für die sauren Gesichter an diesem Morgen.«

»Hat Meister Scot dir das alles erzählt?« fragte Ranulf.

»Ja.«

»Glaubst du, daß er die Lady immer noch ansprechen will?«

Eric schüttelte den Kopf. »Sie haben sie nun, und sie befindet sich nicht mehr in der Lage, irgend jemanden anzuheuern. Rothwells Gruppe ist nur um vierzehn Männer stärker als die unsere, und das wird von unseren vier Rittern aufgewogen. Die Typen mögen wohl dumm sein, aber *so* dumm auch wieder nicht.«

»Wollen sie nun uns ihre Dienste anbieten?« fragte Walter.

»Ja, sogar gern.«

»Warum hatten sie dann vor, sich an die Lady zu wenden?« wollte Ranulf wissen.

Eric lachte leise. »Aus Rache. Sie hassen Rothwell so, daß sie ihm das Riesenvermögen der Herrin von Clydon nicht gönnen. Doch nachdem die gute Gelegenheit vorüber ist, müssen sie sehen, wo sie bleiben.«

Ranulf brummte. Er war zufrieden, doch er wollte noch selbst mit dem Anführer reden. »Farring Cross ist nicht groß genug, um sie alle zu unterhalten, zusätzlich zu meinen eigenen Männern, und ich besitze es auch noch gar nicht. Vielleicht könnte ich zwanzig gebrauchen... Sag Meister Scot, daß ich etwas mit ihm zu besprechen habe – er soll heute abend zu mir kommen, wenn wir das Lager hergerichtet haben. Jetzt muß ich die Lady von ihren Fesseln befreien lassen und mir ihr Geschrei und ihre Forderungen anhören, solange ich noch die Geduld dazu habe. In einer Stunde reiten wir weiter.«

»Sie wird nicht lange ohne Knebel bleiben«, prophezeite Eric, während Ranulf zu dem Vorratskarren umkehrte.

»Möglich«, meinte Walter nachdenklich. »Doch du hast nicht wie wir erlebt, wie leicht sie das Kommando übernimmt. Sie war schließlich fast zwei Jahre allein, ohne einen Mann, der ihr widersprochen hätte. Es kann sein, daß das Geschrei und die Forderungen von Ranulf kommen, wenn er sich mit ihr auseinandersetzen muß.«

»Das wird gewiß der Fall sein, ganz gleich, wie sie reagiert.« Eric lachte.

Irgendwie war es Reina gelungen, den Rest der Nacht zu schlafen. Unbeweglich und ohne Chance zur Flucht war Schlaf das einzig Vernünftige, zumal sich die junge Frau von einem der zermürbendsten Tage ihres Lebens total erschöpft fühlte. Durch die Polsterung der Decke wurde das Rumpeln und Stoßen des Karrens gedämpft, wenigstens soweit, daß Reina nicht wachgehalten wurde. Auch das Entfernen der Säcke weckte sie nicht auf. Doch wenn man nicht allzu sanft hochgehoben wird, pflegt auch der tiefste Schlummer zu entfliehen.

Ein Paar starker Arme trugen sie davon. Wessen Arme das waren, wußte Reina nicht. Sie hatte kein verständliches Wort, aber verschiedene Geräusche in ihrer Umgebung wahrgenommen. Würde man sie jetzt zu diesem Rothwell bringen? Würde sie wenigstens von ihren Fesseln befreit werden?

Es dauerte nur wenige Sekunden, da wurde sie niedergelegt und ausgewickelt, das heißt, mit solchem Schwung aus der Decke gerollt, daß sie mit dem Gesicht nach unten liegenblieb. Ihre Nase steckte im dichten Gras, und das Grün roch so stark, daß es sie fast würgte. Nun, was hatte sie denn erwartet? Fitz Hugh hatte gesagt, es sei ihm egal, wenn sie nackt zu Rothwell käme. Vor seine Füße hingerollt und halbnackt war genauso schlimm. Doch als sie sich mit Hilfe ihrer gefesselten Handgelenke aufrichtete, sah sie nur den Riesen und seinen jüngsten Knappen in ihrer Gesellschaft.

Man hatte sie in ein Zelt gebracht, das nicht sehr groß und völlig leer war. Das an einigen Stellen plattgedrückte Gras zeigte an, daß hier vorher etwas gewesen war, das man entfernt hatte. Licht flutete herein und verkündete den Morgen. Reina ahnte, daß man hier nicht lange bleiben würde.

Der Junge, Lanzo, stand neben dem Riesen und sah etwas erschrocken aus, als habe er nicht erwartet, daß man Reina so unachtsam behandeln würde. Er hielt ein Bündel Kleider in der einen und einen Stuhl in der anderen Hand, den er nun abstellte. Fitz Hugh kauerte auf den Fersen, vermutlich um sich in dem für seine unmögliche Größe viel zu niedrigen Zelt nicht bücken zu müssen. Er sah nicht freundlicher aus als am Vortag, seine goldenen Brauen waren zusammengezogen, seine Lippen aufeinandergepreßt. Offensichtlich wäre er lieber nicht in Reinas Nähe gewesen, doch aus einem unerfindlichen Grunde glaubte er wohl, sich persönlich um sie kümmern zu müssen.

Er griff nach ihren gebundenen Händen, die sie im Schoß hielt. »Mach ihre Füße los, Lanzo«, befahl er, ohne sich nach dem Jungen umzudrehen. »Wir können uns nicht den ganzen Tag hier aufhalten.«

Er sprach kein Wort zu Reina und blickte sie auch nicht an, sondern konzentrierte sich auf den Knoten, den er lösen wollte. Lanzo hatte sich neben sie niedergekniet, und sie streckte ihm ihre Beine ungefragt entgegen, die sie vorher untergezogen hatte. Bei dieser Gelegenheit verlor sie das Gleichgewicht ein wenig, und der lose Träger ihres leichten Gewandes rutschte auf der einen Seite über ihren Arm.

Kühle Luft auf nackter Haut ließ Reinas Wangen erröten. Die junge Frau hätte nicht verlegener sein können, wenn sie völlig nackt dagesessen hätte, denn das wäre beabsichtigt gewesen, um sie zu demütigen und zu benachteiligen. So aber war die Entblößung versehentlich geschehen, und deshalb erschien sie noch peinlicher, obwohl sie bisher noch nicht bemerkt worden war. Als Reina versuchte, die Hände zu heben, um den Träger zurückzuschieben, ließ der dumme Riese ihre Hände nicht los.

Ein Blick zur Seite zeigte Reina, daß der Junge aufmerksamer war als der Mann. Er stand wie gelähmt da, mit gierigen Augen und offenem Mund. Aber er war nur ein Junge, sagte sich Reina, und dennoch vertiefte sich ihr Erröten. Es waren die Augen des Mannes, denen sie sich entziehen wollte. Es erwies sich jedoch als Fehler, die Schulter zu bewegen, denn nun trat noch mehr Haut zutage.

Verzweifelt versuchte Reina erneut, die Hände zu heben, und als Ergebnis setzte der Horror nun vollends ein. Fitz Hugh hob irritiert den Blick, doch er kam nur bis zur Höhe ihrer nackten Brust, die ihm direkt ins Auge stach.

Reina stöhnte unter ihrem Knebel, doch niemand beachtete es. In seiner Überraschung zog der Riese die Handfesseln der jungen Frau noch fester zu. Er und der Knabe starrten auf die Brust, als hätten sie noch nie eine gesehen. Reina konnte nicht einmal versuchen aufzustehen und den beiden den Rücken zuzudrehen. Selbst wenn der Mann ihre Hände losgelassen hätte, wäre die junge Frau beim Aufrichten mit ihrem Busen direkt in Ranulfs Gesicht geraten. Das hätte zwar sein Starren vermutlich beendet, doch er hätte es als eine Einladung auffassen können...

Schließlich war es Lanzo, der Reina zu Hilfe kam, obwohl es ihn offensichtlich Mühe kostete. Seine Wangen hatten eine glühend rote Farbe angenommen, als er erkannte, daß Reina sich nicht selbst helfen konnte. Seine Hand bewegte sich zögernd mit ausgestrecktem Daumen und Zeigefinger. Zitternd und vorsichtig, als bedeute es den Tod, Reinas Haut zu berühren, legte er den dünnen Stoffträger wieder auf die Schulter der jungen Frau zurück.

Daß das Oberteil dabei an ihrer Brustspitze hängenblieb und diese sich aufrichtete, ehe sie von dem zarten Gewand bedeckt wurde, bemerkte nur der Mann, der seinen Blick noch nicht losgerissen hatte. Reina war erleichtert, nun wieder halbwegs anständig gekleidet zu sein. Nicht einmal die veilchenfarbenen Augen, die für eine Sekunde ihre hellblauen trafen, konnten sie nun noch verwirren. Der Schaden war angerichtet. Am besten vergaß sie es.

Doch sie überlegte, was mit dem ärgerlichen Gesicht passiert war, als Ranulf sie kurz angesehen hatte. Auch verärgert war Ranulf Fitz Hugh noch hübsch, gedankenverloren wirkte er fantastisch. Sie mochte das ärgerliche Gesicht lieber. Sie konnte leichter atmen, wenn der Mann ihr nur hübsch erschien – warum das so war, wußte sie nicht.

Sein mürrischer Ausdruck kehrte zurück, als die Fesseln sich nicht lösen ließen. Schließlich zog Ranulf seinen Degen und schnitt die Verschnürung durch. Auch Reinas Füße und ihr geknebelter Mund waren nun wieder frei.

Wenn er sein Schwert nur gleich benützt hätte, dachte Reina aufgebracht, dann hätte es diesen peinlichen Vorfall zwischen ihnen nicht gegeben. Sie hatte jedes Recht, ihm anzukreiden, was er ihr angetan hatte, doch momentan wünschte sie nur, er würde gehen.

Das tat er jedoch nicht. Er zog sich den Stuhl heran und nahm vor ihr Platz. Daß er ihr die Sitzgelegenheit nicht angeboten hatte, war nach seinem sonstigen Benehmen zu erwarten gewesen. Der Mensch war der unritterlichste Edelmann, der ihr je begegnet war. Wenn er glaubte, sie würde in der demütigen Position zu seinen Füßen verharren, dann war er verrückt.

Reina ignorierte ihn kurz und rieb ihr Kinn, um es wieder beweglich zu machen, nachdem sie den Knebel ausgespuckt hatte. Sie rieb auch ihre Handgelenke, ehe sie sich langsam erhob. Mit soviel Würde, wie sie – unfrisiert und äußerst leicht bekleidet – aufbringen konnte, ging sie zu der Stelle, an der ihre Decke lag, und hüllte sich darin ein. Erst danach ließ sie sich herab, dem Feind ins Angesicht zu schauen.

»So, Herr Ritter«, sagte sie in trügerisch liebenswürdigem Ton, »falls Sie mir etwas mitzuteilen haben, beeilen Sie sich. Ich kann Ihre Gegenwart nicht lange ertragen.«

Das traf ihn genügend. Er sprang auf, doch er vergaß, daß das Zelt seinen Maßen nicht entsprach. Reina mußte beinahe über seinen Gesichtsausdruck lachen, als sein Kopf gegen das Zeltdach stieß und das ganze Gehäuse fast zum Einsturz brachte. Er mußte sich wieder hinsetzen, und sein Zorn wirkte einschüchternd, doch nicht so sehr, wie wenn er sich vor Reina in voller Höhe aufgerichtet hätte.

»Ich sehe, unsere Gefühle beruhen auf Gegenseitigkeit«, erklärte sie, ehe er ein Wort sagen konnte, und das verfinsterte seine Miene noch mehr. »Wenigstens haben wir das gemeinsam. Wenn Sie außer Lügen noch etwas vorzubringen haben, tun sie es!«

Sie merkte, wieviel Mühe es ihn kostete, sitzenzubleiben, doch er fand seine Stimme wieder. »Kneble sie!«

Reina erstarrte, dann wandte sie sich dem unglücklichen Jungen zu. »Berühre mich, und ich werde dich auf deine Ohren schlagen, daß sie dir vierzehn Tage lang klingeln. Falls er zu feige ist zu hören, was ich über ihn sage, soll er mich selber knebeln. Er macht es so sanft.« Ihre hellblauen Augen erschienen noch heller als sonst, während sie sich herausfordernd auf den Riesen richteten.

»Feig, Lady? Es ist mir egal, was Sie von mir denken, aber Sie verschwenden Zeit...«

»Ja«, unterbrach sie ihn hohnlächelnd. »Einem niedrig geborenen Edelmann wird es egal sein, und Ihr Benehmen weist Sie als ein solcher aus.«

»Damit haben sie recht«, gab er böse zurück.

Es war frustrierend, wenn sich eine beabsichtigte Beleidigung als die Wahrheit entpuppte. Und vielleicht ging Reina ein bißchen zu weit, wenn sie ihn vorsätzlich provozierte. Er sah nun aus, als würde er zerspringen; er kämpfte hart, um Reina nicht zu packen und zu schütteln. Gut, sie hatte ihren Standpunkt und ihre Verachtung klargemacht. Am besten hörte sie dem Mann jetzt zu, was er zu sagen hatte.

»Also«, meinte sie mit einem Seufzer, »lassen Sie uns keine Zeit mehr verschwenden, damit wir uns schneller trennen können.« Sie konnte es sich jedoch nicht verbeißen hinzuzufügen: »Was hat Sie zu Ihrer Doppelzüngigkeit veranlaßt?«

»Sie reiten auf Lügen und Doppelzüngigkeit herum, Lady, aber Sie haben mir Ihre Tore geöffnet.«

»Weil Sie vorgaben, mir Hilfe zu bringen.«

»Ich habe Ihnen Hilfe gebracht. Und ich habe Ihre restlichen Leute gestern nicht hingeschlachtet, um sie aus Clydon zu entführen, was viel einfacher gewesen wäre. Wenn Ihre unangebrachte Erhabenheit diese Menschenleben nicht wert ist, sagen Sie es!«

Das nahm Reina den Wind aus den Segeln. Sie wußte nur zu gut, daß diese seine Worte stimmten.

»Das alles ändert nichts daran, daß Sie kein Recht hatten, mich überhaupt mitzunehmen«, erklärte sie in einem ruhigeren, aber nicht weniger bitteren Ton. »Sie kamen nicht von meinem Lord, wie Sie behaupteten.«

»Hier irren Sie sich, Lady«, widersprach er voller Genugtuung, »da Ihr Verlobter, Lord Rothwell, Ihr Herr ist, und ich in seinem Auftrag handle. Er hat das Recht, Sie zu entführen und zu zwingen, Ihr Eheversprechen einzulösen. Ob es Ihre Idee oder die von Shefford war, ihn beiseite zu schieben, ist unwichtig. Er akzeptiert es nicht, übergangen zu werden.«

Reina hörte sich das ruhig an und verblüffte Ranulf anschließend mit einem Lächeln. »Wenn Sie diesen Unsinn glauben, dann sind sie hereingelegt worden. Mein Verlobter starb vor zwei Jahren, ehe mein Vater ins Heilige Land aufbrach. Es war keine Zeit, eine neue Verbindung zu arrangieren. Mein Vater trug mir auf, mich um die Sache zu kümmern, und durch Briefwechsel einigten wir uns auf zwei Kandidaten, die uns beiden zusagten. Einen von ihnen hätte ich nun innerhalb von einer Woche geheiratet.«

»Wen?«

»Das geht Sie wohl kaum etwas an – jedenfalls ist dieser Rothwell keiner von ihnen. Ich habe von dem Mann noch nie etwas gehört, und wenn er sagt, er habe einen Vertrag mit mir, dann lügt er.«

»Oder Sie lügen.«

Reina hob das Kinn. »Die Briefe meines Vaters sind mein Beweis.«

»Dann zeigen Sie sie her.«

»Idiot!« zischte sie erzürnt. »Die Briefe befinden sich in Clydon.«

»Sie wollen, daß ich Ihnen glaube, aber ich wäre wirklich ein Idiot, wenn ich dem Wort einer Lady trauen würde«, gab er wutschnaubend zurück.

Ihre Augen verengten sich bei dieser fragwürdigen Kränkung. »Dann beabsichtigen Sie immer noch, mich zu Ihrem Lord zu bringen?«

»Er ist nicht mein Lord – aber: ja! Für fünfhundert Goldmünzen werde ich Sie bei ihm abliefern. Was ich noch von Ihnen wissen möchte: Warum hat man mir meine Aufgabe so leicht gemacht? Warum wurden Sie so mangelhaft beschützt?«

Reina war es noch ganz schwindlig wegen der armseligen Summe, die man ihm geboten hatte, um ihr Leben zu ruinieren. Und da sollte sie ihm jetzt Fragen beantworten...

»Fahren Sie zur Hölle, Fitz Hugh. Ich habe es satt, mit jemandem zu reden, der so unvernünftig dickköpfig ist. Ich kann Ihre Gegenwart nicht mehr ertragen.«

Sie ergriff die Flucht, was ganz einfach war, denn es stand niemand zwischen ihr und dem Zelteingang. Daß sie in die Mitte von Ranulfs Lager rannte, ließ sie nur einen Augenblick zögern. Das donnernde Gebrüll hinter ihr trieb sie an, und sie stürzte barfuß auf das nächststehende

Pferd zu. Dankbar stellte sie fest, daß es sich um einen gesattelten Wallach und nicht um ein Schlachtroß handelte. Die Männer, die rundum unter Bäumen oder vor Kochstellen herumlungerten, glotzten sie nur an und waren zu überrascht, etwas zu tun, als sie zwischen ihnen hindurchlief. Obwohl sie ihre Flucht nicht geplant hatte, verhielt sie sich beachtenswert geschickt, und sie glaubte an das Gelingen ihrer Flucht, als sie das Pferd erreichte. Natürlich mußte sie die Decke opfern, um sich in den Sattel schwingen zu können. Das Pferd war nicht zu hoch, und als ihr Fuß im Steigbügel Halt gefunden hatte, gelang es ihr aufzusteigen.

Doch nun begannen die Probleme. Daß das lose Gewand die halbe Höhe ihrer Oberschenkel hinaufgerutscht war, zählte zu den geringsten. Auch daß das Pferd sie nicht begeistert aufnahm und sie abzuschütteln versuchte, empfand sie nicht als so schlimm, denn sie konnte mit schwierigen Reittieren umgehen. Ihre ärgste Sorge war, daß alle Männer im Lager nun kapierten, was sie vorhatte, und sich erhoben. Ein Wall von Menschen umzingelte sie von drei Seiten her, in der vierten Richtung hinter ihr tobte der wütende Ritter. Falls sie genügend Geschwindigkeit erreichen könnte, würde es ihr vielleicht gelingen, jeden umzurennen, der sich ihr in den Weg stellte.

Sie überlegte nicht mehr lange, sondern drückte ihre nackten Fersen in die Flanken des Pferdes. Das Vieh rührte sich nicht. Reina riß scharf an den Zügeln, die sie in einer Faust hielt, und wäre beinahe abgestürzt, als das Tier wie ein Pfeil davonschoß. Doch das war das benötigte Tempo, und die ersten paar Männer, die sie aufzuhalten versuchten, gingen in Deckung, als sie merkten, daß Reina sie erbarmungslos niederrennen und nicht stoppen würde.

Unglücklicherweise wurden sie immer mutiger, je näher die junge Frau dem Ende des Lagers kam. Sie griffen nach den Zügeln und nach Reinas Beinen und versuchten, das Pferd mit wilden Armbewegungen zu erschrekken. Einem Burschen gelang es, sich an Reinas Arm zu hängen, doch sie brachte es fertig, ihn wegzuschleudern, ehe sie das Gleichgewicht verlor. Dann sah sie, wie Walter de Breaute, der größer war als alle anderen, sich ihr in den Weg stellte. Sie versuchte, ihm auszuweichen, und entdeckte Fitz Hugh an ihrer anderen Seite. Er streckte nur den Arm aus und streifte sie vom Pferd, das ohne sie davontrabte, während sie das Gefühl hatte, gegen einen Steinwall geprallt zu sein.

Bei dem Zusammenstoß blieb ihr der Atem weg, doch als sich ihre Lungen wieder mit Luft füllten, stieß sie einen durchdringenden Wutschrei aus – einesteils, weil man sie geschnappt hatte, andererseits, weil sie wie ein Paket zum Zelt zurückgeschleppt wurde.

»Sie Schwachsinniger! Vom Teufel ausgebrüteter Lümmel! Lassen Sie mich l...«

Das Wort blieb ihr im Hals stecken, als er den eisernen Griff um ihre Taille verstärkte. Reina begann zu kämpfen und um sich zu schlagen, doch Fitz Hugh schien es gar nicht zu bemerken, sondern marschierte ruhig weiter. Sie saß praktisch auf seiner Hüfte, und ihre Füße konnten den Boden nicht erreichen.

Der Riese setzte sie direkt vor dem Zelteingang ab. Sie blickte ihm ins Gesicht, das einen beängstigenden Ausdruck angenommen hatte.

»Lady, Sie machen mehr Schwierigkeiten, als Sie wert sind«, stieß er dröhnend hervor.

Wenn er das nicht gesagt hätte, wäre sie vielleicht für einen Moment eingeschüchtert gewesen. Doch diese Worte gingen ihr gegen den Strich.

»Nein, in diesem Punkt sind Sie wirklich extrem einfältig, Fitz Hugh«, erklärte sie voller Verachtung. »Mein Wert ist wohlbekannt und macht Ihren Judaslohn unwesentlich. Clydon bringt in einem einzigen Jahr viermal soviel. Ihr Freund Rothwell weiß das, wenn es Ihnen auch entgangen ist. Er wird darüber lachen, wie wenig er zahlen mußte, um sich ein Vermögen und die dahinterstehende Macht zu ergaunern.«

Zur Strafe für diese Rede erhielt sie einen leichten Stoß, so daß sie rückwärts in das Zelt stolperte. »Sie haben fünf Minuten Zeit, sich anzuziehen, ehe das Zelt abgebaut wird. In zehn Minuten brechen wir auf.«

Mehr sagte er nicht, oder vielmehr: brüllte er nicht. Er überging völlig, was sie ihm klargemacht hatte. Er war wirklich ein tölpelhafter Bär, sowohl von der Größe wie auch von der Intelligenz her. Mein Gott, er hätte alles verlangen können, und sie hätte alles gegeben, um aus dieser Lage herauszukommen. Sein Verhandlungspotential war grenzenlos, da er Reina momentan in seinem Besitz hatte. Aber erkannte er das? Nein, alles, was er sah, waren die fünfhundert Münzen, die er verdienen würde, und unglücklicherweise war Geld das einzige, was Reina ihm nicht bieten konnte, dank ihres Vaters, der für König Richards Kreuzzug die Truhen geleert hatte.

12

Der Marsch an diesem Tag erschien Ranulf länger als gewöhnlich, obwohl die Gruppe recht gut vorankam, gemessen an der Tatsache, daß Rothwells Männer keine Pferde besaßen und Vorratskarren zu befördern waren. Ranulfs eigene Männer, dreißig an der Zahl, die ihn schon seit mindestens vier Jahren begleiteten, hatten Pferde. Diese Tiere hatte er vor langer Zeit günstig erstanden. Sie waren zwar nicht die besten oder jüngsten und bei weitem nicht so kostspielig wie die Rappen, die er Searle und Eric zu ihrem Ritterschlag geschenkt hatte, doch sie genügten den Ansprüchen der Männer. Die dreißig Tiere hatten Ranulf vier Monate Dienst bei einem nordländischen Pferdezüchter gekostet, doch eine berittene Gefolgschaft zu besitzen bedeutete die Voraussetzung, gewisse Jobs zu bekommen, bei denen Geschwindigkeit vonnöten war.

Normalerweise verging die Zeit für Ranulf schnell, wenn er im Sattel saß. Er pflegte über die gegenwärtige oder nächste Aufgabe nachzudenken oder sich die Zukunft vorzustellen, wenn er sein Ziel erreicht haben würde, ein eigenes Domizil, reiche Felder für dessen Unterhalt und persönliche Zinsbauern zu besitzen. Er hatte sich bei verschiedenen Gelegenheiten ein Wissen über Landarbeit, Tierzucht und freiherrliche Gesetze angeeignet, denn eine standesgemäße Erziehung war ihm nicht zuteil geworden.

Die ersten neun Jahre seines Lebens hatte er beim Dorfschmied verbracht, einem rohen Menschen, dem Ranulfs Mutter zur Frau gegeben worden war, nachdem sie Ranulfs Großvater gebeichtet hatte, sein Enkelkind unter dem Herzen zu tragen. Sie starb in dem Jahr nach Ranulfs Geburt, deshalb bekam der Schmied keine Entschädigung, nur ein Baby zur Aufzucht, das ihm nicht nützlich war, bis es groß genug sein würde, das Schmiedehandwerk zu erlernen. Dies geschah schneller als erwartet und bewies, daß Ranulf schon im zarten Alter überdurchschnittlich entwickelte Muskeln besaß.

Als uneheliches Kind des zukünftigen Lords bekannt zu sein, machte Fitz Hughs Schicksal härter, nicht leichter. Die Dorfjugend mied ihn, der Schmied lehnte ihn ab und ließ ihn arbeiten, bis er nachts fast umfiel, und sein Vater, selbst ein Jüngling von sechzehn Jahren bei Ranulfs Geburt, kümmerte sich nicht um ihn. Ranulfs vornehmer Großvater kam von Zeit zu Zeit vorbei, um die Entwicklung des Buben zu beobachten, doch er schenkte ihm nie ein gütiges Wort oder eine Spur familiärer Zuneigung. Der Vater des Jungen ließ sich kaum blicken, höchstens aus der Ferne.

Fitz Hugh begegnete seinem Vater erst an dem Tag, als man ihm sagte, er würde nach Montfort geschickt, um zum Ritter geschlagen zu werden. Diese Gunst wurde ihm auch nur zuteil, weil sein Vater zu dieser Zeit schon seit fünf Jahren verheiratet war, ohne einen legitimen Erben zu zeugen. Er hatte zwar noch einen zweiten unehelichen Sohn in die Welt gesetzt und zu seinem Erben gemacht, falls seine Ehe kinderlos bleiben würde, doch davon wußte Ranulf damals noch nichts. Viele Jahre hatte er geglaubt, er würde erzogen, um zu erben, und deshalb hatte er sich nie über das harte Los beklagt, das es bedeutete, einem Mann wie Montfort unterstellt zu sein. Es war ein schwerer Schlag für ihn gewesen, als er erfuhr, daß sein ebenfalls unehelich geborener, jüngerer Halbbruder alles erben würde.

Seine Erziehung in Montfort galt lediglich dem Gebrauch von Waffen. Ritterliche Tugenden wurden nur sehr oberflächlich und flüchtig erwähnt, denn Lord Montfort war selbst in keiner Weise ein galanter Edelmann. Doch Ranulf wurde zum Ritter geschlagen und verdiente sich schon als Sechzehnjähriger auf dem Schlachtfeld seine Sporen, in einem von Montforts unwichtigen Kriegen. Daß er Montfort noch weitere zwölf Monate diente, geschah nur, weil er auf den ein Jahr älteren Walter wartete, der dann erst Ritter werden konnte. Die beiden hatten sich geschworen, ihr Glück gemeinsam zu suchen.

Wenn Ranulfs Benehmen seine niedere Herkunft verriet, wie *sie* behauptet hatte, so war das zum Teil ein Ergebnis seiner ›Erziehung‹, zum Teil aber auch eine freiwillige Haltung. Sein Abscheu und Mißtrauen Damen gegenüber beeinflußten seine Handlungsweise, wenn er mit solch hochgeborenen Geschöpfen zu tun hatte. Und seine Erlebnisse mit der Lady von Clydon waren schuld daran, daß sich dieser Tag so hinzog, anstatt heitere Zukunftsgedanken zu wecken. Ranulf wurde von Ärger, Verwirrung und sogar Schrecken geplagt, wenn er sich vergegenwärtigte, was er beim Anblick der Dame auf dem Pferd gefühlt hatte.

Mit der kohlschwarzen Mähne, die um ihre Schultern, den Rücken und die Hüften flatterte, sah Reina keineswegs wie ein Burgfräulein aus. Das zu kurze Gewand war noch kürzer geworden und enthüllte Beine, die bei so einer winzigen Körpergröße spindeldürr hätten sein müssen. Sie waren jedoch wunderbar geformt und viel länger, als Ranulf vermutet hatte. Oder lag es daran, weil er so *viel* von ihnen sah?

Reina saß mit gestrafften Schultern und erhobenem Haupt auf dem Pferd, mit einer Geschicklichkeit, die sie zweifellos von der Wiege auf gelernt hatte, und als sie durch das Lager galoppierte, hatte sie irgendwie schön gewirkt, obwohl er doch wußte, daß sie nicht schön war; und, noch bestürzender: Sie hatte seine Lustgefühle erweckt.

Zweifellos kam das daher, weil er ihre Brust gesehen hatte. Nein, das allein konnte nicht der Grund sein. Ranulf hatte schon zu viele Brüste gesehen, um sich von einer entflammen zu lassen. Und doch war diese mondweiße Kugel anders – kaum eine Handvoll, aber perfekt in der Form, ohne die geringste Neigung nach unten, was bei größeren Brüsten oft der Fall war. Und die rosa Spitze machte sie einmalig, die verhältnismäßig umfangreiche Brustwarze mit ihrer Empfindlichkeit. Sein Mund war trocken geworden, als der Mann sah, wie sich diese Spitze bei der Berührung mit dem Kleid zusammenzog. Danach genügte es, Reina mit gespreizten Beinen im Sattel zu erblicken, um seine Sinne zu erregen.

Dennoch konnte er nicht verstehen, warum das möglich war, nachdem die junge Frau all das verkörperte, was er nicht mochte, und die ganze Situation entsetzte ihn.

Er warf Reina den ganzen Tag verstohlene Blicke zu, als sie in dem Vorratskarren saß. Ranulf mußte sich vergewissern, daß sie, vollständig bekleidet, nichts Begehrenswertes an sich hatte, und das war auch tatsächlich der Fall. Von Kopf bis Fuß bedeckt, schlüpfte sie wieder in die Rolle der Lady, spröde und steif, eingehüllt in hoheitsvollen Stolz, und warf ihm, wenn ihre Augen sich trafen, giftige Blicke zu.

Auch das war eine Sache, die seinen Zorn verschlimmerte. Warum war es ihm nicht gelungen, diese winzige Xanthippe so weit einzuschüchtern, daß sie ihm keine Schwierigkeiten bereitete? Er hatte sich diesbezüglich gewiß ausreichend angestrengt. Erwachsene Männer zitterten wie Gelee, wenn sie seinen Grimm erlebten – aber sie nicht. Sie schleuderte ihm Beleidigungen ins Gesicht, wenn sie sich in seiner Reichweite befand. Niemand, wirklich niemand, hatte das je zuvor gewagt.

»Halten wir wieder bei der Abtei an, Ranulf?« fragte Walter, als Ranulf neben ihm ritt. »Sie liegt dort vorn.«

»Nein, nicht solange der kleine General uns begleitet.«

»Der kleine ... oho! Sie! Aber sie könnte im Lager bleiben, während wir ...«

»Damit sie sich wieder ein Pferd schnappt und diesmal von niemandem aufgehalten wird? Nein, ich lasse sie nicht aus meiner unmittelbaren Nähe, wenn mich das auch in den Wahnsinn treibt.«

Walter lachte vor sich hin. Er dachte daran, was er gehört hatte, als die Lady von Ranulf zum Zelt zurückgebracht worden war. »Sie ist sehr wortgewaltig.«

»Du hast nur ein kleines Beispiel vernommen.«

»Weißt du eigentlich, was sie damit meinte, daß Rothwell sich ein Vermögen ergaunert?«

»Sie behauptet, sie sei nie mit ihm verlobt gewesen.«

»Hast du nicht auch an Rothwells Ansprüchen gezweifelt?«

»Das zählt nicht«, erwiderte Ranulf störrisch. »Wir werden nicht dafür bezahlt aufzudecken, wer welche Rechte besitzt.«

»Doch ... Bei Gott, Ranulf! Erkennst du nicht, was das

bedeutet? Wenn der alte Mann kein Anrecht auf sie hat, warum gibst du sie ihm dann? *Du* hast sie. Warum behältst du sie nicht für dich?«

»Hüte deine Zunge!« rief Ranulf entsetzt. »Ich möchte keine Lady zur Frau – und am wenigsten diese!«

»Auch nicht, um Clydon zu bekommen?«

Für den Bruchteil einer Sekunde zögerte Ranulf, doch das war auch alles. »Nicht einmal, wenn sie mir das ganze Königreich böte.«

»Clydon ist ebenso schön«, bemerkte Walter mit einem Grinsen. Dafür erntete er einen finsteren Blick, ehe Ranulf seinem Pferd die Sporen gab. Er wollte von diesem Thema nichts mehr hören.

Doch in Walters Gehirn hatte der Gedanke Wurzeln geschlagen, und er drehte sich um, da er mit Master Scot, dem Anführer von Rothwells Männern, reden wollte. Er lenkte sein Pferd neben den zu Fuß gehenden Mann. »Woher wußte Ihr Lord von Roger de Champeneys Tod, Meister Scot?«

»Es stand in einem Brief seines Neffen – desjenigen, der den König auf seinem Kreuzzug begleitete. Ich hörte den Namen, als die Botschaft gerade eingetroffen war.«

»Hatten Sie jemals von der Verlobung mit Reina de Champeney etwas gehört?«

»Es gab nie eine Verlobung«, antwortete der Mann verächtlich. »Lord Rothwell verkündete nur seine Meinung, wie leicht das Mädchen zu fangen sei, da ihr Lehensherr noch im Heiligen Land weilt.«

»Finden Sie nicht, daß Sie das eher hätten erwähnen sollen?« fragte Walter irritiert. Er hatte keine so eindeutige Auskunft erwartet, sondern Ranulf nur weitere Zweifel unterbreiten wollen.

Meister Scot zuckte die Schultern. »Die Angelegenheiten der Barone gehen mich nichts an. Und ich fand es auch nicht wichtig, nachdem Sie Ihr Geld für die Lady schon bekommen haben.«

»Ah, aber Sie müssen wissen, daß Sir Ranulf bisher noch keine Bezahlung angenommen hat.«

Meister Scot blieb überrascht stehen. »Warum bringen wir dann so ein unschuldiges, junges Ding zu einem Teufel wie Lord Rothwell?«

»Das ist eine gute Frage«, erwiderte Walter. Er ritt an die Seite des Vorratskarrens, in dem das ›unschuldige, junge Ding‹ hin und her geschüttelt wurde, weil Ranulf der Ungehorsamen ein Pferd verweigerte. »Ich dachte, Sie hätten gern ein wenig Gesellschaft, meine Lady.«

Sie schenkte ihm nur einen kurzen, kalten Blick, ehe sie in die andere Richtung schaute. »Nicht von einem *seiner* Freunde. Danke.«

Walter war betroffen, doch er versuchte es noch einmal. »Es stimmt, daß mit Ranulf nicht leicht umzugehen ist, wenn man seine Art nicht kennt, aber verglichen mit Ihrem Verlobten wird er Ihnen als ein Heiliger erscheinen.«

»Wohl kaum, de Breaute.«

Walter zuckte die Schultern und schwieg, doch er ritt weiter neben ihr her. Er hoffte auf ihre Neugier. Natürlich war es möglich, daß Reina schon über Rothwell Bescheid wußte und daher keine Fragen stellen würde.

Aber seine List funktionierte. Schließlich sah die junge Frau ihn wieder an. Diesmal war ihr Gesichtsausdruck nicht so frostig, wenn auch nicht ausgesprochen freundlich. »Sind Sie diesem... diesem feigen Lord schon einmal begegnet, der mein Erbe stehlen will?«

Walter mußte ein Lächeln über die Wahl ihrer Worte unterdrücken. »Ja, ich bin ihm begegnet. Aber verraten sie mir etwas, Demoiselle. Wenn er nicht Ihr Verlobter ist, wer ist es dann?«

Sie blickte in ihren Schoß und antwortete lange nicht. Walter dachte schon, sie würde seine Frage übergehen, doch dann hörte er etwas, was er nicht erwartet hatte.

»Ich habe keinen Verlobten.«

»Soll das heißen, daß der Graf von Shefford Sie als sein Mündel behalten will?«

»Nein, ich habe seinen Segen zu heiraten, und meine Hochzeit wäre innerhalb von einer Woche fällig gewesen, wenn Sie und Ihre Freunde das nicht verhindert hätten.«

Sie beherrschte ihren Groll recht gut, und ihre Stimme klang nur ein wenig bitter, doch Walter begriff nichts. »Wie kann das sein? Wenn Shefford Ihnen einen Mann schickt, hat er einen Vertrag für Sie geschlossen, und dieser Mann ist Ihr Verlobter.«

»Nein, Lord Guy schickt niemanden. Es spielt zwar jetzt keine Rolle mehr, aber mein Vater versicherte ihm vor seinem Tod, die Sache sei geregelt, obwohl das nicht stimmte.«

Walter furchte nun die Stirn. Er verstand die Zusammenhänge immer noch nicht. »Aber Shefford mußte einen Namen wissen, um seinen Segen zu geben und einen Vertrag auszuhandeln, da Ihr Vater dazu nicht mehr in der Lage war. Wie können Sie also behaupten, Sie hätten keinen Verlobten, und gleichzeitig, Sie würden in einigen Tagen heiraten?«

Reina haßte es, das Undenkbare zuzugeben, daß ihr Vater ihr freie Hand gelassen hatte. Fitz Hugh hatte ihre Auskunft nicht zerpflückt – warum konnte sein Freund keine Ruhe geben?

»Was bedeuten schon das Wie und das Warum, Sir Walter? Die Tatsache bleibt bestehen, daß Sie mich wegschleppen...«

»Warten Sie! Wenn Sie keinen Verlobten haben, dann haben Sie auch keinen Vertrag. Und nachdem Shefford nicht hier ist, wer soll dann den Vertrag für Sie abschließen?«

Reina zischte. »Ich selbst! Und ehe Sie darüber jammern und wehklagen, sollen Sie erfahren, daß das der Wunsch meines Vaters war. Er überließ mir die Wahl zwischen zwei Männern, die er schätzte, doch er starb, ehe er wußte, wen ich vorzog. Indem er Lord Guy mitteilte, die Angelegenheit sei geregelt, stellte er sicher, daß ich einen dieser beiden Männer bekommen würde. Er konnte nicht ahnen, daß es so schwierig sein würde, die Kandidaten zu erreichen und zu informieren, oder daß die Nachricht seines Todes sich so schnell verbreiten würde, daß andere Männer in Versuchung kämen, mich zu rauben.«

Walter sah sie ungläubig an. »Das alles kann doch nicht wahr sein, Demoiselle.«

»Unter den waltenden Umständen sehr wohl. Sie vergessen, daß Lord Guy glaubt, mein Vater habe bereits einen Vertrag abgeschlossen, und auf dieser Grundlage gab er mir die Heiratserlaubnis. Lord Guys Kastellan, Sir Henry, wollte zur Hochzeit kommen und die Reverenz meines Mannes entgegennehmen sowie Kopien des Heiratsvertrages. Mehr ist nicht nötig, um die Angelegenheit zu legalisieren und spätere Folgen auszuschließen.«

»Nein, ich habe den Eindruck, daß auch Ihr Wille nötig ist, um spätere Folgen auszuschließen. Doch Rothwell will Sie haben. Wie wird das Endergebnis aussehen?«

»Erzwungene Ehen sind mir nicht geläufig, Sir Walter, deshalb weiß ich nicht, welche Antwort Sie von mir erwarten. Falls dieser Rothwell mich nicht tötet, ehe Lord Guy zurückkehrt, werde ich dafür sorgen, daß die Entführung bekannt wird. Was dann geschieht, ist eine Sache zwischen Männern. Doch ich kann Ihnen versichern, daß Lord Guy mich liebt, wie er auch meinen Vater geliebt hat. Es wird einen Krieg um mich geben, ob aus der Verbindung Nachkommen hervorgehen oder nicht. Aber das ist nicht Ihre Sorge, oder?« fügte sie voller Groll hinzu. »Soviel ich verstanden habe, ist es Ihre Aufgabe, mich nur bei Rothwell abzuliefern.«

»Wenn Sie nun aber gewillt wären, Rothwell zu heiraten?«

»Wer sollte dann wissen, daß er nicht der Mann ist, den mein Vater für mich ausgesucht hat?«

»Bei Gott, Lady, Sie sind verrückt, mir das zu erzählen! Wenn ich das Rothwell berichten würde, hätte er Grund, Sie vor Sheffords Rückkehr zu töten!«

»Dann müßte er auch diejenigen umbringen, die die Wahrheit wissen – und das würde bedeuten, jeden in Clydon zu ermorden, denn ich würde eher unter Folter sterben, als ihm einen Namen zu verraten. Lord Guy wird erfahren, ob man mich gezwungen hat oder nicht, und das können Sie Rothwell sagen, falls sie ihm etwas sagen. Nun sind Sie dran, Fragen zu beantworten, Sir Walter.«

Er stimmte zu. »Ja, fair ist fair.«

»Dann sagen Sie mir, ob eine Chance besteht, daß ich Rothwell ohne Nötigung heiraten würde. Offenbar fehlt es ihm an Ehre, doch gibt es etwas an ihm, das man empfehlen könnte?«

»Wollen Sie die Wahrheit hören, Demoiselle?«

»Das wäre hilfreich«, meinte sie trocken.

»Was seinen Charakter betrifft, so ist da nichts zu empfehlen. Doch davon abgesehen kommt es darauf an, was Sie für wichtig halten. Er ist ziemlich reich, wenn Ihnen das etwas bedeutet. Er ist ein großer Herr mit vielen Vasallen, aufgrund seiner zahlreichen Ehen, wenn Ihnen das wichtig ist. Daß keiner seiner Leute ihn mag oder respektiert, liegt an seinem Benehmen, das jeden beleidigt und abstößt. Falls Sie sich Kinder wünschen – von ihm werden Sie keine bekommen, sondern Sie werden warten müssen, bis Sie verwitwet sind und wieder heiraten, und das auch nur, wenn seine große Familie bereit ist, etwas von Ihrem Erbe abzutreten, was ich bezweifle. Seine Verwandtschaft ist ebenso habgierig wie er. Was sein...«

»Ich glaube, das reicht, Sir Walter«, unterbrach ihn Reina. Ihr Gesicht war blasser geworden. »Sagen sie mir nur, warum Kinder nicht möglich sind. Ist der Mann verkrüppelt oder aus anderen Gründen unfähig?«

»Nein, nur alt, meine Lady, jedoch nicht zu alt, um nicht... ah... herumzuprobieren.«

Sie war nun noch mehr erbleicht, was er gehofft hatte, doch ihre Augen rösteten ihn fast, als sie zischte: »Und an so einen wollen Sie mich verkaufen?«

An diesem Punkt war es nicht leicht, gleichgültig zu bleiben. »Wenn man das Geld braucht, betrachtet man den Job nicht allzu kritisch, und es ist unser Lebensunterhalt, unsere Dienste zu veräußern. Falls wir die Aufgabe nicht übernommen hätten, wäre sie von einem anderen erledigt worden. Doch Rothwells Angebot war zu verführerisch, zumal es Ranulf ermöglicht, das Lehensgut zu kaufen, das er sich wünscht.«

»Wenn er Land haben will, bekommt er es im Überfluß von mir, sobald er mich nach Clydon zurückbringt.«

Walter stöhnte innerlich. Ranulf würde ihn umbringen, wenn er wüßte, daß sein Freund diesen Vorschlag in seinem Namen abzulehnen gedachte. »Viel mehr als das wäre nötig, um bei ihm einen Sinneswandel zu bewerkstelligen. Er muß seinen Ruf in Ehren halten, als ein Mann, der jeden Auftrag erledigt – und zwar erfolgreich erledigt.«

»Ist das alles? Er hat sein Wort nicht gegeben und auch die Entlohnung noch nicht kassiert?«

»Nein, noch nicht.«

»Ist das normal?«

»Nein«, gab Walter zu. »Aber er mochte Rothwell ebensowenig, wie Sie ihn mögen werden.«

»Dann gibt es kein Problem.«

»Es gibt ein großes Problem«, widersprach er. »In unserem Beruf darf man sein Ansehen nicht aufs Spiel setzen.«

»Auch nicht für zwei Landgüter?« fragte Reina.

Walter verschluckte sich beinahe. Ranulf würde ihn tatsächlich töten, wenn er das erfuhr, und er, Walter, würde den Tod verdienen. Doch er war entschlossen, alles oder nichts zu fordern.

»Sie scheinen Ihre momentane Situation zu vergessen, Lady Reina. Warum sollte Ranulf mit so wenig einverstanden sein, nachdem er Sie in seiner Gewalt hat und durch eine Heirat mit Ihnen alles bekommen könnte? Leider kann ich ihn nicht dazu überreden... Aber Sie werden doch auch der Meinung sein, daß er das kleinere von zwei Übeln ist.«

In Reinas Wangen war die Farbe zurückgekehrt. »Vielleicht bin ich nicht der Meinung. Ihr Freund ist ein ungehobelter Flegel mit den Manieren des niedrigsten Bauern.«

»Ja, das stimmt.« Walter grinste. »Aber er hatte auch nicht soviel Umgang mit Damen, die ihm gute Sitten beigebracht hätten. Hingegen ist er jung, stark und nicht mittellos. Er besitzt zwar kein Land, aber ein kleines erspartes Vermögen.«

»Ein paar tausend Mark?« spottete sie.

»Ungefähr fünfzehntausend«, erklärte Walter strahlend.

»Woher kommt das Geld?« fragte sie argwöhnisch. »Söldner verdienen nicht so viel, ganz gleich, wie tüchtig sie sind. Und wieso war Rothwell bereit, eine solche Summe zu bezahlen?«

»Rothwell wollte für den Job unbedingt Ranulf haben, da er dessen Ruf kannte. Zuerst bot er nur hundert Mark, da die Aufgabe leicht und schnell zu erledigen war. Ranulf lehnte ab, bis Rothwell fünfhundert bot. Was Ihre andere Frage betrifft – es stimmt, daß Söldnerarbeit nicht gut bezahlt wird. Nur die Aussicht auf Beute und Lösegeld macht sie attraktiv, und in diesem Punkt waren wir sehr erfolgreich. Bei einem Scharmützel vor einigen Jahren nahm Ranulf ohne fremde Hilfe vierzehn Ritter gefangen. Das Lösegeld für sie macht den Grundstock von Ranulfs Vermögen aus. Sie sehen also, daß er einer Frau nicht mit leeren Händen entgegentreten würde. Doch ich hätte das nicht erwähnen sollen. Wie gesagt, man kann ihn nicht überreden...«

»*Ihn*, betonen Sie! Von meiner Warte aus bin ich diejenige, die überredet werden muß, wenn es nicht mit dem Segen des Grafen geschehen wird. Wenn ich die Bahn nicht freimache, indem ich behaupte, er sei der Auserwählte meines Vaters, befindet er sich in der gleichen Position wie Rothwell. Und wie kann er *nicht* in Versuchung geraten, nachdem seine fünfzehntausend nicht annähernd aufwiegen, was Clydon mit Zubehör wert ist.«

»Ich glaube, er sieht das nicht so einfach, meine Lady. Er weiß, daß Sie ihn nicht mögen...«

»Ich mag ihn auch nicht«, erklärte Reina steif.

»Na also! Er würde Sie nicht zwingen, ihn zu heiraten, deshalb steht er der Idee ablehnend gegenüber. Daß Sie ihn Rothwell vorziehen könnten, kommt ihm nicht in den Sinn.«

»Was ich vorziehen würde, ist: keiner von den beiden, de Breaute, und das wissen Sie genau. Sie lassen auch die Tatsache außer acht, daß meine Vasallen mich suchen werden, und nicht in dem Schneckentempo, das wir hier vorlegen.«

»Werden Ihre Vasallen Sie befreien wollen, auch wenn sie glauben, wir würden Sie bei einem derartigen Versuch töten?«

Ihre Augen, die wie glühende blaue Kohlen wirkten, verengten sich. »Warum sollten sie das glauben?«

»Weil es als Warnung in dem Brief stand, den Ranulf in Ihrem Zimmer zurückließ.«

»Würden Sie mich töten?«

»Nein, aber werden die Männer das Risiko eingehen?«

Sie antwortete nicht, denn es verschlug ihr vor Wut die Sprache. Nach einer Weile stieß sie hervor: »Warum haben Sie angedeutet, ich hätte die Wahl, wenn Sie gleichzeitig erklären, ich hätte keine? Was bezwecken Sie, de Breaute?«

»Vermutlich war es Neugierde, welche Wahl Sie treffen würden. Und ich habe überlegt, ob ich Ranulf nicht doch beeinflussen könnte. Wenn es überhaupt jemand fertigbringt, dann bin ich das, denn sonst wagt es niemand, ihm dreinzureden, und selbst ich halte mich zurück. Ein Versuch meinerseits hätte natürlich nur Sinn, wenn Sie einverstanden wären.«

»Sie könnten mich anlügen, was Rothwell betrifft«, stellte sie bitter fest.

»Stimmt, aber Sie bräuchten sich da nicht nur auf mein Wort zu verlassen. Die Männer, die uns begleiten, haben ihm das letzte Jahr gedient. Fragen Sie jeden von ihnen, und Sie werden die gleiche Auskunft bekommen. Ich bezweifle, daß sie raffiniert genug sind zu lügen, außerdem hätten sie keinen Grund dazu. Jeder haßt Rothwell wegen seiner Bosheit und Grausamkeiten.«

»Ich habe einen Nachbarn, der in seinen Leuten dieselben Gefühle weckt. Sie haben gestern morgen mit einigen seiner Soldaten die Schwerter gekreuzt. Zu der Zeit war ich Ihnen dankbar.«

»Jetzt sind Sie es nicht mehr?«

Ihr Gesichtsausdruck verriet, daß er darauf keine Antwort verdiente. »Lassen Sie mich zusammenfassen, wie ich Sie verstanden habe: Wenn ich Ihnen sage, daß ich Fitz Hugh heiraten will und ihm den gleichen Vertrag anbiete, wie ich ihn dem Mann angeboten hätte, den mein Vater für mich ausgesucht hat, dann wollen Sie sich bemühen, Ranulf zu einer Heirat mit mir zu bewegen, und Rothwell würde ausgeschlossen.«

»Genau.«

»Wie lange kann ich mir das überlegen?«

»Nur solange wir in diesen Wäldern lagern.« Er deutete in die nähere Umgebung. »Ich werde Zeit brauchen, um Ranulf zu beeinflussen, und falls er einverstanden ist, muß die Sache noch heute nacht über die Bühne gehen...«

Reina hielt den Atem an. »Wie wäre das möglich?«

»Diese Wälder hier gehören zu einem Kloster, das dort vorn liegt. Falls Ranulf ja sagt, könnte der Bischof Sie trauen, der ständig in der Abtei wohnt. Es müßte heute nacht geschehen, damit Ranulf keine Zeit zum Nachdenken hat, sonst wird er es sich wieder anders überlegen.«

»Ich weiß, daß ich nicht schön bin, de Breaute, aber ich weiß auch, daß ich das Auge des Betrachters nicht gerade beleidige. Warum sollte Ranulf beim Nachdenken...«

»Das hätte mit Ihnen persönlich nichts zu tun, Demoiselle, sondern mit Ranulfs Mißtrauen allen Damen gegenüber. In der Vergangenheit hat er schlechte Erfahrungen mit ihnen gemacht, und das sorgt bei ihm für eine nachhaltige Wirkung. Aus diesem Grund werde ich Clydon als Lockmittel benützen, verstehen Sie? Wenn Sie verheiratet sind, werden Sie genug Zeit haben, ihm beizubringen, daß er Ihnen vertrauen kann.«

»Mit solchen Worten machen Sie mir Ihr Thema nicht schmackhaft, Sir Walter.«

»Schon möglich, aber Sie müssen zugeben, daß Ranulf jung genug ist, sich zu ändern, Rothwell jedoch nicht.«

»Dann gehen Sie, denn ich benötige jede Sekunde, um mir die Sache zu überlegen.«

13

Walter war nahe daran, sich die Haare zu raufen. Seit fast einer Stunde bearbeitete er Ranulf, der die Geduld nicht verlor und den Argumenten seines Freundes zuhörte, aber auch seine Meinung nicht änderte.

Sie saßen vor dem Feuer nahe Ranulfs Zelt und würgten das unappetitliche Lageressen hinunter, das rasch zubereitet worden war. Die Lady, um die es ging, befand sich an einem anderen Feuer. Searle und Eric bewachten sie unter dem Vorwand, ihr Gesellschaft zu leisten. Walter bemerkte, daß Ranulfs Blicke während des Gesprächs oft zu ihr hinüberflogen, während sie kein einziges Mal in die

Richtung der Männer schaute. Wenn er angenommen hätte, irgend etwas an Reina hätte Ranulf angezogen, wäre er auf eine andere Taktik verfallen. Doch obgleich er selbst die Lady recht anmutig fand mit ihren hellen Augen und den feinen Zügen, wußte er, daß sein Freund auffällige und robuste Weiber bevorzugte. Vielleicht sollte er seine Taktik doch ändern, aber vorher wollte er noch einiges Positive über Clydon sagen.

»Ich verstehe dich nicht, Ranulf. Ich kenne keinen anderen Mann, der diese unglaubliche Chance nicht sofort wahrnehmen würde, keinen, der die Lady nicht heiraten würde, selbst wenn er sie zwingen müßte, und sie wird dich freiwillig nehmen. Hast du die Macht nicht in Erwägung gezogen, die hinter dem jährlichen Einkommen von Clydon steckt? Der Dienst von hundert Rittern! Bedenke, wie viele Landgüter sie neben Clydon noch besitzen muß, um über solche Einkünfte zu verfügen!«

»Ich bin erstaunt, daß du nicht eine exakte Aufstellung von ihr verlangt hast.«

Walter errötete. Ranulf war gar nicht erfreut gewesen, daß er sich der Lady genähert hatte, vor allem nicht über den Grund seiner Annäherung. Walter hatte ihm Reinas Worte mitgeteilt, ausgenommen ihren Vorschlag, sie nach Clydon zurückkehren zu lassen – aber es half alles nichts. Ranulf hatte einfach kein Interesse.

»Ist dir klar, daß Clydon den Ländereien deines Vaters gleichkommt?« fragte Walter und fuhr schnell fort, ehe Ranulf auf die Erwähnung seines Vaters reagieren konnte: »Und hast du bedacht, daß du nur Shefford Lehenstreue schwören müßtest? Für Farring Cross müßtest du König Richard die Lehenstreue schwören. Ein Graf ist besser als ein König, besonders ein König, der so gern Krieg führt. Die Anforderungen wären viel geringer...«

»Von meinem Oberherrn vielleicht, aber was ist mit den speziellen Anforderungen, die so ein Riesenbesitz an einen stellt? Hast du die Lady gefragt, wieweit er belehnt ist? Wie viele Vasallen sie hat? Für wie viele Leute sie verantwortlich ist? Ich wollte nur ein kleines Gut, Walter. Ich habe nie davon geträumt, so mächtig wie mein Vater zu werden.«

»Weil es nie im Bereich des Möglichen lag. Du könntest deine Kriegsdienste ein Leben lang verkaufen und würdest nie genug gewinnen, um so etwas wie Clydon zu erwerben. Aber jetzt bekommst du es geschenkt – es kostet dich nichts, außer der Kleinigkeit, eine Frau zu nehmen. Du mußt nicht einmal darum kämpfen.«

»Nicht? Glaubst du, Rothwell verzichtet einfach und bleibt in seinem Bau sitzen? Die Schloßherrin hat auch Nachbarn, die ihr mit gezogenen Schwertern Besuche abstatten, falls du das nicht bemerkt hast.«

Walter zuckte die Schultern. »Aber du wirst dann deine eigene Armee haben, und im Notfall kannst du eine weitere von Shefford anfordern. Außerdem ist es leichter, von einem Grafen Hilfe zu erhalten als von einem König.«

»Das mag sein, wie es will. Nichts könnte die Kopfschmerzen aufwiegen, die mir die Lady und ihre Damen bereiten würden. Himmel, Walter, hast du gezählt, wie viele sie unter ihren Fittichen hat?«

»Ist es *das*, was du ablehnst?«

»*Sie* ist es, die ich ablehne. Ich mag keine Dame in meinem Leben, und am wenigsten eine winzige, die sich für riesengroß hält und glaubt, einen Mann herumschieben zu können.«

Walter grinste beinahe, denn jetzt wußte er, daß Ranulf umgestimmt werden konnte, daß er nur noch unter den Kränkungen litt, mit denen Reina ihn überhäuft hatte. »Sie mag ein tollkühnes Würmchen sein, aber sie hat lange ihren Hofstaat beherrscht. Sie braucht nur einen Ehemann, der sie auf den richtigen Platz rückt.« Als Ranulf brummte, zog Walter seine letzten Trümpfe hervor. »Hattest du nie die Absicht, dir für Farring Cross eine Frau zu nehmen?«

»Doch, eine kräftige Dorfhure genügt mir vollauf.«

Walter starrte ihn einen Moment entgeistert an, doch nun hatte er die nötige Munition. »Wer sollte sich um deinen Haushalt, die Kleidung, das Putzen und Kochen bekümmern? Meinst du, daß die Dienstboten arbeiten, weil es etwas zu arbeiten gibt, oder daß sie von einer aus ihren Kreisen Befehle entgegennehmen, nur weil du sie zu deiner Frau erhoben hast?«

»Wenn ich sage...«

»Ranulf, mein Freund, da spricht dein Starrsinn aus dem Mund eines Narren. Nein, laß mich ausreden«, fügte er schnell hinzu, als Fitz Hugh die Stirn furchte. »Kannst du einem Dorfburschen ein Schwert in die Hand drücken und ihn einen Ritter nennen?«

Ranulf knurrte. »So ein Unsinn.«

»Ja, es sind viele Trainingsjahre nötig, um einen Ritter heranzuziehen. Und so braucht es auch Jahre, bis eine Frau zur Lady erzogen ist. Sie bekommt ihre Kenntnisse nicht in die Wiege gelegt, Ranulf. Sie wird für ihre Pflichten erzogen, wie wir für unsere. Willst du jahrelang wie ein Schwein leben, während deine Dorfhure lernt, sich wie eine Dame zu benehmen? Und wer wird ihr alle Kunstfertigkeit beibringen, wenn nicht eine Dame? Und welche Dame würde sich so weit herablassen – für welchen Preis auch immer?«

»Genug, Walter!«

»Ja, genug, de Breaute«, erklang eine weibliche Stimme, und Reina trat in den Schein des Feuers, das die beiden Männer wärmte. Searle und Eric schlichen hinter ihr her. »Wenn Sie bis jetzt keine Einigung erzielt haben, geben Sie es auf. Mich braucht man keinem Mann aufzuzwingen. Es war Ihre Idee, nicht meine, und gewiß nicht seine. Aus einem einzigen Grund stimmte ich zu. Sie malten ein besseres Bild von *ihm* als von Rothwell. Aber Rothwell ist offenbar der bessere Mann, jedenfalls ein Mann, der sich zutraut, der Herr von Clydon zu sein, wohingegen Ihr Freund seine eigenen Fähigkeiten anzweifelt, so einen großen Besitz zu leiten.«

Walter stöhnte laut. Sie hätte nichts Schlimmeres sagen können. Ranulf mit Rothwell zu vergleichen war schon schrecklich genug, aber zu behaupten, Rothwell sei der bessere Mann! Nicht nur Ranulfs Fähigkeiten, sondern auch seinen Mut in Frage zu stellen und anzudeuten, er habe Angst vor der Herausforderung, die Clydon bedeutete – einfach unfaßbar!

Ranulf sprang auf, noch ehe Reina geendet hatte, und Walter wäre nicht überrascht gewesen, wenn er die Lady wegen dieser neuesten Beleidigungen geschüttelt hätte. Ranulf war momentan sprachlos vor Wut, seine Augen schossen Blitze, und ... der Himmel mochte der jungen Frau helfen, sie schien nicht die geringste Furcht zu empfinden. Sie wagte sogar, Fitz Hugh noch weiter zu verhöhnen.

»Wenn ich nicht recht habe, Sir, dann sagen sie es! Oder soll ich glauben, daß Sie Clydon ablehnen, weil *ich* Sie einschüchtere?«

Ranulf zischte durch die Zähne. »Sattle ein Pferd für sie, Walter! Wir reiten sofort in die Abtei!«

Als Ranulf davonmarschierte, um sein eigenes Reittier zu holen, sah Walter die Lady ungläubig an und bemerkte, daß sie lächelte. »Sie haben das absichtlich getan!«

Sie zuckte mit den Schultern. »Es schien, als bräuchten Sie Hilfe. Wie Sie schon sagten: Besser nehme ich ihn als Rothwell!«

»Aber er wird Ihnen niemals verzeihen, was Sie gerade angedeutet haben, Lady.«

Erneut zuckte sie mit den Schultern. »Wenn er zu dumm ist, um zu erkennen, daß er zu seinem eigenen Wohl angestachelt wurde, die richtige Entscheidung zu treffen, dann ist das sein Problem.«

»Es ist eher Ihr Problem«, meinte Searle leise hinter ihr.

Eric stimmte ihm rasch zu. »Sind Sie sicher, daß Sie ihn haben wollen, Lady?«

»Fragen Sie mich lieber, ob ich Rothwell haben will, dem Sie mich unbedingt ausliefern wollten – Sie alle!«

Sie wandte sich von den drei hochroten Gesichtern ab und ging, um sich selbst ein Pferd zu suchen.

14

Ranulf war es klar, daß er einem Schachzug erlegen war, und er fügte sich auch nur in dem Gedanken, Reina bereuen zu lassen, daß sie ihn derart manipuliert hatte. Doch momentan wollte er seinen Ärger nicht kultivieren. Die Lady war bereit, einen Vertrag mit ihm zu schließen, und ob es ihm paßte oder nicht, wußte er doch, daß es notwendig war. So ein Kontrakt wurde allgemein als wichtigster Teil einer Ehe angesehen.

Die schlaue Lady paßte genau auf, als sie dem jungen Mönch, der ihnen als Schreiber zur Verfügung gestellt worden war, den Wortlaut diktierte.

Ein kleiner Raum war ihnen für die Diskussion zugewiesen worden. Walter und Searle dienten Ranulf als Zeugen, der Mönch Reina. Ranulf hätte lieber zuerst mit ihr allein gesprochen, doch sie hatte auf einer schnellen Abwicklung bestanden, in der Überzeugung, er sei zufrieden, da sie ihm dasselbe bot, was auch Lord John de Lascelles bekommen hätte – nun wußte er endlich den Namen!

Erst als Pater Geoffrey sich einverstanden erklärt hatte, sie zu trauen, kam Ranulf die Idee, daß Walters kleine Intrige auch ein Schuß hätte sei können, der nach hinten losging. Die Lady hätte bei dem Bischof Zuflucht suchen können. Ranulf wunderte sich, daß sie das nicht getan hatte, denn der Gedanke war ihr bestimmt gekommen. Sie konnte doch nicht wirklich den Wunsch haben, ihn zu heiraten – bei der schlechten Meinung, die sie offenkundig von ihm hatte. Doch in Gegenwart des Paters hatte sie in keiner Weise einen zögernden Eindruck erweckt. Sie war überhaupt völlig ruhig und beherrscht, seitdem sie das Kloster betreten hatten.

»Ehe wir die Einzelheiten niederlegen, ist es Ihr Recht zu wissen, was Sie bekommen, Sir Ranulf.«

Er schnaubte, weil sie ihn so förmlich ansprach, und sie lächelte über den komischen Laut, ehe sie fortfuhr. »Da mein Vater tot ist und ich seine einzige Erbin bin, komme ich nicht nur mit einer Mitgift zu Ihnen, sondern mit meinem vollen Vermögen. Es beinhaltet außer Schloß Clydon mit seinem Landgut und der Mühle zwei weitere Anwesen, Brent Tower und Roth Hill. Die beiden sind nicht ganz so groß, aber auch nicht klein. Außerdem besitze ich zwei Bauernhöfe in der Nähe von Roth Hill und drei befestigte Rittergüter mit dazugehörigen Dörfern nahe Shefford.«

Ranulf war beeindruckt, doch Walter dachte weiter und fragte: »Was von alledem möchten Sie als Mitgift anbieten?«

»Ich dachte, ich hätte es deutlich genug gemacht, daß ich den vollen Besitz meines Vaters einbringe. Demnach möchte ich mein halbes Erbe behalten, sollte Sir Ranulf etwas zustoßen, ehe Kinder aus dieser Verbindung hervorgegangen sind. Ist ein Kind als Erbe da, möchte ich für die Dauer meines Lebens nur Clydon behalten, das nach meinem Tod ebenfalls auf das Kind übergeht. Falls ich vor Sir Ranulf sterbe, gehört selbstverständlich alles ihm, denn ich besitze keine Familie, die Ansprüche stellen könnte.«

»Erscheint dir das annehmbar, Ranulf?« fragte Walter seinen Freund.

Es war mehr als annehmbar, da die Lady ihm für die Zeitspanne seines eigenen Lebens tatsächlich alles gab. Da er ihr jedoch nicht traute, vermutete er, sie habe eine Falle eingebaut, die er nur nicht erkennen konnte.

Anstatt Walter zu antworten, sagte er zu Reina: »Sie erklären, daß Sie im Falle meines Todes nur die Hälfte Ihres Vermögens wiederhaben wollen. Wer soll die andere Hälfte bekommen?«

Sie sah ihn an, als sei er blöde. »Gewöhnlich kämpft die Familie des Ehemannes, wenn er stirbt, um den Besitz. Oft wollen die Leute alles haben, was Lord Guy in diesem Fall jedoch verhindern würde. Aber Lord Johns Familie hätte die Hälfte beansprucht, ebenso wie Lord Richards Familie, wenn er zuerst um meine Hand angehalten hätte. Also war ich gewillt, bei jeder Verbindung die Hälfte abzutreten. Das gilt natürlich auch für Sie, wie ich vorher schon sagte. Sie brauchen nur einverstanden sein, mir im Falle Ihres Todes die Hälfte Ihres Besitzes zu vermachen. Die Einzelheiten sollten wir dann anschließend besprechen.«

Ranulf furchte die Stirn. »Sind Sie noch nicht fertig?«

Reina schüttelte den Kopf. »Bisher habe ich nur meine persönlichen Landgüter erwähnt. Doch ich muß hinzufügen, daß ich noch zwei weitere Lehensgüter zurückbekommen habe – von den zwei verstorbenen Vasallen. Der eine hinterließ keine Erben, der andere ein Töchterchen, dessen Vormund ich bin. Tatsächlich fiel noch ein dritter Vasall beim Kreuzzug, ein Mann mit drei Söhnen. Der älteste von ihnen hat mir schon bezüglich seines Besitzes Gefolgschaft geschworen.«

Ranulf ignorierte Walters Stöhnen. Keiner der beiden Freunde hatte geahnt, daß sie so reich war. »Wie viele Vasallen hat Ihr Vater auf den Kreuzzug mitgenommen?«

»Vier«, erwiderte sie. »William de Bruce bleibt bei Lord Guy, ebenso wie unsere Garderitter, obwohl wir auch von ihnen schon zwei verloren haben, wie ich Ihnen bereits sagte, als ich Ihnen ihre Witwen vorstellte. Sir Williams Sohn hat mir im Namen seines Vaters Treue geschworen. Er verwaltet eines meiner Herrschaftshäuser und eine mir gehörende Zollbrücke.«

Ranulf scheute sich fast zu fragen: »Ist das alles?«

Erneut schüttelte sie den Kopf.

»Ich habe noch drei Vasallen, die meinen Vater nicht begleiteten. Sir John betreibt einen Gutshof und vierhundert Morgen Land nahe Bedford; Sir Guiot ein Gut und eine Mühle, die drei Ritter beschäftigen könnten. Und Lord Simon, dessen Tochter Elaine Sie kennengelernt haben, kümmert sich um den Herrschaftssitz Forthwick, eine Mühle und zwei gut ausgestattete Schlösser.«

Walter stöhnte lauter. Ranulf wußte nicht, was er denken sollte. Clydon glich nicht nur dem Besitz seines Vaters, sondern es übertraf ihn bei weitem.

Da Ranulf überwältigt war und irgend etwas sagen wollte, fragte er: »Den Dienst wie vieler Ritter schuldet Ihnen Lord Simon?«

»Wenn ich sie brauche, kann ich für vierzig Tage zwölf Ritter anfordern. Falls es jedoch das Einkommen ist, das Sie interessiert: Es macht zweihundertvierzig Mark im Jahr aus.«

»Und von den anderen?«

»Fünfzehneinhalb.«

Ranulf rechnete schnell und meinte argwöhnisch. »Aber das ergibt nur ein Einkommen von fünfhundertfünfzig, Lady. Woher kommt der Rest – doch nicht alles von Ihren Ländereien?«

Reina antwortete geduldig: »Nein, die Ländereien bringen achthundert Mark im Jahr. Durch die Vormundschaft über zwei Gutshöfe mit Dörfern kommen hundertfünfzig herein. Burg und Stadt Birkenham sind...«

»Birkenham!« riefen die drei Männer wie aus einem Mund, doch es war Ranulf, der fragte: »Die Stadt Birkenham gehört Ihnen?«

»Und die Burg, die über sie wacht«, entgegnete Reina. »Kennen Sie denn Birkenham?«

»Lady, wer kennt Birkenham nicht? Es ist fast so groß wie Lincoln.«

»Stimmt«, meinte die junge Frau ohne ein Spur von Selbstgefälligkeit. »Birkenham ist das reichste der Besitztümer mit Abgaben und Beiträgen, die fünfhundert Mark im Jahr überschreiten. Es ist auch das Lehensgut, das ich zurückbekommen habe. Allerdings werde ich über das aus ihm resultierende zusätzliche Einkommen erst nach dem Michaelstag verfügen können.«

»Aber warum hat Ihr Vater ein Lehensgut weitergegeben, das mehr wert sein muß als Clydon, wenn allein die Abgaben in einem Jahr so hoch sind?«

Nun lächelte Reina. »Haben Sie noch nie mit Kaufleuten oder ihrer Zunft zu tun gehabt, Sir Ranulf? Birkenham mag das wertvollste Lehensgut sein, aber es ist auch das schwierigste, und es kostet sehr viel Zeit, wenn man nicht dort wohnt. Mein Vater war froh, als er es los hatte.«

»Und jetzt soll es mein Problem sein?« Ranulf schnaubte gereizt.

»Es braucht überhaupt kein Problem zu sein.« Sie sah ihn mißbilligend an. »Sie müssen nur entscheiden, ob Sie es behalten oder einem Ihrer oder meiner Männer geben wollen. Beglücken Sie Sir Walter damit.« Das klang spöttisch. »Er hat eine so glatte Zunge, daß er hervorragend mit profitgierigen Kaufleuten umgehen kann.«

»Um Gottes willen, Ranulf!« rief Walter entsetzt. »Ziehe nicht in Erwägung, mich...«

»Es geschieht dir mehr als recht, nachdem du mir die Suppe eingebrockt hast«, brummte Ranulf leise und sagte dann zu Reina: »Wenn das jetzt alles ist, sollten wir uns mit den Einzelheiten befassen, die bisher recht einseitig ausgefallen sind. Was wollen Sie von mir, Demoiselle?«

»Ich besitze eine Menge Ländereien und unbezahlbare Trophäen aus dem Heiligen Land, aber momentan kein Geld. Erst nach der Ernte und wenn die Pachtgelder am Michaelstag fällig sind, kann ich damit rechnen.«

»Wie ist das möglich? Hat man Sie beraubt? Diese Gesetzlosen in Ihren Wäldern...«

»Nein, nichts dergleichen«, erklärte sie. »Kreuzzüge sind nicht billig, Sir Ranulf. Mein Vater benutzte die Hälfte unseres Reichtums, auch Gold und Juwelen, um die große Armee, die er mit sich führte, zu unterhalten. Er nahm auch fast alle unsere Pferde und fünfzig Soldaten von Clydon mit.

»Waren Sie deshalb so schlecht beschützt?«

Der Mönch blickte erstaunt, und Reina errötete. »Teilweise. Ich sollte die Besatzung ersetzen und hatte es schon halb geschafft, als ich wieder dreißig Männer im Krieg verlor. Gleich nach dem Aufbruch meines Vaters wurden Forthwick und Brent Tower angegriffen. In Brent Tower wurden die Ernte und das Dorf niedergebrannt, ehe meine Leute eintrafen, also gab es im letzten Jahr von dort kein Einkommen. Die Wiederaufbaukosten waren hoch, wie auch die für die Versorgung der Bauern mit Lebensmitteln. Dann wurde Lord Simon gefangen und Lösegeld verlangt. Das kostete mich fast den ganzen Rest meiner Barschaft. Und daß ich diese Männer verloren hatte, denen ihr Jahreslohn bereits ausbezahlt worden war, machte es nicht leicht für mich, Ersatz zu finden. Ein Ereignis nach dem anderen kam mir in die Quere. Also nahm ich für die letzten Monate des Jahres als Schloßwächter, wer im Dienste der Ritter stand, obwohl das nie die Taktik meines Vaters gewesen war. Als die Abgaben fällig wurden, gelang es mir, fünfzig neue Soldaten anzuheuern.«

»Eine kleine Anzahl für so ein großes Schloß, aber nicht einmal die wenigen stellten sich ihrer Verantwortung«, gab Ranulf zu bedenken.

Sie warf ihm einen unheilvollen Blick zu, ehe sie sagte: »Nur in den vergangenen vierzehn Tagen war ich so knapp dran. Lady Margarets verheiratete Tochter hatte mich besucht und benötigte für ihre Rückkehr nach London zehn Männer als Begleitschutz. Sir Arnulph, ein Garderitter, brauchte weitere zehn für Birkenham, wo er mich vertreten sollte. Und einer meiner Verwalter bat um Hilfe wegen eines Mordes in einem meiner Herrschaftshäuser, also schickte ich ihm erst vor vier Tagen einen Ritter mit fünf Männern. Ich weiß, daß die Anzahl gering ist, aber ich hatte einfach kein Extrageld mehr.«

»Sie hatten doch Ihr Einkommen vom letzten Jahr.«

»Und dieses Jahr mehr Katastrophen, als ich sagen kann. Ein Feuer in Roth Hill zerstörte jedes Gebäude im Außenhof, die gerade erst aufgefüllten Getreidespeicher inbegriffen. Auch die Wälle dort sind seit langem reparaturbedürftig. Mit der Renovierung wurde begonnen, aber sie ist noch nicht beendet. Über hundert Schafe wurden gestohlen, so daß ich keines verkaufen konnte – und meine ganze Viehherde. Ich hege den Verdacht, daß Falkes de Rochefort hier die Hand mit im Spiel hatte. Ich mußte das Vieh ersetzen und auch die Pferde für die Besatzung, obwohl ich bisher noch nicht jeden Mann mit einem Reittier ausstatten konnte. Und...«

»Also brauchen Sie Geld von mir?«

»Ja, aber nicht allzuviel – nur genug, um die Reparaturen in Roth Hill abzuschließen und für eventuelle, vor dem Michaelstag eintretende Notfälle gerüstet zu sein. Sie haben ja bereits Männer, um die Schloßbesatzung zu erweitern, obwohl auch Roth Hill und Brent Tower ein paar zusätzliche Leute vertragen könnten. Und es wäre kein Fehler, wenn wir mehr Pferde hätten. Ist das zuviel von Ihnen verlangt?«

Seine Antwort wurde von einem verdrießlichen Blick begleitet. »Sie wissen bereits, was ich wert bin, und daß das alles mich keineswegs belastet. Doch was ist mit der obligatorischen Zahlung, die Ihre Vasallen bei Ihrer Hochzeit leisten müssen?«

»Die Zahlung ist Pflicht, wenn die älteste Tochter des Lords heiratet, aber das bin ich praktisch nicht mehr. Ich bin nun die Lehnsherrin der Vasallen, und sie müssen nichts beisteuern, wenn ihr Lord oder ihre Lady sich verehelicht. Und diese Bezahlung hätte auch nur die Kosten der Hochzeit aufgewogen, und diese Kosten werden keine Probleme bedeuten. Clydon hat Vorräte und Nahrungsmittel im Überfluß. Die Gefahr des Darbens bestand nie.«

Ranulf war noch immer so unzufrieden, daß er es kaum zu ertragen vermochte. Wie konnte sie ihm all das bieten und fast nichts dafür bekommen? Zugegeben – irgendein Mann mußte der Nutznießer sein, aber zweifellos hätte jener Lord John oder Richard, den die Lady hatte haben wollen, ihr unsagbaren Reichtum und den Einfluß seiner Familie beschert. *Hierin* lag Reinas Benachteiligung. *Er* hatte keine Verbindungen, keine Familie als Unterstützung, keine Macht, auf die eine Schloßherrin bauen konnte. Aber das wußte sie nicht, sonst hätte sie nicht erwähnt, sie wolle nach seinem eventuellen Tod die Hälfte ihres Vermögens seiner Familie überlassen.

Bei diesem Gedanken und seiner tatsächlichen Bedeutung erstarrte Ranulf und nahm sich vor, dies mit Reina zu diskutieren, aber nicht im Beisein des Mönchs.

Er sah den Klosterbruder an und fragte: »Sie schreiben doch nicht alles nieder, oder?«

»Nein, mein Lord, nur das Ausmaß des Besitzes, der Ihnen durch die Heirat zufällt, die Abmachungen für den jeweiligen Todesfall und die Summe, die Sie bezahlen wollen. Ich muß jetzt nur noch Ihre Güter aufzählen, dann können Sie zu Pater Geoffrey zurückkehren, um Ihren Eid zu sprechen. Die Gesetzmäßigkeit dieses Vertrages wird später bestätigt, und die vollständigen Kopien werden bis zum Morgen fertig sein.«

Ranulf schwieg. Es widerstrebte ihm zu erwähnen, wie wenig er in diese Ehe einbrachte. Doch der Mönch wartete...

»Sein Heiratsgut sind siebentausend Mark, um eine runde Summe zu nennen«, sagte da Reina ohne das geringste Schwanken in der Stimme. »Die Hälfte seines Besitzes.«

Der Mönch war entsetzt über den geringen Betrag. »Aber...«

»Da gibt es kein Aber«, unterbrach sie ihn ungestüm und fügte dann gemäßigter hinzu: »Sir Ranulf willigt auch ein, mir Kinder zu schenken, meine Leute sowie meinen Besitz nach besten Kräften zu beschützen und... und mich nicht zu schlagen, da er ein Mann von solch ungewöhnlicher Größe ist, daß ein Hieb von ihm mich töten könnte.«

Aller Augen richteten sich auf Ranulf, dessen Gesicht hochrot anlief. Diese letzte Bedingung war unerhört, denn ein Mann hatte das Recht, seine Frau zu schlagen, ob sie es verdiente oder nicht. Der Mönch würde als erster darauf hinweisen. Allerdings hatte sie hier einen Punkt erwähnt, den Ranulf bisher nicht beachtet hatte. Sie war tatsächlich so zart, daß er es nicht wagte, die Faust gegen sie zu erheben, denn er hätte die winzige Person wirklich dabei töten können.

Aber Kinder! In einem Vertrag festzuhalten, daß er, Ranulf, seine Frau nicht vernachlässigen durfte! Dachte sie, er habe die Absicht, alles zu nehmen, was sie besaß, und sie dann in die Ecke zu stellen? So verlockend die Vorstellung auch war – das würde er nicht tun. Bei Gott! Er bekam so viel, daß es die Ehre gebieten würde, Reina mit höchster Rücksicht zu behandeln!

»Sind Sie... äh... damit einverstanden, Sir Ranulf?« fragte der Mönch zögernd.

»Ja.« Er nickte grimmig. »Aber ich muß mit der Lady reden, ehe der Text endgültig festgelegt wird.«

Er erhob sich, packte Reinas Hand und zog die junge Frau aus dem Raum, ehe sie widersprechen konnte. Sie dachte, er wolle sie nun verprügeln, ehe der Vertrag abgeschlossen und die Chance vertan war. Dafür, daß sie sich in einer aussichtslosen Lage befand, hatte sie viel gewagt.

Doch sie hatte ihre Wünsche durchgesetzt. Ranulf hatte zugestimmt, *ehe* er sie aus dem Zimmer geholt hatte.

Sie hielt den Atem an, als er direkt hinter der Tür stehenblieb. Am liebsten hätte sie auch die Augen geschlossen, aber sie wollte nicht, daß er ihre Furcht bemerkte. Falls er sie schlug, hatte sie es redlich verdient, weil sie ihn als ›Herrn und Gebieter‹ akzeptiert hatte. Es war Wahnsinn, sich unter die Knute eines solchen Mannes, eines völlig Fremden, zu begeben; ihm nicht widersprechen zu können, selbst wenn er ihr Land verkaufte; keine Rechte mehr zu haben, nicht einmal vor Gericht ohne ihn erscheinen zu können; ihm solche Macht über sie einzuräumen – einem Menschen, der offen zeigte, daß er sie absolut nicht mochte. Aber wie sah die Alternative aus? Ein alter, habgieriger Mann, den Clydon nicht kümmerte, der nur seinen Reichtum vermehren wollte!

Sie schauderte jedesmal, wenn sie an Rothwell dachte – nach allem, was sie von ihm gehört hatte. Und sie hatte einige seiner Männer befragt, nachdem sie Sir Walter nicht über den Weg traute. Dieser Ranulf würde wenigstens das Land zu schätzen wissen. Daß er so lange gespart hatte, um eigenes Land zu besitzen, war ein Beweis dafür. Und er war mehr als fähig, Clydons Herr zu sein. Dies war der entscheidende Faktor gewesen – und der Grund, warum sie den Mönch nicht um seine sowieso sehr fragwürdige Hilfe gebeten hatte. Wenn es auf Schloß Clydon Kämpfe gäbe, würden weder John noch Richard so viel ausrichten können wie dieser Riese. Aufgrund seiner Größe lag es nahe, daß überhaupt niemand ihn schlagen konnte.

»Was war der Grund, Lady, für diese lächerlichen Forderungen?« fragte Ranulf leise und ungehalten. »Glauben Sie, ich kann Sie und die Ihrigen nicht beschützen?«

Reina atmete tief aus. So sanft hatte er noch nie zu ihr gesprochen, und es verhieß Gutes, jedenfalls, daß er sie nicht gleich niedertrampeln würde.

»Durchaus nicht. Ich denke, Sie werden sehr gut in der Lage sein, Clydon vor Unheil zu bewahren.«

Er traute seinen Ohren nicht. Ein Kompliment? Von *ihr*? Unglaublich!

»Vorher im Lager waren Sie aber anderer Ansicht«, wandte er ein.

»Reden Sie keinen Uns...« Sie biß sich auf die Lippe. Himmel, sie mußte lernen, bei diesem Mann ihre Zunge zu hüten. »Ah, ich bitte Sie wegen meiner früheren Bemerkungen um Entschuldigung. Ich war nervös und habe alles nicht so gemeint.«

»Wenn Sie also glauben, ich sei fähig, warum dann die schriftliche Fixierung?«

»Diese Bedingung und die anderen waren sozusagen nur ein Kissen, um die Wirkung der letzten zu mildern.«

Nun furchte er die Stirn. »Sie spielen mit dem Feuer, indem Sie überhaupt Forderungen stellen.«

»Das ist wahr«, gab sie zu und senkte den Blick. »Aber Sie haben zugestimmt. Was die Erwähnung von Kindern betrifft, weiß ich, daß es überflüssig war. Mich zu schwängern wird Ihre eigene Position stärken, sollte Rothwell oder sonst jemand immer noch denken, er könne mich haben, wenn er Sie töten würde.«

»Sie sprechen recht frei über die Kopulation, Lady. Sind Sie darauf vorbereitet?«

Sie wußte, daß diese Frage sie verwirren sollte, und das klappte auch. »Ja«, flüsterte sie.

»Heute nacht?«

Ihre Augen suchten seinen Blick. »Aber die Zeremonie hier zählt nicht. Wir müssen in Clydon noch einmal heiraten, so daß meine Vasallen und Sir Henry anwesend sein können. Ich dachte, bis dahin würden wir warten...«

»Damit Sie nicht wirklich verheiratet nach Clydon zurückkehren und Ihre inzwischen eingetroffenen Vasallen mich aus dem Rennen werfen können? Nein, Lady, Sie werden keine Gründe für eine Annullierung haben. Sie forderten Kinder, also werden wir baldmöglichst mit ihrer Produktion beginnen.«

Sie spürte, wie ihre Wangen heiß wurden, und mit ihnen erhitzte sich ihr Temperament. Er würde das nur tun, um quitt mit ihr zu sein. Sie war sich bewußt, daß sie ihn nicht anzog, daß er nicht mit ihr schlafen wollte. Wahrscheinlich hätte er sich ihr nie körperlich genähert, wenn sie nicht in Gegenwart anderer Nachwuchs gefordert hätte.

Mit schmalen Lippen fragte sie: »Ist das alles?«

Erstaunlicherweise wirkte sein Gesichtsausdruck plötzlich unsicher. »Zufällig war das nicht der Grund, warum ich Sie herausgebeten habe.«

Sie hätte sagen können, daß er sie nicht herausgebeten, sondern herausgezerrt hatte, doch sie überging diesen Punkt: Was immer Ranulf ihr sagen wollte – es schien ihm schwerzufallen.

»Sie nannten mich einen Ritter niederer Herkunft.«

»Und Sie gaben zu, daß es stimmt«, meinte sie, verblüfft, daß ihn das in Verlegenheit brachte.

»Warum erwähnen Sie dann meine Familie, wenn Sie wissen, daß ich ledig geboren bin?«

»Ich vermute, daß ein Elternteil von Ihnen höheren Ranges sein muß, sonst wären Sie nicht zum Ritter geschlagen worden. Nachdem üblicherweise die Männer ihren Samen so sorglos umherstreuen, nehme ich an, daß Ihr Vater aus edlem Geschlecht stammt, nicht Ihre Mutter. Habe ich recht?«

Nun war er es, dessen Lippen schmal wurden. »Ja, Sie haben recht.«

»Ist er denn tot?«

»Für mich ist er so gut wie tot. In meinem ganzen Leben habe ich nur zweimal mit ihm gesprochen, Lady. Ich war neun, ehe er zum erstenmal geruhte, mich überhaupt wahrzunehmen, obwohl er genau wußte, daß ich existierte, denn ich wurde in seinem Lehensdorf geboren.«

»Aber für die Pflegestelle muß er Sie doch anerkannt haben.«

»Das zählt nicht. Er hat seinen Erben und braucht mich nicht, noch brauche ich ihn. Selbst wenn mein Halbbruder sterben würde, nähme ich nichts von ihm an. Es ist zu spät.«

»Schämen Sie sich, so bitter zu sein«, wagte sie ihn zu tadeln. »Um Sie zu erheben, konnte Ihr Vater einen legitimen Erben nicht einfach übersehen, und Sie sollten nicht...«

»Habe ich gesagt, der Erbe sei legitim, Lady? Mein Halbbruder ist ebenfalls ein Bastard, aber einige Jahre jünger als ich. Sein großes Glück resultierte daraus, daß seine Mutter eine *Dame* war – eine Hure, aber dennoch eine Dame.«

Reina wußte nicht, was sie dazu sagen sollte. Eigentlich hätte sie es dabei bewenden lassen sollen, doch das konnte sie nicht, nachdem Ranulf ihr so etwas Schwerwiegendes anvertraut hatte. Er erschien ihr nicht mehr als Fremder, und... es erzürnte sie tatsächlich, was man ihm angetan hatte.

»Das finde ich in höchstem Maße unfair, und ich muß mich anscheinend erneut bei Ihnen entschuldigen. Sie haben wirklich Grund, bitter zu sein. Wenn ein Mann einen leiblichen Sohn als Nachfolger wählen muß, dürfte er nicht anders handeln als bei legitimen Söhnen. Nach dem Gesetz erbt der älteste. Wer ist dieser Mensch?«

Die Heftigkeit in ihrer Stimme überraschte Ranulf. *Er* wußte, daß die Angelegenheit unfair war, aber daß Reina so dachte, hatte er nicht erwartet – eine Lady, die ihresgleichen nicht verteidigte?

Doch er machte eine wegwerfende Handbewegung. »Das ist nicht von Bedeutung, nur möchte ich nicht, daß er etwas von Ihnen bekommt. Sollte ich sterben, verfüge ich, daß Ihr ganzes Vermögen wieder an Sie zurückfällt, und nicht nur die Hälfte meines Besitzes, sondern alles, was ich zu jener Zeit haben werde, ebenfalls. Ich wünsche, daß das in dem Vertrag festgelegt wird.«

Sie sah ihn mit großen Augen ungläubig an. »Wenn… Sie das so wollen.«

»Und es ist Ihnen klar, daß Sie bei einer Verbindung mit mir von keinem Menschen, außer von mir, Hilfe erhalten werden?«

»Ja.« Sie hatte ihre Stimme wieder in der Gewalt. »Es wird auch von niemandem sonst jemals Hilfe nötig sein. Und sollte ein ganz außergewöhnlicher Fall eintreten, könnten wir mit Shefford rechnen.«

Ranulf hatte ein seltsames Gefühl, als sie ›wir‹ sagte. In seinem bisherigen Leben hatte es nie ein ›Wir‹ gegeben. Und diese Frau bewies, daß sie vernünftig sein konnte, wenigstens bei dieser Unterredung. Natürlich ließ er die Bedingungen außer acht, die sie immer noch vertraglich besiegelt haben wollte. Als er daran dachte, hob er sie hoch, so daß ihr Gesicht auf gleicher Höhe mit seinem war.

»Wir stimmen jetzt überein und können dieses Geschäft zu Ende bringen, aber eines sei Ihnen klar, kleiner General: Sie mögen sich für immer davor bewahrt haben, meine Fäuste zu spüren, aber wenn Sie es verdienen, wird Ihr Hinterteil mit der Innenfläche meiner Hand Bekanntschaft machen. Sie werden mich also nicht nach Lust und Laune provozieren können.«

Er stellte sie auf den Boden und zog sie zurück in den Raum, der für die Zeremonie bestimmt war. Reina und Ranulf leisteten den Eid und gaben sich den Friedenskuß. Frieden? Die junge Frau fragte sich, ob sie diesen Zustand je wieder erleben würde.

15

Reina fand es schwierig, sich damit abzufinden, daß sie vor einem Mann Angst hatte, nachdem sie nie zuvor Furcht vor einem Menschen empfunden hatte. Sie war behütet aufgewachsen, fern von den rauhen Realitäten, die andere Frauen erleiden mußten, doch nicht blind diesen Gegebenheiten gegenüber. Sie war von ihren Eltern geliebt und verwöhnt worden; dann, nach dem Tod der Mutter vor sechs Jahren, hatte ihr Vater sie noch mehr verhätschelt. Sie war nicht einmal zur Erziehung nach Shefford geschickt worden, da ihre Mutter ihr einziges Kind nicht aus den Augen lassen wollte. Reina hatte daheim gelernt, mit der Nadel und dem Weberschiffchen umzugehen, zu lesen, zu schreiben, Latein, Französisch und sogar das selten benutzte Englisch zu sprechen. Sie wußte alles Wissenswerte über die Führung eines Landgutes, sowohl im Inneren des Hauses wie auch draußen. Sie konnte sogar finanzielle und gesetzliche Entscheidungen treffen, obwohl sie diese meist langweilig fand und gern zugab, daß ihr Geldgeschichten nicht lagen.

Natürlich hatte sie sich auch vorher schon gefürchtet – als ihre Mutter starb, als ihr Vater zum Kreuzzug aufbrach und sie allein zurückließ, um Schloß Clydon vorzustehen, nur unterstützt vom Rat einiger Vasallen – und bei der Nachricht vom Tod ihres Vaters. Als Falkes de Rochefort seine Krieger gesandt hatte, um sie zu rauben, hatte sie vor deren eventuellem Erfolg Angst gehabt, aber nicht vor de Rochefort persönlich. Nicht einmal in jener Nacht hatte er Furcht in ihr erweckt, als er in ihr Zimmer geschlichen war, um sich in übler Absicht auf sie zu stürzen. Sie war nur wütend gewesen, so wütend, daß sie ihn bei seinem Rückzug in den Schloßgraben hatte werfen lassen.

Falls es ihm gelungen wäre, sie zu überwältigen und irgendwie zur Heirat zu zwingen, hätte sie ihn vielleicht gefürchtet – genügend, um ihn zu töten. Ihr Vater hatte ihn nie gemocht, und sie hatte auf sein Urteil gebaut. Aus diesem Grund hatte sie Sir Falkes als Heiratskandidaten nie in Betracht gezogen.

Doch nun hatte ein anderer sie bekommen, und vor dem hatte sie Angst, obwohl sie nicht daran dachte, ihn zu töten. Schon einen Versuch hätte sie gar nicht gewagt – und sie hätte es auch gar nicht gewollt. Die Furcht war zwar vorhanden, doch sie war nicht grenzenlos, und sie entstammte einem anderen Urgrund.

Im Moment allerdings erwies sie sich als verzehrend, denn Reina ritt ins Lager zurück und der angekündigten körperlichen Vereinigung entgegen. Davon abgesehen verdiente der Mann es jedoch, daß vorhandene Zweifel zu seinen Gunsten ausgelegt wurden. Reina war einverstanden gewesen, ihn zu nehmen. Er war nicht ihre erste, nicht einmal ihre zweite Wahl, doch er hätte die dritte sein können, wenn er der Herrin von Clydon unter veränderten Umständen präsentiert worden wäre. Schließlich hatte Fitz Hugh eine Menge Positives zu bieten.

Reina würde gewiß niemals müde werden, ihn anzuschauen, obwohl sie nicht so dumm war, ihn wissen zu lassen, wie attraktiv sie ihn fand. Sie hatte gesehen, wie er sein Schwert handhabte, und seine Geschicklichkeit wirkte höchst beeindruckend – mehr noch, wenn man seinem Freund Walter glauben durfte. Ranulf war daran gewöhnt, Männer anzuführen, und nicht nur das – sie wollten sich von ihm leiten lassen. Es gab nicht viele Vorbilder, die eine solche Loyalität auslösten. Er war jung. Er war stark. Er war gut zu Tieren, wie sie es bei der braunen Katze bemerkt hatte, die heute auf seiner Schulter geritten war. Und er hatte keine anderen Verpflichtungen. Lord John und auch Lord Richard hätten ihre Zeit zwischen Reinas und ihren eigenen Gütern sowie denen ihrer Familienangehörigen aufteilen müssen. Daß Ranulf sich nur Clydon widmen würde, machte ihn tatsächlich zur besseren Wahl.

Ja, es sprach vieles zu seinen Gunsten – doch auch vieles gegen ihn. Reinas Hauptproblem lag in seiner Körpergröße, die schon allein eine Waffe bedeutete. Dann war da noch seine grimmige Art, die selten fröhliche Laune aufkommen ließ. Und sein einfach grauenvolles Benehmen! Die Tatsache, daß er Damen mißtraute und sie ablehnte, wie Sir Walter behauptete, machte das Zusammenleben mit ihm bestimmt auch nicht leichter. Und er war unberechenbar. Wer hätte gedacht, daß er einen Besitz wie Clydon zurückweisen würde?

Auch mit Theodric würde es ein Problem geben, wenn Ranulf nicht überredet werden konnte, den Zwischenfall mit dem Jungen zu vergessen. Und wie er Reinas Zinsbauern behandelte, würde sich herausstellen.

Was Reina außer seiner Größe fürchtete, war, daß er auf ihre Gefühle keine Rücksicht nehmen würde. Sie wußte, daß er sie nicht mochte. Er war schon recht grob zu ihr gewesen. Daß er nun die Macht besaß, sie nach seinem Gutdünken zu verletzen und zu beschämen, raubte ihr den Seelenfrieden. Doch wiederum verdiente der Mann, daß man ihm auch Gutes zutraute. Reina konnte nur hoffen, daß ihre Heirat sich nicht als der schlimmste Fehler ihres Lebens erwies.

Ihr Pferd trottete nun, da keine Eile mehr vonnöten war, gemächlich hinter Ranulfs Reittier her. Reina hatte gehofft, die Nacht im Kloster verbringen zu können, denn dort wäre man ihr wohl zu Hilfe geeilt, wenn sie geschrien hätte. Doch soviel Glück wurde ihr nicht zuteil.

Pater Geoffrey hatte ihnen getrennte Schlafräume angeboten. Reinas frischgebackener Ehemann hätte sich dadurch gewiß nicht abhalten lassen, seine junge Frau aufzusuchen, doch die Nähe der Mönche hätte ihre Angst etwas gemildert. Aber Ranulf hatte das Angebot abgelehnt.

Reina fühlte sich nicht ›verheiratet‹, doch das würde sich ändern, ehe die Nacht vorbei war. Ihr inneres Zittern dauerte fort, je mehr sie daran dachte. Sie wußte, was geschehen würde. Sie hatte es sich oft mit Richard oder auch mit John vorgestellt, aber nie mit einem Riesen. Früher hatte sie sich auf ihre Hochzeitsnacht gefreut, denn die Zeit war längst reif, die Liebe kennenzulernen. Jetzt... Sie konnte sich nur mit Selbstvorwürfen plagen, weil sie mit ihrem dummen Kinderwunsch Ranulf angestachelt hatte, gleich heute nacht mit ihr zu schlafen. Hätte sie den Mund gehalten, wären ihr Tage geblieben, sich an den Gedanken zu gewöhnen.

Doch ein kleiner Aufschub wurde ihr gewährt. Ranulf stieg vor seinem Zelt ab und machte eine Kopfbewegung zu dessen Eingang hin. »Tun Sie, was Sie für nötig halten. Ich folge Ihnen bald.«

Dieses ›bald‹ belief sich auf zwei Stunden, was bewies, daß Ranulf dem ehelichen Akt ebenso zögerlich entgegensah wie sie. Der Riese benötigte sogar die Unterstützung von zwei Krügen Wein, die Pater Geoffrey anläßlich der feierlichen Handlung gespendet hatte. Reina hätte gern auch etwas Wein getrunken. Was sie bekam, war Wasser aus dem irdenen Geschirr in Ranulfs Zelt und die Gelegenheit einer Begegnung mit Ranulfs Buhle, einem großen, stämmigen Mädchen, das fast so schön war wie Eadwina. Die Person räkelte sich im Bett, auf die Ellenbogen zurückgelehnt und mit gespreizten Knien in eine Position, wie Reina sie aufreizender und unzüchtiger nie gesehen hatte.

Das Treffen überraschte beide Frauen, denn die Dirne war offensichtlich nicht anwesend, um Reina zu helfen, sondern Ranulfs Rückkehr abzuwarten. Zweifellos hatte ihr niemand von der Heirat des Riesen erzählt, andernfalls hätte sie wohl kaum gewagt, sich mit ihrer himmelschreienden Einladung derartig zu präsentieren.

Reina war jedoch nicht verärgert, zumal das Mädchen entsetzt aufsprang, Entschuldigungen murmelte und flehte, dem Lord nichts davon zu sagen, daß sie ohne Aufforderung gekommen war.

»Nachdem du schon da bist...«

»Mae, meine Lady«, stieß das Mädchen hervor. »Ich heiße Mae.«

»Gut, Mae, dann kannst du mir dieses eine Mal mit meinem Schnürband helfen«, erklärte Reina sachlich. »Da ich den Lord geheiratet habe, erwarte ich, dich zum letztenmal zu sehen. Wir werden morgen nach Clydon zurückkehren. Du wirst verstehen, wenn ich dich auffordere, dort nicht herumzulungern.«

Mae nickte nur. Sie konnte nicht glauben, daß sie unter *diesen* Umständen so leicht davonkam. Auf den Befehl einer Lady hin war sie schon einmal ausgepeitscht worden, weil die Dame nur den Verdacht gehegt hatte, ihr Mann habe Mae besucht. Und es war schon manche Hure von eifersüchtigen Herrinnen beseitigt worden. Das war einer der Gründe, warum Mae den umherziehenden Männern folgte, denn in Lagern brauchte sie keine Damen zu erwarten; und die Ehefrauen der Soldaten besaßen keine Macht über sie, wenigstens keine tödliche. Wenn der Lord geheiratet hatte, wollte Mae nichts mehr mit ihm zu tun haben. Die Liebe war es nicht wert, daß man sein Leben riskierte. Sollten sich in Zukunft die Clydon-Huren um den Herrn bekümmern – und er würde sie nötig haben, wenn diese Lady so gleichgültig war, wie sie erschien.

Reina empfand Mitleid mit der nervösen Mae und entließ sie, ehe die Dirne das Mieder verknotete, anstatt es zu lösen. Reina beendete die Arbeit selbst, was ebenso schwierig war wie das Anziehen ohne Hilfe. Ohne ihr Leibchen und die Kniehose, die Kenric übersehen hatte, als er in der Dunkelheit Kleidungsstücke zusammenraffte, hatte sie sich den ganzen Tag fast nackt gefühlt. Doch wenigstens hatte der Junge ein Paar ihrer Schuhe mitgenommen. Barfuß zu heiraten, hätte diesem schauderhaften Tag wirklich die Krone aufgesetzt.

Eine Menge Zeug lag in dem Zelt herum, doch nachdem

Reinas Mann bisher ein Söldner gewesen war, mußte einen das nicht wundern; sicher schleppte er seine ganze Habe mit, wenn er unterwegs war. Es gab einen verschlossenen Tresor und eine kleine Truhe, die nicht viel Kleidung enthalten konnte. Darauf stand eine Schüssel mit Wasser, daneben lag ein Handtuch. Dieser Waschgelegenheit wollte Reina sich bedienen, denn ein Bad würde sie hier gewiß nicht beanspruchen können. Um einen runden Tisch waren mehrere Stühle gruppiert, auf dem Tisch befanden sich das irdene Geschirr, ein paar Becher und Öllampen. Die Schlafstelle bestand aus einer dicken, sehr langen und breiten Matratze, die zweifellos für den Riesen angefertigt worden war. Das Bettzeug erwies sich als erstaunlich fein: eine weiche Wolldecke und Tücher aus Leinen – edler, als Reina erwartet hatte. In der Ecke stand eine Kiste mit Kriegsmaterial. Einige Waffen, die nicht hineinpaßten, ragten daraus hervor – vor allem ein Schwert, ähnlich demjenigen, das Ranulf trug, und... eine braune Katze.

Reina wunderte sich einen Moment über diesen zweiten Gast, der sie mit leuchtenden, gelben Augen aus der Dunkelheit anstarrte. Doch dann war sie entzückt, Gesellschaft zu haben, die keine Widerworte gab. Reina mochte Katzen und sorgte dafür, daß sie in Clydon immer ebensogut gefüttert wurden wie die Jagdhunde, denn auch sie erfüllten ihren Zweck, indem sie die Nagetiere dezimierten.

Die Anwesenheit der Katze in Ranulfs Zelt bewies, was Reina schon vorher vermutet hatte – das Tier war der Liebling des Riesen. Daß so ein großer, mürrischer Mann ein so kleines, noch dazu häßliches Vieh liebte, wirkte zumindest ungewöhnlich. Der Schwanz der Katze war am Ende abgeknickt, das Fell kurz und räudig, weil frische Milch und ein gelegentliches Ei in der Nahrung fehlten. Flecken geröteter Haut wiesen auf eine schlimme Flohplage hin.

Davon abgesehen war das Tier recht zutraulich. Es kam

näher, als Reina lockende Laute von sich gab, und rieb sich an ihrem Bein. Sie beugte sich herab und kraulte es hinter den Ohren, bis es zufrieden schnurrte. Die junge Frau lächelte. Hier war wenigstens jemand, der sie mochte.

Reina war nur noch mit ihrem Unterhemd bekleidet und machte sorgfältig Toilette, während sie mit der Katze redete, die ihr um die Beine strich und als Antwort überlaut schnurrte. Dieses Schnurren war beruhigend, und Reina benötigte etwas Beruhigendes. Sie wühlte in Ranulfs Truhe und fand einen Kamm, den sie gut gebrauchen konnte.

Doch das Kämmen ihrer Haare kostete nicht viel Zeit, obwohl die Locken reichlich zerzaust waren. Überlegungen, was Ranulf so lange aufhalten könnte, hatten keinen Sinn. Er würde kommen, wenn er sich bereit fühlte. Sie dachte daran, ein wenig zu schlafen, wußte aber sofort, daß sie keine Ruhe finden würde.

Schließlich hob sie die Katze hoch und setzte sich mit ihr in die Mitte des Bettes, um durch das Fangen von Flöhen die Zeit totzuschlagen. Die Katze, die sich bei der Prozedur als Weibchen herausstellte, schien die Pflege zu genießen. Reina war so in ihre Arbeit vertieft, daß sie ihren Gatten nicht kommen hörte, aber das Tier hörte ihn. In der einen Sekunde schnurrte es noch genüßlich, in der nächsten zischte es bösartig, und Reina erntete einen scharfen Kratzer zum Dank für ihre Annahme, das Tier sei zutraulich.

Sie machte ein ungläubiges Gesicht, als die Katze von ihr fort und in Ranulfs Arme sprang. Da er sich nicht wunderte, war das wohl eine ganz normale Begebenheit. Doch Reina war ein wenig verärgert, während sie den Kratzer auf der zarten Innenseite ihres Schenkels rieb. Das war das letzte Mal, daß sie dem launischen Biest ihre Hilfe angeboten hatte, zumal seine Flöhe in ihrem Bett herumspaziert waren.

Da Ranulf sie keines Blickes würdigte und damit beschäftigt war, seinen Liebling zu begrüßen, schüttelte Reina die Leintücher aus. Dann kam Kenric unangemeldet herein, und die junge Frau schlüpfte schnell unter die Decke.

Wahrscheinlich würde sie sich daran gewöhnen müssen. Der Edelknabe hatte seine Pflichten zu erledigen, und eine davon war, ihrem Ehemann die Waffen abzunehmen und ihn zu entkleiden. Doch in Clydon hatte das Zimmer des Lords einen Vorraum. Vielleicht konnte sie Ranulf dazu überreden, sich dort entkleiden zu lassen; andererseits, dachte sie, als sie den Vorgang schweigend beobachtete, würde sie das möglicherweise gar nicht wollen.

Gütiger Himmel, waren diese Buckel unter dem Waffenrock echt? Sie wurden sichtbar, und Reina atmete tief ein. Sie waren tatsächlich echt, dicke Muskelstränge, die sich bei jeder Bewegung bauschten. Theo hatte versucht, Reina davon zu erzählen, aber sie hatte nicht hinhören wollen. Rundum goldene Haut und Schönheit, hatte er gesagt, und das war mehr als wahr. Reina verspürte eine winzige Eifersucht, daß Theo alles an diesem Mann gesehen hatte, während sie mit angehaltenem Atem auf das Fallen der letzten Hüllen wartete. Doch sie mußte sich in Geduld üben. Ranulf schickte Kenric weg und ging zu der Wasserschüssel, um sich zu waschen. Erst als er das Handtuch benützte, das von Reinas Gebrauch feucht war, schien er ihre Anwesenheit zu bemerken. Abrupt drehte er sich um und musterte sie mit seinen veilchenfarbenen Augen.

»Sie... schlafen noch nicht?«

Reina spürte, wie sich das kleine Samenkorn der Erwartung in ihrer Brust regte und dann erstarb. Sie hatte selbst gesehen, welchen Frauentyp er bevorzugte, und sie glich diesem Typ nicht im entferntesten. Natürlich hatte Ranulf gehofft, sie würde schlafen. Er hatte etwas versprochen, das er nun bereute. Warum sonst hätte er so lange gebraucht, zu ihr zu kommen?

Nun, sie würde nicht bleiben, so man sie nicht haben wollte. Die körperliche Vereinigung würde irgendwann stattfinden, aber erst dann, wenn sie *beide* sich an den Gedanken gewöhnt hatten.

Reina richtete sich in der Mitte des Bettes auf und empfand absurderweise etwas wie Enttäuschung, wo sie nur Erleichterung hätte spüren dürfen. »Nein, ich schlafe noch nicht«, sagte sie ruhig, doch mit erhobenem Kinn. »Ich habe gewartet, um von Ihnen zu hören, wo ich mich heute nacht zur Ruhe legen soll.« Mochte er es wagen, sie eine Lügnerin zu nennen!

Er nannte sie gar nichts, blickte sie nur entnervend lange an, und das Handtuch entglitt ihm unbemerkt.

Zu ihrer Überraschung – wie vielleicht auch zu seiner eigenen – erklärte er heiser: »Sie schlafen hier... bei mir.« Doch er starrte sie weiter an, als könne er seinen Augen nicht trauen. Dann zerrte er an dem Spitzenbesatz seiner Unterhosen, so daß er zerriß. Reinas Augen weiteten sich. Die junge Frau gewann den Eindruck, Ranulf wolle sich auf sie stürzen, und dieser Eindruck entsprach so ungefähr den Tatsachen. Der Riese sprang förmlich auf das Lager und drückte Reina mit einem Arm nieder. Ihr stockte der Atem, und im nächsten Moment büßte sie ihr dünnes Hemdchen ein.

»Warten Sie...«

»Sind Sie eine Jungfrau?«

Er wartete nicht auf ihre Antwort. Sie wußte, daß es ihm egal war, und das tat weh. Offenbar wollte er den Akt, wenn er ihn schon nicht vermeiden konnte, möglichst schnell hinter sich bringen. Warum sonst hätte er seinen Mund für eine schäbige Sekunde auf ihren gepreßt und sich in der nächsten über ihren Körper hergemacht? Nun, auch Reina konnte sich diese Gesinnung zu eigen machen. Am besten, es war rasch vorüber, dann wußte die junge Frau, wie sehr sie das nächste Mal zu fürchten hatte – falls es ein nächstes Mal gab.

Reina bereitete sich darauf vor, zerquetscht zu werden, aber nichts dergleichen geschah. Sie spürte, wie er in sie eindrang, und es riß sie nicht entzwei, sondern es ging glatt und leicht. Hatte der Anblick seiner Schönheit auch ohne Berührung ihre Säfte fließen lassen? Sie war verblüfft und empfand ein bebendes Vergnügen, das keinem je erlebten Gefühl glich. *Dann* wurde sie in Stücke gerissen.

Seine zerstörerischen Lippen erstickten ihren Schrei. Wie er es schaffte, ihren Mund zu erreichen und gleichzeitig in ihren Leib einzudringen, wußte sie nicht. Vielleicht lag es daran, daß er hauptsächlich wegen seiner langen Beine so groß wirkte, oder daran, daß sich sein Rücken wie ein Bogen über ihr wölbte. Jedenfalls wurde sie noch immer nicht zerquetscht – ausgenommen ihre Lippen. Auf diesem Gebiet konnte der Mann ein paar Unterrichtsstunden gebrauchen. Aber sonst... Gütiger Himmel, was war es nur, was sie jetzt verspürte? Sie vermochte sich nur darüber zu wundern. Ihr Ehemann stöhnte laut. Für ihn war der Akt beendet.

16

Reina bewegte sich vorsichtig, um ihren Zustand zu überprüfen, doch sie war nicht wirklich verletzt. Ihre Lippen schmerzten, und zwischen ihren Beinen hatte sie ein wundes Gefühl, doch nichts war gebrochen, als Ranulf nach seinem Höhepunkt kurz über ihr zusammengeklappt war.

Sie war jedoch irregeführt worden. Wenda behauptete, ›es‹ sei wundervoll. Eadwina mußte dasselbe denken, weil sie es so oft und gerne tat. Reina würde das, was sie erlebt hatte, nicht als wundervoll bezeichnen, doch es war auch nicht so fürchterlich, wie sie es sich mit einem Riesen vorgestellt hatte. Nachdem sie nun ihre Jungfräulichkeit verloren hatte, vermutete sie, keine Angst mehr vor dem Beischlaf haben zu müssen, aber wünschenswert war er auch nicht gerade.

Sie kleidete sich schnell an, während ihr Mann weiterschlief. Ihn in seinem wehrlosen Zustand zu betrachten, regte ihre geistigen Fähigkeiten nicht an, dabei hatte sie eine Menge zu bedenken, vor allem, was sie Lord Simon erzählen sollte, der inzwischen bestimmt in Clydon eingetroffen war.

Die Unruhe im Lager hatte sie geweckt. Sie war vor das Zelt getreten und hatte bemerkt, daß fast hundert Männer sich auf den Tagesmarsch vorbereiteten. Hinter ein paar Büschen versteckt hatte sie ihre Notdurft verrichtet, und als sie zurückkehrte, brachte Lanzo ihr einen Becher Bier und ein Stück Brot, das einen Tag alt war. Sie dankte dem Jungen, schenkte ihm aber kein Lächeln, und er verschwand rasch wieder. Unter Ranulfs Anweisung mochte er die geschickte Handhabung von Waffen lernen, aber um seine ritterlichen Umgangsformen war es schlecht bestellt. Es würde nichts schaden, wenn die Knappen dachten, sie sei ihnen wegen ihrer Beteiligung an der Entführung noch böse. Beide mußten kapieren, daß die Kunst der Kriegführung allein noch keinen Ritter machte. Die soziale Tauglichkeit, Anstand und Höflichkeit einer Dame gegenüber, mußten geübt werden, besonders die Behandlung einer Dame zu allen Zeiten. Selbst während einer Entführung durften gewisse Regeln nicht verletzt werden, die Reina bitter vermißt hatte.

Erneut näherte sich ihr jemand, und diesmal war es die scheinheilige Katze, die der jungen Frau wieder um die Beine strich. Reina sah sie mit gefurchter Stirn an. »Aha, jetzt ist es *so* wieder recht, nicht wahr? Denkst du, ich würde dich nicht durchschauen?«

Als Antwort erklang ein Miau, dann sprang das Tier Lanzo entgegen, der ihm eine Schale mit Speiseresten hinstellte. Reina schüttelte den Kopf. Sie war sich nicht sicher, ob sie mit einer Katze dumme Spiele treiben wollte. Vielleicht würde sie es müssen, wenn ihr Ehemann beabsichtigte, das Tier nach Hause mitzunehmen.

Dann hörte sie ein Rumpeln im Zelt und ging hinein. Ranulf musterte sie argwöhnisch, als sie die Eingangsklappe öffnete und das helle Sonnenlicht eines schönen Frühlingsmorgens hereinließ.

»Wo ist Lady Ella?« fragte er in mürrischem Ton.

Reina erstarrte. »Ich wußte nicht, daß sich noch eine andere Dame im Lager aufhält.«

»Meine Katze«, erklärte er.

»Oh!« Reina war einen Moment sprachlos, dann fragte sie: »Sie haben Ihre Katze *Lady* Ella genannt?«

»Ja.«

Zum erstenmal entdeckte sie bei ihrem Mann einen vergnügten Gesichtsausdruck, der beinahe einem Lächeln ähnelte – es war ein fantastischer Anblick!

»Ihre Namensvetterin ist die schlaueste Katze, die ich kenne, deshalb paßt der Name«, fuhr er fort.

Nun fragte sich Reina, wer wohl diese Dame war. Ranulf schien nicht viel von ihr zu halten.

»Ihre Ella...«

»Lady Ella.«

»*Lady* Ella frühstückt gerade«, stieß Reina hervor. Sie fand es beleidigend, daß sie dem räudigen Vieh einen Titel geben mußte, *ihren* Titel, doch sie hatte momentan keine Lust auf den ersten Streit mit ihrem neuen Ehemann. »Soll ich Ihren Knappen rufen?«

»Noch nicht.

Er richtete sich auf, und das Leintuch fiel auf seinen Schoß. Reina blickte zur Seite. Diese breite, goldene Brust wirkte wie ein Magnet auf ihre Augen, doch sie wehrte sich standhaft gegen die Anziehung.

»Entkleiden Sie sich.«

Ihr Blick suchte groß und ungläubig sein Gesicht. »Ich habe Sie nicht richtig verstanden.«

»Doch, Sie haben!« Seine tiefe Stimme klang weich. »Ich möchte wissen, ob ich letzte Nacht geträumt habe, ob Sie wirklich mein waren.«

»Sie brauchen sich nur die Laken anzusehen, um zu wissen, daß Sie mich besessen haben.«

Er tat es und fluchte. Das Bettzeug wies einen großen Blutfleck auf. »Bei Gott, habe ich Sie getötet?«

»Kaum«, erwiderte Reina, und die veilchenfarbenen Augen blickten sie wieder an. »Sehe ich vielleicht tot aus?«

Seine Züge verfinsterten sich. »Sie sehen wie die Dame aus, die ich geheiratet habe. Aber ich möchte wissen, ob es ein Traum war, was sich unter Ihren Kleidern verbirgt. Ziehen Sie sich aus, und zwar schnell, oder ich werde...«

»Bleiben Sie, wo Sie sind!« befahl sie in schärfstem Ton, als er das Leintuch wegstieß. Es kostete sie einige Anstrengung, ihm weiterhin in die Augen zu schauen, doch sie schaffte es. »Ehe Sie einer dummen Regung nachgeben, bedenken Sie, was heute alles ansteht. Wenn wir nicht bald reiten, werden wir Clydon nicht erreichen, solange es noch hell genug ist für meine Leute, um mich leicht zu erkennen. Es wird sowieso schwierig sein, Lord Simon zu erklären, warum ich den Mann geheiratet habe, der mich entführte. Ich möchte keine Probleme erleben, in mein eigenes Schloß zu gelangen, nur weil Sie heute morgen geruhen herumzutrödeln.«

Eine ganze Weile sagte er gar nichts und starrte sie einfach an. Dann zuckte er schließlich mit den Schultern. »Gut, ich glaube, ich kann bis heute abend warten.«

Das meint *er*, dachte Reina und floh erleichtert aus dem Zelt. Sie beabsichtigte, ihren ursprünglichen Plan zu verwirklichen und bis zu ihrer zweiten Hochzeit allein in ihrem Zimmer zu schlafen. Solange Sir Henry nicht eintraf und Ranulfs Lehenseid entgegennahm, betrachtete sie sich nicht als verheiratet, ob sie nun entjungfert war oder nicht.

Reina änderte ihre Meinung über das, was sie Simon Fitz Osbern und ihren anderen Vasallen erzählen wollte. Während sie vor Ranulf auf dessen riesigem Pferd saß, erläuterte sie ihre Gründe. Ihr eigenes Reittier war ihr verweigert worden, da ihr Mann ihr noch nicht traute. Er wollte sie in Reichweite haben, damit sie nicht versuchen konnte, ihre Leute gegen ihn aufzuwiegeln. Sie ließ ihn nicht wissen, daß seine Befürchtungen unbegründet waren. Er mußte es selbst herausfinden, daß Reina sich nun ihrer Ehe verpflichtet fühlte und nicht vorhatte, sich ihres Ehemannes zu entledigen.

Was ihre Vasallen betraf, machte sie ihm klar, daß es einfacher sein würde, ihnen vorzuschwindeln, sie sei noch nicht verheiratet, habe es aber vor. Wenn sie behauptet hätte, freiwillig so schnell und heimlich geheiratet zu haben, wäre die Freiwilligkeit dieser Ehe gewiß angezweifelt worden. Aber Reina wollte, daß ihre Vasallen Ranulf ohne Vorbehalt akzeptierten, und das würden sie eher tun, wenn ihre Herrin sie informierte, er sei der Mann ihrer Wahl.

Er war einverstanden, wenn auch widerwillig. Natürlich diente ihm zur Beruhigung, daß er die Kopien des Heiratsvertrages besaß, die er jederzeit vorlegen konnte, falls Reina ein falsches Spiel versucht hätte. Ranulf mußte seinen Männern das Täuschungsmanöver mitteilen, und sie waren bereit vorzugeben, daß die Heirat noch nicht stattgefunden hatte. Reina hoffte, gegen alle Eventualitäten gewappnet zu sein, doch eine Garantie gab es nicht. Es war auch nicht leicht für sie, einen klaren Kopf zu behalten, nachdem sie von solch kräftigen, muskulösen Armen umfangen wurde. Außerdem war sie noch durch den Vorfall des Morgens verwirrt.

Sie konnte sich nicht vorstellen, was es jetzt noch für ihren Mann bedeutete, wie sie nackt aussah. Er hatte keine Wahl mehr, den Vertrag als unrechtmäßig zurückzuweisen, wenn ihm ihr Körper nicht gefiel. Diese Chance hatte er vertan, indem er seiner Frau die Unschuld geraubt hatte. Warum brachte er sie dann mit dem Wunsch in Verlegenheit, sie solle sich ausziehen? Mochte er das, was er gesehen hatte? War er entsetzt? Wollte er nur eine Bestätigung, oder ärgerte er sich, weil er sich nicht erinnern konnte?

Daß er es für einen möglichen Traum hielt, sie genommen zu haben, empfand sie als schlimm und beleidigend. Mochte es auch nicht angenehm gewesen sein, so wünschte sie doch, eine Erfahrung mit ihrem Mann geteilt zu haben. Offenbar war es kein *gemeinsames* Erlebnis gewesen. Wenn sie geahnt hätte, daß Ranulf so betrunken war, daß er nicht wußte, was er tat, hätte sie ihn vielleicht abwehren können – aber vielleicht auch nicht. Jedenfalls war es geschehen, und jede Vermutung kam zu spät. Reina konnte nur eines tun: darüber nachgrübeln und dafür sorgen, daß Ranulf das nächste Mal nicht alkoholisiert war.

17

Ranulf blieb schweigsam, während seine Frau überschwenglich begrüßt wurde, bis die Leute merkten, wer sie im Arm hielt. Dem frischgebackenen Ehemann gefiel es nicht, daß so viele plötzlich verstummte Männer aus den Toren strömten und sich hinter ihm versammelten, um ihm den Rückweg abzuschneiden, doch er konnte es nicht verhindern. Tatsächlich verunsichert fühlte er sich erst, als er im inneren Hof eintraf, wo über hundert Soldaten und mindestens fünfzehn Ritter warteten, die teilweise ein Schwert, teilweise aber auch ihre volle Rüstung trugen. Immer mehr Männer kamen die Stufen des Wohntraktes heruntergeeilt. Offenbar hatten sie gerade erfahren, daß die Lady zurückgekehrt war.

»Seien Sie beruhigt, mein Lord«, sagte Reina leise zu ihm, als er sein Pferd zügelte und vor der kleinen Armee anhielt. »Das sind nur zwei meiner Vasallen mit ihren Rittern und Männern. Ich erzählte Ihnen doch, daß ich wegen des Angriffs nach Lord Simon geschickt hatte. Zweifellos nahm er auf seinem Weg hierher Sir John mit.«

»John – Ihren erhofften Verlobten?«

»Nein, meinen Vasallen, Sir John Radford. Er ist ein Mann mit festgefahrenen, unbeugsamen Ansichten. Sein erster Eindruck von Ihnen wird sich ihm unwiderruflich einprägen. Drei Ritter und zwanzig Soldaten gehören zu ihm. Die anderen sind Simons Leute. Ich sehe auch, daß Sir Meyer zurückgekehrt ist. Er ist der Garderitter, den ich ausgesandt habe, um meinem Verwalter zu helfen. Er und Sir Arnulph sind nun beinahe vier Jahre bei uns. Beide haben sich hervorragend bewährt, aber da sie zu den Gefolgsleuten zählen, wird es von Ihrer Entscheidung abhängen, ob ihre Verträge erneuert werden oder nicht.«

»Wollen Sie da nicht mitreden?«

»Es wäre schön, wenn Sie mich in Zweifelsfällen nach meiner Meinung fragen würden«, erwiderte sie, »aber – nein, die endgültige Entscheidung liegt von nun an bei Ihnen.«

»Und ist das Ihr Lord Simon, der mit der Hand am Schwert dahergestampft kommt?«

Reina zuckte vor seinem plötzlich aggressiven Ton zurück. »Ja, aber lassen Sie mich mit ihm verhandeln. Es wäre hilfreich, wenn Sie mich absetzen und Ihre Hände wegnehmen würden, damit man nicht denkt, ich sei noch Ihre Gefangene.«

»Ist das ein Befehl, Lady?«

»Ich würde mich nicht erdreisten, Ihnen Befehle zu erteilen, mein Lord.«

»Oho!« Er brummte. »Heute morgen in meinem Zelt – war das kein Befehl?«

Reina errötete. Ranulf stieg ab und stellte sie dicht vor sich auf den Boden. Er nahm sogar seine Hände weg.

»Lady Reina, Sie sind nicht verletzt?« fragte Simon sofort, als er die beiden erreichte.

»Nicht im geringsten«, erwiderte sie lächelnd. »Sie müssen wissen, Simon, es war ein großes Abenteuer, das mir Spaß gemacht hat.«

Die blauen Augen des Mannes blickten Ranulf nicht unfreundlich, aber auch nicht unbefangen an. Simon war ein Lord in mittleren Jahren, von robuster Gesundheit und Statur, doch nur mittelgroß, was hieß, daß er zu Ranulf aufschauen mußte – eine Tatsache, die kein Mann von Rang schätzte.

Während er Ranulf musterte, sagte Reina schnell: »Darf ich Ihnen Sir Ranulf Fitz Hugh vorstellen. Sir Ranulf – mein Lehensmann Lord Simon Fitz Osbern.«

Simon meinte zögernd: »Aber ist das nicht derjenige, der Sie...«

Sie schnitt ihm das Wort ab. »Das war alles ein Mißverständnis, Simon. Er entführte mich nicht für sich selbst, sondern für einen Lord Rothwell, der ihn mit der Behauptung hereinlegte, ich sei seine Verlobte und wolle ihn nicht heiraten. Natürlich gebot es Sir Ranulfs Ehre, mich heimzubringen, nachdem ich ihm versichert hatte, diesen Rothwell überhaupt nicht zu kennen. Es war nicht sein Fehler, daß er von einem feigen Lord irregeführt worden war, der mich um jeden Preis haben wollte. Rothwell ist nicht anders als de Rochefort, und ich bin froh, daß Sie so rasch gekommen sind. Wir müssen besprechen, was mit meinem unverschämten Nachbarn geschehen soll, obwohl ich das Thema aufschieben möchte – in Anbetracht meiner bevorstehenden Hochzeit, über die wir auch reden müssen.« Als sein Blick sich argwöhnisch auf Ranulf heftete, fügte sie hinzu: »Wann sind Sie angekommen?«

»Heute morgen – um sofort von dem Schreiben zu erfahren, das in Ihrem Zimmer gefunden wurde.«

»O... das...«, sagte sie mit einem gezwungenen Lächeln. »Geben Sie zu, Simon, es war raffiniert und erfüllte seinen Zweck, aber kein Wort davon entsprach der Wahrheit. Schauen Sie Sir Ranulf an! Sieht er aus wie ein Mann, der eine hilflose Frau töten würde, nur um einem kleinen Scharmützel auszuweichen? Wenn Sie uns gefolgt wären, hätte mich das nicht in Gefahr gebracht, aber es war klug von Ihnen, es nicht zu tun, denn de Rochefort lauert sicher auf die nächste Gelegenheit, Clydon zu überfallen. Er wußte bestimmt nicht, daß ich abwesend war. Sie glauben gar nicht, wieviel Sorgen ich mir gemacht habe, und wie sehr mich die Hoffnung stärkte, Sie seien hier, um einen eventuellen Angriff abzuwehren.«

Simon nahm ihre Worte so, wie sie gemeint waren: als Freisprechung von Schuld und sogar als Lob, weil er nichts unternommen hatte, seine Herrin wiederzubekommen.

»Treten Sie näher, John, Meyer.« Reina winkte die anderen beiden Ritter herbei. »Ich möchte Ihnen den Mann vorstellen, der nur auf das Wort einer Dame hin ein Vermögen aufgegeben hat. Das ist Ranulf Fitz Hugh.« Sie wandte sich an Simon. »Er hätte mir nicht glauben müssen, verstehen Sie? Es stand nur mein Wort gegen alles, was ihm Lord Rothwell erzählt hatte.« Hier mußte Reina lächeln, denn sie ahnte, daß Ranulf sich nun fragte, ob nicht vielleicht doch sie diejenige gewesen war, die gelogen hatte. Spitzbübisch wartete sie eine Weile, ehe sie bemerkte: »Eine Bestätigung in meinem Sinn dürfte wohl nicht schwierig sein. Es möge bitte einer der Herren Sir Ranulf dahingehend beruhigen. Bin ich oder war ich je mit einem Lord Rothwell verlobt?«

Ein dreifaches, entschiedenes Nein erklang, und John Radford, der älter als Simon war, fügte schroff hinzu: »Sie wird John de Lascelles heiraten, falls der Junge es eines

Tages schafft, nach Clydon zurückzukehren, was man allmählich bezweifeln könnte.«

»Seien Sie nicht grausam«, tadelte Reina sanft. »Lord John hatte Probleme, die ihn aufhielten. Und was die Heirat betrifft, habe ich einen Sinneswandel durchgemacht. Kommen Sie alle mit hinein, dann werden wir beim Abendessen darüber reden. Aber zuerst muß ich meinen Damen Bescheid sagen, daß ich gesund heimgekehrt bin, und mich überzeugen, ob meine Diener während meiner Abwesenheit nicht nachlässig geworden sind. Simon, übernehmen Sie meine Ehrenpflichten, stellen Sie Ihre Männer meinen Gästen vor und heißen Sie sie in meinem Namen willkommen.« Endlich wandte sie sich Ranulf zu. »Ich werde Ihnen bald in der Halle Gesellschaft leisten.« Sie lächelte anzüglich. »Sie können sicher sein, mein Lord, daß mein ›Bald‹ eher ist als Ihres!«

Sie wußte, daß er sie höchst ungern aus den Augen ließ, doch er konnte nichts dagegen unternehmen, als sie die Stufen hinaufhuschte und im Wohntrakt verschwand. Ranulf blieb inmitten ihrer Männer zurück, und als ihre Herrin gegangen war, versammelten sich die anderen Ritter um ihn. Doch er brauchte sich keine Sorgen zu machen. Reinas Erklärung, er und seine Leute seien Gäste und willkommen, genügte, um ihn vor feindseligen Fragen zu schützen. Simon tat nur, was die Lady ihm aufgetragen hatte. Er stellte die beiden Gruppen von Rittern einander vor und geleitete sie langsam in den Wohntrakt. Dabei sprach er über alles mögliche, nur nicht über die Entführung.

18

»Theo, was soll das?«

»Reina, Gott sei Dank!«

Reina hatte nicht erwartet, beim Betreten ihres Zimmers Theo gefesselt in der Ecke zu finden. »Heißt das, daß du die ganze Zeit meiner Abwesenheit so zugebracht hast?« fragte sie ungläubig.

»Nein, Wenda fand mich gestern morgen und band mich los. Wir lieferten das Schreiben, das hier lag, bei Sir William ab. Er ist noch krank, aber nicht mehr im Fieberwahn. Als ich die Botschaft laut las, war ich so entsetzt, daß ich Ihnen gleich folgen wollte. Sir William erlaubte es nicht. Gestern abend versuchte ich es trotzdem, aber Aubert, dieser Schuft, erwischte mich und befahl, mich festzubinden. Ich werde ihn töten, wenn er mir über den Weg läuft.«

»Nein, das wirst du nicht«, sagte Reina streng, aber sie konnte sich ein Lächeln nicht verbeißen, während sie begann, Theos Fesseln zu lösen. »Du dummer Junge, was hast du geglaubt, ausrichten zu können? Sehe ich aus, als hätte mir das kleine Abenteuer geschadet? Ich schwebte nicht in Gefahr, und das hättest du wissen müssen. Ich bin zu wertvoll, als daß man mich umbringen würde, ehe ich verheiratet bin.«

»Wie hätte ich das ahnen sollen, nachdem *er* Sie weggeschleppt hat?« fragte er.

»Nun, was ihn betrifft – er ist gar nicht so schlimm! Er hat mich schließlich zurückgebracht, nicht wahr?«

»Ja, aber als seine Frau«, meinte Theo grollend.

»Woher weißt du das?«

Die Augen des Jungen wurden kugelrund. »Es sollte nur ein Scherz sein!«

»Es ist kein Scherz.«

»Reina!« schrie er. »Wie konnten Sie? Sie wissen, was ich für ihn empfinde!«

»Bist du eifersüchtig, mein Lieber?«

»Ach... nein, ich glaube nicht«, erwiderte er nachdenklich. »Wenn ich ihn nicht haben kann, so gönne ich Ihnen den Typen. Aber warum ausgerechnet ihn, Reina? Sie hatten wohl keine Wahl?«

»Kaum – aber wenn jemand zu der Heirat überredet werden mußte, dann war er es«, erklärte sie nüchtern. »Ich wurde nicht für ihn entführt, sondern für einen alten Lord, der ihn anheuerte. Es war nicht leicht, ihn zu überzeugen, daß er mich an dessen Stelle nehmen solle.«

»Bedeutet das, daß Sie ihn haben wollten?«

»Entweder ihn oder den alten Knaben.« Hierzu war keine weitere Erläuterung nötig. »Nun hilf mir beim Umziehen, aber schnell. Ich kann ihn nicht lange mit meinen Vasallen allein lassen.«

»Was sagten sie zu dieser überstürzten Heirat?«

»Sie wissen nichts davon und sollen es auch nicht wissen. Du darfst niemandem, nicht einmal Wenda, erzählen, was ich dir gesagt habe. Wir hätten hier sowieso ein großes Hochzeitsfest feiern müssen, also sollen sie denken, das zweite sei das erste. Ich werde ihnen erklären, daß Ranulf einverstanden ist, mich zu heiraten, und daß ich ihn haben will. Auf diese Art werden sie nicht denken, ich sei irgendwie zu der Ehe gezwungen worden. Ich möchte nicht, daß man Ranulf mit Mißtrauen begegnet.«

»Aber wenn sie ihn gern loswerden möchten, Reina, wäre die Zeit jetzt günstig, ehe Sie Lord Simon mitteilen, daß Sie den Riesen ehelichen wollen.«

»Ich will ihn doch haben, Theo. Ich habe es mir gründlich überlegt, und er ist wirklich der bessere Mann für Clydon. Weder John noch Richard könnten sich ausschließlich um Clydon widmen, aber Ranulf Fitz Hugh kann es. Er besitzt weder eigenes Land noch eine Familie noch irgendwelche Verpflichtungen, die ihn davon abhalten könnten, uns zu beschützen. Und er ist nicht arm.

Er wird die finanziellen Löcher stopfen, wozu ich nicht in der Lage war.«

»Dann wird Clydon ihn lieben, aber was ist mit Ihnen?«

Reina blickte zur Seite. »Als er sich für die Ehe entschieden hatte, sorgte er dafür, daß die Entscheidung nicht mehr rückgängig gemacht werden konnte. Ob ich den Schritt bereuen muß, wird sich zeigen.«

»Wie war es?« Nun grinste Theo.

Sie wußte, worauf er anspielte, und warf ihm einen tadelnden Blick zu, weil er gewagt hatte zu fragen. »Das geht dich nichts an.«

»Ach, Reina«, meinte er schmeichelnd, und sein Grinsen verstärkte sich, »erzählen Sie mir doch, was ich versäumt habe.«

»Falls du es wirklich wissen mußt – es war unsanft und schnell.«

»Oh, jetzt bin ich eifersüchtig«. Er seufzte.

»Schafskopf«, sagte sie spöttisch. »Zum Urinieren brauche ich länger, also wirst du nicht behaupten, daß du es *so* schnell magst. Nun hör auf, mich zu necken, sonst bekommst du eine Ohrfeige.«

Reina hatte für die wichtige Unterredung mit Simon und John ihr bestes Kleid anziehen wollen, doch Theo beharrte darauf, daß sie das beste für die Hochzeit aufheben müsse. Also wählte sie das zweitbeste, ein hochrotes Samtgewand mit weiten, glockenförmigen Ärmeln, die vorn kürzer waren und die engen, langen Ärmel des leuchtend gelben Unterkleides enthüllten, das auch am tiefen, V-förmigen Ausschnitt und an den schenkelhoch geschlitzten Seiten hervorschimmerte. Der Gürtel bestand aus goldenen Gliedern, die unter der Taille eingehakt waren und bis zu den Knien herabhingen.

Für die außergewöhnliche Gelegenheit überredete Theo Reina, das Haar zu Zöpfen geflochten zu tragen, die von gelben Bändern gehalten wurden. Reina fand, daß sie durch die Zöpfe jünger aussah, und das wollte sie im Moment gar nicht, doch Theo widersprach ihr. Er schwor, sie habe nie hübscher ausgesehen. Die Eitelkeit siegte, obwohl Reina normalerweise nicht eitel war. Theo machte ihr klar, daß sie nur für ihren frischgebackenen Ehemann schön sein wolle, was er für natürlich und wünschenswert hielt.

Reina mußte zugeben, daß sie irgendwie attraktiver als sonst wirkte. Ihr kostbarer Glasspiegel, der ein viel besseres Bild abgab als polierter Stahl, sagte es, ebenso wie Theo – warum sollte sie dann den Wahrheitsgehalt des Sprichwortes anzweifeln, daß ein Mann, dem das Äußere seiner Frau gefiel, viel leichter zu behandeln war? Jedenfalls konnte sie heute abend herausfinden, ob es stimmte, denn Ranulf Fitz Hugh war bestimmt verärgert, weil sie ihn so lange warten ließ.

Sie fand ihn mit John und Simon in eine Diskussion über die Fruchtfolge vertieft – ein Thema, das ihn offenbar faszinierte. Also keine Spur von Ärger über Reinas lange Abwesenheit! Es schien Ranulf nichts mehr auszumachen, wenn er sie aus den Augen verlor, und sie wollte sich leise wieder zurückziehen, doch da wurde sie von John entdeckt und gegrüßt.

Sie setzte ein Lächeln auf, als sich die beiden anderen Männer ihr zuwandten. Daß sie bei Ranulf keine Reaktion auf ihre Erscheinung feststellen konnte, verstärkte ihre Enttäuschung, doch sie war zu erfahren in der Kunst, ihre Gefühle zu verbergen, um sich etwas anmerken zu lassen.

»Ich möchte Ihre Unterhaltung nicht unterbrechen, meine Herren, ich wollte Ihnen nur sagen, daß ich Sie nicht vergessen habe. Es gibt noch einiges zu erledigen, ehe ich mich zu Ihnen geselle.«

Ranulf öffnete den Mund, um zu protestieren, doch Simon kam ihm zuvor. »Meine Lady, bitte, Sie wissen, daß ich meistens geduldig bin, aber nicht, wenn meine Neugierde geweckt ist. Erzählen Sie uns doch, was geschehen ist, daß Sie Ihre Meinung über den jungen de Lascelles geändert haben.«

Sie sah Ranulf mit großäugiger Unschuld an. »Haben Sie nichts gesagt? Schämen Sie sich, Sir! Dachten Sie, man würde Ihnen gegenüber Bedenken haben?« Nachdem sie Ranulf so außer Gefecht gesetzt hatte, empfand sie ihre Enttäuschung als gerächt, und wandte sich ihren Vasallen mit einer Erklärung zu. »Meine Bekanntschaft mit Sir Ranulf mag erst von kurzer Dauer sein, doch die Zeit genügte, um mich zu überzeugen, daß er der Mann ist, der am besten zu Clydon und zu mir paßt.«

»Er möchte Sie heiraten?« fragte John Radford, kaum überrascht.

»Er ist einverstanden, mich zu heiraten«, berichtigte Reina. »Tatsächlich brauchte es einige Überredungskunst, um ihn zu der Einsicht zu bringen, daß diese Verbindung vernünftig ist. Er zögerte, weil er kein Land besitzt, doch er hat die Mittel, einen schönen Gutshof zu kaufen, wenn er will. Daß er keinem anderen Lord verpflichtet ist, macht ihn ideal für Clydon.«

»Dann war das Ihre Idee?«

»Ja, meine.« Die Lüge ging Reina glatt über die Lippen. »Nachdem ich alle Gesichtspunkte betrachtet und nichts gefunden hatte, das Sie ablehnen könnten, bot ich Sir Ranulf einen Vertrag an, den er akzeptierte. Sehen Sie irgendeinen Grund, Sir Ranulf als Ihren Lehensherrn zurückzuweisen, obwohl Sie wissen, daß er der Mann ist, den ich gewählt habe?»

Bei diesem Ton und dieser Fragestellung würde niemand Einwände erheben. Beide Vasallen versicherten, daß Ranulf ihnen recht sei.

»Glauben Sie, daß meine anderen Vasallen derselben Meinung sind?« fragte Reina Simon.

»Warum nicht? Sie erkennen ebenso wie wir, daß eine baldige Verheiratung Ihrerseits dringend notwendig ist – mit einem Mann, den Ihr Vater gebilligt hätte.«

»Gut, denn ich habe schon Botschafter losgeschickt, um sie und Sir Henry herzuholen. Die Hochzeit findet statt, wenn alle versammelt sind. Und ja, Simon, mein Vater hätte vieles an Sir Ranulf bewundert und geachtet. Sie kannten ihn gut und wissen, daß er Wahrhaftigkeit, Ehre, Kraft und Fähigkeit über alles schätzte. Sir Ranulfs Kraft und Fähigkeit können nicht angezweifelt werden, und ich habe seine Wahrhaftigkeit und Ehre persönlich erfahren. Mein Vater wäre erfreut und zufrieden.«

Hauptsächlich diese Feststellung war es, die den Männern Beruhigung verschaffte. Der Rest des Abends verlief harmonisch, besonders, weil Reina Walter wieder an den Tisch des Lords einlud. Das schien Ranulfs Wünschen entgegenzukommen und sorgte für eine lebendige Unterhaltung. Der Mann war wirklich nie um Worte verlegen.

Doch es gab einen Moment nach dem Abendessen, da konfrontierte Simon die junge Frau mit einem letzten Bedenken. »Sind Sie sich sicher, meine Lady? Hat nicht dieses hübsche Männergesicht Ihr Urteil beeinflußt?«

Reina lachte. »Hören Sie, Simon, Sie kennen mich doch besser! Würde ich das Aussehen eines Mannes dem Wohle Clydons voranstellen? Ich gebe mich nicht der Illusion hin, daß ich es bin, nach der es Sir Ranulf gelüstet. Er unterlag der gleichen Versuchung, der auch John oder Richard unterlegen wären, hätte ich ihnen das Angebot gemacht. In vernünftigen Verbindungen haben Liebe und Betörung keinen Platz, und nichts dergleichen hat mich bei Ranulfs Wahl beeinflußt. Er ist stark und...«

»Stark? Der Mann ist ein Riese, meine Lady, falls Sie das nicht bemerkt haben.«

Sie lachte leise über sein ehrfürchtiges Gesicht. »Ja, Sie haben recht. Sie hätten sehen sollen, wie de Rocheforts Männer um ihr Leben rannten. Ranulf hatte die Hälfte der Leute schon getötet, ehe sie an Flucht auch nur denken konnten. Er wird Ihnen eine große Hilfe sein, wenn Sie ihn einmal brauchen, Simon! Und: Er wird da sein – nicht in der Gegend herumschwirren und sich um andere Güter kümmern, die mit Clydon nichts zu tun haben.«

Nach diesem Gespräch war Simon vollauf befriedigt, doch Reina hatte das letzte Problem dieses Tages noch zu lösen: die Verteilung der Schlafstätten. Als sie schließlich mit Ranulf allein war, konnte sie die entsprechende Regelung nicht mehr aufschieben. Sie mußte Ranulf das Zimmer des Lords zuweisen, da Simon immer den Raum im Westturm bewohnte, wenn er in Clydon war; und er hatte sich bereits dorthin zurückgezogen. Das Zimmer des Lords war Ranulf angemessen. Nur würde Reina es noch nicht mit ihm teilen.

Natürlich würde das Ranulf eher erleichtern als ärgern. An Ärger dachte Reina lediglich, weil ihr Mann heute morgen angedeutet hatte, er wolle seine Angetraute diesen Abend entkleidet sehen. Doch vermutlich hatte er das längst vergessen. Sollte er es nicht vergessen haben, wußte sie schon, was sie sagen würde. Ob er das allerdings akzeptieren würde, beunruhigte sie ein wenig.

Nun, da sie allein vor dem Kamin saßen, wollte Ranulf etwas sagen, doch Reina kam ihm zuvor. »Kommen Sie mit mir, mein Lord.«

Ein Diener wartete am Fuß der Treppe, um mit einer Lampe den Weg zu weisen. Lanzo hatte Ranulfs Rüstung bereits nach oben getragen, ausgenommen das Schwert. Der Junge lag im Vorraum auf einem Strohsack und war schon fast eingeschlafen, doch er blickte auf, als Reina und Ranulf eintraten.

»Warten Sie, bis Sie dieses Zimmer sehen, Ranulf«, sagte Lanzo begeistert. »Es ist wie eine Schatzkammer.«

Reina lächelte, als sie in den größeren Raum vorausging. Beide Zimmer waren gut vorbereitet und durch mehrere Kerzenleuchter von hellem Licht durchflutet.

»Das sind einige der Kostbarkeiten, die mein Vater auf Zypern eroberte«, erklärte Reina und deutete auf den fein geknüpften türkischen Teppich, der einen großen Teil des

Bodens bedeckte, und auf zwei riesige Gobelins mit fremdartiger Musterung. »Haben Sie gehört, daß der König dort haltmachte, um die Insel einzunehmen?«

»Nein, was weit entfernt von England geschieht, hat mich nie besonders interessiert«, erwiderte Ranulf geistesabwesend.

Reinas Lächeln vertiefte sich, denn er war einfach überwältigt von den Annehmlichkeiten, die der Raum bot. Das Bett mit den vier Pfosten war groß und mit üppigen, blauen Samtvorhängen versehen, darüber hing das Wappen der de Champeneys. In die beiden dicken Außenwälle war eine persönliche Toilette eingelassen, deren Wasserspülung von einer Zisterne auf dem Dach gespeist wurde, um Geruchsbelästigungen zu unterdrücken. In zwei tiefen Schießscharten standen Sessel mit Hermelinfellen, und ein überdimensionaler Schrank beherrschte eine Wand, in dem Reinas Eltern ihre wertvolle formelle Kleidung untergebracht hatten.

Es gab mehrere Truhen für die Alltagskleidung sowie eine besonders breite, verschließbare für Wertgegenstände, in der momentan nur Goldbarren, exotische Öle und juwelenbesetzte Trinkbecher aus dem Heiligen Land aufbewahrt wurden. Eine gleiche Truhe befand sich in Reinas Zimmer. Sie enthielt wichtige Familiendokumente, Silbergeschirr und bestickte Gewänder, die Reina von den Handlern von Birkenham bekommen hatte, dann ihre teuren Gewürze, den wenigen Schmuck und das Geld, das übriggeblieben war.

Der Kamin war nicht beheizt, denn in diesem Raum hielten die Gobelins und Teppiche den Luftzug fern. Ein seltener Stuhl stand vor der Feuerstelle, ein Unikat wie die beiden an der Tafel des Lords, zudem gab es einen großen Fellteppich, verschiedene Sitzgelegenheiten und einen kleinen Tisch, auf dem ein Krug mit Wein stand. Die mächtige Badewanne war von ihrem Stellplatz in der Ecke hervorgeholt und mit heißem Wasser gefüllt worden, über dem noch der Dampf aufstieg. Dicke Badetücher lagen auf einem Hocker daneben, mit einem Stück frischer, importierter, süß duftender Seife, die ebenfalls von den Birkenham-Händlern stammte.

»Möchten Sie..., daß ich Ihnen beim Baden helfe?« Glücklicherweise klang ihre Stimme so nervös, daß Ranulf dankend ablehnte und ihr somit die Möglichkeit gab, sich zu verabschieden. »Dann wünsche ich Ihnen eine gute Nacht, mein Lord.«

Sie war hinausgeschlüpft, ehe er ihre Absicht erkannte. Sie dachte, sie käme so leicht davon, doch das war ein Irrtum. Er hielt sie dicht vor ihrer eigenen Tür zurück, und sein zorniger Baß weckte zweifellos die Frauen, die in ihren Gemächern zwischen den Räumen der beiden schlummerten.

»Was soll das heißen, Lady?«

»Eine Erklärung dürfte wohl nicht nötig sein. Sie schlafen dort, ich schlafe hier – bis wir verheiratet sind.«

»Wir *sind* verheiratet«, stellte er stirnrunzelnd fest.

»Aber keiner hier weiß das, mein Lord, und sie waren damit einverstanden. Wollen Sie Aufsehen erregen, das meine Ehre beschmutzt, obwohl wir in wenigen Tagen noch einmal heiraten?«

»Was passiert mit Ihrer Ehre, wenn das Hochzeitsbett nicht mit Blut befleckt ist, so daß es alle sehen können?« gab er zurück.

Reina war auf diese Bemerkung vorbereitet und zog ein kleines Fläschchen aus ihrem Ärmel, das mit einer roten Flüssigkeit gefüllt war. »Das hier wird die Angelegenheit regeln. Nun noch einmal: gute Nacht.«

Wenn sie sein Gesicht hätte sehen können, als sie die Tür vor seiner Nase schloß, hätte sie laut gelacht. Doch sie war momentan zu besorgt, er würde gegen die Tür trommeln und auf seinem ehelichen Recht bestehen.

Das tat er aber nicht, und Reina gratulierte sich selbst zum Gewinn dieser kleinen Gnadenfrist. Allerdings weigerte sie sich, daran zu denken, was in ein paar Tagen geschehen würde, wenn sie dem rauhen Ehebett nicht mehr länger ausweichen konnte, das sie selbst gewählt hatte.

19

»Komm, Ranulf, wenn du dauernd herummarschieren mußt, laß uns draußen an der Brustwehr entlanggehen«, schlug Walter vor.

»Ich kann jetzt nicht hier weg.«

»Dann setz dich wenigstens hin und schau nicht ständig auf die Tür. Sie öffnet sich darum nicht eher, wenn du sie pausenlos anstarrst. Außerdem könnte jemand deine Nervosität bemerken, wenn du dich nicht setzt.«

Ranulf seufzte und nahm am Tisch neben Walter Platz, doch er konnte sich nicht entspannen. Die große Halle war überfüllt, seit Sir Henry spät an diesem Nachmittag mit einem Gefolge von zwanzig Rittern und ebenso vielen Knappen angekommen war. Die Anzahl der Damen hatte sich ebenfalls mehr als verdoppelt. Simons und Johns Frauen und Töchter, die Frauen der anderen Vasallen und Kastellane mit ihren Männern, sechs Damen in Begleitung von Sir Henry, seine Frau und zwei verheiratete Töchter inbegriffen – alle hatten sich in der weitläufigen Halle versammelt. Festtagsstimmung lag in der Luft, als habe die Hochzeitsfeier schon begonnen, doch die Heirat war für den nächsten Tag geplant.

Die niedrigen Tische waren nach dem Essen hinausgetragen worden, und die meisten aus der Menge tanzten zu den anregenden Klängen einer Musikantengruppe, die in der Galerie etabliert war. Ein paar ältere Männer spielten trotz des Lärms Schach. Am anderen Ende der Halle vergnügten sich Knappen mit Würfelspielen. Und

Diener bewegten sich zwischen den Gästen hin und her, um Bier- und Weinbecher nachzufüllen.

Nun wurde Ranulf nicht mehr so intensiv beobachtet wie während des Essens, obwohl es immer noch Damen gab, die den Blick nicht von ihm abwenden konnten. Walter hatte recht. Er benahm sich so nervös wie jeder Bräutigam und machte einen Narren aus sich, nur weil Reina sich mit Sir Henry in einen der abgetrennten Räume zurückgezogen hatte.

»Ich hätte schwören können«, sagte Walter in seine Überlegungen hinein, »daß du der Mann warst, den man zu seinem Glück zwingen mußte, und jetzt machst du eine Sache von Leben oder Tod daraus, ob du die Lady bekommst oder nicht.«

»Du hast wohl Lust auf einen Zweikampf?«

Walter lachte vor sich hin. »Du würdest mich am liebsten aufspießen, nicht wahr? Erzähl mir lieber, was dich zugunsten von Clydon beeinflußt hat.«

»Du weißt ganz genau, daß ich mich gegen die Heirat mit einer Lady wehrte, nicht gegen Clydon.«

»Ja, ich weiß es. Und die Lady ist noch immer untrennbar mit dem großen Preis verbunden. Wieso hast du deine Meinung über sie geändert?«

»Ich habe meine Meinung nicht geändert! Ich traue der Dame immer noch nicht über den Weg, aber wie du sagst – mit dem Preis muß ich auch sie nehmen.«

»Bisher hat sie sich an alle Vereinbarungen gehalten.«

»Walter, du bist eine Plage!«

Walter überhörte geflissentlich die Warnung. »War die Lady vielleicht nicht korrekt? Sie hat dich so großartig präsentiert, daß jeder ihrer Männer ganz wild darauf ist, dir die Lehenstreue zu schwören – und nicht nur das: Sie mögen dich!« Nun machte Ranulf ein finsteres Gesicht, und lachte laut. »Selbst jetzt bemüht sie sich, das letzte mögliche Hindernis aus dem Weg zu räumen.«

»Tatsächlich?«

»Ist es *das*, was dich bekümmert? Wie kannst du befürchten, sie würde im letzten Moment alles umwerfen, was sie bisher aufgebaut hat? So eine Idee entbehrt jeder Vernunft!«

»Frauen denken anders als Männer, und jetzt ist der richtige Augenblick, das Schwert zu ziehen, wenn keiner mehr damit rechnet. Weißt du, wo sie schläft? Nicht bei mir. Sie betrachtet sich noch nicht als richtig verheiratet.«

Walters Mund blieb einen Moment offen, dann lachte der Mann schallend. »Unglaublich! Ich hätte wissen müssen, daß deine Rastlosigkeit eine besondere Bedeutung hat. Bei Gott, Ranulf, wenn du eine Frau brauchst, warum nimmst du dir keine? Hier gibt es doch Dutzende, die dir gern zu Gefallen wären.«

Ranulf antwortete nicht. Er mochte nicht erwähnen, was ihm die Suppe versalzen hatte. Jedesmal, wenn er sich einer Dirne hatte nähern wollen, war ihm aufgefallen, daß dieser verfluchte Lustknabe Theodric ihn beobachtete, so, als könne der Junge Gedanken lesen. Es war äußerst frustrierend, doch er wollte nicht riskieren, Reina zu verärgern, ehe sie in den Augen ihrer Leute seine Frau geworden war. Ranulf zweifelte nicht daran, daß ihre ›Zofe‹ seine Pläne absichtlich durchkreuzte. Und je mehr man ihm eine Bettgenossin versagte, um so mehr wünschte er sich eine.

Doch Reina würde ihn öffentlich als Wüstling anprangern, wenn er nicht für ein paar Tage enthaltsam sein könnte. Diese Genugtuung würde er ihr nicht gönnen. Damen liebten es, Sitte und Moral zu predigen, selbst, wenn sie es genauso schlimm trieben wie ihre Ehemänner. Diese verfluchte Bande!

»Walter, du hängst wohl nicht an deinem Leben?«

»Schon gut, schon gut, ich will dich nicht mehr schikanieren. Aber wenigstens habe ich dich ein bißchen von den Vorgängen in jenem speziellen Raum abgelenkt. Weißt du, ich habe schon meine Gründe.«

»Aber er hat keinen Besitz, Lady Reina, nicht einmal einen Bauernhof. Wie konnte Ihr Vater ihn dennoch aus allen wohlhabenden Bewerbern wählen?«

Reina hatte sich wegen dieses Gesprächs keine Sorgen gemacht. Henry war ein kleiner Mann, nicht größer als sie und von schmächtiger Statur, doch während Lord Guys Abwesenheit hielt er die Macht, die Shefford verkörperte, in Händen. Aber er sonnte sich nicht in dieser Macht. Er war sensibel und intelligent. Eine vernünftige Erklärung war alles, was Reina bereithalten mußte, um ihm ihren Standpunkt nahezubringen.

»Ein Mann, der keine anderen Verpflichtungen oder wichtigen Aufgaben hat, wird sein ganzes Augenmerk auf Clydon richten«, sagte sie. »Mein Vater wünschte sich nicht so sehr eine Vergrößerung Clydons, als seinen Schutz und die Aufrechterhaltung seines guten Zustandes. Sir Ranulf hat keinen anderen Oberherrn, der ihn in seiner Gefolgschaftstreue dem Grafen gegenüber in Konflikte bringen könnte, wie es fast jedem anderen Lord ergehen würde. Wie können Sie hier protestieren, wenn es den Interessen des Grafen entspricht, einen Gefolgsmann zu haben, der nur ihm Treue schuldet, wie es auch bei meinem Vater der Fall war?«

»Daran habe ich nicht gedacht, aber Sie haben recht.«

Reina lächelte ihm zu. »Außerdem, Sir Henry, ist er reich. Er ist seit langem Söldner, und Sie wissen, wie begehrt diese Männer sind, nachdem so viele Edelleute die Kreuzzüge mitmachen.« Sie reichte ihm die Kopie des Heiratsvertrages, die er auf Schloß Shefford mitnehmen wollte. Als er die Passage über Ranulfs Barvermögen las, weiteten sich seine Augen.

Reina nickte. »Er hätte sich längst Land kaufen können, doch er war immer damit beschäftigt, neues Geld hinzuzuverdienen. Er kann immer noch Besitz erwerben, wenn wir es für nötig halten. Glauben Sie, daß das noch wichtig ist?«

»Nein, keineswegs. Sie hätten mir gleich sagen sollen, daß er so wohlhabend ist.«

Sie zuckte mit den Schultern. »Es sind seine Fähigkeiten, die für uns zählen.«

»Stimmt, stimmt«, meinte er geistesabwesend, während er den Rest des Vertrages überflog. Dann sagte er: »Er gibt alles zurück? Wie ist es Ihrem Vater gelungen, ihn so weit zu bringen? Die meisten Männer kämpfen wie verrückt darum, nichts zu geben, aber er gibt Ihr ganzes Eigentum und auch noch seines in vollem Umfang zurück!«

»Sie wissen, daß mein Vater nicht kleinlich war«, entgegnete sie. »Der Wortlaut stammt von Ranulf, der nicht will, daß seine Familie durch die Heirat Vorteile erringt. Es war zu unserem Nutzen, an dieser speziellen Bedingung nichts auszusetzen.«

»Natürlich nicht«, stimmte Sir Henry zu. »Ich habe nie einen Vertrag gesehen, der für die Braut vorteilhafter gewesen wäre. Lord Guy wird hocherfreut sein.«

Ranulf drehte sich der Magen um, als er das selbstgefällige, kleine Lächeln sah, das auf Reinas Lippen lag, als sie mit Sir Henry in den Saal trat.

»Shefford wird Ihre Lehenstreue mit Vergnügen annehmen, mein Lord«, sagte sie, und ihr Lächeln wurde strahlend.

Er glaubte ihr nicht. Er konnte nicht. Sie würde nicht glücklich darüber sein, an ihm hängenzubleiben. Wie hätte sie froh sein sollen? Die Ernüchterung würde kommen – irgendwann zwischen diesem Augenblick und der morgigen Feier, vielleicht auch während der Feier, jedenfalls würde sie kommen.

In dieser Nacht ging Ranulf voller Gram zu Bett, in der Überzeugung, das letzte Mal im Zimmer des Lords zu schlafen. Clydon sein Eigentum? Das war für kurze Zeit eine schöne Illusion gewesen.

Am Morgen ließ er Lanzo als erstes sein Schwert schärfen. Falls er sich seinen Weg nach draußen erkämpfen mußte, so sollte es sein! Er ließ den Jungen auch die anderen warnen, damit sie vorbereitet waren. Walter lachte sich halb tot. Ranulf litt nicht unter der typischen Nervosität eines Bräutigams. Schließlich war das heutige Fest nur eine Formalität. Er war schon verheiratet – doch seine Frau würde das gern geändert wissen!

Was sie getan hatte, war so grausam, daß einem die Worte dafür fehlten. Das scheinheilige Manöver sollte dazu dienen, ihn öffentlich zu verleugnen, sobald ihre Soldaten aufmarschierten. Aber nein, sie mußte warten, bis Sheffords Bote mit noch weiteren Männern eintraf – bis dahin sollte Ranulf denken, Clydon könne tatsächlich ihm gehören, und Reina wolle ihn wirklich als ihren Herrn und Gebieter haben. Der einzige ehrliche Hinweis auf ihre Gefühle war zu erkennen gewesen, als sie sich weigerte, mit ihm das Bett zu teilen. Das hätte ihm als Warnung dienen sollen, anstatt ihn zu verwirren.

Er nahm seine Hochzeitskleidung mit wenig Begeisterung entgegen, obwohl Lanzo vor Ehrfurcht fast in Ohnmacht fiel. Der königliche, purpurrote Samtmantel, mit weißem Hermelin eingefaßt, war feiner als alles, was er je besessen hatte; doch er hatte auch nie für teure Kleidung sein Geld verschwendet, denn es gab niemanden, den er hätte beeindrucken wollen, und er wußte bessere Möglichkeiten, sein Geld anzulegen. Das langärmelige Oberteil war von so vielen Silberfäden durchzogen, daß es aus der Ferne wie ein glitzerndes Silbergewand wirkte, obwohl es aus kostbarster, weißer Seide bestand. Selbst die Unterwäsche war von bester Qualität, und ein Gürtel mit einer Silberspange, die zu der Brosche des Königsmantels paßte – beide waren mit kleinen Edelsteinen besetzt –, vervollkommnete die prachtvolle Garderobe.

Ihr hervorragender Sitz verriet, daß sie speziell für Ranulf angefertigt worden war. Daß er sich nicht freute, entsprang seiner düsteren Stimmung, die nicht weichen wollte.

Er hörte kaum das Lob seiner Freunde, erkannte seine Frau nicht, als sie die Halle betrat, und merkte nur flüchtig, daß er ins Freie geschoben wurde, um den kurzen Ritt ins Dorf zu unternehmen, wo die Zeremonie vor der Dorfkirche stattfinden sollte. Als der Priester ihn anstieß, gelang es ihm, den Wortlaut des Ehevertrages zu wiederholen: was er zur Heirat beisteuern müsse, und daß seine Frau einen Ring und Goldmünzen als Mitgift beanspruchen dürfe. Der Ring und das Gold bedeutete – nach altenglischer Sitte – ein Unterpfand der Vermählung. Dann wurden, laut hörbar, die Eide geschworen, und ehe Ranulf es sich versah, schritten sie zur Hochzeitsmesse in die Kirche.

Doch nicht einmal während der langen Messe dämmerte es ihm, daß die Trauung tatsächlich vollzogen war. Er hatte seine Lady-Ehefrau zum zweitenmal geheiratet. Er hatte seine Männer gewarnt, auf alles gefaßt zu sein, doch er war selbst so betäubt, daß er sich ohne Gegenwehr hätte niederschlagen lassen. Erst als die Messe zu Ende war und Sir Henry noch in der Kirche den Treueschwur auf Shefford von ihm verlangte, begann Ranulf zu ahnen, was für ein Idiot er gewesen war. Nach dem Schwur legten auch die Clydon-Vasallen den Eid ab, ihrem Herrn Fitz Hugh zu jeder Zeit und in Ehren die Lehenstreue zu halten.

Nicht mehr betäubt, aber dennoch reichlich verwirrt, sah Ranulf seine Frau an, die sich an seinen Arm hängte, als sie gemeinsam die Kirche verließen. »Sie haben mich geheiratet?«

Sie ließ ein helles, leises Lachen erklingen, ehe sie sich auf die Zehenspitzen stellte und flüsterte: »Ich bin froh, daß Sie unserer ersten Hochzeit beigewohnt haben, mein Lord, denn auf dieser hier waren Sie nicht sehr anwesend.«

Es war ein Bräutigam mit geröteten Wangen, den die Menge vor der Kirche jubelnd begrüßte.

20

Wenn Ranulf dachte, er habe zu Ehren von Sir Henrys Ankunft am Tag zuvor ein rauschendes Fest erlebt, so war seine Hochzeitsfeier eines Königs wert. Sechs Gänge wurden serviert; jeder bestand aus zahlreichen Speisen, wie Fleisch, Geflügel, Fisch, Eiern, Gemüse, und endete mit einer Überraschung, einer Komposition aus Zucker, Teig und Marmelade, die etwas darstellte, in diesem Fall eine Szene höfischer Liebe.

Auf Etikette wurde streng geachtet – zuerst erschien ein Diener mit Brot und Butter, ihm folgten der Butler und seine Gehilfen mit Wein und Bier. Hinter den Stühlen stellten sich die Knappen auf, um ihren jeweiligen Ritter zu bedienen, das Fleisch zu schneiden und die Tranchierbretter nach jedem Gang zurückzulegen.

Bei solcher Auswahl wurde der Appetit jedes Anwesenden bestens befriedigt. Es gab gebratenes Wildbret, Eber, Lamm, Kalbfleisch, Rebhuhn und Pfauen. Die Rebhühner wurden auch in einer Senf- und Ingwersauce serviert, oder gefüllt mit Eiern und Kräutern, zudem wurde gedünstetes Fleisch gereicht – für Leute mit weniger festen Zähnen. In verschiedenen Geschmacksrichtungen gab es Hühner, Waldschnepfen, Stockenten, Reiher, Regenpfeifer und Lerchen. Für diejenigen, die Fisch bevorzugten, wurden Steinbutt in Obstessig mit Gewürzen, Austern auf Petersilie in Weinessig, Schellfisch mit Knoblauchbutter, gekochte Makrelen mit Pfefferminze und Sauerampfersauce oder frischer Hering, Langusten, Muscheln, Neunaugen und Fischtorten angeboten. Die Nachspeisen waren ohne Zahl – von gewürzten Früchten bis Konditorwaren mit jeder Art von süßer Füllung.

Ranulfs Frau hatte nicht gelogen, als sie behauptete, es gäbe keinen Mangel an Speisen in Clydon. Bei solchem Überfluß dauerte das Fest natürlich den ganzen Tag. Unterhaltung ohne Ende war angesagt, mit Musik, Scherzen und Geschichten, die entweder von geneigten Gästen oder von Dutzenden wandernder Schausteller dargeboten wurden, die für diese besondere Gelegenheit engagiert worden waren.

Als Ranulf von der Toilette zurückkam, stellte er fest, daß die niedrigen Tische fehlten und ein lärmender Volkstanz stattfand. Die Tänzer hielten sich an den Händen und sangen, während sie einen Kreis formten. Seine Lady nahm an dem Spaß teil, und während er sie beobachtete, wie sie mit den anderen lachte und sang, erkannte er, daß er sie zum erstenmal an diesem Tag wirklich sah, obwohl sie seit dem Verlassen der Kirche nicht von seiner Seite gewichen war.

Sie wirkte besonders strahlend und reizvoll, und das hatte nichts mit ihrer glitzernden Kleidung zu tun. Ihr Oberteil bestand aus der gleichen silberdurchzogenen, weißen Seide wie seines, ihr Rock war aus leuchtend blauer Sarazener-Seide gefertigt und mit Silberstickerei eingefaßt, und um ihre Hüften war ein Gürtel geschlungen, den rote und blaue Edelsteine zierten. Sie trug keinen Mantel oder Schleier, der von der Exklusivität ihres Gewandes abgelenkt hätte, und ihr glänzendes, schwarzes Haar flog während des Tanzes ungebändigt um ihre Schultern, gekrönt von einem Silberdiadem, das auf kecke Weise schräg zur Seite gerutscht war.

Ihre Wangen waren erhitzt, ihre schönen blauen Augen schimmerten vor Vergnügen, und ohne Ankündigung reagierte Ranulfs Körper mit Lustgefühlen. Diesen Gefühlen folgte sehr schnell Verärgerung.

Ranulf setzte sich wieder an den hohen Tisch – auf den

Ehrenplatz, ja, den Stuhl des Lords, *seinen* Stuhl. Es war nicht wichtig, daß er schon mehrmals dort gesessen hatte – von heute an stand dieser Platz ihm wirklich zu. Doch wenn Ranulf an die Qual des Zweifels dachte, die er letzte Nacht ins Bett mitgenommen hatte, konnte er keine Befriedigung empfinden. Und Reina hatte sich über sein Erstaunen in der Kirche amüsiert und ihn deshalb geneckt. Höchstwahrscheinlich hatte sie mit ihrem selbstgefälligen, kleinen Lächeln gestern abend absichtlich seinen Argwohn geweckt, um ihm eine unruhige Nacht zu bereiten. Diese Frau war verschlagen, boshaft – einfach all das, was er von Damen gewohnt war –, doch er sah ihrem sorglosen Übermut beim Tanz zu und verspürte Lust auf sie. Er mußte verrückt sein!

Völlig atemlos kehrte sie zu ihm zurück. Kurze Löckchen kringelten sich feucht um ihr Gesicht, sie lachte über einen Scherz, den ihr ein Edelmann zurief. Sie hatte Ranulf kein einziges Mal angesehen, deshalb war er überrascht, als sie ihn ansprach: »Sie tanzen nicht, mein Lord?«

»Nein.«

»Ich sonst auch nicht, aber heute wird es von mir erwartet.«

Ranulf war nicht in Stimmung für eine oberflächliche Unterhaltung. »Wann wollen Sie… das heißt, werden Ihre Damen Sie bald aus der Halle geleiten?«

»Oh, es ist doch noch früh.«

Es mißfiel ihm, daß sie ihn immer noch nicht anschaute, deshalb fragte er: »Haben sie Ihr kleines Fläschchen bereit?«

»Natürlich«, erwiderte sie geistesabwesend.

Um sie aus ihrer Gleichgültigkeit zu reißen, hätte er sie am liebsten auf seinen Schoß gezogen. Doch nun wandten sich ihre hellblauen Augen ihm zu und verrieten, daß sie seinen Fragen aufmerksam zugehört hatte. Sie war nur im Irrtum, was seine Motive betraf.

»Sie brauchen wegen der Bettzeremonie nicht nervös zu sein«, sagte sie leise. »Es besteht kein Verdacht, daß Sie mich zurückweisen, oder ich Sie, also brauchen wir nicht zur Inspektion nackt vor die Gäste hinzutreten.«

Er brummte und ärgerte sich noch mehr über sie. Warum geriet sie nie in Verlegenheit, wenn sie so offen über solche Themen redete? Die Kontrolle, die sie über ihre Gefühle besaß, war lobenswert, doch momentan absolut verwirrend.

Sie deutete seine finstere Miene richtig. »Sie vergnügen sich nicht, mein Herr? Gibt es etwas, das ich tun kann...«

»Sie können sich ins Bett begeben, Lady, und zwar schnell. Ich möchte die letzten Formalitäten des Tages zum Abschluß bringen.«

Nun errötete sie und senkte den Blick. Eine Weile saß sie schweigend da, dann nickte sie steif und erhob sich, um zu gehen.

Ranulf lehnte sich zurück, und seine Anspannung wich. Er hatte nicht gemerkt, wie wichtig ihm in den langen Sekunden des Schweigens ihre Reaktion geworden war. Wenn Reina versucht hätte, ihm zu widersprechen... doch sie hatte es nicht. Sie hatte seine Worte als Befehl genommen und gehorcht, was ihn sehr befriedigte, aber nur zwei Minuten lang. Dann dämmerte es ihm, daß es tatsächlich noch früh war und daß seine Frau sich immens amüsiert hatte, ehe er ihr mit seiner schlechten Laune zu Leibe gerückt war. Und – ehrlich – er hatte keinen Grund zum Nörgeln. War er nicht der Herrscher über alles, was er rundum erblickte, der glücklichste Mann in diesem Raum? War er nun nicht so mächtig wie sein eigener Vater? Ja, aber was hatte er geleistet, um das zu verdienen?

»Was tut *das* denn hier?«

Reina sah dieses ›das‹, von dem die Rede war, genüßlich inmitten ihres Ehebettes liegen. Sie hatte Lady Ella wegen der Flöhe ins Wasser tauchen lassen, als die Katze mit dem Rest von Ranulfs Männern angekommen war, aber sie hatte nicht gemerkt, daß das Vieh das Zimmer mit seinem Herrn teilte.

»Es ist Ranulfs Lieblingstier«, erwiderte sie auf die empörte Frage Dame Hilarys.

»Wirklich?« Eine der anderen Ladys kicherte.

Auch Reina mußte lächeln. Wenn sie jetzt schon belustigt waren, sollten sie erst einmal sehen, wenn sich das häßliche Vieh um den Hals des Riesen wickelte.

»Aber in diesem Stockwerk sind Tiere verboten«, erklärte Dame Hilary entschieden.

Reina zuckte mit den Schultern. »Clydon hat jetzt einen neuen Herrn. Wenn er die Katze in seinem Zimmer wünscht, wer sollte es ihm verbieten?«

»Sie, meine Lady.«

Mein Gott, welches Vertrauen setzten die jungen Damen in sie! Wenn sie bemerkt hätten, wie rasch Reina sie um sich versammelt hatte, um die Hochzeitsnacht vorzubereiten, wären sie nicht so überzeugt gewesen, ihre Herrin könne eine räudige Katze aus ihren Gemächern verbannen. Natürlich nannte man das hier das Zimmer des Lords, aber die Schlafräume waren traditionsgemäß die Domäne der Lady. Sie würde etwas mitzureden haben, mit wem sie diese teilen wollte – neben ihrem Herrn, selbstverständlich.

Sie sagte zu Dame Florette: »Nimm die Katze mit in die Küche, damit sie etwas warme Milch bekommt.« Dann fiel ihr ein, daß das der Köchin nicht passen würde, und sie fügte hinzu: »Erklär dem Küchenpersonal, wem das Tier gehört, damit es nicht in den Stall gejagt wird.«

»Beißt es?« fragte die junge Witwe zögernd.

Hilary packte die Katze im Nacken und warf sie Florette vor die Füße. »Wenn die Kreatur beißt, beiß du zurück.«

Diese Bemerkung hatte allgemeines Gelächter zur Folge, und Reinas Nervosität verflüchtigte sich ein wenig, während die junge Frau mit einstimmte. Sie hatte schon die Entjungferung erlebt, die wohl das Schlimmste war, also brauchte sie sicher nicht mehr nervös zu sein – aber sie war es trotzdem. Vielleicht hätte sie den Wein ihres Mannes nicht so sehr verdünnen lassen sollen, daß er nur mehr aus gefärbtem Wasser bestand. Ranulf hätte sich mit einem kleinen Schwips gewiß mehr amüsiert und sie nicht so schnell nach oben geschickt. Möglicherweise hätte sie ihn heute auch nicht necken sollen. Er hatte sich den ganzen Tag über seltsam verhalten, wechselnd zwischen Benebelung und reinem Mißmut – nicht die rechte Stimmung, um Neckereien als Spaß zu akzeptieren, wie sie gedacht waren. Was konnte sie von einem ernsten, mürrischen Riesen erwarten? Wieder eine grobe und rasche Behandlung? Oder eine grobe und lange? Himmel, sie mußte irrsinnig gewesen sein, sich selbst so etwas anzutun! Oder vielleicht würde es überhaupt keinen Beischlaf geben? Dieser Gedanke richtete sie erheblich auf. Schließlich hatte sie Ranulf von dem Fläschchen mit ›Blut‹ erzählt, das für die Bettwäsche bestimmt war. Also mußte er nicht mit ihr schlafen, nur, weil jeder in Clydon das erwartete. Und er hatte nur gesagt, er wolle die Formalitäten hinter sich bringen, nicht daß er...

Sie hatte sich selbst wieder in höchste Unruhe hineingesteigert, doch nachdem das von ihr als normal erwartet wurde, rief es nur sanfte Scherze oder auch ordinäre Anspielungen hervor, die der Situation angepaßt waren.

Sie schwieg, während ihre Kleider entfernt wurden, doch als sie das silbrige Oberteil in Hilarys Hand sah, fiel ihr ein, daß ihr Mann seine neue Kleidung nicht einmal erwähnt hatte. Ihre Damen hatten viele Stunden an seinem Mantel und der Hose gearbeitet. Sie selbst hatte sein Oberteil genäht, damit es zu ihrem paßte. Warum sie sich diese Mühe gemacht hatte, wußte sie nicht, doch so etwas würde kaum noch einmal geschehen, wenn der Mann zu keiner Wertschätzung fähig war.

Doch er hatte blendend ausgesehen! Mußte sie wirklich Worte des Dankes von ihm hören, nachdem sie so stolz auf ihn gewesen war?

Sie seufzte und erinnerte sich daran, wo sie sich befand. Die Mädchen hatten ihr Seufzen nicht gehört. Sie waren damit beschäftigt, über die jeweiligen Witze zu kichern.

Lady Margaret begann Reinas langes Haar zu kämmen, doch einen Moment später hörten sie die Männer kommen, und Reina wurde schnell ins Bett gesteckt. Dort mußte sie nun warten – wie die opferbereite Jungfrau auf dem Altar, und so kam sie sich auch vor.

Üblicherweise wurde der Bräutigam auf den Schultern seiner fröhlichen Begleiter über die Türschwelle getragen, doch bei dem Riesen war das natürlich nicht möglich. Wenn Reina gewußt hätte, daß er seinerseits die Meute über die enge Stiege hinaufschleppte, hätte sich ihre Angst verzehnfacht.

Nun wurden weiter ordinäre Witze gerissen, die durch die Ankunft der Männer entsprechend derber ausfielen. Reina weigerte sich zuzuhören oder zu beobachten, wie Walter Ranulf das Gewand abnahm. Sie konzentrierte sich auf die Jagd, die sie für den nächsten Tag geplant hatte, und auf die Speisenfolge, denn die meisten Gäste würden so schnell nicht abreisen. Sie überlegte auch, daß sie die Kranken im Dorf wieder besuchen mußte, die sie neuerdings vernachlässigt hatte. Um sich abzulenken, vertiefte sie sich in alle möglichen guten Vorsätze, da wurde plötzlich die Tür geschlossen, und Reina schreckte aus ihren Gedanken auf. Sie schluckte mühsam, denn sie sah, daß sie mit ihrem Mann allein war.

Er hatte die Tür geschlossen und kam direkt auf das Bett zu. Abgesehen von seiner Hose war er nackt. Reina hielt den Atem an. Würde er auf sie losspringen wie beim erstenmal? Nein, diesmal nicht. Statt dessen riß er die Decke von ihrem Körper.

Sie stöhnte, doch es war ein fast unhörbarer Laut. Ranulf betrachtete sprachlos und wie gebannt ihre Gestalt. Reina atmete nicht, wagte keine Bewegung, auch nicht, sich mit den Händen zu bedecken, voller Angst, was er als nächstes tun würde, dieser unberechenbare Riese, den sie geheiratet hatte.

»Also war es kein Traum«, sagte er.

Ihr Blick suchte wachsam den seinen. Ranulfs Augen hatten sich zu Indigo verdunkelt. Der Mann schien über seine Entdeckung erstaunt zu sein, und eine andere Empfindung schien ihn zu bewegen, deren Reina nicht sicher war.

»Ist das gut... oder schlimm?«

Als Antwort brummte Ranulf nur. Sie wollte wohl Komplimente hören – nach allem, was sie ihm zugemutet hatte? Sie hätte die Luft gar nicht anzuhalten brauchen. Doch, bei Gott, er war froh, daß es kein Traum gewesen war, was ihn in den letzten Tagen beschäftigt hatte.

Jetzt erinnerte er sich deutlich an sie, wie sie in ihrem kurzen Leinenhemd in der Mitte seines Bettes gestanden hatte, mit dem Ausdruck einer kleinen Walküre, bereit zum Kampf. Er war erneut von Lustgefühlen übermannt worden, wie vorher, als er sie rittlings auf dem Pferd gesehen hatte. Doch ihr nackter Körper! Wer hätte vermutet, daß die Frau solch perfekte Formen unter ihrer Kleidung verbarg? Wenn sie auch eine kleine Statur besaß, so war doch kein Glied zu lang oder zu kurz, jedes Teil fiel durch tadellose Maße ins Auge.

Er hätte einfach nur stehen und schauen mögen. Aber er wünschte auch, sofort in sie einzutauchen. Es war quälend, daß er beides auf einmal nicht tun konnte. Diesmal waren seine Sinne wach, seine Begierde bedrängte ihn nicht weniger, doch er hatte sie unter Kontrolle – das hoffte er wenigstens. Verflixt, würde er sich bei dieser Lady immer im Nachteil fühlen?

Ein Knie stützte sich auf das Bett, dann das andere.

Ranulf hörte, wie seine Frau schwer atmete. Er sah ihr in die Augen.

»Haben Sie Angst?« fragte er unsicher.

Ihr Nicken überraschte ihn, vor allem, da er sich an ihre spöttischen Worte am Morgen danach erinnerte: »Sehe ich vielleicht tot aus?«

»Sie wissen doch...«, meinte er zögernd.

»Ja, ich weiß.«

»Was fürchten Sie dann? Glauben Sie, daß ich anders bin als die übrigen Männer?«

Sie gab einen erstickten Laut von sich, und er furchte die Stirn. Doch dann sah er an sich herunter und gab murrend zu: »Möglicherweise ein bißchen anders.« Der Laut aus ihrer Kehle klang noch beengter, und er sagte scharf: »Sie brauchen auf diesem Punkt nicht herumzureiten. Sie haben meine Größe einmal ertragen, ohne daran zu sterben, wie Sie mir so forsch mitgeteilt haben. Vor was haben Sie also Angst?«

»Ich glaube, es... es ist das Unbekannte..., daß ich nicht weiß, warum Sie es so eilig hatten, mit mir allein zu sein.«

Er blickte sie ungläubig an. »Sie wissen nicht... Lady, warum habe ich Sie wohl ins Bett geschickt?«

»Aber Ihre Ungeduld...«

»Was erwarten Sie, wenn die eine Frau, die nun in mein Bett gehört, sich mir entzieht? Ich kann abstinent sein wie jeder andere Mann, wenn es notwendig ist, aber erzwungene Abstinenz liegt meiner Natur nicht. Das sollten Sie sich merken. Ich mag es nicht, wenn man mir etwas vorenthält, das ich haben will.«

Er machte erneut ein finsteres Gesicht, weil sie ihn so schlau dazu gebracht hatte, seine Begierde zu erkennen, ihr also letzten Endes doch noch ein Kompliment zu machen. Dabei verspürte er nur eine vorübergehende Wollust. Es war doch nur Wollust, oder? Ganz gewiß. Jede andere Frau wäre recht gewesen, seinen Hunger zu stillen, obwohl *sie* ihn verursacht hatte. Warum hatte Ranulf ihr dann befohlen, das Fest zu verlassen, obwohl er für ein paar Minuten mit jeder Hure hätte davonschleichen können, ohne daß es im allgemeinen Trubel aufgefallen wäre?

Sein Gedankengang wurde unterbrochen, als Reina mit den Fingerspitzen seine Brauen berührte. »Warum machen Sie das?«

»Was?«

»Die Stirn so oft runzeln, ohne ersichtlichen Grund. Wissen Sie, daß ich Sie noch nie lächeln sah?«

»Wenn Sie sich ein Lächeln wünschen, Lady, hätten Sie Walter heiraten müssen«, erwiderte er säuerlich.

»Ja, er besitzt einen gewissen heiteren Charme, doch ich habe Sie geheiratet.«

»Stimmt, aber warum? Diesmal möchte ich die Wahrheit hören, Lady, denn es war nicht so, daß Sie nur zwischen Rothwell und mir wählen konnten. Sie hatten seit Ihrer Rückkehr hierher genügend Gelegenheit, mich abzuschütteln.«

»Sie haben doch gehört, was ich meinen Vasallen erzählte. Das *war* die Wahrheit, Ranulf. Ich finde, daß Sie für Clydon die bessere Wahl sind.«

»Und für Sie selbst?«

»Clydon kommt zuerst.«

Sie hatte einen Moment gezögert, und die Antwort fiel sehr unbefriedigend aus. Doch er beschloß, nicht den Atem anzuhalten und seinerseits auf ein Kompliment zu hoffen. Sie hatte ihm nie zu verstehen gegeben, daß sie ihn für sich haben wollte. Sie war die erste Frau in seinem Leben, die sich nicht wenigstens ein bißchen für ihn interessierte. Und er hatte sie geheiratet, eine Frau, die Furcht zeigte, wenn sie sich freuen sollte, die kühn war, wenn Angst ihr besser angestanden hätte, und die versuchte, ihn zu meiden, vor allem sein Bett, wenn andere Frauen darum kämpften hineinzukommen. Nun, jetzt war sie darin, und ob es ihr gefiel oder nicht, er würde sie besitzen.

»Haben Sie immer noch Angst?« fragte er kurz.

»Nein.«

»Gut, denn Sie haben mich mit diesen Dummheiten lange genug warten lassen.«

»Ich finde nicht, daß...«

»Himmel, widersprechen Sie jetzt nicht, Lady!«

Sie gab einen Ton von sich, der verdächtig nach einem Kichern klang, aber Ranulf kümmerte sich nicht darum. Er hatte seine Begierde so lange zurückgehalten, weil er, um ehrlich zu sein, nicht wollte, daß Reina ihn fürchtete, jedenfalls nicht im Bett. Doch während er mit ihr geredet hatte, um sie zu beruhigen, war sein Blick immer wieder von dem Flaum zwischen ihren Beinen angezogen worden. Es war ein schwarzes, glänzendes Büschel auf dem Hintergrund weißer Haut, ein Magnet für seine Augen – und für berührende Hände.

Reina sog scharf die Luft ein, als sein Finger in sie eindrang. Doch nicht deshalb hielt Ranulf inne. Die junge Frau war trocken, ohne einen Tropfen Feuchtigkeit, der ihn hätte ermuntern können. So etwas hatte der Riese noch nie erlebt.

Obwohl sie wußte, was geschehen würde, war sie nicht bereit für ihn. Das bedeutete eine frustrierende Tatsache, zumal sein eigener Drang keine Spur nachgelassen hatte. Und was wußte er schon, wie man eine Frau stimulierte, vor allem eine Lady? Meistens war er es gewesen, der nicht so schnell zur Verfügung stand – nicht umgekehrt. Aber er hätte damit rechnen müssen bei einem weiblichen Wesen, dem er so vollkommen gleichgültig war.

Plötzlich schoß ihm ein Gedanke durch den Kopf, und er sah Reina scharf an. »Waren Sie auch letztesmal so unvorbereitet?«

Wenn ja, mußten ihre Schmerzen gewaltig gewesen sein, was ihre vorherige Angst und ihr Zögern erklärte.

Doch ihre Antwort bestand aus einem Erröten, das sich sogar über ihre hübschen Brüste ausbreitete, und hier handelte es sich um eine Lady, die nicht so leicht in Verlegenheit geriet.

Irrte er sich? War der kleine General doch nicht so immun ihm gegenüber, wie es schien? Noch während er überlegte, versank sein Finger in warmer Feuchtigkeit, ohne daß er ihn bewegt hatte, und Reinas Erröten steigerte sich.

Ranulf lachte spontan. Er war erleichtert und... entzückt. Das überraschte seine Frau, und sie betrachtete ihn, als sei er geistesgestört, doch das war ihm egal.

»Ist etwas nicht in Ordnung, mein Lord?«

»Doch, alles ist genau richtig.«

Er lehnte sich zurück, um seine Hose auszuziehen, doch sein Blick ruhte weiter auf ihr. Er war ungeduldig wie beim erstenmal. Und Reina wollte ihn haben! Er war also nicht nur für Clydon bestimmt. Hah! Die kleine Hexe kam ihm keinen Zentimeter entgegen, sie ließ ihn alles mögliche vermuten, nur nicht die Wahrheit; aber es gab eben Dinge, die konnte man nicht verbergen, und das wußte sie jetzt.

»Wenn Sie beabsichtigen...«, begann sie nervös, dann meinte sie: »Wollen Sie nicht zuerst die Vorhänge zuziehen?«

»Später«, entgegnete Ranulf.

Er schloß ihr den Mund mit seinen Lippen und bezog Position über ihr. Sie schmeckte so gut – wie konnte er das nur vergessen haben –, daß er es hinauszögerte, in sie einzudringen, bis ihre winzigen Hände tastend seinen Nakken umschlossen. Mit einem Stöhnen tauchte er in ihre Wärme. Sie fühlte sich so wundervoll an – wie konnte er auch das vergessen haben –, so eng, wie eine weiche Hand, die ihn innig drückte und tiefer in alle Wonnen hineinzog.

Ranulf hatte nie zuvor etwas Ähnliches verspürt. Natürlich hatte er auch noch nie eine Jungfrau wie diese besessen. Zum erstenmal in seinem triebhaften Leben wollte er sich Zeit nehmen für eine Frau, wollte der flüchtigen Verzückung nicht entgegenrasen.

Was nie mehr als ein körperliches Bedürfnis gewesen war – vergleichbar der Nahrungsaufnahme und Blasenentleerung –, schien irgendwie verwandelt, und Ranulf wollte die Empfindung genießen. Doch Wollen und Können stehen nicht immer in Einklang, und der Mann stellte fest, daß sein Körper sich nicht zurückhalten mochte. Es kümmerte ihn auch nicht länger, und er vergaß alle Rücksichtnahme, als er sich dem unglaublichsten Orgasmus seines Lebens entgegenkämpfte. Vage vernahm er ein markerschütterndes Keuchen, und es wurde ihm nicht bewußt, daß es sein eigenes war.

21

Das Schießscharten-Fenster umrahmte noch die Dunkelheit, und kühle Nachtluft sickerte durch die kostbaren Glasscheiben. Reina saß auf dem fellbedeckten Sitz. Sie umschlang die hochgezogenen Beine mit den Armen, ihr Kinn ruhte auf einem Knie. Gedankenverloren beobachtete sie den Himmel, der sich langsam von Mauve zu Blaßlila färbte. Ihr Mann schlief noch; er hatte die ganze Nacht friedlich geschlummert – von dem Moment an, als er von Reina heruntergerollt war. Die junge Frau war von Morpheus nicht so begünstigt gewesen.

Lange Stunden hatte sie neben Ranulf gelegen und seinem leisen, gleichmäßigen Atmen gelauscht. Sie hatte gehofft, er würde laut schnarchen, damit sie Grund zur Beschwerde gehabt hätte, da sie sich, was ihren tatsächlichen Kummer betraf, nicht beschweren konnte. Diese Befriedigung gab der Mann ihr nicht, wie er Reina auch vorher nicht befriedigt hatte. Sie war so nahe daran gewesen – an was? Sie war sich nicht sicher, doch es mußte etwas Angenehmes sein. Das schloß sie aus Ranulfs wollüstigem Gestöhne, als er ›es‹ erlebt hatte, was immer es war.

Ohne den Schmerz hatte sie diesmal andere Empfindungen gehabt; es war schön gewesen, diesen Teil von ihm in sich zu spüren. Sie hatte sich so seltsam gefühlt, aber nicht angstvoll, warm und träge zuerst, und das Flattern in ihrem Bauch hatte sich wieder bemerkbar gemacht. Dann intensivierte sich die Wärme, aus irgendeinem Grund wurde das Atmen schwierig, und etwas tief in ihrem Inneren begann sich aufzubauen. Es konzentrierte sich in ihren Lenden, etwas ganz, ganz Wundervolles. Und dann war es vorbei, und Reina hatte bittere Enttäuschung über das Ende dieses Gefühls verspürt. Sie war so frustriert, daß sie ihren sofort in Schlaf versunkenen Ehemann am liebsten geschlagen hätte.

Doch sie war nicht verrückt genug, *das* zu tun. Und die Frustration dauerte auch nicht lange. Andere Gedanken hielten Reina wach, Gedanken über das seltsame Gespräch, das sie und ihr Mann geführt hatten.

Wenn sie sich daran erinnerte, kam es ihr so unwirklich vor. Sie hatte nie geglaubt, daß Ranulf ihre nervöse Furcht beachten würde. Und er war so amüsant gewesen in der Annahme, er sei nicht anders als die übrigen Männer. Dabei war er nicht nur ein Riese, sondern auch noch ein überwältigend hübscher. Und zu behaupten, seine Ungeduld resultiere daraus, daß man ihm vorenthielt, was er haben wollte! Sie vielleicht? Sie konnte es nicht glauben.

Sie wußte, daß sie nicht schön war. Ihr Mund war zu breit und zu voll für ihr kleines Gesicht, ihr Haar zu schwarz, ihre Brüste zu winzig. Sie besaß eine schöne Haut – ihr einziger rettender Liebreiz –, und die Leute schienen immer zuerst ihre Augen zu bemerken. Ob das gut oder schlecht war, wußte sie nicht. An ihren vorteilhaften Tagen konnte man sie wahrscheinlich als attraktiv bezeichnen, doch das war geschmeichelt. Unter ihren Dienerinnen befanden sich viel hübschere weibliche Wesen, einige waren sogar wirklich schön, wie Eadwina. Und Reina hatte selbst gesehen, welchen Frauentyp Ranulf anziehend fand. Dieser Typ hatte nicht einmal entfernte Ähnlichkeit mit ihr.

Warum sollte ein so fabelhaft aussehender Mann wie Ranulf Fitz Hugh so etwas sagen? Ihr Wert lag in dem Besitz, den sie in ihre Ehe einbrachte, nicht in ihr selbst. Das hatte sie immer gewußt. Und dennoch hatte Ranulf diese Bemerkung gemacht, die Reina momentan in einen berauschenden Freudentaumel versetzt hatte – ehe sie zu zweifeln begann.

Dann hatten sich ihre Rollen irgendwie vertauscht. Sie hatte erfahren, daß er an *seinem* Wert zweifelte, daß er nicht glauben konnte, in ihren Augen der beste Mann für Clydon zu sein. Wieso bewegte es ihn überhaupt, was sie dachte? Das alles ergab keinen Sinn.

Seine Ungeduld hatte sich gleich wieder gezeigt, und Reina entdeckte, daß er sie wirklich begehrte. Das war keine Verstellung. Seine aufgestaute Anspannung war die ganze Zeit fühlbar gewesen, doch ihre Ursache wurde erst offenbar, als seine Hand sich dem Scheitelpunkt ihrer Weiblichkeit näherte. In dieser Sekunde fiel Reinas Blick zufällig auf die harte Wölbung in Ranulfs Hose. Aus welchem Grund auch immer – letzte Nacht hatte er sie glühend begehrt, wahrscheinlich, weil sie sich ihm verweigert hatte.

Das triumphierende Gelächter jedoch, das sie so erstaunt hatte, konnte sie noch immer nicht verstehen, vor allem nicht, weil es erklungen war, nachdem Ranulf ihr die peinliche Frage gestellt hatte, ob sie das letzte Mal nicht auf ihn vorbereitet gewesen sei. Zweifelsfrei erinnerte er sich nicht an das letzte Mal, sonst hätte er nicht fragen müssen. Und der Gedanke an dieses letzte Mal hatte bei Reina bewirkt, daß die gleiche feuchte Wärme in ihre Lenden strömte. Dann sein Lachen, das erste, das sie von ihm hörte! Es veränderte ihn, ließ ihn als einen völlig anderen Menschen erscheinen, als nicht mehr so grob und mürrisch und unnahbar.

Doch das war nicht von Dauer gewesen. Er hatte sich auf sie gestürzt und in fieberhafter Eile angestrebt, was er von ihr haben wollte. Sie erinnerte sich an die Frustration, die sie gespürt hatte, und ihre Brauen zogen sich zusammen. Würde es immer so sein – ein schneller Anfang und ein schnelles Ende? War das normal? Lag der Fehler bei ihr, daß sie nicht rasch genug reagierte?

Laute, die aus dem Bett drangen, beanspruchten ihre Aufmerksamkeit, und sie bemerkte mit Erstaunen, daß das Tageslicht alle Schatten aus dem Raum verbannt hatte. Die eine Kerze, die sie angezündet hatte, um ihr Nachthemd anzuziehen und den ›Beweis‹ auf dem Bettzeug vorzubereiten, war niedergebrannt, doch sie wurde auch nicht mehr benötigt. Reina hatte in der Nacht vergessen, ihr Laken zu präparieren, deshalb war es gut, daß sie so früh aufgestanden war. Der ›Beweis‹ hatte Zeit gehabt zu trocknen, ehe die Damen zum traditionellen Entfernen des Hochzeitsleintuchs erschienen.

Reinas zweimal verheirateter Ehemann richtete sich im Bett auf. Eine Falte erschien auf seiner Stirn, die sich auch nicht glättete, als er seine Frau in der fernen Ecke vor dem Schießscharten-Fenster entdeckte. »Verstecken Sie sich, Lady?«

»Bei voller Ansicht, mein Lord?«

Er brummte weithin hörbar. »Warum haben Sie mich nicht geweckt?«

Sie stellte die Beine auf den Boden und stellte fest, daß sie ganz steif geworden waren. »Es ist noch früh, aber vielleicht mögen Sie jetzt aufstehen und sich anziehen. Man weiß nie, wann unsere Gesellschaft auftaucht.«

»Gesellschaft? Ach ja, wie konnte ich das vergessen.« Das war eine trockene Bemerkung. Er blickte auf die wenigen maßvollen Blutstropfen, die Reina neben ihm auf das Laken geschmiert hatte, und furchte die Stirn. »Sie tun meiner Männlichkeit Unrecht, Lady, die in Wirklichkeit eine ganze Blutlache aus Ihnen hervorlockte. Vielleicht sollte ich das Originalbettzeug zur Überprüfung vorlegen?«

Reina konnte es nicht glauben. Ihr griesgrämiger Mann machte einen Scherz? Es war doch ein Scherz?

Sie ging langsam ein paar Schritte. »Sie... haben das Leintuch aufgehoben?«

»Ja, es liegt in der Truhe, und vielleicht sollten Sie es hervorholen. Diese Täuschung, die wir inszeniert haben, hat mich die ganze Zeit gestört. Ich möchte, daß Sie Ihren Männern die Wahrheit sagen.«

Ihre Augen loderten einen Moment, doch dann entspannte sie sich. Auch ihr war die Täuschung nicht angenehm gewesen. Und nun, da die zweite Hochzeit vorbei war, gab es keinen Grund mehr, die Lüge aufrechtzuerhalten.

»Gut, sie werden die Wahrheit gern akzeptieren. Ich werde sie ihnen heute verkünden.« Er schien verblüfft zu sein, daß sie keine Einwände machte, doch sie fuhr fort: »Aber die Frauen sind eine andere Sache. Damit es keinen Klatsch gibt, müssen Sie den Damen klarmachen, daß es keinen Zweifel an meiner Tugend gibt. Wie Sie dabei mit den Leintüchern verfahren wollen, ist Ihre Angelegenheit.«

Sie dachte, er würde protestieren, denn er sah so verärgert aus, doch er nickte nur kurz. Es war gar nicht so schwierig, mit ihm umzugehen, und das nahm ihr eine ihrer Sorgen ab. Aber sie war noch nicht fertig.

»Was ich Sir Henry erklärte, darf allerdings nicht angetastet werden.«

»Was haben Sie ihm erklärt?«

»Daß mein Vater Sie für mich ausgesucht hat. Mein Vater begann bei Lord Guy mit der Täuschung, und ich möchte nicht, daß man ihn einen Lügner nennt.«

»Hätte er mich denn anerkannt, Lady?«

»Ja, ich glaube schon.«

»Dann soll es so sein.«

»Gut. Und nachdem wir sozusagen die Atmosphäre reinigen, wäre es wohl an der Zeit, daß Sie mich beim Namen nennen. Erinnern Sie sich an meinen Namen?«

»Also ist der kleine General wieder in Aktion, noch dazu voller Spott. Das habe ich als Morgengruß gerade nötig.«

Reina erstarrte. »Diesen Namen mag ich gar nicht, Ehemann!«

»Im Moment interessiert es mich nicht sehr, was Sie mögen, Ehefrau!«

Sie revidierte ihre Meinung, er sei einigermaßen leicht zu handhaben – ungefähr so leicht wie ein wilder Eber, mit dessen Temperament man das seine manchmal vergleichen konnte.

»Man fängt den Tag nicht mit einem Streit an«, sagte Reina kalt.

»Mir gefällt das aber«, meinte er unfreundlich, gewiß nur, um ihr zu widersprechen.

»Tatsächlich? Das haben Sie als Morgengruß gerade nötig, hm?« gab sie ihm seine eigenen Worte zurück. »Am besten verlasse ich Sie...«

»Wohin gehen Sie?«

Sie blieb auf dem Weg zur Tür stehen. »Das dürfte Sie kaum...«

»Wohin?«

Sie konnte also schon nicht mehr über ihr eigenes Leben bestimmen. Allerdings hatte sie das befürchtet, als sie Ranulf den Vorzug vor Richard oder John gab, von denen sie wußte, daß sie sich ihr untergeordnet hätten.

Reina seufzte, als sie sich zu ihm umdrehte. »Gestern abend fand ich nur dieses Kleid hier vor.« Sie deutete auf den weißen Samt, in den sie sich gehüllt hatte. »Ich wollte in mein früheres Zimmer gehen, um mich anzuziehen und dafür zu sorgen, daß meine Sachen hierhergebracht werden, während wir auf der Jagd sind – falls Sie nicht Ihre Meinung geändert haben und lieber allein hier wohnen wollen.«

Ihr hoffnungsvoller Ton ärgerte ihn. »Sie schlafen hier, wo Sie hingehören.«

Das hatte er auch letzte Nacht gesagt. Warum war er so widerspenstig, wenn er sie offensichtlich gar nicht bei sich haben wollte?

Mit einem steifen Nicken stillschweigender Duldung setzte Reina ihren Weg fort. Es fiel ihr nicht ein, Ranulf um die Erlaubnis zu bitten, sich zurückziehen zu dürfen. Eher würde sie den Rest ihres Lebens in diesem Raum bleiben. Doch ihr Mann hielt sie nicht zurück. Das hätte ihre Stimmung verbessern müssen, tat es aber nicht.

Und ihre Stimmung war gewiß nicht auf Theo eingestellt, der in Reinas Zimmer wartete und sie mit neugierigen Fragen überfiel.

»Nun, wie war es diesmal?«

»Du möchtest die schaurigen Einzelheiten wissen, oder genügen ein paar Worte?« fauchte sie ihn an.

»Also war es wieder grob und schnell?«

»Nicht so grob«, gab sie ungern zu. »Doch es war vorbei, ehe ich recht wußte, daß es begonnen hatte.«

Theo ließ sich auf einen Stuhl fallen, und sein junges Gesicht drückte reine Enttäuschung aus. »Also hat er Ihnen bisher noch kein Vergnügen bereitet?«

»Vergnügen?« schnaubte sie und ging auf die Truhe neben ihrem Bett zu. »Sag mir etwas, Theo. Müßte eine Frau bei der körperlichen Liebe etwas Besonderes spüren, oder sollte sie nur den Wunsch haben, dem Mann, den sie mag, zu höchsten Genüssen zu verhelfen?«

»Sie fragen die falsche Person, Reina. *Ich* habe natürlich Spaß daran.«

»Ich aber nicht.«

»Aber sie wissen, daß etwas fehlt, sonst würden Sie sich

keine Gedanken machen.« Er grinste. »Fragen Sie Wenda. Sie kann Ihnen sicher beschreiben, wie es bei einer Frau sein muß.«

»Ich möchte Wenda nicht fragen«, stellte Reina fest und warf die Lippen schmollend auf. »Sag mir nur eines: Ist es normal, daß es so schnell geht?«

»Nicht normal, nein. Aber Sie müssen es so sehen, Reina. Entweder macht Ihnen dieser bildschöne Mann das großartige Kompliment, daß Sie seine Lust so über alle Maßen anstacheln...«

»Schafskopf, sei ernst!«

Er wich dem Kleidungsstück aus, das sie ihm ins Gesicht werfen wollte, und protestierte. »Ich bin ganz ernst... Oder – um Ihre Frage zu beantworten – es ist einfach seine Art, und es schert ihn nicht, ob Sie Ihr Vergnügen finden oder nicht. Unglücklicherweise gibt es solche Männer.«

»Und ich bin mit so einem verheiratet.« Sie seufzte und setzte sich auf das Bett. »Was kann ich tun?«

»Sie können ihm sagen, daß Sie nicht zufrieden sind mit seiner...«

»Bist du verrückt?» schrie sie. »Das könnte ich nicht.«

Theo zuckte mit den Schultern. »Dann reizen Sie ihn erneut, wenn er fertig ist. Beim zweitenmal ist ein Mann normalerweise immer langsamer.«

Das interessierte sie sehr. »Du meinst, direkt danach?«

»Ja.«

»Aber er schläft sofort ein.«

»Dann wecken Sie ihn.«

Sie furchte die Stirn. »Das wird ihm nicht gefallen.«

»Wenn Sie es richtig machen, kann er sich gar nicht ärgern.«

»Wie denn? Wie soll ich ihn reizen?«

»Reina!« Er rollte die Augen. »Hat Ihre Mutter Ihnen nicht erzählt, wie man einem Ehemann Vergnügen bereitet? Sie berühren ihn, streicheln ihn überall... oh, könnte ich nur...« Er errötete, fuhr aber schnell fort: »Sie streicheln ihn, vor allem da, wo es zählt.«

Ihre Augen weiteten sich. »Du meinst *da*?«

»Genau.«

»Oh, nun, das dürfte nicht zu schwierig sein.« Was sagte sie da? Wie würde sie sich je überwinden können, so etwas zu tun?

»Also, ich erwarte, daß ich Sie morgen früh lächeln sehe.«

Sie blickte ihn finster an. »Das war nur ein kleines Problem. Du glaubst gar nicht, wie unerträglich der Mensch sein kann. Falls ich je wieder lächeln sollte, müßtest du das als ein Wunder betrachten.«

22

Reina seufzte, während sie ihre Blicke über die Lichtung schweifen ließ. Die Gesellschaft hatte angehalten, und die Hunde schnüffelten durch die Büsche, da sie momentan die Witterung eines großen Rehbocks verloren hatten. Reinas dünne Wollhose war zum Reiten ideal, doch das Wetter erwies sich als ungewöhnlich warm. Schweißperlen standen auf den Schläfen der jungen Frau und sikkerten durch ihr Leinenhemd. Gewöhnlich achtete sie im Eifer der Jagd nicht darauf, doch heute waren ihre Gedanken nicht bei der Sache.

Sie ignorierte ihren Mann, der sein Pferd neben ihrem zum Stand gebracht hatte; wenigstens versuchte sie, ihn zu ignorieren. Dieser unausstehliche Lümmel hatte den Damen das andere Bettuch gezeigt, und Reina war von entsetzten und mitleidigen Blicken verfolgt worden, bis man sich daran erinnerte, daß sie in perfekter Gesundheit nach Clydon zurückgekehrt war. Das hatte sie davon, daß sie es Ranulf überlassen hatte, was er tun wollte. Und er schien die Angelegenheit für amüsant zu halten.

Er hatte ihr tatsächlich ein Lächeln geschenkt, als er zum Frühstück in die Halle gekommen war. Sie hätte auf dieses Lächeln gefaßt sein sollen, doch in dem Moment war sie zu nervös, da sie wieder dieses komische Flattern im Bauch verspürt hatte. War Ranulfs Lächeln daran schuld? Jesus! Besser blieb er doch bei seinem eberähnlichen Gemütszustand.

»Sind das nicht die Wälder, in denen jene Räuber hausen, die hier in der Gegend bekannt sind?«

Reina war nun gezwungen, ihrem Mann zuzuhören. »Sie meinen diese schrecklichen Gesetzlosen, die Ihr Lager angriffen und Sie veranlaßten, in der bewußten Nacht so schnell aufzubrechen?«

Ranulf fiel auf den Köder nicht herein. Er besaß den Nerv, schon wieder zu lächeln bei dem Gedanken an die List, die er angewandt hatte, um Reina in jener schicksalhaften Nacht aus Clydon herauszubekommen. Zwei Lächeln in nur wenigen Stunden! Seine Laune hatte sich durch den Vorfall mit den Leintüchern deutlich gebessert. Vielleicht fand er es auf perverse Weise amüsant, daß die Frauen in Clydon sich vorübergehend vor ihm fürchteten, weil sie dachten, er habe zwischen den Schenkeln eine monströse Waffe statt eines normalen Penis. Reina fand das nicht vergnüglich.

»Ich glaube, ich meine die gleichen schrecklichen Gesetzlosen«, sagte er in heiterem Ton. »Denken Sie, daß wir eine Spur von ihnen entdecken werden?«

Reina beschloß, ihren Ärger zu zügeln, da Ranulf an dem Gespräch wirklich interessiert zu sein schien. »Möglicherweise eine Spur, aber nicht die Männer selbst. Sie müssen wohl jedesmal informiert sein, wenn eine große Gruppe Clydon oder Warhurst verläßt. Sie verteilen sich dann nach Ost und West und verlassen die Wälder.«

»Warhurst?«

»Die kleine Stadt auf der anderen Seite der Wälder. Tatsächlich wird Warhurst mehr von ihnen heimgesucht als wir. Gelegentlich stehlen sie bei meinen Bauern einen Sack Getreide oder einen Topf mit Butter...«

»Was ist mit den großen Diebstählen von Rindern und Schafen, die Sie einmal erwähnt haben?«

»Die Gesetzlosen könnten dafür verantwortlich sein, aber das glaube ich nicht. Sie waren ja selbst einmal Zinsbauern. Wem sollten sie die Tiere verkaufen? Und in den Wäldern gibt es all das Fleisch, das sie brauchen. Nein, das, was sie am besten können und am häufigsten tun, sind Überfälle auf kleine Gruppen Reisender auf der nördlichen Straße, die durch diese Wälder führt. Hauptsächlich handelt es sich um Reisewagen von Kaufleuten auf dem Weg nach Warhurst.«

»Sie haben nicht versucht, sie in die Flucht zu schlagen?«

Reina lächelte in zärtlicher Erinnerung. »Mein Vater pflegte jeden Monat mit seinen Männern das ganze Gebiet zu durchkämmen. Er freute sich immer auf die Jagd und ließ Dampf ab, wenn er zurückkam – dann verfluchte er die Räuber, von denen er nie einen zu Gesicht bekam. Wie ich schon sagte: Sie scheinen zu wissen, wenn sie bedroht sind. Der Kastellan von Warhurst sendet öfter Stoßtrupps aus, aber der Mann ist ein Schwachkopf und kann leicht überlistet werden. Die Gesetzlosen mögen einmal Leibeigene gewesen sein, aber sie sind schlau.«

»Glauben Sie, daß sie Clydon und Warhurst beobachten?«

»Nachdem die Wälder so nahe liegen, wäre das kein Kunststück.«

Er betrachtete sie einen Augenblick, ehe er fragte: »Sie fühlen sich nicht wirklich bedroht, oder?«

»Da irren Sie sich, mein Lord. Für meinen Vater bedeuteten die Wegelagerer einen Ansporn, und das machte ihm und mir Spaß. Aber als er wegging, wurden sie lästiger. Sie haben zwar noch niemand getötet, den ich kenne, doch Besucher von Clydon wurden beraubt. Einem Lord nahmen sie fast hundert Goldmünzen ab, und ich fühlte mich verpflichtet, das Geld zu ersetzen, denn schließlich sind das hier meine Wälder.«

»Und also auch Ihre Gesetzlosen?« meinte er verächtlich.

»Ja, meine – und jetzt Ihre.« Das brachte ihr einen funkelnden Blick ein, und sie lachte beinahe. »Sie müssen mit dem Guten auch das Schlechte nehmen, mein Lord.«

»Gibt es mehr Schlechtes?«

»Gewiß.« Sie lächelte. »Lassen Sie mich überlegen – da ist Tom Smith. Alle paar Monate trinkt er zuviel und versucht, das Dorf anzuzünden. Keiner weiß, warum, auch Tom nicht.«

»Und Sie haben ihn nicht aufhängen lassen?«

»Warum sollte ich? Er ist ein guter Schmied und bezahlt den Schaden mit Eisenbeschlägen. Ich hoffe, daß das Aufhängen in Ihren Augen nicht die Lösung für alles bedeutet.«

»Und wenn es so wäre?«

Sie erstarrte und hob herausfordernd das Kinn. »Dann wird eine Menge Streitigkeiten auf uns zukommen.«

»Vielleicht – aber nicht deswegen. Ob ich jemand sehr schnell aufhängen lasse, wird sich herausstellen, doch es ist meine Entscheidung als Lord. Stimmt das nicht, meine Lady?»

Er hatte ihre Herausforderung angenommen und auf sie zurückgeworfen. Reina sah ihn lange an. Sie musterte seine unerbittlichen Gesichtszüge, seinen zweifellos angespannten Körper. Was konnte sie antworten? Sie hatte ihm die Macht eigener Entscheidungen übertragen, als sie ihn geheiratet hatte. Aber sie hatte ihn geheiratet, damit er ihre Leute beschützte und sie nicht willkürlich aufhängte.

Sie konnte sich jedoch nicht so völlig in ihm getäuscht haben. Er hatte sie mit der Bemerkung über Tom Smith nur testen wollen. Lediglich durch Fragen konnte er lernen, wie sie ihre Leute behandelte. Sie hätte sich darüber nicht aufregen sollen!

Doch die Verstimmung legte sich nicht sofort, und Reinas Ton war spitz, als sie antwortete: »Ja, Sie treffen als Lord fast alle Entscheidungen.«

»Fast alle?«

»Wollen Sie sich auch in meine persönlichen Verpflichtungen einmischen? Wenn ich mich nur noch mit Sticken beschäftigen soll, sagen Sie es.«

Ranulf sagte nichts. Er beobachtete, wie ihre Augen vor Zorn glitzerten und ihr kleiner Körper bebte, und das jagte eine Welle der Erregung durch seinen Leib. Herrgott, nicht schon wieder! Doch die Begierde war da und tobte in seinen Eingeweiden. Er vergaß das Gespräch, vergaß die Jagd.

In diesem Moment nahmen die Hunde die Fährte auf, und die Reiter folgten ihnen, Reina inbegriffen. Eine Sekunde lang verspürte Ranulf eine unvernünftige Wut, als sei er das Tier auf der Pirsch und habe seine Beute verloren. Dann dämmerte es ihm, daß es keinen Grund zur Verärgerung gab. Was er kaum hatte akzeptieren können, gestern nacht nicht und ebensowenig heute morgen, kristallisierte sich in seinem Gehirn als die Wahrheit heraus: Reina de Champeney war nun Reina Fitz Hugh, seine Frau. Sie war sein. Sie gehörte ihm wirklich.

Er gab seinem Pferd die Sporen, doch er hatte nicht das Ziel der übrigen Reiter im Auge.

Reina hatte gerade angefangen, sich zu entspannen. Sie dachte, sie habe Ranulf hinter sich gelassen und müsse sich wenigstens für eine Weile nicht mehr mit seinem aufreizenden Benehmen herumärgern. Sie irrte sich. Sein Pferd tauchte neben ihrem auf, und ehe sie seine Absicht erkannte, nahm er ihr die Zügel aus der Hand, so daß Reinas kleine Stute ihm ins Gebüsch folgte.

Niemand bemerkte es. Das war der erste Gedanke der

jungen Frau. Die Teilnehmer des Ausflugs ritten weiter und schauten nicht zurück. Ihr zweiter Gedanke ließ sie erbleichen, da sie sich an ihr herausforderndes Verhalten erinnerte. Sie konnte sich nur vorstellen, daß Ranulf beleidigt war und sie hier und auf der Stelle bestrafen wollte.

Doch warum? Sie war ärgerlich gewesen und hatte es ihn fühlen lassen. Aber das geschah nicht zum erstenmal. War es wert, daß er sie schlagen würde? Vielleicht dachte er so, und er besaß nun das Recht, das er vorher nicht gehabt hatte. Nein, ganz so war es nicht. Er hatte sich vertraglich verpflichtet, sie nicht zu züchtigen. Allerdings hatte er sie gewarnt, daß er ihr im gegebenen Fall den Po verhauen würde.

Sie wurde noch blasser und beugte sich vor, um die Zügel wieder zu erwischen, doch da blieb ihr Pferd hinter seinem stehen. Sie hielt den Atem an und sah, wie er abstieg. Voller Schrecken verharrte sie und dachte nicht einmal an Flucht.

Sie fand die Sprache erst wieder, als seine Hände ihre Taille packten. »Ich wollte nicht...«

Sie kam nicht weiter in ihrem Beschwichtigungsversuch, denn sie wurde vom Pferd gezerrt und an Ranulfs Brust gepreßt. Sein Mund, der ihren bedeckte, erstickte sie fast. Küßte er sie? Ja, sie vermutete, daß ihr Mann diese Prozedur Küssen nannte. Sie war nicht sicher, wie man so etwas bezeichnen sollte, vor allem, als seine Zunge gegen ihre stieß. Sie versuchte, diese hartnäckige Zunge mit der eigenen aus ihrem Mund zu schieben. Das bewirkte, daß Ranulf stöhnte und sie noch fester an sich preßte. Seltsamerweise tat er ihr nicht weh, und, noch seltsamer: Erregung stieg in ihr auf.

Ihre Knie waren weich, als er Reina auf die Erde stellte. Auch ihr Atem ging unregelmäßig. Und ihre Gedanken zerstreuten sich in alle Winde. Als sie wieder einigermaßen klar denken konnte, hatte Ranulf seinen Mantel auf den Boden gebreitet und seinen Gürtel mit dem Schwert abgelegt. Ungeduldig machte er sich an seiner Unterwäsche zu schaffen.

»Was...«

Der wilde Blick seiner Augen ließ sie verstummen. »Sind Sie nun meine Frau – oder nicht?«

Sein Blick und sein Ton hätten sie warnen müssen, doch das war nicht der Fall. Sie war einfach nur erstaunt über die Frage.

»Natürlich bin ich Ihre Frau. Habe ich Sie nicht sogar zweimal geheiratet?«

»Also – und nachdem das so ist, möchte ich von meiner Frau Gebrauch machen.«

Ihre Augen blitzten ungläubig. *»Jetzt?«*

Er zuckte mit den Schultern, doch in seinem Blick lag keine Unbekümmertheit. »Ich bin jung und stark, und das haben Sie sich doch gewünscht, nicht wahr?«

»Aber...«

Erneut konnte sie nicht weiterreden. Er nahm sie um die Taille und bettete sie auf den Mantel, ehe er wieder begann, sie zu küssen. Im Hintergrund ihres Gehirns regte sich der Gedanke, daß sie immer noch Zeit für die vernünftige Erklärung hatte, daß der Herr und die Herrin von Clydon sich nicht in den Wäldern körperlich vereinigen würden. Ranulf würde aufhören müssen, sie zu küssen, wenn er sie entkleiden wollte, dann böte sich ihr die Gelegenheit, ihn zur Vernunft zu bringen.

Welcher Irrtum!

Er hörte *nicht* auf, sie zu küssen. Er entkleidete sie *nicht*. Mit einem Ruck zog er ihr das Höschen aus, zerrte seine Hose herunter, und schon war er in ihr. Mit drängender Eile bediente er sich ihres Körpers und erreichte in weniger als einer Minute den Höhepunkt.

Reina spürte gar nichts, und das machte sie vor allem anderen wütend, als er an ihre Seite rollte. »Zum Teufel mit Ihnen, Ranulf! Sie mögen es gewöhnt sein, jedem leibeigenen Mädchen die Röcke hochzustreifen und gleich zur Sache zu kommen, aber ich lasse mir das nicht gefallen! Ich bin Ihre Frau, nicht irgendeine Hure, der Sie im Feld begegnen. Wenn Sie mich begehren, müssen Sie anstandshalber zuerst Ihre Kleidung ablegen und mich ausziehen.«

»Wenn Sie es sagen.«

Er griff nach ihrem Rock. Sie sog laut die Luft ein, kroch von ihm weg und erhob sich. »Doch nicht jetzt, Sie schafsköpfiger Lümmel! Für den heutigen Tag habe ich genug von Ihren viehischen Fähigkeiten.«

Er war nicht gekränkt. Tatsächlich machte er sie sprachlos durch sein Lachen. Er grinste immer noch wie ein satter Lüstling, während er seine Unterhose zurechtrückte.

»Vielleicht hat es bei mir ein bißchen länger gedauert zu begreifen, daß Sie mir gehören«, sagte er mit diesem unverschämten Grinsen, »aber Sie haben es selbst bestätigt, und ich werde mich nicht länger dagegen wehren. Es ist am besten, wenn Sie sich schnell an meine Art gewöhnen, denn ich werde Sie nehmen, wann immer es mir paßt.«

»Überall?«

Er blickte auf die niedrigen Büsche rundum, die kein wirkliches Versteck abgaben, und besaß die Frechheit, vor sich hin zu lachen. »Ja, überall. Mir ist der Platz egal.«

Sie war wütend und gekränkt. »Mir aber nicht! Ich werde Clydon nicht mehr mit Ihnen zusammen verlassen, wenn das Ihre Vorstellung von einem romantischen Rendezvous ist.«

Diese Bemerkung brachte ihr noch lauteres Gelächter ein, und sie weinte fast vor Erbitterung. Beim Besteigen ihres Pferdes bat sie ihn nicht um Hilfe, doch seine Hand stützte ohne Aufforderung ihr Hinterteil, um ihr den benötigten Schwung zu geben. Sie dankte Ranulf nicht und preschte davon.

Sie wollte sich glücklich preisen, wenn sie die Reitergruppe wiederfand, ehe sie vermißt wurde. Hoffentlich würde Ranulf den Anschluß verlieren. Es würde ihm

Recht geschehen, wenn er sich in den Wäldern verirrte und erst bei Anbruch der Dämmerung nach Clydon zurückfand – in einer Stimmung, die zu der ihren paßte.

23

Ranulf schaute seiner Frau nach, und ein unbewußtes Lächeln lag noch auf seinen Lippen. Sie war wie die anderen Damen, die er gekannt hatte – aber dennoch anders, erfreulicherweise. Die meisten Damen weinten oder argumentierten, schmeichelten oder griffen zu jeder verfügbaren List, wenn sie ihren Willen nicht bekamen. Nicht so seine Lady! Dafür war sie zu direkt. Entweder konterte sie mit beißendem Spott, oder sie ließ ihrem hitzigen Temperament freien Lauf, was ihn absolut nicht störte. Es amüsierte ihn sogar, da dieses Temperament so einer ›kleinen Portion‹ entsprang.

Was sie diesmal an ihm erzürnte, war ihm nicht ganz klar. Konnte sie wirklich an einem so schönen Frühlingstag etwas gegen eine schnelle Bodenübung in den Wäldern haben?

Lady Anne hatte sich nie widersetzt. Eigentlich war sie sogar diejenige gewesen, die ihn zu Liebesspielen an den unpassendsten Plätzen angeregt hatte. Auch Lady Montford hatte versucht, ihn im Wald zu verführen, nachdem sie ihn zur Falkenjagd eingeladen hatte. Daß er ihr nicht gefällig gewesen war, lag nicht am Ort oder an ihrem Rang, denn er war damals so sexgierig wie heute und entspannte sich, wo und wann er konnte. Aber er mochte seine Weiber jünger als fünfzig Jahre. Großmütter hatten den Fünfzehnjährigen einfach nicht gereizt.

Ranulf schüttelte die Gedanken an die Vergangenheit ab, ehe sie seine gute Stimmung verdarben. Und seine Stimmung war gut, seitdem er seine Frau heute morgen herausgefordert hatte und als Gewinner aus der Angelegenheit hervorgegangen war. Das hatte er nicht erwartet. Er hatte gewünscht, daß Reina ihren Vasallen die Wahrheit sagte, was ihre erste Hochzeit betraf. Hätte seine Frau ihm plausible Gründe für eine Aufrechterhaltung der Täuschung genannt, wäre er einverstanden gewesen. Daß Reina Sir Henry keinen reinen Wein einschenken mochte, war in Ordnung. Ranulf konnte verstehen, daß sie das Andenken an ihren Vater unbefleckt halten wollte.

Jedenfalls hatte sie ihm zugestimmt, und das zeigte, daß sie nicht so unflexibel war, wie manche Damen es aus reiner Halsstarrigkeit zu sein pflegten. Zeitweise litt er selbst an diesem Fehler, wie diesen Morgen, als er nicht hatte widerstehen können, den in sein Zimmer strömenden, kichernden Damen das wahre Hochzeitsleintuch vorzuweisen.

Die Frauen waren erstaunt gewesen, ihn allein vorzufinden, und noch erstaunter, als er ihnen die Wahrheit gesagt hatte. Doch ihre Reaktion auf das Laken war wirklich lachhaft, beinahe so schlimm wie seine eigene, als er den Blutfleck gesehen hatte. Wenigstens hatte seine Frau lebendig vor ihm gestanden, zum Beweis, daß er sie nicht getötet hatte. Den Damen fehlte dieser Beweis, um ihr Entsetzen zu mildern, da Reina wohlweislich verschwunden war.

Reina? Ja, Reina. Das war ein schöner Name, einer, den man nicht so leicht vergaß, obwohl die Herrin von Clydon ihm, Ranulf, das Gegenteil unterstellt hatte. Doch was zählte es, wie er sie nannte? Und was zählte es, wo er Geschlechtsverkehr mit ihr hatte? Konnte sie wirklich Einwände gegen den Ort gehabt haben? Sie hatte versucht zu protestieren, war dann aber sanft und gefügig gewesen, als er sie küßte. Oder galt ihr Unmut mehr der Tatsache, daß er Reina nicht entkleidet hatte? In diesem Punkt hatte er keine Wahl gehabt, denn das hätte ihm zu lange gedauert. Der Verräter in seiner Unterhose war nicht bereit gewesen zu warten. Niemals hatte Ranulf so wenig Kontrolle über das verfluchte Ding gehabt. Und das begann zur Gewohnheit zu werden.

Es ist gar keine so schlechte Gewohnheit, dachte Ranulf mit einem Grinsen, während er seinen Mantel ausschüttelte. Es gab schlimmere Dinge, als die eigene Frau zu begehren. Plötzlich verstärkte sich sein Grinsen und ging in leises Lachen über, denn auf dem Waldboden lag ein Stück weißes Leinen. Reina war so erzürnt gewesen, daß sie ohne ihr Höschen davongeritten war!

Ranulf hob die vergessene Unterwäsche auf. Sie bestand aus dem feinsten Material, das er je in der Hand gehabt hatte. Er rieb mit dem Stoff seine Wange und dachte daran, wie seine Frau ihren Körper mit Luxusartikeln verwöhnte – aber derlei Gedanken erwiesen sich als Fehler. Ranulfs Männlichkeit rührte sich sofort, als ihm Reinas Duft in die Nase stieg. Schon wieder!

Ungehalten stopfte der Mann das Höschen in seine Manteltasche. Doch die Verärgerung war nicht von Dauer. Ranulf stellte sich die Gesichtszüge des kleinen Generals vor, wenn er seine Unterwäsche überreicht bekam, und das ließ ihn erneut vor sich hin schmunzeln.

Er lächelte noch, als Walter ihn entdeckte. Der Freund beschwerte sich, weil er sich Sorgen gemacht und befürchtet hatte, Reina habe Ranulf beseitigt.

»Wenn ein Mann irgendwo verweilt, muß das doch nicht gleich bedeuten, daß er sich umbringen läßt«, entgegnete Ranulf.

»Was hätte ich sonst denken sollen«, meinte Walter gereizt, »als du mit ihr in einem dir unbekannten Wald verschwunden bist? Und als ich gerade an ihr vorbeiritt, erdolchten mich ihre Blicke beinahe.«

»Ja, sie kochte vor Wut, als wir uns trennten.«

»Dann habt ihr also angehalten, um euch zu streiten?«

»Warum wir anhielten, geht dich nichts an, mein Freund«, erwiderte Ranulf.

Walter akzeptierte das für fünf Sekunden, dann stieß er hervor: »Wenn ein Mann irgendwo verweilt... Himmel, Ranulf! Sag nicht, daß du... Du würdest doch nicht... Herrgott, nein! Im Wald? Kein Wunder, daß sie wieder wütend auf dich ist! Weißt du nicht, daß Damen zärtlich umworben werden wollen?»

Ranulf schnaubte laut. »Warum sollte man eine Frau umwerben, die man bereits gewonnen hat?«

Walter lachte kurz auf. »Ich glaube, du hast zu lange keinen Umgang mehr mit Damen gepflegt. Du hast vergessen, wie es ist, mit ihnen und ihrer Boshaftigkeit zu leben. Und deine Lady führt deinen Haushalt. Erinnere dich an deine Meinung über das Werben, wenn deine Kleidung nicht geflickt wird, dein Essen unschmackhaft auf den Tisch kommt und im Winter keine warmen Backsteine in deinem Bett liegen.«

Ranulf grinste trotz dieser gräßlichen Voraussagen. »Ohne diese Dinge konnte ich immer leben.«

»Aber jetzt hast du eine Frau, die sich um deine Bequemlichkeit kümmert. Es gibt keinen Grund, freiwillig auf Angenehmes zu verzichten, *Lord* Ranulf.«

Nun lachte Ranulf laut. »Lord Ranulf? Du bist wohl entschlossen, mir mit deiner Fopperei die gute Laune zu verderben, aber heute wird dir das nicht gelingen. Ich bin mit meinem Los sehr zufrieden; also überlaß es mir, mich mit meiner Frau und ihren Stimmungen auseinanderzusetzen.«

Walter schüttelte den Kopf, dann zuckte er mit den Schultern, und schließlich lächelte er. »Sehr zufrieden, eh? Und kein Wort des Dankes habe ich dafür bekommen, daß ich die Lady überredete, dich zu nehmen.«

»Überredete? Mein hübsches Gesicht hat sie bezaubert. Fiel sie nicht in Ohnmacht, als sie mich zum erstenmal sah?«

»Sie ist dir zu Füßen gefallen.«

Sie warfen einander die Scherzworte zu, bis sie die Reitergruppe wieder trafen. Das Wild war erlegt, die Jäger umstanden es und diskutierten erregt. Walter gesellte sich zu ihnen, doch Ranulf war erneut überwältigt vom Anblick seiner Frau, die ihn nun mit deutlicher Absicht ignorierte.

Er mußte sich fragen, ob an Walters Bemerkungen etwas Wahres dran sein mochte. War er zu grob mit Reina umgegangen? Er hatte irgendwie vergessen, wie zierlich sie war. Hatte er ihr weh getan? War sie zu dickköpfig, ihm das zu sagen, und verwandelte sich ihr körperlicher Schmerz in Ärger?

Was er von Damen wußte, das gefiel ihm nicht, doch tatsächlich wußte er wenig über sie. Die beiden, die an seiner Abneigung gegen ihre Artgenossinnen schuld waren, hatten ganze Arbeit geleistet. Seit der Zeit seiner schlechten Erfahrungen ging er adligen Frauen aus dem Weg. Nun war er mit einer verheiratet, einer Frau, die überhaupt kein Verständnis für ihn hatte und ihn so weit brachte, an seinem eigenen Verhalten zu zweifeln, wo er doch nicht anders sein konnte, als er war.

Sie hatte recht, was seinen Umgang mit dem weiblichen Geschlecht betraf. Die gestohlenen Augenblicke verlangten, daß er sofort zur Sache kam, denn eine Dienerin oder Leibeigene hatte selten freie Zeit zur Verfügung. Die Weiber waren immer leicht zu haben gewesen. Sie kosteten nicht mehr als irgendeinen billigen Tand oder ein ordentliches Essen – oder gar nichts, weil sie einen Mann von seiner Größe als Neuheit betrachteten und ihn ausprobieren wollten.

Er hatte niemals eine Frau umwerben müssen, nicht einmal Lady Anne, denn sie war diejenige gewesen, die ihre Affäre begonnen hatte. Und sie hatte sich nie über seine Grobheit beschwert, falls er grob gewesen war. Er konnte sich nicht an Einzelheiten ihrer leidenschaftlichen Begegnungen erinnern, nur daran, daß sie ebenfalls in Eile stattgefunden hatten, denn die Angst vor Entdekkung war sehr groß gewesen. Damals war Ranulf erst fünfzehn Jahre alt und über beide Ohren verliebt gewesen. Als er wieder klare Gedanken fassen konnte, war es zu spät für ihn, unter der süßen Schale den durch und durch verdorbenen Kern zu erkennen.

Vernunftmäßig wußte Ranulf, daß es unfair war, alle Damen mit dieser Hure Anne zu vergleichen, und trotzdem tat er es. Was seine Frau anging, so war sie durch die Information über seine Jugendzeit gewarnt, und sie hatte auch eine Kostprobe seines Benehmens erlebt, ehe sie sich für ihn entschied. Ein Mann lernt durch Vorbilder, und sein Vorbild war zuerst der Schmied, sein Stiefvater, gewesen, dann Montfort – beides Männer, die sich an Grobheit überboten und immer gleich zuschlugen. Walter hatte versucht, ihm andere Beispiele zu geben, und ihn wegen seines Mangels an Höflichkeit heftig verspottet, doch Walters eigene gute Sitten gingen während der Jahre bei Montfort beinahe verloren.

Ranulf war ein Produkt seiner Erziehung. Wenn das seiner Frau nicht paßte, mußte sie die Erfüllung ihrer Wünsche anderswo finden...

Dieser Gedanke fraß sich tief in Ranulfs gute Stimmung. Es würde kein ›Anderswo‹ geben, nicht für Reina. Die Lady hatte sich an ihn gehängt und würde ihre Ansprüche entsprechend herunterschrauben müssen. Aber vermutlich konnte er die Behandlung, die sie bisher von ihm erfahren hatte, nicht als sanft bezeichnen.

Seit der ersten Begegnung hatte er Reina auf den Boden fallen lassen, hatte sie gefesselt und in ein Leintuch gewikkelt, Getreidesäcke auf sie werfen lassen – und Gott allein wußte, auf welche Art er sie in der Hochzeitsnacht genommen hatte, denn er war zu betrunken gewesen, um sich zu erinnern. All das verdiente sie nicht, und was würde es ihn kosten, wenn er sich weniger ›viehisch‹ benahm? Ja, ›viehisch‹ war das Wort gewesen, das sie benutzt hatte.

Er konnte es wenigstens versuchen, so zu sein, wie sie es sich wünschte. Zur Belohnung würde es die Annehmlichkeiten geben, die Walter erwähnt hatte. Und Reina hatte ihm so viel geschenkt, mehr, als er erwartet hatte, je zu besitzen. Er würde einen Versuch wagen.

24

Reina hatte ihre gute Laune wiedergefunden, als sie die erste Zugbrücke von Clydon überquerten. Wenigstens ihre Gäste hatten sich amüsiert, wenn bei ihr auch das Gegenteil der Fall gewesen war. Die Leute waren noch immer sehr fröhlich. Die Rückkehr hatte rechtzeitig stattgefunden, so daß man sich vor dem nächsten Festmahl noch erfrischen konnte. Die meisten Teilnehmer wollten am Nachmittag in ihre heimatlichen Gefilde aufbrechen. Dann konnte Clydon wieder zur normalen Tagesordnung übergehen, was eine willkommene Erleichterung bedeuten würde.

Gewöhnlich liebte Reina die Gesellschaft und bestand darauf, daß ihre Gäste möglichst lange blieben. Diesmal war es anders. Sie brauchte ein wenig Einsamkeit, um sich an die drastische Veränderung in ihrem Leben zu gewöhnen. Sie dachte sogar daran, ihren Gatten für eine Weile wegzuschicken, aber dazu brauchte sie sein Einverständnis.

Doch sie sollte ihre Gäste nicht so schnell loswerden; sie bekam sogar noch einen dazu, wie sie feststellte, als sie inmitten der Jagdgenossen die Halle betrat. John de Lascelles erhob sich von der Bank vor dem Kamin, wo er sich mit Lady Elaine unterhalten hatte, und kam auf Reina zu.

Ihre eigenen Schritte verlangsamten sich. Bei seinem Anblick empfand sie zuerst nur kalten Zorn, denn momentan war sie mit ihrer Gattenwahl nicht zufrieden, und

John hätte die kürzlichen Ereignisse verhindern können, wenn er nur eine Woche früher gekommen wäre. Eine verfluchte Woche! Dann verspürte sie Zerknirschung. Durch die Übernahme der Ländereien seines Bruders hatte John eigene Sorgen. Sie konnte ihn nicht für die ihren verantwortlich machen, so gern sie einen Sündenbock gefunden hätte. Und sie vergaß, daß *sie* sich Ranulf ausgesucht hatte, aus wichtigen Gründen – gewiß. Es war eben ihr Unglück, daß sie anfing, ihren Ehemann persönlich abzulehnen.

Von diesen Gefühlen abgesehen war Reina froh, ihren alten Freund wiederzutreffen, denn es war über ein Jahr her, seit er Clydon zuletzt besucht hatte. Inzwischen war er noch schmaler geworden und sah ein wenig blaß aus, doch sonst war er der gleiche wie früher. Seine grünen Augen enthüllten noch immer einen sanften Charakter und strahlten Wärme sowie Entzücken aus, Reina zu sehen. Auch sie brachte ein liebevolles Lächeln zustande und erwiderte seine kurze Umarmung.

»Lady Elaine sagte mir, Glückwünsche seien angebracht, Reina. Die Dringlichkeit, die Sie in Ihrem Brief andeuteten, hieß wohl, ich solle Ihrer Hochzeit beiwohnen?«

Reina akzeptierte dankbar diese Auslegung. »So ist es! Ich hatte mir von Herzen gewünscht, Sie könnten teilnehmen.«

Sie bereute sofort die Wahl ihrer Worte, als sie deren Doppelsinn erkannte, und sah, wie Theo die Augen rollte. Simon und Guiot wandten sich ab, um ihren Gesichtsausdruck zu verbergen.

Aber was sonst hätte sie sagen können? John wäre sicher von der Idee begeistert gewesen, Reina zur Frau zu bekommen, zumal die Macht, die hinter Clydon steckte, seine momentanen Schwierigkeiten gemildert hätte. Ihm nun, da es zu spät war, zu sagen, daß sie ihn hatte heiraten wollen, hätte ihn nur unnötig verbittert.

»Warum die Geheimhaltung, Reina? Warum haben Sie sich in Ihren Briefen nicht deutlicher geäußert?«

»Wie? Ach, so! Ich hatte Probleme mit einem Nachbarn, der meine Botschaften abfing«, erklärte sie ausweichend. »Er wollte mich ebenfalls heiraten.«

»Lord Falkes, vermute ich, doch darüber können wir später reden. Sagen Sie mir, welcher dieser edlen Herren der glückliche Lord ist, der Sie gewonnen hat.«

Er schaute hinter sie und sah in Gesichter, die er nicht kannte. Himmel, wie konnte sie Ranulf vergessen haben, wenn auch nur für einen Augenblick?

Sie drehte sich um und stellte fest, daß er direkt hinter ihr stand, so nahe, daß ihre Nase an seine harte Brust stieß. Verflixt! Hatte auch er ihre ›zweideutigen‹ Worte gehört? Sie verrenkte den Hals, um ihm ins Gesicht zu blikken, und bemerkte, daß seine Züge nur Neugierde ausdrückten. Da wurde ihr bewußt, daß er nicht ahnte, wer John war. Vielleicht würde er seinen Namen auch nicht erkennen, wenn er ihn erst einmal gehört hatte.

Reina stellte die Männer einander vor und hoffte, sie gleich wieder trennen zu können, doch das ging nicht so leicht. Sie war sich nicht sicher, was sie eigentlich von Ranulf erwartet hatte – möglicherweise, daß er John anfeindete, weil er in ihm einen Rivalen sah. Er hob jedoch nur die goldenen Augenbrauen, und Reina hatte das deutliche Gefühl, daß sich unter der Maske seines ausdruckslosen Gesichts Amüsement verbarg.

»Wo habe ich diesen Namen schon gehört?« fragte er Reina.

»*Ich* habe ihn einmal erwähnt«, erwiderte sie knapp und wandte sich an John: »Kommen Sie mit mir. Ich werde dafür sorgen, daß Sie sich ein bißchen frisch machen können, ehe wir uns zu Tisch begeben. Sir Henry ist heute morgen abgereist, deshalb können Sie sein Zimmer haben.«

Sie zog John mit sich fort, ehe Ranulf noch etwas zu sagen vermochte. Er wußte Bescheid, der Halunke! Aber was fand er so amüsant? Johns Körpergröße entsprach eher der ihren und nicht der von Ranulf. John war auch nicht so breit in den Schultern oder so muskulös, und seine Gestalt wirkte mager. Aber John war freundlich und sanft, und *er* hätte Reina nicht zum Beischlaf in den Wäldern gezwungen.

Als sie in die Halle zurückkehrte, hörte sie das dröhnende Gelächter ihres Mannes. Er stand bei seinen Freunden, Walter, Searle und den anderen, und Reina errötete vor Ärger. Sie vermutete, daß er auf Kosten des lieben John einen Witz gerissen hatte. Das mochte sie nicht hinnehmen, und sie marschierte voller Zorn mitten in die Gruppe hinein.

»Ich würde gern ein Wörtchen mit Ihnen reden, mein Lord.«

»Als der kleine General oder als meine Frau?«

Das sollte wahrscheinlich ein Scherz sein, doch da Ranulf nie zuvor mit Reina gescherzt hatte, nahm sie es nicht als solchen. Außerdem war ihr nicht zum Scherzen zumute.

Sie funkelte ihren Gatten böse an, doch er rührte sich nicht, um mit ihr zu gehen. Da blickte sie jedem seiner Kumpane herausfordernd ins Gesicht, bis die Begriffsstutzigen endlich kapierten und sich entfernten.

»Das war überflüssig, meine Lady«, sagte Ranulf mit lachenden Augen. »Ich habe keine Geheimnisse vor ihnen.«

Warum sie nun errötete, wußte sie nicht. Er würde den Burschen wohl nicht erzählen, was er mit ihr machte – oder doch? Nein, das würde er nicht, denn damit konnte er, weiß Gott, nicht prahlen.

»Ich bin froh, daß Sie Freunde haben, mit denen Sie Gedankenaustausch pflegen können. Auch ich habe Freunde, aber ich teile *nicht* alles mit ihnen. Drücke ich mich klar genug aus, mein Lord?«

»Nicht unbedingt.«

Dieser wohlerwogene Eigensinn veranlaßte Reina, mit den Zähnen zu knirschen, denn Ranulf wußte genau, was sie meinte. Sein Grinsen verriet ihn.

»Dann will ich es Ihnen unmißverständlich erklären. Lassen Sie Lord John keinesfalls, auch nicht andeutungsweise wissen, warum ich ihn hergerufen habe. Es gibt keinen Grund, warum er das jetzt erfahren sollte – und hundert Gründe dagegen. Was aber noch wichtiger ist: Ich *will*, daß er es weiß.«

»Und wenn ich Ihre diesbezüglichen Wünsche mißachte?«

Ihre Augen verengten sich zu zornigen Schlitzen. »Wenn Sie mich kränken wollen, dann tun sie es! Das ist, natürlich, Ihr Vorrecht. Aber gleiches wird mit gleichem vergolten, und ich finde Mittel und Wege, Ihnen jedes Ungemach heimzuzahlen.«

Im Augenblick war ihr seine Reaktion egal. Doch anstatt sich über ihre Drohung zu ärgern, lachte er.

»Ich bezweifle nicht, daß Ihnen etwas Scheußliches einfallen würde, um mich zu bestrafen, Reina. Aber Sie brauchen sich wegen Ihres kleinen Freundes keine Sorgen zu machen. Solange Ihre Halbwahrheiten und Täuschungsmanöver kein Unheil anrichten, werde ich Sie niemals als die süße Lügnerin entlarven, die Sie sind.«

Sie war zu verblüfft, endlich ihren Namen aus seinem Mund zu hören, um den Rest seiner Worte sofort zu begreifen. Dann wurde ihr der Sinn seiner Bemerkung bewußt. Ranulf hatte ihr partnerschaftliche Unterstützung zugesagt, nicht nur für den Augenblick, sondern auch für die Zukunft, wenn diese Unterstützung notwendig war. Das hatte Reina nicht von ihm erwartet. War es wirklich sein Ernst?

Ob ja oder nein, jedenfalls hatte er es gesagt, noch dazu auf ihre freche Drohung hin, und Reina senkte den Blick mit einem unangenehmen Gefühl der Scham. Und dieses

Gefühl steigerte sich noch durch die Erkenntnis, daß Ranulf sie, Reina, irgendwie auf sein Niveau der Grobheit herabgezogen hatte.

Es war nicht ihre Art, so reizbar und aufbrausend zu sein. Sie wußte, daß der Vorfall im Wald schuld daran war, doch warum, konnte sie sich nicht denken. Aber das sah sie nicht als Entschuldigung, ihrem Mann seine gute Stimmung zu verderben, besonders nicht, während sie Gäste hatten, die keinesfalls Zeugen eines Streites werden durften.

Zerknirscht und mit gesenktem Kopf sagte sie: »Dafür danke ich Ihnen, mein Lord.«

»Nein, ich kann keinen Dank akzeptieren für etwas, das Ihnen zusteht, wie ich Ihnen auch nicht danke für das, was mir gehört.«

Ihr Blick hob sich, und ein argwöhnisches Schimmern lag darin. Doch Ranulfs Lächeln verriet ihr, daß sie ihren Mann nicht mißverstanden hatte. Er erinnerte sie daran, ohne es direkt auszudrücken, daß er jedes Recht besaß, sie im Wald oder sonstwo zu nehmen, wenn er Lust danach verspürte. Ihre Zerknirschung verflog auf der Stelle.

Doch ehe sie eine passende Belehrung vorbringen konnte, was sie über seine Rechte dachte, ging er zu einem anderen Thema über. »Aus reiner Neugierde möchte ich Sie fragen, ob Sie tatsächlich eine Heirat mit diesem kleinen...«

»Sprechen Sie es nicht aus!« stieß sie heftig hervor. »Wie können Sie es wagen, einen Mann nach seiner Erscheinung zu beurteilen?«

»Seine Erscheinung sagt mir, daß ich ihn mit einem tiefen Atemzug umblasen könnte.«

Sie fuhr hoch, denn seine Augen lachten schon wieder. »Glauben Sie? John mag nicht viele Turniere gewinnen, aber das heißt nicht, daß er nicht mit einem Schwert umgehen kann oder flinker ist als manches größere Ungeheuer.«

»Ich will es auf einen Versuch ankommen lassen.«

Ihre Brauen hoben sich zu spöttischen Strichen. »Um Ihren Atem gegen sein Schwert zu richten?«

Er schnaubte. »Das habe ich nicht gemeint.«

»Natürlich nicht. Aber wagen Sie es, an meiner Hochzeitsfeier Ihr Schwert zu einem anderen Zweck zu benutzen als ein Stück Fleisch zu schneiden, dann werden sie – wie jeder beliebige Narr – Ohrfeigen von mir beziehen.«

»Denken Sie, daß Sie meine Ohren erreichen können?«

Sie hätte wissen müssen, daß er unritterlich genug war, um die Herausforderung einer Dame anzunehmen. »Mit Hilfe eines Stuhles, wenn es sein muß.«

Er lachte. »Wenn ich in der Nähe bin, brauchen Sie keine Stühle.«

Sie sprang zurück, als er nach ihrer Taille griff, um es ihr zu beweisen. Mit einer Hand wehrte sie ihn ab und warf einen Blick in die Runde, ob sie bei diesem lächerlichen Theater beobachtet wurden. Daß das nicht der Fall zu sein schien, beruhigte sie keineswegs.

»Jesus, heute kann man nichts mit Ihnen anfangen, und ich habe Besseres zu tun, als mit Ihnen meine Zeit zu verschwenden.«

»Reina?«

Sie hatte sich schon abgewendet, doch nun drehte sie sich um. Sie war bereit, ihn mit einem kleinen Temperamentsausbruch zu überraschen, doch sie öffnete nur den Mund, da sie nicht gleich erkannte, was Ranulf ihr zuwarf.

»Ich glaube, das gehört Ihnen«, meinte er mit trügerischer Sanftheit. »So etwas sollten Sie nicht herumliegen lassen! Es könnte Männer auf dumme Ideen bringen.«

Sie blickte sprachlos auf das Kleidungsstück in ihrer Hand und atmete keuchend ein, während sich eine glühende Röte über ihr Gesicht ergoß. Entsetzt stopfte sie das Höschen in ihren weiten Ärmel, warf ihrem Gatten einen vernichtenden Blick zu und schlüpfte hinaus, ehe jemand merkte, wie sie zusammengeschrumpft war. Sie hatte das Gefühl, in einem Mauseloch verschwinden zu müssen.

25

In der Abenddämmerung zeigte eine düstere Wolkenbank den bevorstehenden Regen an, doch Reina schaffte es, zum Wohntrakt zurückzukehren, ehe die ersten Tropfen fielen. Sie hatte den Rest des Nachmittags im Dorf verbracht und sich um die Kranken und Verwundeten gekümmert, die sie in der vergangenen Woche vernachlässigt hatte. Normalerweise besuchte sie alle paar Tage für ein bis zwei Stunden das Dorf, wenn nicht jemand ernsthaft erkrankt war, was glücklicherweise momentan nicht zutraf.

Die Schwester des Bäckers war wieder schwanger und benötigte einen neuen Vorrat an Malven für Tee. Der alte Delwyn brauchte Gichtkraut für seine geschwollenen Gelenke. Die Rote Alma, die Dorfhure, war beim Melken von ihrer Kuh getreten worden, und die kleine Verletzung hatte sich zu einer bösen Infektion entwickelt. Reina überließ der Frau genügend Schachtelhalm für mehrere Anwendungen und außerdem die Schönheitssalbe aus Schlüsselblumen, die Alma ihr immer entlockte, um ihre Sommersprossen zu behandeln. Es gab die üblichen Erkältungen, Halsentzündungen und Fieberschübe; ein Hundebiß mußte versorgt, einige Wurmerkrankungen bekämpft werden. Da Reina schon einmal dabei war, mischte sie für sich selbst einen Extrakt aus süßen Veilchen, der einen beruhigenden Effekt besaß.

Sie blieb viel länger, als sie gebraucht wurde. Bei ihrer Geschicklichkeit waren nie mehr als zwei Stunden nötig, um jeden zu versorgen. Diesmal zog sie ihre Besuche in die Länge; sie beantwortete die vielen Fragen, die den neuen Herrn betrafen, und zögerte die Rückkehr hinaus. Das geschah aus reiner Feigheit – das beschönigte Reina nicht vor sich selbst. Sie war feige genug, ihre Gäste für den Rest des Tages allein zu lassen, ohne einen Hauch von Gewissensbissen zu verspüren.

Wer sollte sie deshalb verurteilen? Das Essen war spät aufgetragen worden, weil sie sich nur zögernd in die Halle zurückbegeben hatte. Jedesmal, wenn Ranulfs Blick auf ihr geruht hatte, war ihr von neuem die Röte ins Gesicht gestiegen, da Reina wußte, daß ihr Mann sie insgeheim auslachte. Sie glaubte, die Demütigung niemals überwinden zu können, daß sie einen sehr wesentlichen Teil ihrer Kleidung nicht vermißt hatte. Doch *er* hatte es gewußt, dieser Teufel, dieser Ausbund an geschmacklosem Humor!

Sie war baldmöglichst geflohen und zögerte auch jetzt noch zurückzukehren. Sie konnte nur hoffen, daß ihr Mann weggegangen war, daß Simon ihrem Wunsch entsprochen und Ranulf mit sich genommen hatte.

Sie sah, daß Aylmer sie beobachtete, als sie am Fuß der Treppe des Vorgebäudes vom Pferd stieg und einem Stallburschen die Zügel reichte. Daß der Junge nicht, wie gewöhnlich, auf sie zulief, um sie zu begrüßen, erinnerte sie daran, daß sie sich lange nicht um ihn gekümmert hatte – tatsächlich nicht mehr seit de Rocheforts Angriff. Allerdings hatte sie viele ihrer Pflichten den anderen Damen übertragen, um mehr Zeit für ihre Gäste zu haben.

Der Junge saß mit dem Rücken zur Wand auf der Seite eines Vorratsschuppens. Als er merkte, daß sie ihn gesehen hatte, drehte er den Kopf weg. Da wußte sie, daß wirklich etwas nicht stimmte. Anstatt Aylmer zu sich zu rufen, ging sie langsam über den Hof, denn sie war immer noch nicht in Eile, obwohl die ersten Tropfen fielen. Nun bemerkte sie, daß der Junge Gesellschaft hatte. Lady Ella lag zusammengerollt in seinem Schoß.

Reina erwähnte die Katze nicht, sondern fragte: »Gehst du mir aus dem weg, Aylmer?«

Er sah sie nicht an. »Sie waren beschäftigt, meine Herrin.«

»Stimmt.«

Reina hockte sich neben ihn. Die schmale, überhängende Dachkante bot keinen Schutz vor dem Regen, also achtete die junge Frau – ebenso wie das Kind – nicht auf die Nässe. Warum allerdings die Katze nicht davonlief, schien ein Rätsel. Das Vieh war ebenso dumm wie häßlich.

Reina sagte forschend: »Denkst du, daß sich durch meine Heirat etwas ändert?«

»Ändert sich denn nichts?«

Er sah sie immer noch nicht an, doch er konnte seine düstere Stimmung nicht geheimhalten. Reina wußte nicht, was ihn quälte, doch sie hatte eine Idee.

»Bald geht alles wieder seinen normalen Gang«, versicherte sie. »Der einzige Unterschied besteht darin, daß Clydon wieder einen Herrn hat und mehr Männer uns beschützen. Findest du nicht, daß das gut für uns ist?«

»Wir kamen prima zurecht...«

»Nein, Aylmer, du weißt, daß das nicht stimmt. Sag mir jetzt, warum du hier draußen sitzt, wenn du in der Küche sein solltest, um beim Waffelbacken zu helfen.«

»*Er* kam in die Küche«, flüsterte das Kind.

»Er? Oh, *er* – so?«

»Ich rannte weg, und deshalb wird Aldrich mich auspeitschen, vor allem, weil er für die übrigen Gäste noch extra Waffeln backen muß.«

»Ich werde mit Aldrich reden«, sagte Reina. Dabei dachte sie, daß sie Aldrichs Ohren statt seiner Waffeln zum morgigen Mittagessen würde servieren lassen, falls sie herausfand, daß er den Jungen geschlagen hatte. »Aber du weißt, Aylmer, daß es verkehrt war wegzulaufen...« Sie hielt inne, denn sie hatte ja dasselbe getan.

»Lassen wir das. Manchmal hat man einen guten Grund, für eine Weile zu verschwinden. Warum bist du davongerannt?«

»Warum?« Er blickte sie nun voller Erstaunen an, als müsse ihr die Antwort klar sein. »Ich... ich wollte nicht, daß der Lord mich sieht. Ich hatte Angst, er würde mich wegschicken, wenn er meinen Fuß entdeckt.«

Reina stöhnte innerlich. Sie wollte die Arme um den Jungen legen und ihm versichern, das würde nie geschehen, doch wie konnte sie das? Er hatte recht. Manche Menschen reagierten verachtenswert auf Krüppel, als bedeuteten sie eine Bedrohung ihrer Unsterblichkeit, und Reina kannte Ranulf nicht gut genug, um in seinem Sinn zu sprechen.

Sie entschied sich für Logik und konnte nur hoffen, daß diese sich bewahrheitete. »Wenn er dich wegschicken würde, Aylmer, dann hieße das, er würde dich fürchten. Ich habe aber immer gehört, daß Riesen nichts und niemanden fürchten – ausgenommen vielleicht einen anderen Riesen.«

Der Versuch, den Jungen zu beruhigen, gelang nicht völlig. Anstatt erleichtert zu lächeln, dachte Aylmer kurz nach und grübelte über das soeben Gehörte. Außerdem gab es noch anderes, das ihn bekümmerte.

»Wenn er geht, dann zittert der Boden. Haben Sie keine Angst vor ihm, meine Lady?«

Sie konnte sich vorstellen, daß Ranulfs einschüchternde Größe einem kleinen Jungen Furcht einflößte. Gab es doch genügend Männer, denen es genauso erging.

»Wir müssen berücksichtigen, daß ein großer Mann gewöhnlich auch eine laute Stimme und einen schweren Schritt hat. Das bedeutet aber nicht, daß er böse oder grausam ist. Schau dir die Katze in deinem Schoß an. Würde sich ein böser Mann solch eine Kreatur als Lieblingstier halten?«

Aylmers Augen wurden rund. »Gehört die Katze ihm?«

»Ja, wem denn sonst?«

»Ich dachte, der Kater ist herrenlos und braucht Hilfe. Ich fand ihn, wie er um den Putzeimer in der Küche herumstrich, und wollte ihn vor einem Fußtritt des Kochs retten.«

»Das war lieb von dir, Aylmer. Aber der Kater ist eine Sie, und der Koch würde diese besondere Katze nicht treten. Er weiß, wem sie gehört.«

»Oh.« Der Junge blickte wieder düster vor sich hin.

Reina lächelte sanft. »Es ist jedoch wahr, daß die Kreatur jemanden braucht, der sich um sie kümmert. Magst du die Aufgabe übernehmen?«

Endlich grinste er. »Ja.« Dann wurde sein Gesicht wieder ernst. »Aber wird der Lord es erlauben?«

Reina konnte nur mit den Schultern zucken. »Ich werde ihn fragen. Doch jetzt laß uns hier weggehen, ehe es stärker regnet. Du kannst Lady Ella wieder in die Küche mitnehmen.«

»Heißt sie so?«

»Ja, ich finde, das ist ein blöder Name. Und, Aylmer, sag Meister Aldrich, daß er es mit mir zu tun bekommt, wenn er dich anrührt. Du mußt dich aber auch bei ihm entschuldigen, weil du ihn einfach im Stich gelassen hast.«

»Ja, meine Lady.«

Er humpelte davon, und Reina folgte ihm viel langsamer. Der Himmel war nun fast dunkel, aber sie hatte es noch immer nicht eilig, den Wohntrakt zu betreten. Man hatte wohl ohne sie mit dem Abendessen begonnen, wie es üblich war, wenn sie im Dorf aufgehalten wurde. Sie selbst hatte keinen Hunger. Sie war zu nervös, weil sie nicht wußte, ob ihr Mann da war oder nicht.

Das erfuhr sie jedoch, ehe sie die Halle betrat, denn sie wurde von Ranulf beinahe umgerannt, als er die Treppen herunterstürmte. Er trug seine Rüstung, war bewaffnet und erkannte Reina erst in der letzten Sekunde.

»Sie sind also noch hier, mein Lord.« Das war eine Feststellung, keine Frage, und Reinas Ton drückte Mißbilligung aus.

Er betrachtete sie wütend. »Wo sonst sollte ich sein? Was noch wichtiger ist: Wo waren Sie?«

»Im Dorf, müssen Sie wissen. Und wo Sie sein sollten... Simon erwähnte mir gegenüber, daß er mit Ihnen nach Forthwick reiten wollte, um Ihnen die Ländereien zu zeigen.«

»Das schlug er mir vor, aber ich lehnte ab. Ich finde es besser, erst mit Clydon vertraut zu werden, bevor ich mir Ihren übrigen Besitz anschaue.«

Er hatte völlig recht, doch das gab Reina nicht zu. »Und wohin gehen Sie jetzt?«

Ehe er antworten konnte, kam auch Walter die Treppe heruntergerannt, und Kenric folgte ihm auf dem Fuß. Fast hätte es einen zweiten Zusammenstoß gegeben, doch Walter hielt rechtzeitig an. Kenric war nicht so vom Glück begünstigt und stolperte, so daß er dem Freund einen kräftigen Stoß in den Rücken versetzte.

»Dann hast du sie also gefunden?« meinte Walter, nachdem er Kenric einen ärgerlichen Blick zugeworfen hatte. »Das war schnelle Arbeit.«

Ranulf brummte nur und streckte Reina den Arm entgegen, damit sie vor ihm die Stufen hinaufsteigen sollte. Sie war verwirrt, als sie die Bedeutung von Walters Worten erkannte.

»Demnach wollten Sie mich suchen?« fragte sie mit gedämpfter Stimme.

»Sie sind spät heimgekommen, Lady«, erwiderte Ranulf mürrisch. »In Zukunft werden Sie sich vor Einbruch der Dunkelheit in diesen Mauern einfinden.«

Reina lächelte vor sich hin. Wenn ihr Besuch im Dorf irgend etwas bewirkt hatte, so war es die Zerstörung von Ranulfs blendender Laune. Recht und gut. In diesem Fall war seine Verdrießlichkeit voraussagbar gewesen.

26

»Er war erst sechzehn, als er sich die ersten Sporen verdiente, doch das hatte man nicht anders erwartet, so, wie er damals schon das Schwert beherrschte.«

Reina war nicht überrascht, das zu hören. Ranulfs ritterliche Fähigkeiten in bezug auf das Schwert konnte niemand bezweifeln. Es waren seine ritterlichen Manieren, oder vielmehr deren Fehlen, was ihr zu denken gab.

Während sie Walters Erzählungen von dem Kampf lauschte, in dem Ranulf schon in so frühen Jahren zum Ritter geworden war, beobachtete sie ihren Mann, der am gegenüberliegenden Ende der Halle mit seinen beiden Knappen sprach. Sie war nicht die einzige, die ihn beobachtete. Es schien, als hätten auch alle ihre Damen einen Grund, in diese Richtung zu blicken. Sie seufzte unhörbar. Einen Ehegatten zu haben, der so vielen Frauen gefiel, konnte nur Probleme heraufbeschwören. Nicht für sie selbst, natürlich, sondern für diese armen Frauen.

Sie hatte nie erwartet, ihren Mann zu lieben. Sie hatte gehofft, in Frieden mit ihm zu leben, ihn zu respektieren, sich auf ihn verlassen zu können. Die Erfüllung nur eines dieser Kriterien war nicht ausreichend.

Doch sie war unfair und voller Vorurteile. Sie kannte Ranulf immer noch nicht gut genug. Sie hoffte, daß es Gründe dafür gab, daß er so war, wie er war. Deshalb hatte sie Walter zu sich gerufen. Er sollte ihr von ihrem Mann erzählen. Und sie hatte recht. Es gab Gründe.

Sie hatte bereits erfahren, daß seine Kindheit sehr hart gewesen war. Er war ohne die Fürsorge einer Frau aufgewachsen, in Abhängigkeit von den Launen und schweren Fäusten eines brutalen Mannes, und wegen seiner Unehelichkeit sowohl von den Adeligen als auch von den Bauern gemieden. Es war kein schönes Bild, das Walter für Reina malte. Dann hörte sie noch von Lord Montfort, der Ranulfs Los nicht verbesserte, denn mit ihm tauschte der junge Riese nur einen flegelhaften Meister gegen den anderen ein.

»Sie hören mir nicht zu, meine Lady.«

Sie errötete leicht und schenkte Walter ein verlegenes Lächeln. »Geschichten von Schlachten und vergossenem Blut haben mich nie sehr gefesselt. Erzählen Sie mir lieber, warum Ranulf Damen von Rang nicht leiden kann.«

»Wie kommen Sie darauf...«

»Versuchen Sie nicht, Ausflüchte zu machen, Herr, oder läßt Ihr Gedächtnis Sie im Stich? Von Ihnen selbst weiß ich, daß er Damen nicht mag – Sie sagten es, als Sie mir eine Heirat mit ihm empfahlen. Ich sehe, daß Sie sich jetzt erinnern. Also erzählen Sie mir, was ihn vermutlich gegen adelige Damen aufgewiegelt hat.«

Walter wand sich ungemütlich. »Er wird nicht wollen, daß Sie das erfahren.«

»Aber Sie werden es mir in jedem Fall erzählen.« Ihre Stimme war weich wie Seide, ihr Gesichtsausdruck jedoch unerbittlich. »Wegen Ihrer glatten Zunge bin ich mit einem Mann verheiratet, von dem ich nicht einmal weiß, ob ich ihn überhaupt mag. Sie schulden mir eine Auskunft, Sir Walter.«

Nun errötete Walter schuldbewußt. »Er wird mich töten, wenn ihm zu Ohren kommt, daß ich es Ihnen verraten habe.«

»Das werde ich mir merken.«

Ihr Ton war kein bißchen beruhigend, er schien eher anzudeuten, daß sie sich an diese Voraussage erinnern würde, sollte sie Walter einmal loswerden sollen. Aber Walter zuckte die Schultern. Das letzte, was er sich wünschte, war, daß Reina ihren Mann haßte – und das konnte leicht passieren, wenn sie ihn nicht besser verstand. Und wenn Ranulfs Vergangenheit an ihr weibliches Herz rührte, würde Walter seinem Freund keinen schlechten Dienst erweisen.

»Also gut«, sagte Walter. »Aber zuerst müssen Sie

wissen, daß Ranulf immer Schwierigkeiten mit Frauen hatte.«

Reina schnaubte. »Mit diesem Gesicht?«

Er sah sie stirnrunzelnd an. »Wegen dieses Gesichtes. Vielleicht würden manche Männer ihre Seele verkaufen, um so wie er auszusehen, aber Ranulf war nie dankbar für seine Schönheit. Abgesehen davon, daß er das Ebenbild seines Vaters ist, dessen Namen man vor ihm nicht einmal erwähnen darf, wurde er schrecklich gehänselt, als er nach Montfort kam.«

»Aber das ist unter Jungen doch normal.«

»Ja, und er nahm es auch lässig hin, in der Vermutung, daß er eben etwas mehr als die anderen aufgezogen würde – bis zu dem Tag, als er sein eigenes Spiegelbild sah. In diesem Dorf gab es keine Spiegel, auch keine klaren Tümpel, die ein Bild zurückgeworfen hätten. Ranulf wußte nicht, wie er aussah. Aber dann hielt ihm einer der älteren Knappen von Montfort eines Tages aus reiner Bosheit einen Spiegel vors Gesicht, um Ranulf zu zeigen, daß er das ›hübsche Mädchen‹ war, als das man ihn immer voller Spott bezeichnete.«

»Und er war entsetzt«, mutmaßte Reina.

»Ja. Er verprügelte den Burschen kräftig, der ihn so rücksichtslos ›aufgeklärt‹ hatte. Danach wurde er nicht mehr viel verhöhnt, aber nun wußte er auch, warum ihm die Mädchen nachliefen, und es stieß ihn ab. Er hatte gedacht, sie würden in ihm einen Freund sehen. Jetzt war ihm klar, daß nur sein Äußeres sie anlockte.«

»Erwarten Sie von mir, Ihnen zu glauben, daß ihn das nicht entzückte?«

»Nicht in seinen jungen Jahren, Lady. Sie kamen zuhauf, Milch-, Küchen- und Zimmermädchen. Sie kicherten und störten uns im Übungshof. Und die Ritter, die uns trainierten, wußten, wem ihr Interesse galt. Sie schliffen Ranulf härter und länger als den Rest von uns.«

»Aber als er älter war...«

»Oh, er nahm alle Weiber, die sich ihm an den Hals warfen, das dürfen Sie mir glauben. Doch er machte sich nicht vor, daß die Huren etwas anderes wollten, als ihren Freundinnen gegenüber mit der neuen Eroberung prahlen – bis Lady Anne ihn entdeckte. Aber zuerst kam Lady Montfort.«

»Die Frau des Lords?«

»Ja, eine Dame, die ihre Blütezeit schon hinter sich hatte, versuchte, einen Jungen von fünfzehn Jahren zu verführen. Es war lächerlich. Doch die Lady empfand das nicht so, als er sie verschmähte. Sie war wütend und rettete ihren Stolz, indem sie als kleine Rache ihrem Mann erzählte, Ranulf habe sich an ihr vergehen wollen. Ranulf wurde vor den Peers des Lords ausgepeitscht.«

Reina furchte die Stirn. »Hat er sich verteidigt?«

»Oh, keiner glaubte ihre Anklage, nicht einmal Montfort. Aber man kann die Frau eines Lords nicht als Lügnerin bezeichnen, deshalb wurde Ranulf bestraft. Die Angelegenheit machte Lady Anne, das Mündel von Montfort, auf ihn aufmerksam. Sie war nur ungefähr ein Jahr älter als Ranulf und ein reizendes Ding, mit einem Lächeln, das einen ganzen Raum erhellte, und Augen wie...«

»Werden Sie nicht poetisch, Sir«, meinte Reina mit leisem Widerwillen. »Sie war also schön – das können Sie doch sagen.«

Walter grinste dümmlich. »Ja, sie war wirklich sehr schön, und jeder Page, Edelknabe und Ritter war ein bißchen verliebt in sie.«

»Sie selbst inbegriffen?«

Er zuckte mit den Schultern. »Doch als Lady Anne Ranulf sah, hatte sie keine Augen mehr für irgendeinen anderen – jedenfalls erschien es so. Sie schlich sich in sein Gemach, als er wegen der Auspeitschung ans Bett gefesselt war, und zu dieser Zeit begann ihre Affäre. Wie Sie sich vorstellen können, war er völlig betört, und er glaubte dasselbe von ihr.«

»Falls Sie jetzt behaupten wollen, daß ein gebrochenes Herz seine Abneigung verursachte...«

»Ich wünschte, das wäre es gewesen, Lady, aber wenn Sie nicht geduldig genug sind, mir zuzuhören...«

Hatte ihre Stimme vielleicht intolerant geklungen? Was war los mit ihr? Nun, sie lauschte Geschichten, die von ihrem Mann und anderen Frauen handelten. Sie hatte diese Geschichten doch hören wollen.

»Fahren Sie fort, Sir Walter, und ich werde mich bemühen, meine voreiligen Schlüsse zurückzuhalten.«

Da dies einer Entschuldigung wegen der Unterbrechung gleichkam, nickte er, und sein Gesicht wurde so ernst, wie sie es noch nie gesehen hatte. »Die Leidenschaft der beiden füreinander dauerte monatelang, doch unvermeidlich kam der Tag, da die Verbindung Früchte trug. Lady Anne beichtete Ranulf, daß sie ein Kind erwarte.«

Reina war nicht sonderlich überrascht. Es hätte sie mehr gewundert, wenn ihr Mann keinen illegitimen Nachwuchs gezeugt hätte. Daß er es mit einer Lady getan hatte, war nicht so alltäglich, aber auch nicht ganz und gar außergewöhnlich. Sein adliger Halbbruder war ein Beispiel dafür.

Ohne Mißbilligung fragte sie: »Haben sie geheiratet?«

»Nein. Er wollte es unbedingt. Er war vernarrt in Anne. Er wollte sein Kind. Aber Anne wollte ihn nicht. Oh, sie ließ ihn noch eine Weile zappeln und dachte sich eine Entschuldigung nach der anderen aus, warum sie Lord Montfort noch nichts von einer geplanten Hochzeit sagen sollten. Aber Ranulf ließ nicht locker, und schließlich gab sie dem Druck nach. Sie konfrontierte Ranulf mit der Wahrheit: Sie beabsichtige nicht, einen besitzlosen Knappen zu heiraten – unter keinen Umständen. Sie besaß ein Landhaus, aber Montfort hatte ihr versprochen, ihr aufgrund ihrer Schönheit einen reichen Mann zu besorgen, und das war alles, was sie sich wünschte. Sie lachte, als Ranulf von ihrer gegenseitigen Liebe sprach, und erklärte, in ihren

Augen sei Reichtum das einzig Liebenswerte auf der Welt.«

»Das war nicht sehr diplomatisch von ihr«, meinte Reina trocken. Sie ärgerte sich, weil sie einen stechenden Schmerz des Mitgefühls für den jungen Ranulf empfand. »Und das Kind?«

»Lady Anne kehrte auf ihren Landsitz zurück, um dort zu gebären. Als Ranulf die Enttäuschung überwunden hatte, stellte er fest, daß er das Kind immer noch für sich haben wollte, ganz gleich, wie schwierig es für ihn sein würde, es großzuziehen. Nur konnte er nicht herausfinden, wohin Anne gegangen war, und als er sie endlich aufspürte, hatte sie das Kind längst auf die Welt gebracht und sich erholt. Sie lebte mit ihrem neuen Ehemann im Norden.«

»Hatte sie das Kind mitgenommen?« fragte Reina zweifelnd.

»Nein. Sie gab es einer Familie in ihrem kleinen Dorf und wollte nichts mehr damit zu tun haben.«

Reina zog wieder ihre eigenen Schlüsse. Sie dachte an Kenric und Lanzo, Ranulfs Knappen. Kenric war zu alt, um der uneheliche Sohn zu sein, aber vielleicht Lanzo...

Walter jedoch war noch nicht fertig mit seiner Geschichte. »Ich begleitete Ranulf in ihr Landhaus. Er war glücklich, daß sie das Kind weggegeben hatte, und glaubte, es mit ein paar Münzen von den Bauern kaufen zu können. Die Familie war leicht zu finden. In dem Dorf gab es keine Geheimnisse.«

»Warum habe ich das Gefühl, daß ich den Rest des Berichtes nicht gern hören werde?« meinte Reina unsicher, als sie sah, wie sich Walters Gesicht verfinsterte.

»Vielleicht sollte ich nicht fortfahren.«

»Doch. Ich muß jetzt alles wissen, ob es gut ist oder schlimm.«

»Die Familie, der die Lady ihr Kind kurz nach der Geburt überlassen hatte, war die ärmste im Dorf und zudem die größte – mit bereits sieben Kindern. Anne wußte das. Die Leute hatten protestiert, sie könnten kein Baby mehr gebrauchen, doch die Lady zwang sie dazu, es zu nehmen. Innerhalb von zwei Monaten war das Kind verhungert.«

»Oh, Gott!« wisperte Reina.

Walter sah sie nicht an, sondern fuhr leise fort. »Damals hatten Ranulf und ich unseren einzigen ernsthaften Streit. Er wollte die ganze Familie umbringen und das Dorf niederbrennen. Das konnte ich nicht zulassen. Die Leute waren nicht schuld. Sie waren der elendeste Haufen, den wir je gesehen hatten, und selbst am Verhungern. Einer der Diener in Lady Annes Haus gab später zu, daß seine Herrin bei einer eventuellen Rückkehr das Kind nicht mehr lebend sehen wollte. Die Lady hatte ihren Willen bekommen.«

Reina schloß die Augen. Sie konnte ein paar Sekunden lang nichts sagen. Sie wünschte, sie wäre nicht so neugierig gewesen. So etwas hatte sie nicht hören wollen. Gütiger Gott, Kinder waren die einzig wirklich Unschuldigen auf dieser Welt. So viele starben aus natürlichen Gründen, aber dieser Tod war unnatürlich, beabsichtigt. Welche Frau war zu so einer Tat fähig, wenn es einfach für sie gewesen wäre, das Kind in einer ordentlichen Familie aufwachsen zu lassen?

»Was... was war es, ein Mädchen oder ein Junge?«

»Ein Mädchen, kräftig und gesund bei der Geburt, deshalb dauerte es auch so lange, bis...«

Reina gebot ihm mit einer Handbewegung Schweigen, ehe sie zu weinen begann. Sie spürte, wie sich Tränen in ihren Augen bildeten, und hielt sie zurück, indem sie das Schreckliche aus ihren Gedanken verbannte. Das alles hatte nichts mit ihr zu tun. Oder doch? Es war ihrem Mann geschehen, und er litt noch darunter, also mußte es auch sie berühren. Aber es war nicht fair von ihm, alle Frauen für das verantwortlich zu machen, was ihm ein herzloses Weib angetan hatte.

»Wir wollen das einmal realistisch betrachten«, sagte sie, und es gelang ihr, einen beherrschten, wenn auch etwas traurigen Ton anzuschlagen. »Diese Ereignisse liegen elf oder zwölf Jahre zurück.«

»Acht«, korrigierte er.

Sie wurde aus ihren Überlegungen gerissen. »Ich dachte, Ranulf sei älter.«

»Wegen seiner Größe sah er immer älter aus, aber er ist erst dreiundzwanzig, Lady.«

»Gut, auch acht Jahre hätten ausgereicht, ihn erkennen zu lassen, daß nicht alle Frauen gleich sind.«

»Wie würden Sie empfinden, wenn das Ihnen passiert wäre?» konterte Walter. »Lady Anne war süß und sanft. Sie hob nie die Stimme. Sie sagte nie ein böses Wort über irgend jemand. Ihre hemmungslose Geldgier und Gefühllosigkeit blieben allen verborgen. Glauben Sie, Ranulf könnte nach dieser Erfahrung je wieder dem gewinnenden Lächeln einer Dame trauen?«

»Aber wir sind doch nicht alle so schlecht.«

»Ich weiß das, aber es wird viel Mühe kosten, ihn davon zu überzeugen.« Dann gab er einen warnenden Laut von sich. »Lächeln Sie, er kommt zurück.«

»Sie müssen verrückt sein. Ich könnte jetzt nicht lächeln, wenn mein Leben davon abhinge. Und wenn ich es täte, würde er sich sowieso wundern. Ich bin heute nämlich nicht gut auf ihn zu sprechen. Haben Sie das nicht bemerkt?«

»Aber Sie werden ihm verzeihen?«

»Was Sie mir erzählt haben, erklärt nur sein Mißtrauen adligen Damen gegenüber«, entgegnete sie. »Es entschuldigt nicht sein bedauernswert flegelhaftes Benehmen.«

»*Das* kann man ändern, meine Lady, falls Sie sich die Mühe machen wollen.«

Sie hatte keine Zeit mehr zu einer weiteren Erwiderung, denn Ranulf nahm neben ihr auf der Bank Platz. Glücklicherweise gab Walter ihr Zeit, sich zu fassen, indem er Ranulf in ein kurzes Gespräch verwickelte. Dann verabschiedete er sich und ließ die beiden allein vor dem Kamin zurück.

Reina konnte ihren Mann noch nicht ansehen. Sie war über ihre Gefühle verwirrt und traute ihrer Stimme keine Festigkeit zu. Wer hätte gedacht, daß so ein Mensch ihr Mitleid erwecken konnte? Er schien so unverwüstlich zu sein, so unempfindlich zarten Regungen gegenüber – aber war er als Junge auch so gewesen? Dann entdeckte sie Eadwina am Ende der Halle, die Ranulf verträumte Blicke zuwarf, und vergaß alles andere.

»Habe ich Ihnen heute weh getan?«

»Wie bitte?«

»Heute im Wald?« fügte Ranulf hinzu. »Habe ich Ihnen weh getan?«

Es lag ihr auf der Zunge, ja zu sagen. Aber in Wirklichkeit hatte sie Ärger, Enttäuschung und Frustration gespürt, doch keinen Schmerz. Und Ranulf zu belügen, war nicht der richtige Weg, ihre Beziehung zu beginnen.

»Nein, das haben Sie nicht.«

»Sind Sie sicher?«

»Ja.«

»Würden Sie es mir sagen, wenn es anders wäre?«

Sie blickte ihn ungläubig an. Was war los mit ihm? Oder gab er ihr eine weitere Kostprobe seines seltsamen Humors? Jedenfalls hatte sie die Grenze ihrer Reizbarkeit überschritten.

»Wenn Sie mir weh täten, würde ich so laut schreien, daß Sie und jeder andere es wüßten – dessen können Sie sicher sein, mein Lord!«

Er betrachtete sie stirnrunzelnd. Vielleicht hätte er früher fragen sollen, aber sie war den ganzen Tag in keiner guten Stimmung gewesen.

»Wenn ich Sie übers Knie lege, Lady, ist es mir egal, wer es weiß – dessen können *Sie* sicher sein.«

Hatte sie Mitleid mit ihm gehabt? Sie mußte geistesgestört gewesen sein.

»Danke für die Warnung«, erklärte sie knapp und war im Begriff, sich zu erheben.

Seine Hand hielt sie zurück. »Ich wollte Sie nicht...« Er hielt inne, und seine Stirnfalten vertieften sich. »Warum sind Sie schon den ganzen Tag so grimmig?«

»Denken Sie darüber nach, dann wird Ihnen die Antwort einfallen.«

»Das habe ich bereits getan, und es ist mir keine Antwort eingefallen. Es wäre mir lieber, Sie würden mich aufklären.«

»Sehr gut.« Sie sah sich um, ob niemand lauschte, dann blickte sie in die eindringlichen, veilchenfarbenen Augen ihres Mannes. »Ich hatte keinen Spaß daran.«

»An was?«

»Das wissen Sie doch!« zischte sie.

Er wollte grinsen, beherrschte sich jedoch. Dann machte er den Fehler, zu sagen: »Von Frauen wird nicht erwartet, daß sie Spaß daran haben.«

Reina starrte ihn an und überlegte, was er tun würde, wenn sie ihm irgend etwas über den Kopf schlüge. »Wer hat Ihnen diesen himmelschreienden Unsinn erzählt? Halt, lassen Sie mich raten: ein Priester. Und Sie glauben alles, was Priester Ihnen weismachen. Sie Dümmling! Ein Priester ist nicht Gott. Er ist ein Mann und begeht die gleichen Fehler wie alle Männer. Die Hälfte der Priester begeht sogar dieselben Sünden wie wir. Lieber Himmel, benutzen Sie Ihren gesunden Menschenverstand. Nein, besser noch, Sie fragen irgendeine Frau hier, was sie von diesem überholten Gefasel hält. Aber erwarten Sie nicht von mir, daß ich schlechter behandelt werden möchte als eine Hure.«

Jedenfalls wußte er jetzt, was *seine* Frau davon hielt. Er beobachtete sie, wie sie davonschritt, und mußte sich ein Lachen verbeißen. Bei Christus, sie war beachtenswert, selbst wenn sie lästerte. Also – sie wollte Vergnügen empfinden? Nun verließ ihn sein Humor. Wie sollte er das bewerkstelligen, nachdem er Angst hatte, sie mit seiner Leidenschaft zu überfallen, so winzig und zerbrechlich wie sie war?

27

Reina schlich leise in das Zimmer. Eine Kerze brannte noch, die ein schwaches Licht verbreitete. Die junge Frau stellte den Korb mit den Medikamenten auf den Boden und entledigte sich schnell ihres Umhangs.

Ranulf schlief weiter. Es paßte ihr nicht, daß er die Bettvorhänge offengelassen hatte. Das kleinste Geräusch konnte ihn wecken. Erfreulicherweise hatte er einen gesunden Schlaf.

Es war eine Erleichterung gewesen, daß man sie in das Dorf zurückgerufen hatte, obwohl der Grund hierfür kein erfreulicher gewesen war. Die Schwester des Bäckers war gestürzt, und es drohte ihr eine Fehlgeburt. Reina hatte die halbe Nacht gearbeitet und jedes erdenkliche Mittel angewandt, und es war ihr gelungen, die Gefahr eines Aborts zu bannen. Wenn die Frau für eine Weile das Bett hütete, bis die Lage des Babys sich stabilisiert hatte, würde sie das Kind austragen können.

Reina war froh gewesen, in dieser Nacht dem Ehebett zu entkommen, wenigstens so lange, bis Ranulf schlief. Sie konnte es nicht fassen, was sie ihrem Mann bei ihrem letzten Gespräch verraten hatte. Sie stellte sich vor, wie das in seinen Ohren geklungen haben mußte, und war entsetzt. Es wunderte sie nur, daß er ihr nicht direkt ins Gesicht gelacht hatte. Er mußte nun denken, daß sie ihn begehrte, oder zumindest, daß sie die Lust begehrte, die er ihr verschaffen konnte, was noch schlimmer war. Männer zweifelten niemals an ihrer eigenen Tüchtigkeit, also – was sollte er sonst denken? Gewiß nicht, daß sie, Reina, an seiner Technik der schnellen Erledigung etwas auszusetzen hatte. Oh, sie verfluchte ihr loses Mundwerk!

Sie riß die Truhe auf und zuckte bei dem Quietschlaut des Scharniers zusammen. Hinter ihr bewegten sich die Bettücher, und Reina zerrte an ihrer Bluse, ohne auf die zarten Spitzen zu achten. Nachlässig warf sie das Kleidungsstück und den Umhang in den Schrank. Sie erwog, sich ein eigenes Nachtlager herzurichten. Sie erwog auch, einfach auf dem Boden zu schlafen. Sie wollte nicht, daß Ranulf aufwachte – um keinen Preis. Doch was sollte sie als Entschuldigung anführen, wenn er sie morgens auf dem Fußboden entdeckte?

Ihr Leibchen saß eng und mußte aufgeschnürt werden. Sie zog in dem dämmrigen Licht an den Bändern und erstarrte im nächsten Moment, als Ranulfs Stimme erklang.

»Kommen Sie her, Reina.«

Sie brachte kaum einen Ton heraus. »In... in ein paar Sekunden...«

»Kommen Sie gleich.«

Der Befehl teilte sich Reinas Beinen mit, und ihre Füße bewegten sich auf das Bett zu. Sie konnte nur hoffen, daß Ranulf nicht hellwach war, daß er sich ihrer heilen Heimkehr vergewissern wollte und wieder einschlafen würde.

Sie blieb knapp vor dem Bett stehen. »Ja?«

Sie sah nicht einmal, wie sich Ranulfs Hand rührte. Im nächsten Moment wurde sie an seine Seite gezogen. Er zerriß ihr Leibchen.

»Was... was machen Sie?« stieß sie hervor. Es war zu spät, denn nun zerfetzte er auch ihr Unterhemd.

»Das, was Sie wollten«, antwortete er in ganz vernünftigem Ton. »Sie sagten, wir sollten beide nackt sein. Ich bin es bereits. Sie haben zu lange gebraucht, um sich in diesen Zustand zu versetzen.«

»Und das gibt Ihnen das Recht, meine...«

Ihre wütenden Worte wurden unterbrochen. Sie war erstaunt, daß sie überhaupt soviel hatte sagen können. Er hatte sie nicht für eine Unterhaltung zu sich gerufen. Sein Mund glitt mit einer wilden Besitzgier über ihren, dann folgte sein Körper mit der gleichen Glut.

Und doch war es diesmal anders. Seine Stöße wirkten nicht so schnell und gewalttätig. In seinen Bewegungen war eine gewisse Verhaltenheit, eine berauschende Schwingung, die tief in Reinas Innerem einen Strudel köstlicher Erregung bewirkte. Und Ranulfs Lippen konzentrierten sich nicht nur auf ihren Mund. Sie strichen über ihr Gesicht und schließlich über ihr Ohr. Dieses intensive, angenehme Gefühl schickte einen Ruck durch ihren Körper, so daß sie sich unter Ranulf aufbäumte und ihn noch tiefer in sich aufnahm. Das beendete seine Stöße sehr effektvoll.

Reina öffnete die Augen, als sie sein Keuchen vernahm. Sie hätte weinen mögen. Noch nicht... aber er war fertig und sah mit höchster Befriedigung auf sie nieder. Das allein weckte in ihr den Wunsch, ihn umzubringen. Er hatte sie diesmal näher als je zuvor an jenen Punkt gebracht, der *ihn* aufstöhnen ließ. Sie blieb mit einer schmerzenden Frustration zurück, die an ihren Eingeweiden nagte. Ihre Nervenenden waren wund, ihr ganzes Wesen kochte vor Zorn.

Er rollte sich mit einem Seufzer auf die Seite. »Ich habe es wieder so gemacht, oder?«

»Ja, Sie Dummkopf«, preßte sie hervor.

»Ich fürchte, ich war nicht ganz wach. Wenn Sie wollen, können wir es noch einmal versuchen.«

Sie schüttelte die Hand ab, die sich auf ihre Schulter legte. »Rühren Sie mich nicht an! Ich bin so wütend, daß ich mir nur eines wünsche: Sie zu schlagen!«

»Dann schlagen Sie mich.«

»Fordern Sie mich nicht heraus, Ranulf.«

»Nein, ich meine es ernst. Wenn Sie nicht wollen, daß ich es noch einmal versuche, gibt es doch keinen besseren Weg, ihren Ärger zu beschwichtigen. Los, kleiner General. Sie können mir nicht weh tun.«

Sie probierte es natürlich. Sie drosch auf seine Brust und seinen Bauch ein, bis ihre Fäuste schmerzten und sie keine Kraft mehr in den Armen hatte, um Ranulf wegzustoßen, als er sie dicht neben sich zog.

»Fühlen Sie sich jetzt besser?«

»Nein«, wisperte sie störrisch.

Er lachte leise. »War es das zerrissene Hemd?«

»Ohh!«

Nun lachte er laut. »Sie sind so leicht zu ärgern. Und jetzt, nachdem Sie erschöpft sind, könnte ich leicht...«

»Tun Sie es nicht!«

Sie spürte, wie er unter ihrem Kopf mit den Schultern zuckte. »Ein Mann streitet nicht gern, wenn er befriedigt ist. Dasselbe können Sie selbstverständlich nicht erwarten, wenn er unbefriedigt ist.«

»Das finde ich aber beruhigend.«

»Sie wagen viel, nachdem meine Hand Ihrem Hinterteil so nahe ist, Lady.« Ein Gähnen ruinierte die Wirkung dieser Drohung.

Reina schnaubte. »Ein paar leichte Schläge könnten erfreulicher sein als das, was Sie...«

»Wenn Sie diesen Gedanken beenden, werden Sie es bereuen.« Diese Drohung war weit effektvoller, vor allem, weil sich Ranulfs Hand der Kurve von Reinas Po näherte. »Sie haben ein Abkommen mit mir getroffen, und ich habe meinen Teil davon erfüllt. Falls Sie Ihre Meinung geändert haben und wünschen, daß ich mich mit anderen Frauen vergnüge, sagen Sie es jetzt.«

Er hielt den Atem an, während er auf ihre Antwort wartete. Er hatte nicht vorgehabt, ihr einen solchen Ausweg zu bieten, und wußte nicht, was er tun würde, wenn sie ihn akzeptierte. Doch sie sagte nichts, und er versuchte sein Glück nicht durch ein weiteres Wort.

Auch Reina hielt den Atem an – und aus demselben Grund. Sie hoffte, ihr Mann würde sie nicht zu einer Antwort zwingen, die ihr Stolz ihr diktieren würde.

Erst als Ranulf eingeschlafen war, erkannte sie, daß keine Antwort gerade das war, was er brauchte.

28

Es war ein feuchter Tag, nachdem es am Morgen geregnet hatte, aber das hinderte die Kinder nicht daran, auf der Dorfstraße zu spielen. Frauen brachten ihre Handarbeiten vor die Tür, versammelten sich unter belaubten Eichen und schwätzten während der Arbeit. Zu dieser Tageszeit waren wenig Männer zu sehen, denn die Felder mußten bestellt und Gräben ausgehoben werden. Diejenigen, die anwesend waren, reparierten Pflüge oder andere Hilfsmittel, einer führte ein paar Ochsen zurück aufs Feld, andere zerrten neues Stroh auf ein Dach, ein schlaksiger Junge jagte eine Ziege über den Pfarrhof. Selbst die alten und lahmen Menschen waren nützlich, indem sie kleinere Kinder beaufsichtigten, Eier einsammelten und Hühner fütterten, die in jedem Hof scharrten, oder in kleinen Gemüsegärtchen arbeiteten, die hinter den Häusern lagen.

Seit der Hochzeit war Ranulf zum erstenmal im Dorf, und alle Tätigkeiten kamen kurz zum Erliegen, als er durch die Hauptstraße schritt. Lady Ella hatte sich auf seinen Schultern zusammengerollt. Nur cinc mutige Seele rief ihm einen Gruß zu. Die meisten betrachteten ihren neuen Herrn argwöhnisch, denn normalerweise verhandelte der Verwalter mit ihnen. Aus langer Erfahrung bedeutete es nichts Gutes, wenn ein Lord auftauchte. Doch als er niemanden herauspickte, um ihn zu befragen oder zu bestrafen, ignorierten ihn die Leute, oder sie taten wenigstens so.

Ranulf war sich selbst nicht ganz sicher, was er hier suchte. Er hatte eine vage Idee gehabt und sie ausgeführt, ohne viel zu überlegen. Eines hatte er gar nicht bedacht:

wie es aussehen würde, wenn er die Hütte der Roten Alma betrat.

Nach den Beschreibungen, die er von einem seiner Männer bekommen hatte, war das Haus leicht zu finden. Zwei Gänse machten ein Höllengeschrei, während sie sich im Vorhof paarten – ein Akt, der auf ironische Weise zu dieser Wohnstätte paßte. Die Tür stand einladend offen. Ein mageres Hausschwein, dem eine Holzschüssel hinterher flog, rannte quiekend heraus, als Ranulf sich bückte, um einzutreten.

»Wenn Sie geschäftlich hier sind, schließen Sie die Tür, wenn nicht, brauchen wir das Licht.«

Ranulf benötigte einen Moment, um die Stimme zu lokalisieren, denn die Tür bedeutete die einzige Lichtquelle, und das Haus war größer, als es von außen wirkte. Die Rote Alma wechselte die Leintücher auf einem stabil aussehenden Bett, das an der Wand auf der einen Seite des Raumes stand. Auf der anderen Seite war eine Kuh festgebunden, die gemächlich das Grünzeug kaute, das den plattgetretenen Erdboden bedeckte. Bescheidener Luxus war reichlich vorhanden, feines Leinen und Vorhänge am Bett, Töpferware hing an den Wänden, auch Messinggefäße; es gab Bienenwachskerzen statt des beißend riechenden Talges, und aus einem Topf, der auf einem offenen Herd in der Mitte des Raumes stand, stieg der Duft brutzelnden Wildbrets – Wildbret, das am letzten Abend in der Halle serviert worden war und seinen Weg hierher gefunden hatte, als Bezahlung geleisteter Dienste.

Ranulf schloß die Tür nicht. Die Rote Alma hatte ihn hereinkommen hören, aber noch nicht gesehen, wer er war. Nun siegte ihre Neugier, und sie drehte sich um. Da das Licht hinter seinem Rücken hereinfiel, konnte sie sein Gesicht nicht erkennen, aber seine Größe verriet ihn. Die Frau erbleichte voller Entsetzen.

»Gott hilf mir, nicht Sie!« stieß sie hervor und wurde noch blasser. »Oh, ich meine... bitte, mein Herr... Die

Lady war gut zu mir. Sie schimpft selten, sie bringt mir Salben, sie...«

»Warum erwähnst du Sie?«

»Weil... Sie wird mich hassen, wenn sie erfährt, daß Sie mich besucht haben.«

»Warum?« Als sie ihn nur anstarrte, brummte Ranulf. »Nein, deswegen bin ich nicht gekommen, und sie wird keinen Grund haben, etwas Falsches zu glauben.«

Das erschreckte die Frau noch mehr. Sie stolperte zu einem rohen Holztisch und ließ sich auf die Bank daneben fallen. Ihre Knöchel traten weiß hervor, als sie sich an die Tischkante klammerte.

»Sie wollen mich hinauswerfen?«

»Was?« Er furchte die Stirn und sagte dann: »Sei nicht einfältig, Mädchen. Deine Dienste sind ebenso wichtig wie die jedes anderen Leibeigenen. Ich will einen Rat von dir.«

»Rat?« wiederholte sie dümmlich.

»Ja.« Er stopfte seine Panzerhandschuhe in den Hosenbund und kam näher. Lady Ella sprang auf den Tisch. »Um deutlicher zu sein: dein Wissen, was Frauen betrifft, interessiert mich.«

Ein Lächeln breitete sich auf ihrem Gesicht aus, das immer strahlender wurde. »Natürlich! Alles, mein Herr, alles, was ich Ihnen sagen kann, sollen Sie wissen. Sie brauchen nur zu fragen.«

»Wie kann ich meiner Frau Vergnügen bereiten, ohne ihr weh zu tun?«

Er setzte sich auf die Bank neben sie. Lady Ella kam sofort her, um gestreichelt zu werden. Er merkte nicht, wie ihn die Rote Alma mit runden, erstaunten Augen musterte.

»Sie haben ihr weg getan?«

»Noch nicht – wenigstens glaube ich das. Aber wenn ich sie berühre, wie ich es gern möchte, fürchte ich, es zu tun. Seit ich ihr begegnet bin, scheine ich alle Kontrolle über meine Leidenschaft verloren zu haben.«

»Warum denken Sie, daß Sie sie verletzen könnten?«

Er hielt seine Hände hoch und betrachtete sie finster. »Wie sollte ich etwas anderes denken – bei diesen Pranken? Sie sind an große, stramme Weiber gewöhnt, die vor einer zu groben Liebkosung nicht zurückschrecken. Wie sollen sie mit einer Frau umgehen, die so winzig und zart wie meine Lady ist?«

Bei dieser Frage krachten die besagten Hände auf den Tisch, daß die Katze erschrocken auf Ranulfs Schulter sprang. Die Rote Alma schaute auf seine Hände, wie sie die Katze streichelten.

»Die Katze gehört Ihnen, mein Herr?« fragte sie nachdenklich.

»Ja.«

»Ich sehe, daß Sie das Tier mögen. Ich hatte selbst einmal einen Kater, den ich sehr liebte. Manchmal spürte ich das Bedürfnis, ihn aus lauter Liebe zu drücken. Geht es Ihnen auch ab und zu so?«

Er lächelte und kraulte das Tier hinter den spitzen Ohren. »Ja, oft.«

»Aber Sie geben dem Wunsch nicht nach?«

»Natürlich nicht. Ich würde die Katze töten.«

»Oder zumindest sie schlimm verletzen.«

Er furchte wieder die Stirn. »Was hat das mit meiner Frage zu tun?«

»Wenn Sie mit einer Katze sanft umgehen können, weil Sie wissen, daß Sie dem Tier sonst weh täten – meinen Sie nicht, daß es bei Ihrer Frau genauso ist?«

»Du vergleichst meine Frau mit einer Katze?«

»Nein, durchaus nicht«, beeilte sie sich zu versichern. »Ich weise nur darauf hin, daß diese Hände dem Tier, das doch viel kleiner ist als Ihre Frau, nichts Böses zufügen.«

Er brummte. »Ich bin nicht von Begierde nach meiner Katze besessen.«

Sie mußte sich auf die Lippen beißen, um nicht zu lächeln. »Natürlich sind Sie das nicht. Ich wollte versuchen, Sie daran zu erinnern, daß Sie nie Bedenken hatten, Ihre früheren Frauen zu verletzen oder einem Hund oder Pferd mit einem kräftigen, liebevollen Klaps weh zu tun. Aber Sie *wissen*, daß Sie Ihre Katze verwunden könnten. Der Gedanke ist in Ihnen gegenwärtig. So ist es auch mit Ihrer Lady. Sie wissen, daß sie sich von jenen anderen Frauen unterscheidet, daß Sie sie vorsichtiger behandeln müssen. Selbst wenn Sie in Ihrer Leidenschaft die Kontrolle verlieren, ist der Gedanke vorhanden, der Ihre Kraft dämpft und die Lady beschützt.«

»Wie kann das sein? Ich sage dir, ich habe nie solch überwältigende Wollust empfunden, wie sie mich plagt, seitdem ich meine Lady kenne. Es spielt nicht einmal eine Rolle, wo wir gerade sind. Wenn es mich packt, gibt es kein Halten. Meine Gedanken sind wie ausgelöscht. Ich spüre nur das unbezwingbare Bedürfnis, Reina zu besitzen.«

»Ich verstehe«, sagte die Rote Alma.

Sie überlegte, ob er je daran gedacht hatte, möglicherweise in seine Frau verliebt zu sein. Sie bezweifelte es, und sie war nicht so dumm, ihn danach zu fragen. Doch wenn er nicht glaubte, sich im Sturm der Leidenschaft zurückhalten zu können – wie sollte sie dann ihm oder, noch wichtiger, der Lady helfen?

»Das läßt die Angelegenheit in einem anderen Licht erscheinen«, fuhr sie fort und betrachtete erneut seine Hände. »Die Lady mag klein und zart sein, aber sie ist trotzdem eine Frau, und wir Frauen besitzen mehr Kraft und Belastungsfähigkeit, als die Männer glauben. Vielleicht tut Ihre Berührung ihr überhaupt nicht weh.«

»Ich will ihr keine Schmerzen bereiten, um das herauszufinden.«

»Dann zeigen Sie es mir. Ich denke, ich kann gut beurteilen, was eine Frau aushält.«

Er sah sie zweifelnd an, und sie lächelte, um ihn aufzumuntern. In Anbetracht seiner großen Hände wünschte sie allerdings, sie hätte den Mund gehalten. Es bestand auch das Risiko, daß er nicht mehr aufhörte, wenn er einmal begonnen hatte. Aber wie sonst konnte sie seine Bedenken zerstreuen? Daß er diese Bedenken überhaupt hatte, war ein Wunder, und es wäre eine Schande, wenn die Lady das Vergnügen seiner Liebkosungen niemals kennenlernen würde.

»Ich möchte Sie nicht verführen, mein Herr – keineswegs. Es ist nichts als ein Test. Wir wollen nur ermitteln, wie kräftig Ihre Berührung ist – sonst nichts.«

Er murrte. »Das verstehe ich, aber du bist längst nicht so zerbrechlich wie meine Lady.«

Sie mußte grinsen. »Eine Brust ist eine Brust, ob groß oder klein; sie spürt denselben Schmerz oder Genuß. Berühren Sie meine, wie Sie es gewöhnlich tun, und ich kann...« Er tat es, ehe sie den Satz beendete, und sie zuckte zurück. »Ich verstehe jetzt, was Sie meinen, mein Herr. Sie haben einen kraftvollen Griff.« Sie wagte hinzuzufügen, was sie schon manchem Ritter gesagt hatte. »Aber eine Brust ist kein Schwertknauf. Sie fällt Ihnen nicht aus der Hand, wenn Sie sie leicht anfassen... Oh, Gott, Ihre Lady!«

»Was?«

Er drehte sich um und sah seine Frau in der offenen Tür stehen. Der Korb mit den Medikamenten hing an ihrem Arm. In der nächsten Sekunde war sie verschwunden.

»Sie müssen ihr nachlaufen und alles erklären!« rief die Rote Alma.

»Wozu? Wenn ich ihr nachlaufe, werde ich wieder im Wald mit ihr schlafen, und das mag sie gar nicht.«

Die Rote Alma starrte ihn entgeistert an, und diese Neuigkeit lenkte sie für einen Moment ab. »Aber sie wird denken...«

»Sei nicht dumm, Mädchen. Sie hat keinen Grund, sich etwas zu denken, wie ich dir schon sagte. Sie verweigert sich mir nicht, auch wenn es ihr keinen Spaß macht, warum sollte ich dann andere Frauen brauchen?«

Alma verriet ihm nicht, daß die meisten Männer zu einer anderen Frau gehen würden, wenn die eigene vom Geschlechtsverkehr mit ihnen so angewidert wäre. Andererseits hatten diese untreuen Männer bei ihren Seitensprüngen den Segen ihrer Frauen. Ranulfs stoische Ruhe milderte ihre Ängste. Vielleicht würde Lady Reina ihr dankbar sein, und wenn nicht, würde Alma dafür sorgen, daß die Herrin indirekt Grund zur Dankbarkeit hatte.

»Mein Herr, ich fürchte, ich habe die Sache falsch angepackt. Sie fragten mich, wie Sie Ihrer Lady Vergnügen bereiten könnten, ohne ihr weh zu tun; und da gibt es etwas, das ich übersehen habe. Vielleicht sollten Sie langsam beginnen. Berühren Sie sie zuerst nicht mit den Händen. Benützen Sie statt dessen Ihre Lippen und die Zunge.«

»Das wäre nicht dasselbe.«

»Warum nicht? Sie können sie mit dem Mund überall berühren, wo Sie Ihre Hände gebrauchen würden.«

»Überall?«

»Ja.«

»Überall?«

Die Rote Alma lachte vor sich hin, da sie seine Gedanken las. »Ja, auch dort. Die meisten Männer denken nicht daran, aber die kleine Anzahl Kundiger findet ihr besonderes Vergnügen darin. Natürlich wird Ihre Frau protestieren, denn es wird ihr seltsam vorkommen. Aber wenn Sie darauf bestehen, wird sie es nicht nur mögen, sondern Sie können sie damit zum vollen Höhepunkt bringen.«

»Wie ist das möglich?«

Die Rote Alma errötete zum erstenmal seit langen Jahren. »Sie müssen mir glauben, mein Herr, daß es passieren kann. Und auf diese Weise brauchen Sie sich mit dem Lernen der angebrachten Zärtlichkeiten nicht zu beeilen. Dafür bleibt Ihnen genügend Zeit, wenn Ihnen Ihre Frau allmählich vertrauter wird.«

Er stellte keine Fragen mehr und ließ eine Silbermünze auf dem Tisch zurück – mehr als die Rote Alma je gesehen hatte. Zudem erhielt sie das Versprechen, der Betrag würde verdoppelt, falls sie die Wahrheit gesagt hatte. Ob sie die Wahrheit gesagt hatte, hing nun von der Lady ab. Manche Frauen wehrten sich heftig gegen das, was sie vorgeschlagen hatte, und in diesem Fall pflegte ein Mann sich nicht sehr lange zu bemühen. Doch der neue Herr schien kein Mensch zu sein, der schnell aufgab. Weit davon entfernt! Er war entschlossen, seiner Lady Vergnügen zu bereiten, mochte sie es wollen oder nicht. Was hätte Alma dafür gegeben, wenn sie in dieser Nacht ein Floh im Bett der beiden hätte sein können!

29

»Aber warum jetzt, meine Herrin?«

»Weil jetzt die ideale Zeit dafür ist, Aylmer.« *Während der miese Kerl wegen seiner Untreue von Schuldgefühlen geplagt wird*, fügte Reina innerlich hinzu. »Er wird heute zu allem ja sagen, was ich von ihm verlange.«

»Das habe ich befürchtet«, flüsterte der Junge.

Reina sah ihn vorwurfsvoll an. »Wolltest du dich nicht gern um Lady Ella kümmern?«

»Ja, doch. Aber ich dachte nicht, daß ich den Lord deshalb persönlich sehen müßte.«

»Du brauchst dir keine Sorgen zu machen. Warte in der Fensternische, bis ich dich rufe.« Sie strich ihm durch das Haar und schenkte ihm ein ermutigendes Lächeln. »Los, Aylmer, es gibt nichts zu befürchten.«

Ihr Lächeln schwand in dem Moment, als er sich umdrehte. Wie hatte es ihre Mutter nur geschafft, immer so diplomatisch zu sein? Die Dame hatte ihre Tochter gelehrt, in dieser Welt der männlichen Autorität, in der eine

Frau für alles und jedes die Zustimmung eines Mannes benötigte, auch das geringste Vorkommnis zu nützen, um diese Zustimmung zu erlangen.

Schuldgefühl war ein wesentlicher Faktor, auf den man bauen konnte, hatte Reinas Mutter einmal erklärt. Nicht, daß sie ihren Mann jemals der Untreue verdächtigt hätte. Aus gebrochenen Versprechen, Nachlässigkeiten, kleinen Alltagsdingen hatte sie Vorteile gezogen. Anders als ihre Tochter, hatte sie keinen Gatten gehabt, der beim winzigsten Anlaß in alte Laster verfallen war.

Reinas Mutter hatte es verstanden, ihrem Mann auf geschickte Weise beizubringen, daß sie unzufrieden mit ihm war. Ob er nun schuldig war oder nicht, hatte er geglaubt, Grund für Gewissensbisse zu haben, und jede Gelegenheit zur Wiedergutmachung ergriffen, sei es nun mit einem neuen Kleid oder einem Besuch bei Hof.

Reina konnte sich von ihrem Ehemann nicht vorstellen, daß er so etwas Normales wie die Erleichterung seines Gewissens anstrebte. Und von sich selbst konnte sie nicht erwarten, daß sie ihm in Ruhe Anregungen unterbreitete, wenn sie vor Zorn kochte. Aber was ihre Mutter gekonnt hatte, das mußte sie auch können. Und wenn sie Ranulfs Zustimmung in den strittigen Punkten bekommen hatte, würde sie ihn töten, dieses Schwein, diesen elenden hundsföttischen Schuft!

Wie konnte er nur? Nein, was war los mit *ihr*? Sie hatte kein Recht, wegen so etwas so wütend zu sein. Im allgemeinen herrschte die Ansicht, daß eheliche Treue nicht wichtig war. Reina wußte das und hatte nie etwas anderes erwartet. Nur ihre Mutter war von dieser Meinung abgewichen.

Das Beste, worauf Reina gehofft hatte, war, daß ihr Mann sie nicht blamierte, indem er seine Mätressen nach Hause mitbrachte, wie manche Männer es praktizierten. Und doch – war Ranulfs Tat nicht genauso schlimm? Die Rote Alma bei hellem Tageslicht zu besuchen und sich voll dem Dorfklatsch auszusetzen – nur zwei Tage nach der Hochzeit! Und die Rote Alma! Reina hätte es eher verstanden, wenn sie Ranulf in einer dunklen Ecke mit Eadwina erwischt hätte. Die Männer gierten nach Eadwina. Warum sollte Reinas wollüstiger Gatte anders sein?

Aber die Rote Alma! Zugegeben, die Frau war nicht unansehnlich mit ihrem flammend roten Haar und den lockenden Augen, die an blaue Stiefmütterchen erinnerten. Und sie war eine kurvenreiche Person, so, wie Ranulf die Weiber liebte. Aber er wußte, daß Reina – eine Ausnahme unter den feinen Damen – sich zu ihren Leibeigenen begab, um deren Krankheiten zu behandeln. Er mußte auch wissen, daß sein Besuch bei der Dorfhure ihr sofort zu Ohren kommen würde, wenn er auch nicht erwartet hatte, daß sie ihn persönlich mit der Frau zusammen ertappen würde.

Wollte er also, daß sie es wußte? War das seine Art, sie für ihre Beanstandungen zu bestrafen? Und sie hatte sich beklagt – auf eine zänkische Weise! Oder hatte er gar nicht an eine Bestrafung gedacht? Es lag viel näher, daß er sich nur einen befriedigenderen Geschlechtsakt verschaffen wollte. Sie konnte die Frage, die er ihr in der vergangenen Nacht gestellt hatte, nicht vergessen, die Frage, ob sie wünschte, daß er sich mit anderen Frauen vergnügte. Hatte er ihr Schweigen als Bejahung angesehen – und nicht als Ablehnung? Konnte er so dumm sein?

»Der junge Malfed sagte, Sie wollten mich sprechen?«

Gut. Sicher dachte Ranulf, sie wolle über die Rote Alma reden. Aber das beabsichtigte sie nicht – sie wollte seine Verunsicherung steigern.

Reina bemühte sich um einen gelassenen Gesichtsausdruck bei der Konfrontation mit ihrem abtrünnigen Ehemann – und war nun ihrerseits verwirrt. Sie wußte nicht, wie sie sich die Züge eines schuldigen Partners vorgestellt hatte, aber jedenfalls nicht so unbefangen fragend.

Selbst Lady Ella schnurrte zufrieden in seinem Arm und spürte keine Gemütserregung ihres Herrn.

»Nehmen Sie Platz, mein Lord.« Sie deutete auf den Stuhl, den sie für die Diskussion vor den Kamin geschoben hatte. »Möchten Sie Wein?«

Er nickte und setzte sich. Reina hob die Hand, und ein Diener eilte herbei, um die Erfrischung zu reichen. Ranulfs Seufzer war Reina nicht entgangen. War ihr Mann von den Anstrengungen im Dorf so erschöpft? Sie mußte sich zwingen, den Kelch mit Wein vor ihn hinzustellen, anstatt ihm dessen Inhalt über den Kopf zu gießen.

»Mein Verwalter berichtete mir, daß er Ihnen heute morgen die Felder und die Mühle gezeigt hat.«

»Ja.«

Er nippt an seinem Wein, um meinem Blick auszuweichen, dachte Reina. Sie trat vor den Kamin und sah auf Ranulf nieder. »Ich vermute, daß Sie den Rest des Tages ebenso produktiv verbracht haben.«

Er verschluckte sich und spie Wein aus. Die Katze fauchte und sprang von seinem Schoß. Reina wischte das Fell des Tieres ab und setzte Lady Ella auf eine in der Nähe stehende Bank, wo die Katze die Putzarbeit an ihrem Pelz selbst vollendete. Ranulf hustete noch.

»Vielleicht ist der Wein zu stark, mein Lord?« meinte Reina in aller Unschuld. »Möchten Sie lieber Bier?«

Mit einem grimmigen Blick krächzte er: »Ich möchte lieber, daß Sie zur Sache kommen.«

»Zur Sache? Was soll das sein? Wir müssen einiges besprechen, aber wenn Sie von diesem *aufreibenden* Tag zu müde sind, können wir das Gespräch verschieben.«

Ihre Betonung seiner Müdigkeit entging Ranulf nicht. Er war tatsächlich erschöpft, weil er wie ein Wilder durch die Wälder geritten war, um irgendwelche Gesetzlose aufzutreiben, die ihn von den Informationen der Roten Alma ablenken würden. Er hatte diesen Ritt gebraucht, denn Almas Vorschläge hatten seine Lustgefühle geweckt, und er wollte verdammt sein, wenn er sich in dieser Situation von seinem verfluchten Penis hätte beherrschen lassen.

Solange er die Gedanken an Sex zurückdrängte, kam er gut zurecht, sogar in Gegenwart seiner Frau. Aber ihre versteckten Andeutungen beunruhigten ihn. Was, zum Teufel, hielt sie für den Grund seiner Müdigkeit? Wenn sie wissen wollte, was er den ganzen Tag gemacht hatte – warum fragte sie ihn nicht einfach? Es war nicht ihre Art, um den Brei herumzureden. Und er spürte ihre Verstimmung. An der Oberfläche wirkte Reina gelassen und heiter, zu heiter – Ranulf fühlte förmlich die Ausstrahlung ihrer starken inneren Erregung.

»Ist etwas geschehen, das ich wissen sollte?« überlegte er laut.

Die Frage schien sie zu verblüffen. »Was Sie... Das wissen Sie doch besser als ich, mein Lord.«

Was sollte das nun wieder heißen? »Schon gut.« Er seufzte. »Sagen Sie jetzt bitte, was Sie mir sagen wollten, ehe ich zu müde bin zuzuhören.«

Reina ballte die Fäuste hinter ihrem Rock. Das Gespräch verlief nicht so, wie sie es vermutet hatte. Warum verhielt er sich nicht wie erwartet? Er wußte, daß sie ihn gesehen hatte. Er hätte alle möglichen Entschuldigungen für seine Gegenwart im Haus der Roten Alma vorbringen können, wenn er nicht die Hand auf ihren großen Busen gepreßt hätte. Das ließ nur einen Grund für seinen Besuch zu.

War es ihm denn egal, daß sie es wußte? Oder dachte er, sie würde es nicht wagen, ihm seine Tat vorzuhalten oder diese auch nur zu erwähnen? Die meisten Frauen würden es allerdings nicht wagen; sie hätten Angst vor Schlägen, wenn sie sich über das falsche Verhalten ihres Mannes beschwerten. Dank ihres Ehevertrages hatte Reina diese Furcht nicht, doch auch ohne diesen Vertrag hätte nichts sie davon abhalten können, ihren Gatten zu beschimpfen, wenn er es verdiente.

Aber jetzt noch nicht. Sie wollte zuerst herausfinden, ob seine Unbekümmertheit gespielt war.

»Sehr gut, mein Lord. Das wird nicht zuviel Zeit in Anspruch nehmen. Ich brauche nur ein paar Entscheidungen von Ihnen. Als erstes: Wir haben ein Kaufangebot, betreffend die Vormundschaft über die de Burgh-Erbin. Simon überbrachte mir den Brief von einem seiner Nachbarn, einem jungen Lord, den er für fähig hält, die Besitztümer des Mädchens zu verwalten. Ich wollte das nicht erwähnen, ehe alle unsere Gäste abgereist waren.«

»Dann hat Ihr kleines Lordchen unsere Gefilde verlassen?«

Ihre Lippen wurden schmal bei seinem abfälligen Ton. »Ja, Lord John brach heute morgen auf.«

»Ich hoffe, Sie haben ihm von mir eine gute Reise gewünscht. Schließlich bin ich nett zu denen, die mir unterliegen.«

»Er unterlag nicht Ihrer Person, sondern aufgrund seiner Verspätung«, sagte sie bissig. »Und nachdem er von seinem Verlust nichts weiß, können Sie sich Ihre Nettigkeit sparen. Außerdem hätten Sie ihn gewiß nicht mit Freundlichkeit überschüttet, wenn sie dagewesen wären. Es ist schwierig, Höflichkeit zu erkennen, wenn man angeknurrt wird.«

»Ich knurre nicht, Lady.«

»Wie Sie meinen«, entgegnete sie zuckersüß, und sein Knurren klang ihr noch in den Ohren.

Er überraschte sie durch sein leises Lachen. »Wenigstens quieke ich nicht wie Ihr kleiner Mäuserich.«

»Er ist kein...« Sie preßte die Lippen zusammen und betrachtete ihn finster. »Sehr witzig, mein Lord. Könnten wir jetzt auf unser Thema, die Vormundschaft, zurückkommen?«

»Wieviel wird geboten?«

»Vierhundertfünfzig Mark und zwei edle Reitpferde.«

»Warum so viel?«

»Es ist nur eine kleine Summe, wenn man die beiden Herrensitze bedenkt – zu denen jeweils ein Dorf gehört –, die einhundertfünfzig Mark Pacht jährlich abwerfen, zuzüglich das Einkommen der Bauernhöfe, das noch wesentlich mehr ausmacht. Zudem müssen Sie das Alter des Kindes von nur knapp zwei Jahren bedenken. Bis die Kleine heiratet und ihr Vermögen einem Ehemann zufällt, vergeht noch eine lange Zeit. Das bedeutet einen beträchtlichen Profit für denjenigen, der ihre Güter verwaltet.«

»Warum dann überhaupt verkaufen?»

»Ich schlage nicht vor, daß Sie verkaufen. Ich schlage überhaupt nichts vor. Ich erwähnte nur ein Angebot, das beantwortet werden muß. Irgend etwas sollten wir unternehmen. Die Witwe hat einen Verwalter und mehrere Ritter und kommt allein ganz gut zurecht, aber bisher gab es auch keine Probleme.«

»Dann schlagen Sie also doch vor, daß ich die Vormundschaft verkaufe?«

»Nein, das tue ich nicht«, widersprach sie zähneknirschend. »Simon mag seinen Nachbarn kennen, aber wir kennen ihn nicht. Und es gibt bessere Möglichkeiten für uns.«

»Vielleicht könnte ich einen eigenen Verwalter ernennen. Aber wenn man diese Leute nicht streng überwacht, wirtschaften sie in die eigene Tasche. Ich könnte das Kind auch schon mit jemandem verloben, der das Vermögen verwaltet, bis es ihm sowieso gehört.«

Reina war erstaunt, daß er seine Möglichkeiten kannte, aber er erwähnte die eine nicht, die ihr vorschwebte. »Wie Sie sagen, einem Verwalter kann man nicht immer trauen. Und wenn Sie das Kind jetzt verloben, muß der betreffende Mann alt genug sein, um wirtschaften zu können. Das heißt, daß Sie ihm und der Kleinen einen schlechten Dienst erweisen. Er muß lange auf seine Erben warten, und sie muß schließlich einen alten Mann heiraten, mit dem sie sicher nicht glücklich ist.«

»Nicht, wenn ich Searle oder Eric wähle. In zehn Jahren sind die Burschen erst achtundzwanzig, also keine große Tragödie für ein heiratsfähiges Mädchen.«

Verflixt – das stimmte! »Aber auf diese Weise würden Sie nur den Dienst *eines* Mannes gewinnen, wo Sie doch den von zweien haben könnten, indem Sie die Witwe verheiraten würden. Ein Stiefvater könnte jetzt von den Ländereien profitieren und sich später von dem Gewinn eigenen Besitz für die eigenen Erben kaufen. Lange schon habe ich Sir Arnulph in Betracht gezogen, doch ich brauchte ihn in Birkenham, deshalb schob ich die Angelegenheit auf.«

»Hören Sie, Reina: Wenn Sie das die ganze Zeit wollten – warum sagen Sie es mir nicht einfach?«

»Dann sind Sie einverstanden?«

»Ich bin damit einverstanden, daß die Witwe heiraten soll. Es wird Ihnen doch recht sein, daß ich mir diesen Sir Arnulph ansehe, ehe ich seine Kandidatur befürworte.«

»Natürlich.«

»Gut.« Er erhob sich zu seiner überragenden Länge. »Wenn Sie das nächste Mal etwas von mir wollen, kommen Sie gleich zur Sache. Wozu mit Herumreden Zeit verschwenden...«

Sie unterbrach ihn. »Ich bin noch nicht fertig.« Innerlich kochte sie, weil er es wagte, sie jetzt zu tadeln. »Da gibt es noch etwas. Es betrifft Ihre Katze.«

»Was ist mit ihr?«

Reina rief den Jungen zu sich und verspürte zum erstenmal ein leises Unbehagen, weil er so langsam daherhumpelte. Aber sie hatte einen Erfolg errungen und schloß daraus, daß Ranulf ein schlechtes Gewissen besaß, auch wenn er es nicht zeigte.

Diesmal kam sie sofort auf den Punkt. »Aylmer hat Ihre Katze gern. Er arbeitet in der Küche, aber er möchte sich zusätzlich um Lady Ella kümmern, sie füttern und pflegen und sonst alles für sie tun.«

»Ist das wieder so einer wie Ihr Theo?« fragte Ranulf.

»Ich habe mich immer um ihn gesorgt, falls Sie das meinen. Er ist Waise.«

Er sah auf den Jungen nieder, während sie ihn beobachtete. Ihre Unsicherheit wuchs, obwohl Ranulfs Gesicht keine Gefühlsregung verriet. Sie hätte das nicht riskieren sollen. Sie hätte den Jungen vor ihrem Mann verstecken sollen, anstatt ihn so offen zu präsentieren. Was war, wenn Ranulf ihn wegschickte? Was konnte sie tun?

Und der arme Aylmer hatte solche Angst. Er blickte nicht auf. Reina sah, wie er zitterte. Reinas beinahe panikartiger Zustand verwandelte sich in Wut. Wie konnte Ranulf es wagen, den Jungen durch sein Schweigen so zu erschrecken?

Reina zog ihren Fuß zurück, in der Absicht, ihrem Mann einen Tritt zu versetzen. Da ergriff Ranulf mit relativ sanfter Stimme das Wort. »Du magst also meine Katze?«

»Ja, mein Herr.« Das war nur ein Flüstern.

»Du darfst sie mir nicht überfüttern.«

Aylmer brauchte einen Moment, um zu begreifen, daß sein Wunsch in Erfüllung ging, und er blickte verwundert hoch. Dann grinste er breit. »In Ordnung, mein Herr.«

Auch Reina benötigte einen Augenblick, ehe sie ihren Fuß wieder auf den Boden stellte. Dieses Schwein – sie beide so in Atem zu halten! Schuldgefühle! Er suhlte sich wahrlich darin. Und solange er Buße tat, konnte sie ruhig nach Rache lechzen.

»Nimm jetzt Lady Ella in die Küche mit, Aylmer. Lord Ranulf hatte sie den ganzen Tag draußen bei sich, und sie muß sehr hungrig sein.« Sie wartete, bis der Junge die Katze sorgsam hochgehoben hatte und mit ihr hinausgehinkt war. Dann wandte sie sich wieder ihrem Gatten zu. »Solange...«

»Sie hätten mir Bescheid sagen sollen, ehe Sie ihn herholten, Lady.«

Sie nahm eine defensive Haltung ein. »Warum? Weil Sie es nicht wünschen, daß ein Krüppel sich um Ihre kostbare Katze kümmert?«

»Weil das Lanzos Aufgabe war. Es wird ihm nicht gefallen, wenn er von einem Küchenlakaien verdrängt wird.«

»Aylmer ist kein Lakai. Seine Eltern waren freie Grundbesitzer. Als sie starben, wollte niemand den Jungen aufnehmen oder ihm helfen. Die Leute behandelten ihn, als sei sein Gebrechen ansteckend. Er war schwach und krank, und zweimal wäre er mir beinahe an leichten Erkrankungen gestorben, die einem kräftigeren Kind kaum etwas ausgemacht hätten. Er ist klein und hilfslos, aber er besitzt seinen Stolz. Er akzeptiert keine Mildtätigkeit, sondern arbeitet für seinen Unterhalt. Und ich liebe ihn, weil er sonst keinen Menschen hat.«

»Er braucht auch niemanden sonst, wenn ein General ihn beschützt.«

Reina beachtete den Einwurf nicht. »Da wir gerade bei Ihrer Katze sind...«

»Tatsächlich? Ich dachte, wir sprächen von dem Jungen...«

»Der Junge ist mein Problem, die Katze Ihres, vor allem, wo sie schlafen soll. Ich mag es nicht, daß sie mir die Nase ins Gesicht streckt, wenn ich aufwache, so, wie es heute morgen geschah. Sie hätte nie nach oben kommen dürfen.«

»Die Katze geht dahin, wo ich hingehe, und sie schläft, wo ich schlafe. So war es immer.«

»Als Sie noch in Zelten wohnten, war das recht und gut, mein Lord, aber ein Schlafzimmer ist kein Raum für Tiere.«

»Dabei dachte ich, Sie würden mich auch zu den Tieren zählen. Oder wollen Sie mich ebenfalls aus dem Schlafzimmer werfen?«

Sie schnaubte. »Als ob Sie gehen würden, wenn ich das versuchte.«

»Nein, ich würde nicht gehen. Und Lady Ella geht auch nicht.«

»Darüber müssen wir noch reden.«

»Die Angelegenheit ist erledigt, Reina«, sagte er in entschiedenem Ton. »Bestellen Sie mir jetzt ein Bad. Wenn Sie sich zu mir gesellen wollen, kommen Sie. Andernfalls sehe ich Sie beim Abendessen.«

Sie mußte die Zähne zusammenbeißen, um ihn nicht zurückzurufen, als er wegging. Es hätte ihr zugestanden, daß er ihr jeden Wunsch erfüllt und nicht den letzten abgelehnt hätte. Doch sie mußte zugeben, daß zwei von dreien nicht so übel war. Wenn er allerdings dachte, daß damit seine Schuld gesühnt war, irrte er sich.

30

»Sie werden sich besser fühlen, wenn Sie darüber sprechen.«

Reina antwortete nicht. Sie hielt die Augen geschlossen, während Theodric mit dem Kamm sanft durch ihr Haar fuhr. Sie wünschte, er wäre nicht so empfänglich für ihre Stimmungen gewesen. Sie hatte vom Besuch ihres Mannes bei der Roten Alma nichts erwähnt und beabsichtigte auch nicht, es zu tun. Theo würde es früh genug erfahren, wenn der Dorfklatsch ins Schloß drang, aber hoffentlich würde der Junge den Klatsch nicht mit ihrer momentanen Depression in Zusammenhang bringen. Bekenntnisse mochten gut sein für die Seele, Demütigungen waren es nicht.

»Haben Sie zwischen hier und dem Dorf Ihre Beine wieder spreizen müssen?«

»Sei nicht ordinär, Theo.«

»Nun, mußten Sie?«

»Nein«, stieß sie hervor.

Er zog sie am Haar, bis ihr Kopf so weit zurückgebeugt war, daß sie ihn ansehen mußte. »Auf wen sind Sie dann böse, wenn nicht auf den Riesen?«

»Theo...«

»Sagen Sie es mir, oder ich gehe hinunter und flüstere ihm ins Ohr, daß Sie ihn sehnsüchtig erwarten – im Bett.«

»Wenn Du das machst, riskierst du dein Leben«, meinte sie gereizt und riß ihren Kopf mit einem Ruck los.

Dieser Hinweis genügte, und Theo sagte nichts mehr. Aber das nun folgende Schweigen zerrte an Reinas Nerven. Sie beschloß, ihm wenigstens die Hälfte zu erzählen.

»Was den Mann betrifft, hattest du recht, aber nicht, was den Grund betrifft. Ich dachte, Ranulf sei einverstanden, daß Sir Arnulph Louise de Burgh heiratet. Aber beim Abendessen forderte er nicht nur Searle und Eric, sondern auch Walter auf, hinüberzureiten und die Bekanntschaft der Witwe zu machen.«

»So?«

»Jetzt weiß ich also, daß er sie einem von den dreien geben will, obwohl er mir am Nachmittag fast versprochen hat, Arnulph könnte sie haben.«

»Er kommt mir nicht wie einer vor, der seine Versprechen leichtfertig bricht, Reina.«

»Er hat es nicht direkt versprochen«, gab sie mürrisch zu. »Aber er wußte, daß ich die Verbindung wünschte, und sagte, er würde Arnulph in Betracht ziehen.«

»In Betracht ziehen bedeutet keineswegs einen festen Entschluß. Mir scheint es so, als wolle er nur Vorsorge treffen, falls er sich gegen Sir Arnulph entscheidet.«

»Du verstehst nicht, Theo. Er schuldet mir sein Einverständnis in dieser Sache.«

»Wieso?«

»Ach, lassen wir das – es ist jedenfalls so«, erklärte Reina ungeduldig. »Und Arnulph ist der beste Mann für die Witwe. Er hat uns hervorragend gedient und höchstes Verantwortungsbewußtsein bewiesen. Er verdient eine

Belohnung. Außerdem kennt er die Lady und hat sie gern. Die beiden passen gut zusammen.«

»Ah, aber wie denkt sie darüber? Vielleicht würde es ihr gefallen, eine kleine Auswahl zu haben.«

»Seit wann ist das wichtig, zumal die Lady noch so jung ist?«

»Muß ich Sie daran erinnern, daß Sie nicht viel älter waren, als Sie sich John de Lascelles und Richard de Arcourt aussuchten? Und nicht nur das – Sie änderten Ihre Meinung im letzten Augenblick.«

»Was beweist, daß eine Frau sogar mit siebzehn noch eine Idiotin ist, wenn sie zu wissen glaubt, was für sie am besten ist«, sagte Reina in ungehaltenem Ton.

»Nun, Sie wissen, daß der Riese immer noch die beste Wahl bedeutet, auch wenn Sie Ihren ersten Streit mit ihm haben. Sie können nicht erwarten, daß er immer mit Ihnen übereinstimmt, Reina. Das würde auch... Ihr Vater... nicht...«

Reina blickte auf, als Theos Worte sich verloren. Ranulf war lautlos eingetreten und starrte seine Frau von Sekunde zu Sekunde finsterer an. Lanzo stand direkt hinter ihm. Er verdrehte die Augen zur Decke und enthüllte dabei einen vor Verlegenheit roten Hals.

Theo räusperte sich, um Reinas Aufmerksamkeit zu erlangen, und als das nichts nützte, stieß er ihre Schulter leise an. Dann erst merkte sie, was die Reaktion der beiden an der Tür verursachte. Ihr Nachtkleid hatte sich vorn geöffnet und gab eine Brust und den Nabel frei.

Mit einem lauten Atemzug schloß sie das Gewand und musterte ihren Gatten wütend. Es war schlimm genug, daß das schon einmal passiert war, ein zweites Mal war einfach zuviel.

»Eine kleine Anmeldung vor Ihrem Eintreten wäre nicht verkehrt, mein Lord«, stieß sie scharf hervor. »So etwas nennt man Anklopfen.«

»An meiner eigenen Tür? Das finde ich nicht.«

»Wenn Sie allein sind, macht es keinen Unterschied, aber Sie sind nicht allein.«

»Sie ebenfalls nicht, Lady – und den Grund dafür will ich ganz schnell wissen.«

Zu spät merkte sie, daß er nicht nur verbissen dreinblickte, wie es seine Gewohnheit war. Er kochte vor Zorn, die geschwollenen Adern an seinem Hals zeigten es ebenso wie sein sengender Blick. Dieser Blick richtete sich auf Theodric, nicht auf sie. Aber Reina selbst war auch verärgert, und nicht nur, weil Ranulf sie erneut in eine peinliche Lage gebracht hatte. Sie erhob sich schnell. »Worauf wollen Sie anspielen? Seit langem haben Sie Kenntnis davon, daß Theodric mein persönlicher Diener ist. Warum sollte er hier sein, wenn nicht, um seine Pflichten zu erfüllen?«

»Und welche Pflichten hat er, daß Sie halb nackt vor ihm sitzen müssen?«

»Seien Sie nicht dumm«, rief sie gereizt. »Er sieht mich an, wie er sie ansieht – nein, das stimmt nicht. Er würde Sie viel lieber ansehen. Mich bemerkt er nicht einmal, genausowenig, wie Lanzo Sie bemerkt, wenn er Sie badet oder ankleidet.«

»Heißt das, daß *das* seine Pflichten sind?«

»Natürlich.«

»Jetzt nicht mehr, bei Gott!« brüllte Ranulf. Und an Theodric gewandt: »Raus!«

Reina erstarrte und hielt den Jungen am Arm zurück. »Du brauchst nicht zu gehen, Theo.«

»Jesus, Reina«, krächzte Theo. »Wollen Sie, daß ich sterbe?«

»Er wird dich nicht anrühren.«

»Darauf würde ich nicht wetten, Mädchen«, sagte Ranulf in leiserem, aber um so unheilvollerem Ton. »Erinnern Sie sich daran, daß ich ihm noch eine Tracht Prügel schulde, die ich ihm genußvoll verabreichen werde, wenn er nicht in einer Sekunde...«

Er mußte nicht weiterreden, denn Theo war schon hinausgerast. Lanzo lachte über die komische Flucht. Reina bedachte ihn mit einem vernichtenden Blick, ehe sie den beiden den Rücken zudrehte. Sie war nahe daran, wie eine Idiotin in lautes Schreien auszubrechen.

»Du kannst auch gehen, Lanzo«, sagte Ranulf nun wieder ruhig. »Meine Lady wird mir beim Entkleiden helfen.«

»Damit Sie mich anklagen können, ihm eine weitere Aufgabe wegzunehmen?« Reina sah ihn über die Schulter böse an. »Verlassen Sie sich nicht darauf, mein Lord.«

»Ist es nicht Ihre Pflicht, Ihrem Gatten zu helfen, wann immer er es wünscht?«

»Nach dieser kindischen Szene sprechen Sie mir nicht von Pflicht.«

»Sie weigern sich also?«

»Gott, er begreift«, sagte sie zur Zimmerdecke. »Ich danke dir.«

»Es scheint, Ihr Theo ist nicht der einzige, bei dem eine Züchtigung überfällig wäre.«

Sie hatte ihn nicht näher kommen gehört, doch er stand so dicht hinter ihr, daß sein Atem ihr Haar bewegte. Sie hatte das Schließen der Tür ebenfalls nicht gehört, aber sie waren jetzt allein.

»Vielleicht können Sie Theo mit dieser Drohung halb zu Tode erschrecken, aber ich bin nicht so furchtsam.«

»Welche Drohung? Wenn ich Schläge für angebracht halte, verspreche ich Ihnen, daß Sie mindestens vierzehn Tage beim Sitzen Probleme haben werden.« Er faßte sie am Nacken, so daß sie sich zu ihm umdrehen mußte. »Ist eine Züchtigung wirklich nötig, Reina?«

»Fragen Sie mich um Erlaubnis?«

Er grinste. »So albern bin ich nicht. Ich frage, ob so etwas nötig ist. Beabsichtigen Sie, noch weitere Widerspenstigkeit an den Tag zu legen?«

»Nein«, flüsterte sie voller Groll, aber nun doch kleinmütig.

»Gut. Als ich hier hereinkam, hatte ich alles andere als eine Züchtigung im Sinn.«

Sie wich vor ihm zurück, und ihre Augen funkelten argwöhnisch. »Sie können doch nicht vorhaben... nicht, nachdem... wagen Sie es tatsächlich, mich...«

»Wir hatten eine kleine Meinungsverschiedenheit«, unterbrach er sie mit einem Schulterzucken. »Das ist nun vorbei.«

»Vorbei? Kleine?« Reina keuchte. »So sehen Sie das also! Fein! Mehr konnte ich von einem ungesitteten Lümmel nicht erwarten. Aber Sie werden Ihr ›alles andere‹ nicht von mir bekommen, nicht am selben Tag, da Sie es von der Roten Alma hatten.«

»Von der Roten... Sie sollten sich deutlicher ausdrükken, und zwar schleunigst, Lady.«

»Ich?« Reina rang nach Luft. »Sie besuchen eine Hure, und *ich* soll mich deutlicher ausdrücken?«

»Das ist also die Laus, die Sie den ganzen Tag im Pelz hatten.« Er grinste plötzlich und steigerte dann ihre Wut durch sein Lachen. »Und ich sagte ihr, Sie wären nicht so dumm.«

»Nicht... so... dumm?« stotterte sie. »Ich mußte wohl blöd sein zu denken, daß mein Mann mich nicht so öffentlich blamieren würde.«

Immer noch grinsend, schüttelte er den Kopf über sie. »Meine Lady, Sie wurden in keiner Weise blamiert.«

»Und morgen fliegen die Schweine«, fauchte sie. »Am besten teilen Sie dem Falkner mit, er soll sich auf dieses Wunder vorbereiten.«

»Sie haben keinen Grund, erzürnt zu sein.«

»Ich soll also jeden Tag überlegen, in welchem Bett Sie sich als nächstes amüsieren werden, aber keinen Ton darüber sagen? Meinen Sie das?«

»Haben Sie mich mit der Hure im Bett gefunden?«

»Ich fand Sie, als Sie Ihre Hand auf deren Brust legten. Sie sprachen wohl über das Pachtgeld, mein Lord?«

Ihr beißender Spott wurde immer tödlicher. Ranulf

hatte vergessen, daß sie gerade in diesem Moment an der Tür der Roten Alma erschienen war.

»Tatsache ist, daß wir über Sie sprachen.«

»Natürlich.« Das klang trocken.

»Die Tür war offen, wie Sie sich erinnern werden.«

»Was nur beweist, daß das stimmt, was Sie von sich sagten. Es ist Ihnen egal, ob Sie in intimen Situationen beobachtet werden oder nicht. Im Wald, in der Hütte einer Hure bei weit offener Tür – wo ist da ein Unterschied?«

»Wissen Sie, kleiner General – diesen Eifersuchtskummer hätten Sie sich ersparen können, wenn Sie gestern abend meine Frage beantwortet hätten. Wenn Sie nicht wollen, daß ich mich mit anderen Frauen amüsiere, hätten Sie es sagen sollen.«

»Dann geben Sie es zu?« fragte sie mit einem sehr geringen Triumpfgefühl.

»Geben *Sie* es zu?« konterte er.

»Nachdem Sie nicht taktvoll sein können, muß ich wohl zugeben, daß ich Ihre Frage besser beantwortet hätte, aber nach den Geschehnissen ist das wohl sinnlos geworden«, meinte sie bitter. »Und ich war *nicht* eifersüchtig. Ich war entsetzt und gedemütigt, aber nicht eifersüchtig.«

»Sehr gut, Sie waren nicht eifersüchtig«, stellte er fest, doch sein Lächeln verriet, daß er das nicht glaubte. »Sie hätten trotzdem jede Aufregung vermeiden können, wenn Sie einfach gefragt hätten, was ich bei der Roten Alma suche.«

»Wenn mein Mann zu einer Hure geht, gibt es nur einen Grund dafür.«

»Warum habe ich dann lediglich mit ihr geredet?«

»Geredet?« fauchte Reina. »Mit der Hand auf ihrer Brust?«

Anstatt sich vor Verlegenheit zu winden, lachte er leise. »Wie sonst hätte sie beurteilen können, ob meine Berührung Ihnen Schmerz zufügt?«

»Mir? Sie erwarten, daß ich Ihnen glaube, Sie hätten die

Frau um meinetwillen geliebkost?« rief sie höhnisch. »Versuchen Sie das noch einmal!«

Wenigstens machte er nun ein ernstes Gesicht. »Wenn ich eine Frau gebraucht hätte, wäre es nicht nötig gewesen, ins Dorf zu gehen. Hier gibt es genügend, die nicht nein sagen würden, Sie inbegriffen. Was ich haben mußte, war eine Antwort, die nur eine Frau mit mannigfacher Erfahrung wissen konnte. Aus diesem einzigen Grund wählte ich die Rote Alma aus, und das ist auch das einzige, was ich von ihr bekommen habe. Selbst als ihre Antwort mich erregte, blieb ich nicht, um Vorteile aus ihrem Beruf zu ziehen. Doch wenn Sie draußen auf mich gewartet hätten, Lady, hätten Sie festgestellt, daß Ihre Annahme verkehrt war.«

Sie mißverstand ihn nicht, und Röte stieg in ihre Wangen. Und sie glaubte ihm, ob das nun klug war oder nicht, weil sie ihm glauben wollte. Das bedeutete allerdings, daß sie mit ihrer Anklage einen fürchterlichen Narren aus sich gemacht hatte. Sie mußte dankbar sein, daß er nicht völlig die Geduld mit ihr verloren hatte. Er blickte noch immer stirnrunzelnd vor sich hin, was ihr augenblickliches Unbehagen verstärkte.

»Würden Sie...« Sie räusperte sich und konnte ihm nicht in die Augen sehen. »Würden Sie mir sagen, welche Antwort Sie gesucht haben?«

Er kam einen Schritt näher. Seine Stimme klang tief und heiser. »Wie ich Ihnen Vergnügen bereiten könnte, ohne Ihnen weh zu tun.«

Reina hob den Kopf mit einem Ruck. Heiße Entrüstung färbte ihre Stirn rosig. »Sie haben sie *das* gefragt?«

»Ja.«

»Aber Sie haben mir nie weh getan.«

»Ich habe Sie auch noch nie so berührt, wie ich es gern möchte, in der Angst, diese Hände würden Sie verletzen, wenn ich die Kontrolle verliere, was mir bei Ihnen häufig passiert.« Ihr zweifelnder Blick erbitterte ihn. »Sehen Sie sich an! Wissen Sie, wie zerbrechlich Sie mir vorkommen? Sie sind die winzigste, zarteste Frau, mit der ich je geschlafen habe. Sie hochzuheben, strengt mich nicht mehr an, als wenn ich Lady Ella hochhebe.«

Das war eine Übertreibung, aber die beiden merkten es nicht, als er Reina unter den Armen faßte und in die Höhe hielt, um seine Behauptung zu beweisen. Sie schaute nun auf ihn nieder, doch er blickte auf ihr geöffnetes Nachthemd. Beide Brüste waren unverhüllt. Die großen, dunkelroten Brustwarzen standen in scharfem Kontrast zu der sahnig weißen Haut. Sie schienen sich Ranulfs Lippen entgegenzurecken. Er gehorchte und beugte den Kopf gerade so weit vor, daß er eine erreichen konnte. Dann sog er sie tief in seinen Mund.

Reina sah das kommen, als sich seine Augen verdunkelten. Sie hielt die Luft an und atmete nun mit einem sanften Stöhnen aus. Ihr Kopf neigte sich zurück, während Hitze in ihrem Leib wirbelte. Ihre Hände, die leicht auf Ranulfs Schultern geruht hatten, griffen nach oben, und ihre Finger wühlten in der goldenen Mähne. Daß ihr Körper sich nicht an seinen schmiegte, sondern über dem Boden schwebte, war ohne Bedeutung. Ihre Glieder waren sowieso gummiweich. Seine blieben felsenfest; nicht einmal seine Arme, die sie hochhielten, zitterten.

Schließlich ließ er die eine Brust los und leckte den Weg zu der anderen hinüber. Als er die zweite jungfräuliche Brustwarze erbeutete, entrang sich Reina ein noch tieferes Stöhnen. Das Gefühl war so intensiv, daß die junge Frau es beinahe nicht ertragen konnte, doch sie dachte nicht daran, um Gnade zu flehen.

Dann, plötzlich, wurde sie noch höher gehoben. Seine Lippen trennten sich nicht von ihrer Haut. Er drückte heiße Küsse auf ihren Bauch, machte kurz über ihrem Nabel halt und tauchte seine Zunge hinein. Reina hatte sich von diesem Angriff noch nicht erholt, als sie langsam heruntergelassen wurde. Ranulfs Zunge glitt nun von ihrem

Bauch zum Hals, zur Wange und schließlich in ihren Mund, wo ein glühender Kuß sich bis in ihre Finger- und Zehenspitzen fortsetzte.

Als er sie auf den Boden niederließ, wäre sie zu seinen Füßen zusammengebrochen, hätte sie sich nicht noch immer in seinem Haar verkrallt. So sank sie gegen seinen Körper und spürte kaum, wie Ranulf ihre Finger aus seiner Mähne löste und ihr das Nachthemd von den Schultern streifte. Sie merkte, wie er sie in seine Arme nahm, und ahnte vage, wohin er sie tragen würde. Aber weitere Gedanken drangen nicht durch den Nebel der Lust, in dem sie noch gefangen war.

Diese Lust verringerte sich nicht. Selbst als Ranulf Reina auf das Bett legte und zurücktrat, um sich zu entkleiden, hörte das Kribbeln nicht auf. Sie beobachtete ihn, seinen unverhüllten, goldenen Körper, dessen wundervolle Kraft sich in jedem gewölbtem Muskel zeigte. Sie wünschte sich, seine Haut zu berühren, ihn zu schmekken, wie er es bei ihr getan hatte. Nie zuvor hatte sie solch eine bebende Vorfreude erlebt. Und als sie seinem Blick begegnete, schoß ein neuer Nervenkitzel durch ihren Leib, denn die Augen des Mannes glühten vor Leidenschaft und verrieten, was Reina schon vorher geahnt hatte: daß es diesmal anders sein würde. Aber sie hätte sich nicht vorstellen können *wie* anders.

Als Ranulf zu ihr auf das Bett kam, erregten seine sanften Küsse sie erneut, alarmierten sie mit weniger sanften Bissen, entflammten sie bei jeder Berührung, bis sie in einer Woge der Hitze und des Begehrens schwamm. Dabei empfand sie es als frustrierend, daß Ranulf ihr nicht gestattete, ihn ebenso zu berühren, denn er hielt ihre beiden Hände unnachgiebig fest.

Endlich bereitete er sich darauf vor, ihr dringendes Bedürfnis, ihn in sich zu spüren, zu erfüllen. Er kniete sich zwischen ihre Beine, hauchte einen Kuß auf ihren zitternden Leib und dann...

»Ranulf, was... nein, nicht... Nein!«

Er tat es, und sie hatte das Gefühl, in das Weltall zu schießen. Ihr Körper bäumte sich auf, ihr Rücken wölbte sich bei dem Versuch, dem Feuer von Ranulfs Zunge zu entgehen. Aber es gelang ihr nicht, und sie bekam auch ihre Hände nicht frei. Sie wollte sich aufrichten, doch Ranulf drückte sie nieder, so daß sie ihm gnadenlos ausgeliefert war.

Ja, er kannte keine Gnade. Er fuhr fort, ihr Intimstes zu genießen, und brannte ihren Schock und ihre Angst nieder, bis eine wilde, erstmalige Befriedigung sie durchzuckte, die in ihrer Intensität erschreckend war. Eine solche Reaktion schien nicht Reinas eigene zu sein, doch spürte die junge Frau sie und überließ sich ihr willig in hilfloser Hingabe. Ein neuer, wunderbarer Herzschlag explodierte zwischen ihren Beinen, und ein Schrei entrang sich ihr, der Ranulfs üblichem Stöhnen in nichts nachstand.

Während sie atemlos auf den Wellen der Nachwirkung dahintrieb, drang Ranulf in sie ein und ließ sie auf dem Gipfel des Glücks schweben. Indem der Mann seinem eigenen Höhepunkt entgegeneilte, verwandelten sich die Wellen unerwartet in eine Sturmflut, und im letzten Augenblick vereinte sich Reinas Schrei mit dem von Ranulf in einem weiteren Ausbruch bebender Ekstase.

31

Es bedeutete einen ziemlichen Schock für Reina, aus einem angenehmen Traum aufzuwachen und direkt aus allernächster Nähe auf das Hinterteil einer Katze zu blicken. Sie begriff nicht sofort, was ihr da ins Gesicht ragte, doch der höllisch gräßliche Gestank, der einen Augenblick später ihre Nase beleidigte, war leicht zu identifizieren. Sie schrie und sprang aus dem Bett. Als sie sich umdrehte, hatte sich das ekelhafte Vieh auf ihrem Kopfkissen niedergelassen, doch Reina war vom Anblick ihres Mannes gefesselt.

Ihr entsetzter Schrei hatte Ranulf geweckt, und mit der Reaktion eines Kriegers stand er bereits neben ihrem Bett, das Schwert in der Hand. Offensichtlich konnte er sich nicht vorstellen, was Reina erschreckt hatte, denn er sah sie fragend an.

Reinas Verdruß minderte sich nicht. Er wurde sogar noch verstärkt durch die Tatsache, daß sie beide nackt dastanden. Erinnerungen an letzte Nacht begannen die junge Frau zusätzlich aufzuwühlen. Als Ranulf sie nun fragte, was sie gestört habe, war es ihr egal, wie dumm ihre Antwort klingen mochte. Die Katze war schuld an dieser neuen peinlichen Lage, und die Katze würde dafür büßen müssen.

»Dieses verschlagene Vieh hat mir ins Gesicht gefurzt.«

Er lachte nicht. Sie wünschte beinahe, er hätte gelacht, denn das hätte der absurden Situation vielleicht die Spannung genommen. Statt dessen steckte er sein Schwert sehr langsam in die Scheide zurück und kroch wieder ins Bett. Sein Schweigen irritierte Reina und stachelte ihr Temperament an. Daß er Lady Ella dann noch in den Arm nahm und streichelte, schlug dem Faß den Boden aus.

»Nun?« fragte sie aufreizend.

»Was – nun? Das ist eine normale Begebenheit. Tiere furzen ebenso wie wir Menschen.«

»Sie ...« Reina stach mit dem Finger in das Fell der Missetäterin. »... hat es absichtlich gemacht.«

»Lächerlich! Warum haßt du Katzen?«

»Ich hasse sie nicht. Ich liebe Katzen. Ich hasse *diese* Bestie, und ich weigere mich, noch länger mit ihr im gleichen Raum zu schlafen. Entweder sie geht – oder ich.«

Als er nichts sagte und Reina nur anstarrte, als sei sie verrückt, packte sie ihr Nachthemd, das noch auf dem Boden lag, und stürmte aus dem Zimmer. Erst draußen im Gang fiel ihr ein, daß sie nirgendwohin gehen konnte. Ihr früheres Zimmer hatte sie Elaine und Alicia überlassen, und sie beabsichtigte auch nicht, zu dieser frühen Stunde die anderen Frauen in ihren Gemächern zu stören. Im Nachthemd konnte sie sich nicht einmal nach unten begeben. Der Morgen dämmerte erst, aber einige Diener würden nun schon aufgestanden sein.

Die Fackeln im Korridor waren abgebrannt, und das Licht, das durch die Fensterschächte fiel, war kaum wahrnehmbar. Im Treppenhaus herrschte noch mehr Dunkelheit, aber Reina bewegte sich in diese Richtung. Der Boden war kalt, aber wenn sie sich auf die Stufen setzte, konnte sie wenigstens die Füße in ihr Nachthemd hüllen. Dabei hoffte sie, daß niemand auftauchen würde, denn es wäre ihr schwergefallen, irgendeine vernünftige Erklärung für ihr seltsames Verhalten zu finden.

Allmählich beruhigte sich ihr Atem, doch es dauerte ein wenig länger, bis sie das Durcheinander ihrer Gedanken wieder beherrschte. Da legte sie den Kopf auf die Knie und stöhnte.

Ich habe das nicht getan. Jesus, sag mir, daß ich nichts dergleichen getan oder gesagt habe.

Keine göttliche Stimme antwortete, und Reina stöhnte erneut. Ranulf mußte denken, daß er eine Schwachsinnige geheiratet hatte – und das war gar nicht so abwegig. Sie mußte verrückt gewesen sein, sich wegen nichts so aufzuführen. Gestern hatte sie Grund für eine Szene gehabt, oder es jedenfalls angenommen. Für das heutige Narrenstück gab es keine Entschuldigung. Eine Katze war also schlau genug, einen kleinen Krieg zu entfachen. Niemand würde das glauben. Sie selbst würde es bezweifeln, hätte sie nicht Lady Ellas besonderen Intrigenstil schon vorher kennengelernt. Jesus, jetzt suchte sie schon wieder idiotische Entschuldigungen.

Kein Mensch mit einem normalen Verstand würde einer Katze menschliche Motive unterstellen.

Reina mußte der Wahrheit begegnen: Sie war auf Lady Ella eifersüchtig – allerdings nicht grundlos. Das alberne Ultimatum, mit dem sie Ranulf konfrontiert hatte, bewies, daß ihm seine kostbare Katze mehr am Herzen lag als Reina, die nun hier auf der kalten Treppe saß, während das Vieh in einem warmen Bett verhätschelt wurde – in ihrem Bett.

Plötzlich erschrak Reina, als etwas an ihrem Schenkel vorbeistrich. Sie sah, wie ein kleiner, dunkler Schatten die Stufen hinunterhuschte. Lady Ella? Aber sie, Reina, hatte die Tür zum Vorraum geschlossen. Wie war es dann möglich...

Sie straffte sich, denn nun merkte sie, daß ihr Mann hinter ihr stand. Das war der Moment, sich zu entschuldigen, aber in ihrer Demütigung fand sie keine Worte. Es schien zur Gewohnheit zu werden, sich in Ranulfs Gegenwart zu erniedrigen, obwohl ihr kein Grund dafür einfiel. Diesmal war es allerdings am schlimmsten, und sie haßte es, sich vorzustellen, was ihr Mann gerade eben dachte.

»Kommen Sie freiwillig zurück, oder muß ich Sie tragen?«

Sie erhob sich und drehte sich um, damit sie ihn anblikken konnte. Sie sah nur seine Silhouette, nicht seinen Gesichtsausdruck. Auch seine leise Stimme verriet nichts.

»Was soll das bedeuten?« fragte sie zögernd.

»Es bedeutet, daß ich mich geschlagen gebe, kleiner General. Es wäre mir lieber, wenn Sie Lady Ella tolerieren würden, aber wenn Sie nicht können, dann können Sie nicht. In Zukunft soll sie bei Lanzo schlafen.«

Reina hätte großmütig sein und sagen müssen, daß sie es nicht ernst gemeint habe und er seine Katze behalten könne, wo er wolle. Aber sie hatte gesiegt – auch ohne Schuldgefühl seinerseits. Der Triumph war es wert, ohne Zugeständnis ausgekostet zu werden.

»Danke.«

»Wofür? Sie haben mir keine Wahl gelassen.«

Sie lächelte vor sich hin, denn das entsprach nicht ganz der Wahrheit. Er hätte sie genausogut gewaltsam zurückschleppen und ihr seinen Willen aufzwingen können – ungeachtet ihrer Gefühle.

»Sie sind nicht verärgert?«

Er antwortete nicht, sondern trat zur Seite, um sie vorbeizulassen. Und sie fand es besser, dankbar zu sein und die Angelegenheit nicht mehr zu erwähnen. Seine Stimme hatte nicht ungehalten geklungen, obwohl er Grund gehabt hätte, verstimmt zu sein. Üblicherweise schätzten Männer keinerlei Art von Ultimatum.

Im kalten Luftzug des Treppenhauses zog Reina ihr Nachthemd enger um sich und machte einen Schritt, da fühlte sie sich von Ranulfs Armen hochgehoben. »Ich dachte...«

»Seien sie still«, unterbrach er sie. »Ich merke erst jetzt, daß Sie barfuß sind.«

Was sollte sie dagegen einwenden? Ihre Füße waren kalt. Ranulf war so vernünftig gewesen, Schuhe und Hosen anzuziehen, ehe er seiner Frau folgte. Seine Ritterlichkeit war unerwartet, aber schön. Reina wollte auch diese Freude auskosten, solange sie anhielt. Außerdem mochte sie es, wenn ihr Mann sie auf den Armen trug.

Lanzo schlief ruhig weiter. Das Kommen und Gehen durch seinen Vorraum, in dem er sein nächtliches Lager ausgebreitet hatte, störte ihn nicht. Er war an Ranulfs Stimme gewöhnt, wenn sie sich bei Befehlen hob, doch an diesem Morgen hatte Ranulf nur leise gesprochen.

Im Schlafzimmer war es inzwischen wesentlich heller geworden, denn die Sonne war aufgegangen. Ranulf legte seine Frau auf das Bett, und nun sah sie ihm direkt ins Gesicht. Er grinste, und Reina erriet den Grund.

»Also deshalb sind Sie nicht ärgerlich! Sie fanden mein Benehmen belustigend?«

Er setzte sich neben sie und blickte auf seine ausgestreckten Füße. »Ich habe früher viele Eifersuchtsszenen erlebt, aber niemals wegen meiner Katze.«

»Tatsächlich?« meinte sie ungnädig.

Das Gelächter, das er zurückgehalten hatte, brach aus ihm hervor. Er fiel rückwärts auf das Bett und rollte hin und her vor Lachen. Er brüllte geradezu. Reina sah sich nach einem Schlagwerkzeug um.

»Ich schwöre«, preßte er mühsam hervor und hielt sich den Bauch dabei, »ich habe noch nie ... so etwas ... Lustiges gehört ... wie Ihre Behauptung, die Katze ... habe Ihretwegen gefurzt.«

Hatte Reina das wirklich behauptet? Es war höchst unlogisch, denn Tiere wie Menschen konnten so etwas nicht steuern.

»Ich gebe zu, daß ich mich mißverständlich ausgedrückt habe. Ich hätte sagen sollen, sie hätte es absichtlich getan, wenn es ihr möglich gewesen wäre.«

Das beschwor eine weitere Lachsalve herauf. Tränen strömten nun aus Ranulfs Augen. Reina mußte sich auf die Lippen beißen, so ansteckend wirkte die Heiterkeit ihres Mannes.

»Genug, Ranulf«, sagte sie, leicht entrüstet. »Ich habe mich also wie eine Idiotin benommen. Aber Sie brauchen nicht darauf herumzureiten.«

»Nein, nicht wie eine Idiotin.« Er zog sie neben sich und beugte sich lächelnd über sie. »Sie waren ausgesprochen entzückend.«

»Und dumm«, sagte sie. Die Art, wie er sie ansah, erwärmte ihr das Herz.

»Dumm, ja. Wissen Sie, daß ich noch nie in meinem Leben so gelacht habe? Ich bin froh, daß Sie so dumm sind, kleiner General.«

Sie wischte mit der Hand die Feuchtigkeit von seinen Wangen. »Es tut mir leid.«

»Was?«

»Daß Sie in Ihrem Leben so wenig zu lachen hatten.«

Er zog ihre Finger an die Lippen. »Vorsichtig, Lady, sonst werden Sie gleich herausfinden, was ich mit Frauen mache, die ihr Mitleid an mich verschwenden.«

»Ich weiß genau, was Sie machen«, schnaubte sie. »Sie bedienen sich des Mitleids, um sie in Ihr Bett zu locken. Eine schändliche männliche Taktik.«

»Nicht schändlicher als die weibliche Taktik, die Sie gestern anwandten, als Sie dachten, mich plage ein schlechtes Gewissen.«

»Ich habe nie...«, begann sie, doch sein wissendes Grinsen ließ auch sie lächeln. »Bei meinem Vater klappte das immer.«

»Ich bin nicht Ihr Vater.«

Ihre Brauen hoben sich. »Es ist Ihnen egal, ob in Ihrem Haushalt Frieden herrscht oder nicht?«

Reina erstarrte, als er den Kopf neigte, ihr Nachthemd mit den Zähnen packte und es aufriß. Dann schmolz sie dahin, denn seine Zunge umspielte ihre Brustwarze. Als er Reina anschaute, glänzten seine Augen vor männlicher Zufriedenheit.

»Ich glaube«, sagte er als Antwort auf ihre Frage, »ich habe einen besonders erfreulichen Weg gefunden, Frieden zu schließen.«

»Das mag sein«, flüsterte sie heiser, doch dann richtete sie sich auf, und es gelang ihr, sachlich hinzuzufügen: »Aber da wir bereits Frieden haben...«

»Nicht so schnell.«

Mit einem Finger drückte er Reina auf das Bettuch und streifte ihr das Nachthemd über die Schultern. Nun waren ihre beiden Brüste sichtbar, und Ranulfs Blick verriet ihr, daß diese Unterhaltung ein rasches Ende finden würde.

»Sind Sie noch böse, daß ich die Rote Alma aufgesucht habe?«

Reina wandt sich ungemütlich. »Sie hätten auch mich fragen können.«

»Hätten Sie mir gesagt, daß ich Ihnen so Vergnügen bereiten könnte, wie ich es getan habe?«

»Wie hätte ich Ihnen das sagen sollen, nachdem ich selbst nicht wußte, daß so etwas möglich ist?«

»Ich wußte es auch nicht.«

Seine Lippen glitten über ihre Wange auf ihren Mund zu, doch er küßte sie nicht. Er strich mit der Zunge aufreizend über Reinas Unterlippe, bis die junge Frau ihren Mund auf seinen preßte. Da lehnte er sich lächelnd zurück.

»Sagen Sie mir jetzt, daß Sie es genossen haben.«

»Zweifeln Sie daran?« fragte sie ungläubig.

»Nein, aber ich möchte, daß Sie es zugeben. Sagen Sie es, Reina.« Er unterstrich die Forderung mit einem weiteren Kuß und ließ seine Lippen über ihren schweben. »Sagen Sie es.«

»Ich habe... es genossen.«

»Wenn ich es wieder mache, werden Sie nicht protestieren?«

»*Das* habe ich nicht gesagt, Ranulf! Warten Sie... Es ist heller Morgen... Tageslicht... gütiger Himmel...« Ihre Worte versanken in einem Seufzer der Wonne.

32

Reina schnitt den letzten Faden ab und erhob sich, ehe sie das fertige Gewand betrachtete. Durch das Ausputzen mit elfenbeinfarbenen Seidenstreifen wirkte das blaue Samtnachthemd wie für einen König geschaffen. Ob ihr Mann allerdings einverstanden sein würde, es zu tragen, war die Frage – und nicht nur, weil er kein Nachtgewand gewöhnt war. Seine ganze Garderobe wirkte bescheiden, einfache Wolle und Leinen ohne Zierat, das meiste reparaturbedürftig. Man konnte Ranulf nicht als eitel oder großturisch bezeichnen, obwohl er sich schon lange eine bessere Kleidung hätte leisten können. Daß er einen einfachen Aufzug vorzog, sagte viel über seinen Charakter.

Reina hatte bei dem Nachtgewand ihre Fantasie walten lassen, da nur sie und einige ausgewählte Diener ihren Mann darin sehen würden. Der Rest der neuen Garderobe, die sie für Ranulf anfertigen wollte, würde aus feiner Qualität, aber bescheidener sein – wenigstens bis sie ihren Gatten überzeugen konnte, daß man von einem noblen, reichen Herrn eine luxuriösere Kleidung erwartete als von seinen Vasallen.

Die Kommentare, die Reina während der Arbeit an dem Nachthemd von ihren Damen gehört hatte, entsprachen den Hänseleien, die sich eine junge Braut gefallen lassen mußte.

»Wollen Sie wirklich jene herrlichen Schultern unter diesem Ding verstecken?«

»Ich würde es ihm wegnehmen, anstatt es ihm anzuziehen.«

»Sie werden es bedauern, wenn er es wie mein William macht und sich entschließt, darin zu schlafen.« Das kam von Lady Margaret.

»Wenn er nicht gewöhnt ist, eines zu tragen – warum wollen Sie ihm diese gute Sitte abgewöhnen?«

Was sie nicht zu erkennen schienen, und was Reina ihnen auch nicht verraten würde, war dies: Wenn ein Mann mit Ranulfs Körper in einem Schlafzimmer herumspazierte, bedeutete das die Hölle für das Gleichgewicht einer Frau, jedenfalls für das von Reina. Sie benahm sich albern, wenn er nackt war – sie starrte ihn mit schamloser Unhöflichkeit an oder beschuldigte eine arme Katze der Boshaftigkeit. Über kurz oder lang würde sie dem sinnlichen Drang unterliegen, den diese goldene Haut in ihr weckte: Sie würde Ranulf berühren, ihn streicheln, ihn kosten, ob er sie darum bat oder nicht. Was würde er dann von ihr denken? Schließlich erfüllte er mit seinem nun häufig geübten Geschlechtsverkehr nur eine Klausel ihres Vertrages. Wenn Reina ein Kind erwartete, würde ihr verschwenderisches Liebesleben ein Ende finden.

Ranulf ein Nachtgewand zu verpassen, war nur eine Schutzvorrichtung der Versuchung gegenüber. Die Vorsichtsmaßnahme sorgte dafür, daß er später nicht denken würde, Reina verginge beim Verlust seines Körpers vor Gram. Denn seine neuen Techniken kamen bei ihr an – Himmel, und wie sie ankamen! Ranulf wußte das. Er sonnte sich entzückt in seiner großen Leistung – eine typisch männliche Reaktion, wie Reina vermutete. Er kam ihr vor wie ein kleiner Junge, der seinen ersten Sieg über unbezwingbare Widrigkeiten errungen hatte. Also war es ihre Sache, ihn glauben zu machen, sie sei im Grunde immer noch gleichgültig. Ihr Stolz würde ihr aus dieser Situation heraushelfen müssen, wenn schon nichts anderes half.

Reina hängte das fertige Gewand über den Arm, um es ins Schlafzimmer zu bringen. Sie würde es auf das Bett legen. Hoffentlich würde Ranulf sich verpflichtet fühlen, es zu tragen, einfach, weil es für ihn genäht war. Wenn nicht, würde sie durch das Entfernen einiger Wandbehänge dafür sorgen müssen, daß der Raum zugiger wurde. Ein wenig Kälte würde Ranulfs Mangel an Schamhaftigkeit gewiß im Zaum halten.

»An Ihrer Stelle würde ich meinen Entschluß noch einmal überdenken«, rief die Dame Hilary mit singender Stimme, worauf die jüngeren Damen zu kichern begannen.

Reina mußte lächeln. Wären die Umstände ihrer Hochzeit andere gewesen, hätte sie tatsächlich noch einmal überlegt. Aber sie war sich dessen stets bewußt, daß Ranulf praktisch zur Ehe mit ihr hatte gezungen werden müssen. Mochte er nun auch die Fähigkeiten eines Liebhabers entwickelt haben, auf die er übermäßig stolz war, so hätte er diese zweifellos lieber an einer anderen Frau ausprobiert.

»Wenn Sie es ihm schon geben müssen, ziehen Sie selbst keines mehr an«, schlug Florette mit ernster Miene vor. »Dann wird er seines auch nicht zu oft tragen.«

Das bewirkte endlich ein Erröten bei Reina – etwas, worauf die Mädchen gewartet hatten. Doch ehe die junge Frau eine passende Antwort parat hatte, erschien Wenda in der Tür und unterbrach das fröhliche Gelächter. Sie war außer Atem und offensichtlich sehr schnell gelaufen.

»Meine Lady, am besten kommen Sie sofort. Lord Ranulfs Ritter sind zurückgekehrt; zwei von ihnen sind ernsthaft verwundet.«

Im Nähraum war nun kein einziger Laut mehr zu vernehmen. Reina war erschrocken, weil sie im ersten Moment gedacht hatte, Ranulf sei etwas passiert. Nun kehrte die Farbe in ihr Gesicht zurück, und ihr Gehirn reagierte rasch.

»Hilary, Florette, Sie kommen beide mit mir.« Das Nachthemd warf sie Wenda zu. »Bring das in mein Schlafzimmer, wenn du dort die Medikamente holst. Margaret, Sie suchen alles Notwendige zusammen und treffen mich unten. Elaine, schicken Sie jemanden nach meinem Herrn. Seine Rückkehr ist erforderlich.«

»Wo befindet er sich?«

»Im Dorf, glaube ich.« *Um die Rote Alma reich zu machen,* fügte sie im Geiste hinzu. Sie war sich nicht sicher, ob Ranulf mit der Bemerkung gescherzt hatte, der Rat der Frau sei ihr Gewicht in Gold wert. »Florette?«

Die junge Witwe hatte sich nicht vom Fleck gerührt, sondern blickte Wenda mit aschfarbenem Gesicht an. »War… war Sir Walter einer der Verwundeten?«

»Ich weiß es nicht, Madame«, erwiderte Wenda. »Sie wurden gerade in den Wohntrakt gebracht, als Meister Gilbert mir auftrug, Lady Reina zu holen.«

Bei dieser Antwort blieb Florettes Blässe bestehen, und Reina überlegte, ob die hübsche Brünette sich wohl in Walter de Breaute verliebt hatte. Offenbar hatten Reinas eigene Probleme dazu geführt, daß die junge Frau nicht wahrnahm, was in ihrem eigenen Haus vorging. Sie hatte nicht einmal gewußt, daß Ranulfs Männer Clydon heute verlassen hatten.

»Florette, vielleicht sollten Sie hierbleiben«, sagte Reina in der Annahme, die junge Witwe würde nur hinderlich sein, wenn sie Walter tatsächlich liebte und er einer der Verwundeten war. »Margaret kann...«

»Nein, ich muß es wissen.«

»Gewiß, aber...«

»Bitte, meine Lady, ich war nur überrascht«, versicherte Florette. »Mir geht es wieder gut.«

Reina zögerte, doch schließlich nickte sie und verließ das Nähzimmer.

Noch ehe sie die Halle erreichte, hörte sie, wie Searle von Totnes die Männer verfluchte und beschimpfte, die ihn trugen. Ein Speer war in seinen Oberschenkel eingedrungen, und obwohl die metallene Spitze entfernt worden war, hatten sich Kettenglieder seiner Rüstung in die Wunde gepreßt, die bei jeder Bewegung schmerzten. Der Lautstärke seiner Stimme nach zu schließen, war sein Zustand allerdings nicht so besorgniserregend, wie Wenda angedeutet hatte. Walter jedoch – und er war der andere Verwundete – hatte das Bewußtsein verloren. Seine Gesichtsfarbe war grau, und er blutete aus mehreren Verletzungen.

Eric Fitzstephen folgte den Trägern, und an ihn richtete Reina ihre Fragen, während die Verwundeten in ihre eigenen Zimmer jenseits der Halle gebracht wurden. »Wie lange blutet Sir Walter schon?«

»Zu lange«, erwiderte Eric, und seine Stimme klang rauh vor Kummer. »Schon zu Anfang der Fehde trug er die tiefe Verletzung an der Seite davon, doch er kämpfte weiter. Und wir waren ziemlich weit von Clydon entfernt, als wir angegriffen wurden.«

»Stürzte er vom Pferd, als er die Kopfwunde erhielt?«

fragte sie besorgt. »Ich muß wissen, ob innere Verletzungen vorliegen könnten.«

»Nein, keine gebrochenen Rippen oder Ähnliches. Die Wunden brachten ihn nicht ins Wanken. Erst nach dem Kampf, als er sein eigenes Blut sah... ah...«

»Ich verstehe«, sagte Reina. Sie erkannte, wie schwierig es für einen Ritter war, die Ohnmacht eines anderen zuzugeben. »Wissen Sie, wer das getan hat?«

»Wir waren auf der Waldstraße, meine Lady.«

Diese Erklärung genügte wohl. »Gut. Ich habe nach Ranulf geschickt. Lassen Sie Ihre Kratzer von einer meiner Damen behandeln, ehe er kommt, denn dann wird er eine genaue Beschreibung der Ereignisse von Ihnen fordern.«

Sie fand Florette in Walters Zimmer, wie sie sich über den Verwundeten beugte. Ihr Gesicht war erneut totenblaß, aber sie ließ sich nicht gehen. Vorsichtig entfernte sie die Behelfsbandage von Walters Kopf.

»Lassen Sie das«, sagte Reina entschieden. »Dort hat die Blutung aufgehört, aber an der Seite muß sie gestillt werden.«

»Wird er... sterben, meine Lady?«

»Warum sollte er so etwas Dummes machen?« meinte Reina, doch ehe sie die Wunden gesehen hatte, konnte sie keine klare Prognose abgeben.

Die schwierigste Aufgabe bestand darin, Walters schwere Rüstung zu entfernen, so daß die Wunden freigelegt werden konnten. Zwei Männer bemühten sich, das mit möglichst wenig Erschütterungen zu bewerkstelligen. Der Rest seiner Kleidung war schnell weggeschnitten, und nun zeigte sich das Ausmaß seines Blutverlustes.

»Zu lange«, hatte Eric gesagt, und er hatte nicht übertrieben. Walters ganze rechte Seite war bis zu den Stiefeln in Blut getaucht, die Wunde ausgefranst und immer noch blutend. Die Waffe – was immer das gewesen sein mochte – hatte die Rüstung über der untersten Rippe durchbohrt, doch anstatt tödlich zu treffen, war sie abgelenkt worden und hatte unter der Rüstung eine lange Fleischwunde verursacht. Der Schnitt war tief, aber er schien nicht allzu kritisch zu sein. Die Gefahr lag nun darin, ob Walter zuviel Blut verloren hatte und daher zu schwach sein würde, eine eventuelle Infektion zu überstehen.

Reina handelte schnell. Sie reinigte die Wunde und trug eine blutstillende Salbe auf. Das Nähen überließ sie Florette, während sie sich um die Kopfverletzung kümmerte. Die Haut war hier nur geringfügig aufgerissen, doch darunter lag eine dicke Beule. Ein Helm hätte das verhindern können. Nachdem Walter nun tagelang sehr quälende Kopfschmerzen haben würde, stand zu vermuten, daß er Clydon nicht mehr ohne Helm verlassen würde.

Walter wachte kein einziges Mal auf, und das war günstig, nachdem die Wunde mit vielen Stichen genäht werden mußte. Aber Reina hatte Schwierigkeiten, ihm das Stärkungsmittel einzuflößen, das sie zubereitet hatte. Sie betraute Florette mit der Aufgabe und ging zu dem jüngeren Ritter hinüber.

Searles markerschütternde Klagen, die bei Hilarys Behandlung noch lauter geworden waren, drangen bis in den nächsten Raum hinüber. Momentan verringerten sie sich, da Hilary beinahe mit dem Jungen fertig war.

Jedoch als er Reina sah, hob er die Stimme wieder. »Sie sind grausam, Lady, mir so eine Hexe auf den Hals zu schicken.«

»Diese Hexe hat sanftere Hände als ich, Sir, also seien Sie dankbar, daß ich mit Sir Walter zu beschäftigt war, um mich selbst um Sie zu kümmern.«

Das brachte ihn zum Schweigen und entlockte der stämmigen Dame ein leises Lachen. »Haben Sie je gehört, daß ein Junge wegen eines kleinen Stiches so viel Geschrei veranstaltet hat?«

»Klein?« würgte Searle hervor.

»Nur drei Stiche, meine Lady«, erklärte Hilary.

»So wenig? Sir Walter hatte beinahe zwanzig. Haben Sie

ihn um Gnade betteln hören?« Nun grinste Reina, denn sie hatte Mitleid mit dem errötenden jungen Mann. »Nein, Searle, wir necken Sie nur. Schreien vermindert oft den Schmerz. Sie hätten meinen Vater hören sollen, wenn er sich im Übungshof nur einen Splitter zuzog. Wir mußten uns die Ohren zustopfen, ehe wir den Holzspan entfernen konnten.«

»Ist Walter... wird er...«

»Sie brauchen sich keine Sorgen um ihn zu machen. Er ist noch bewußtlos, aber momentan ist das gut. Seine Wunden waren nicht so schlimm, wie sie aussahen, aber sie werden sehr schmerzhaft sein, wenn er aufsteht. Jetzt trinken Sie das!« Sie reichte ihm einen Sud aus weißem Mohn, der mit warmem Wein gemischt war. »Es wird Ihre Schmerzen mildern und Sie einschlafen lassen, was momentan wichtig für Sie ist.«

»Aber Ranulf...«

»Eric kann alle seine Fragen beantworten.«

In diesem Augenblick wurde die Tür zum Nebenzimmer aufgestoßen, und Searle schluckte seinen Trank schnell hinunter. »Wie rasch wird das wirken?«

Reina sah ihn verwundert an. »Was ist los mit Ihnen?«

»Er wird wütend sein. Ich möchte am liebsten gleich schlafen.«

»Aber warum soll er böse sein, wenn Sie drei nichts verkehrt gemacht haben? Haben Sie einen Fehler begangen?«

»Bei uns hat es einen Toten und zwei Verwundete gegeben. Die anderen waren nur fünfzehn Männer. Wir hätten die Gegner besser abfertigen müssen, Lady.«

»Wie viele sind mit Ihnen geritten?«

»Sechs.«

Reina sah ihn empört an. »Schlafen Sie, Schafskopf. Hilary, sorgen Sie dafür, daß mein Herr Ehemann hier nicht hereingepoltert kommt.«

»Sie verlangen nicht wenig von mir.«

Wegen ihres unnötigen Spottes wurde auch Hilary mit

einem empörten Blick bedacht. »Sehr gut, ich werde mich selbst darum kümmern.« Reina ging hinaus und murmelte vor sich hin: »Mein Gott, drei gegen einen sind schon eine Übermacht. Denkt Ranulf, seine Männer seien alle Riesen wie er selbst?«

Eric ließ sich matt gegen die Wand außerhalb von Walters Zimmer sinken. Offenbar hatte er Ranulf bereits erzählt, was geschehen war. Die Tür war noch offen, und Reina zögerte nun beim Anblick ihres Mannes, der regungslos neben Walters schmalem Lager stand. Ranulf hatte die Fäuste geballt und wirkte wie eine Steinfigur. Sein Gesicht war nicht erkennbar, aber sicher hatte er auch Florette mit seinem Zorn erschreckt, denn sie wartete ebenfalls vor der Tür.

Er rührte sich nicht, als Reina neben ihn trat. »Sie können Walter wegen seiner Verwundung keine Vorwürfe machen, Ranulf. Denken Sie, er hat sie sich absichtlich geholt?«

»Der Narr wußte, daß es in den Wäldern von Räubern wimmelt, und trotzdem nahm er nur drei bewaffnete Männer mit.«

»Aber daneben noch drei Ritter in voller Rüstung. Die Gesetzlosen machen sich selten an Reisende heran, die eine gewisse Macht darstellen.«

»Diesmal haben sie es getan.«

Was konnte sie darauf sagen? Er hatte also Anlaß, ärgerlich zu sein. Doch als er sie schließlich ansah, verriet sein Blick keinen Unmut, sondern eine abgrundtiefe, schreckliche Angst.

»Meine Lady, bitte, lassen Sie ihn nicht sterben«, brachte er mit tiefempfundener Schroffheit hervor. »Wenn Sie ihm helfen, sich zu erholen, können Sie meiner innigsten Dankbarkeit sicher sein.«

Reina spürte, wie sich ihr Hals verengte. Sie widerstand dem Drang, Ranulf zu umarmen und ihm zuzuflüstern, es gäbe nichts zu befürchten. Diesem Mann durfte man nicht mit Mitleid und banalen Versprechungen begegnen.

»Was denken Sie, mein Lord?« fragte sie mit gespielt harter Stimme. »So gern ich Ihre Dankbarkeit annehmen würde, muß ich Ihnen doch sagen, daß de Breaute nicht im Sterben liegt. Seine Wunden sind geringfügig, verglichen mit einigen, die ich schon gesehen habe.«

»Warum wacht er dann nicht auf?«

»Weil ich ihm etwas zum Schlafen gegeben habe, was auch Sir Searle von mir bekommen hat. Das ist das beste Mittel für einen Mann, seine Kraft nach einem kleinen Blutverlust wiederzugewinnen. Aber keiner der beiden ist so schwer verletzt, daß er sich nicht stürmisch über die lange Bettruhe beklagen wird, auf der ich bestehen muß.«

Sie war sich nicht sicher, ob ihr Gatte das schlucken würde, doch nach einer Sekunde nickte er kurz und verließ das Zimmer. Reina seufzte erleichtert, doch die Erleichterung verflog, als die junge Frau Walter betrachtete. Er war noch immer leichenblaß. Kein Wunder, daß Ranulf gedacht hatte, er würde sterben.

»Am besten hören Sie mir zu, de Breaute.« Sie beugte sich über ihn und flüsterte scharf in sein Ohr. »Wenn Sie jetzt sterben, machen Sie mich zu einer Lügnerin. Dann werde ich den Rest meines Lebens damit verbringen zu beten, daß Sie den Rest Ihres jenseitigen Zustandes im Fegefeuer verrotten. Aus welchem unbegreiflichen Grund Sie Ranulf auch lieb sein mögen – um seinetwillen werden Sie ganz schnell genesen!«

Ob er das nun gehört hatte oder nicht – Reina fühlte sich jedenfalls besser.

Florette wartete noch angstvoll vor der Tür. Reina schickte sie wieder hinein; sie solle bei Walter auf Anzeichen von Fieber achten und Reina im Ernstfall sofort holen lassen.

In der Halle sprach Ranulf wieder mit Eric. Reina hörte

nur den Rest des Gesprächs, als sie sich den beiden näherte.

»Sende einen Botschafter, dem du vertrauen kannst, zu dem Kastellan von Warhurst. Er soll morgen beim ersten Tageslicht eine große Streitmacht aussenden, dann wird er die Gesetzlosen fangen.«

»Wird das klappen?«

»Ja. Wenn er sie uns zutreibt, kann er mit dem Rest der Bande machen, was ihm gefällt.«

Reina wandte sich ab, ehe Ranulf sie bemerkte. Vermutlich hätte er sie sowieso nicht gerufen, denn er hatte nur Blutvergießen im Sinn. Nie zuvor hatte sie ihn in einem solchen Ton reden hören, doch sie ahnte, daß sie von seinen Plänen für morgen lieber nichts wissen wollte. Die Gesetzlosen hätten ihr leid tun können, wenn sie nicht längst schon überfällig gewesen wären.

33

Der bedeckte Himmel hielt die Hitze zurück, doch er trug nichts dazu bei, Ranulfs Ungeduld im Verlauf des Vormittags zu dämpfen. Inmitten der Nacht, im Schutz der Dunkelheit, hatten sie, in kleine Gruppen aufgeteilt und in gewissen Zeitabständen, Clydon verlassen. Eine weitere Vorsichtsmaßnahme hatte darin bestanden, daß sie zuerst nach Süden geritten waren, ehe sie umkehrten, um die Wälder zu umzingeln. So konnte die Falle zuschnappen.

In Clydon gab es achtundsechzig Pferde, und Ranulf hatte sie alle mitgenommen, das zierliche Rassetier seiner Frau inbegriffen. Doch die kleineren Männer mußten zu zweit aufsitzen, damit die Anzahl von hundert erreicht wurde und alle vor Tagesanbruch ihre Ausgangspositionen einnehmen konnten.

Eric und Sir Meyer hatten die Hälfte der Männer nach

Osten geführt, Ranulf ritt am westlichen Rand der Wälder entlang. Daß er das Gebiet nicht kannte, war dem Plan nicht abträglich gewesen, wenigstens nicht an der westlichen Grenze. Der Fluß, der hier ungefähr in einer Länge von einer Meile parallel zum Waldrand strömte, hatte ein ausreichend niedriges Ufer, um die Pferde dort zu verstecken. Ranulf konnte nur hoffen, daß Eric einen ähnlich günstigen Hinterhalt gefunden hatte.

Zwischen dem Fluß und dem Wald war ein breites Haferfeld neu angebaut worden. Hier konnte sich keiner verbergen. Das Feld gehörte der Witwe de Burgh, und Ranulf verspürte keine Hemmungen, es im Notfall mit Leichen zu bedecken und das Getreide niederzutrampeln. Er hatte sogar daran gedacht, von der Witwe irgendwelche entbehrlichen Männer anzufordern, den Gedanken aber wieder fallenlassen in Anbetracht der leichten Aufgabe. Sollten Lord Rothwell oder Falkes de Rochefort einen Feldzug beginnen, war es früh genug, die Vasallen um Hilfe zu bitten.

»Denken Sie, daß etwas schiefgegangen ist, Ranulf?« fragte Kenric neben ihm. »Vielleicht haben die Männer von Warhurst diesmal Glück und schnappen die Bande vor uns.«

Ranulf brummte nur, denn die Idee war ihm auch schon gekommen. Die Wälder waren nur einige Meilen breit; wie lange brauchte da ein Mann, um sie zu durchqueren, wenn er um sein Leben rannte? Zugegeben, diese Gesetzlosen waren drahtig. Möglicherweise verweilten sie jetzt am Waldrand und hielten vorsichtig nach einer Falle Ausschau, ehe sie beschlossen, zum nächsten Baumbestand weiter westlich zu eilen.

Dann sah er eine Bewegung, deren er aber nicht ganz sicher sein konnte. Kein Wunder, daß diese Männer viele Jahre lang der Gefangennahme entkommen waren. Ohne Pferd und mit Tarnkleidung paßten sie sich der Umgebung völlig an. Sie konnten sogar einen Baum hinaufklettern, um beinahe unsichtbar zu werden. Wenn ihre Verfolger nicht sehr zahlreich waren, hatten die Räuber wirklich keinen Grund, den Wald völlig zu verlassen. Demnach mußte Warhurst ein wahres Heer ausgesandt haben, um die Gesetzlosen so zu verunsichern, daß sie es wagten.

Es handelte sich um zwei, dann drei Männer. Sie hatten es nicht eilig. Der erste drehte sich um und sagte etwas zu den anderen, während immer mehr aus dem Dickicht auftauchten. Falls sie vor den Warhurst-Soldaten in mehrere Richtungen davongelaufen waren, hatten sie sich jedenfalls wieder versammelt, ehe sie sich in das offene Feld hinausbegaben. Das war günstiger, als Ranulf gehofft hatte. Wenn sie einzeln erschienen wären, hätte er nur eine Handvoll fangen können, denn dann hätten Nachzügler seine Männer entdeckt oder etwas gehört und wären im Wald verschwunden.

Ranulf gab den Befehl zur Bereitschaft weiter, obwohl die Bande nun nicht mehr zu übersehen war. Sie bestand aus ungefähr fünfzig Kerlen, einigen mehr, als Ranulf lieb war. Vierunddreißig seiner eigenen Leute würden hinausreiten, um sich ihnen entgegenzustellen. Der Rest stand mit Armbrüsten bereit, um jeden in der Nähe niederzumähen. Ranulf beabsichtigte, keinen einzigen Mann zu verlieren, deshalb mußte er den Gegnern zuerst den Rückweg in die Wälder abschneiden.

Was nun folgte, war eine Posse, die jeden fronterfahrenen Soldaten anekeln mußte. Der Überraschungseffekt wirkte. Die breite Linie der Reiter vor ihnen, entlang des Ufers, ließ die Gesetzlosen in Panik umkehren, aber auch hier hatten sie keine Chance. Einige von ihnen wurden bei dem Versuch, an ihren Häschern vorbeizukommen, niedergestreckt, doch als Ranulf sich umsah, hatte die Meute sich vollzählig auf den Boden geworfen und ihre Waffen von sich geschleudert. Der ganze Haufen schrie um Gnade, als habe er das Spiel schon lange eingeübt.

Ranulf war angewidert, doch da es kein Gemetzel mehr geben konnte, mußte er wohl oder übel die Kapitulation akzeptieren. Allerdings war er nicht bereit, auf eine bestimmte Vergeltung zu verzichten. Eric hatte berichtet, daß fünf Räuber, die am Tag vorher angegriffen hatten, wieder in den Wald geflohen waren, als ihnen ihre aussichtslose Lage klarwurde. Ranulf wollte diese fünf aufhängen, ebenso wie den Anführer der Bande. Die übrigen konnten nach Warhurst gebracht werden.

Ranulf stieg ab und erklärte Meister Scot, was er wünschte. Er mußte nicht lange warten, aber der muskulöse Offizier kehrte nur mit einem einzigen Mann zurück. Das eckige Kinn glatt, der Schnurrbart gepflegt, das braune Haar noch kürzer als das von Ranulf – dieser Mann sah nicht wie ein Gesetzloser aus. Er wirkte auch nicht wie einer, der im Freien lebte. Er war nicht schmutzig, seine ordentliche Kleidung gab keinen Anlaß zur Kritik. Und falls er vorher mit den anderen um Gnade gewinselt hatte, lag nun keine Angst in seinem Blick, der fast zu direkt wirkte.

»Er behauptet, der Anführer zu sein«, sagte Meister Scot, doch Ranulf war selbst schon auf diesen Gedanken gekommen.

»Weißt du, wer ich bin?« fragte er den Gesetzlosen.

»Ich mache es mir zur Aufgabe, all meine Nachbarn und ihre Lebensumstände zu kennen, Lord Fitz Hugh, die alten und die neuen.«

»Das deutet auf eine gewisse Intelligenz hin, doch wenn du sie besäßest, hättest du dich über meine Wesensart informiert, ehe du auf mich oder die meinen losgegangen bist«, sagte Ranulf schroff.

»Ich habe mich informiert. Einige meiner Männer beobachteten Clydon und die beiden Straßen, die zum Schloß führen. Die Typen, die Ihre Leute angriffen, gehören nicht zu uns. Sie folgten Ihren Leuten von Anfang an und warteten auf eine günstige Gelegenheit im Wald, um über sie herzufallen.«

»Folgten mit Pferden und griffen ohne Pferde an?« höhnte Ranulf. Dann fügte er leiser und drohend hinzu: »Glaube nicht, du kannst mir Märchen erzählen, um dich reinzuwaschen. Du weißt nicht, wo meine Männer herkamen.«

»Sie kamen über den schmalen Pfad, der von Keigh Manor entweder nach Warhurst oder nach Clydon führt, ohne daß man den Umweg über die westliche Straße nehmen muß. Ich weiß das von einem meiner Männer, der in der Gegend jagte. Er beobachtete die Gruppe. Ob Ihre Leute von Keigh Manor oder von weiter draußen kamen, weiß ich allerdings nicht – da haben Sie recht. Aber die Waldstraße windet sich in starken Kurven, um die dicken alten Bäume zu umgehen, Lord Fitz Hugh. Mein Berichterstatter sagte, die Verfolger hielten sich hinter der Baumlinie, und als die schärfste Kurve auftauchte, versteckten sie ihre Pferde im Gebüsch, nahmen die andere Richtung und schnitten Ihren Männern den Weg ab. Natürlich ist es unvernünftig, unberitten anzugreifen, wenn man nicht jemand anderem die Schuld in die Schuhe schieben will, von dem bekannt ist, daß er keine Pferde besitzt.«

»Euch Gesetzlosen?«

»Ich sehe, daß Sie immer noch Zweifel hegen, aber mit gesundem Menschenverstand hätte man einen besseren Hinterhalt auswählen müssen. Entlang der Straße gibt es mehrere Stellen, an denen die Zweige der Bäume herunterhängen und dichtes Unterholz den Weg säumt. Dort hätte ich meine Männer postiert, auf beiden Seiten der Straße und sogar oben in den Ästen. Da hätten sie ihr Ziel einkreisen und den Kampf sehr schnell siegreich beenden können. Aber fragen Sie Ihre Leute, und sie werden bestätigen, daß der Überfall ganz anders stattfand. Sie hätten leicht umkehren und davonreiten können, anstatt zu kämpfen.«

»John!« brüllte Ranulf.

Der Soldat, der Walter am Vortag begleitet hatte, stand

in der Nähe und hatte die Darlegung gehört. »Es stimmt, mein Lord«, sagte er. »Sie kamen alle von der einen Straßenseite her angerannt, und wir hätten tatsächlich in jede Richtung fliehen können. Wenn ich mir das jetzt vorstelle, benahmen sie sich nicht wie Leute, die einen Raub im Sinn hatten.«

»Wo ist der Clydon-Mann?« rief Ranulf.

»Hier, mein Herr.«

»Heißt du nicht Algar?« Auf sein Nicken hin fragte Ranulf: »Was hältst du von der Geschichte dieses Räubers?«

»Was er von seinen Methoden erzählt, entspricht sicher der Wahrheit. Die Raubüberfälle, von denen ich gehört habe, spielten sich alle so ab. Die Opfer hatten kaum Zeit, ihre Waffen zu ziehen, aber bei uns war das Gegenteil der Fall.«

»Hätte man euch unbemerkt von Keigh Manor aus folgen können?«

»Ja«, gab Algar zu, wenn auch zögernd. »Die Wahrheit ist, daß wir nicht sehr auf die Straße achteten. Wir lachten so viel, daß wir auch kaum etwas gehört hätten.«

»Erkläre mir das näher.«

»Sir Searle war Feuer und Flamme für die Witwe, und Ihre anderen beiden Ritter zogen ihn deshalb auf, vor allem, weil sie seine Begeisterung nicht erwiderte.«

Ranulf hatte noch nicht daran gedacht zu fragen, wie sie in Keigh Manor empfangen worden waren. Der Zweck ihres Besuches war nach dem schlimmen Vorfall völlig vergessen worden.

»Wie war Lady de Burgh sonst?«

»Da Sie es erwähnen, mein Herr – die Lady schien sich verändert zu haben, seit wir sie das letzte Mal in Clydon sahen.«

»Inwiefern?«

»Sie gab sich zwar höflich, aber doch sehr kühl. Als

Frau, die einen Gatten benötigt, hätte sie drei hübsche Ritter normalerweise mit Entzücken empfangen müssen, aber sie war froh, als sie wieder abzogen.«

»Hat man ihr den Grund eures Besuches gesagt?«

»Von Sir Searle hat sie es sicher erfahren – weil er so verliebt war.«

»Hat er die Lady beleidigt?«

»Mit Erklärungen unsterblicher Liebe?«

Ranulf schnaubte. »Dann war er wohl ein wenig taktlos. Was hatte die Lady gegen Eric und Walter, oder benahmen sie sich ebenso anstößig?«

»Überhaupt nicht – deshalb kam uns ihr Verhalten auch so seltsam vor.«

»Kannst du dir einen Grund für ihr Betragen denken?«

»Ja.« Das kam von dem Gesetzlosen, der sich nicht scheute, Ranulfs Aufmerksamkeit erneut auf sich zu ziehen. »Gerüchte sagen, daß Lady de Burgh ihr Herz William Lionel, einem ihrer Garderitter, geschenkt hat. Wenn sie sich schon einen Mann in den Kopf gesetzt hat, wie sollte sie dann andere Bewerber willkommen heißen?«

»Woher weißt du das?« fragte Ranulf.

Der Mann zuckte mit den Schultern. »Wir haben unsere Quellen. Wir wußten auch von Ihrem ersten Auftritt in Clydon – und wer es war, den Sie an jenem Morgen in die Flucht geschlagen haben.«

»Das wissen wir auch.«

»Wirklich, mein Herr?«

Das wurde in einem Ton hervorgebracht, der keinen Zweifel daran ließ, daß der Gesetzlose Kenntnisse hatte, von denen Ranulf nichts ahnte. Das gefiel dem Riesen nicht. Im Handumdrehen packte er den Mann vorn an seinem Lederwams und hob ihn in Augenhöhe.

»Am besten spuckst du es ganz schnell aus, ehe ich mich erinnere, warum ich dich holen ließ.«

»Sie flohen nach Warhurst.«

»Du lügst«, zischte Ranulf. »Es hat sich herumgesprochen, daß der dortige Kastellan ein Schwachsinniger ist.«

»Das ist er in der Tat, aber sein Herr ist nicht schwachsinnig. Lord Richad war die ganze Woche in Warhurst, und an jenem Morgen begleitete er einen großen Trupp seiner Männer. Er sowie seine Leute trugen keine seiner Farben. Ich selbst sah ihn, wie er mit einer Wunde an der rechten Schulter nach Warhurst zurückkehrte. Ich werde den Schuft immer erkennen, der mich zum Gesetzlosen machte, nur, weil es ihn nach meiner Frau gelüstete.«

Ranulf stellte den Mann langsam wieder auf die Erde. Dann brach er zum Erstaunen seiner Männer und ihrer Gefangenen in Gelächter aus. Konnte sich sein kleiner General so ungeheuer in dem Lord geirrt haben, den sie hatte heiraten wollen? Konnte der Lord so ahnungslos gewesen sein, was Reinas Wünsche betraf, daß er sich die junge Frau mit Gewalt hatte holen wollen? Himmel, das war ein Witz! Wenn es stimmte. Ranulf wurde wieder nüchtern und betrachtete den Gesetzlosen mit verengten Augen.

»Du bist eine wirkliche Informationsquelle, Meister Räuber.«

Der Mann richtete sich steif auf. »Was ich von der de Burgh-Witwe weiß, stammt nur aus Gerüchten. Sie ist jung und in mancher Beziehung noch ein Kind. Ich wäre der erste, der Zweifel daran hätte, daß sie Ihnen ihre Männer nachgeschickt hat. Ich weiß jedoch mit absoluter Gewißheit, daß meine Männer an der Sache nicht beteiligt waren und daß die Angreifer aus der Richtung von Keigh Manor kamen. Eine Schlußfolgerung daraus ziehe ich nicht. Und was ich von Richard von Warhurst weiß, ist ebenfalls die reine Wahrheit.«

»Das sagst du, aber du gabst zu, gute Gründe für die Verunglimpfung seines Namens zu haben«, stellte Ranulf fest.

»Die habe ich, wie jeder hier in der Runde. Er hat einen mächtigen Vater und glaubt daher, über dem Recht zu stehen. In Warhurst kann er sich das leisten, denn keiner dort wagt ihm zu widersprechen. Falls es einer versucht, findet er sich schnell in unserer Gruppe wieder.«

»Behauptest du, daß ihr alle aus Warhurst kommt?«

»Ja, verbannt ohne faire Anhörung und von unseren Familien getrennt. Wenn Lord Richard nicht selbst dafür sorgt, dann macht es sein Kastellan oder einer dieser fetten Händler, die in seiner Gunst stehen. Alle ahmen sie ihn nach; sie beschuldigen einen Mann ungerechtfertigt, weil sie etwas von ihm wollen oder ihn einfach nicht mögen. Jedes Wort, was ich sage, kann bestätigt werden, wenn Sie irgendeinen beliebigen in Warhurst fragen.«

»Wenn das so ist, warum habt ihr nie Rechtshilfe bei Gericht gesucht?«

»Gegen einen Lord, und dazu noch einen, dem unsere Familien unterstellt und seinen Schikanen ausgesetzt sind?«

Ranulf brummte. Er kannte die Macht kleiner Tyrannen aus eigener Erfahrung. Montfort war einer von ihnen.

»Du bist kein Zinsbauer. Was warst du in Warhurst?«

»Lord Richards Sekretär«, erwiderte der Mann verbittert. »Nicht einmal mein Wissen um seine ergaunerten Gewinne hielt ihn davon ab, sich meiner zu entledigen.«

Ranulfs Brauen hoben sich. »Ergaunerten Gewinne – durch gestohlene Rinder und Schafe?«

»Ja, unter anderem.«

»Durch gestohlene Rinder und Schafe aus Clydonschem Besitz?« hakte Ranulf nach.

»Ich weiß nicht, wo das Vieh herkam, nur, daß es zum Verkauf nach Norden gebracht wurde.«

»Sag mir noch eines«, befahl Ranulf. »Warum hat niemand in Clydon die Tyrannei dieses Lords durchschaut – bei so einer engen Nachbarschaft?«

»Wer sollte Verdacht schöpfen? Die Lady selbst muß die Warhurst-Märkte nicht besuchen; ihre eigenen Händler in Birkenham versorgen sie mit allem Notwendigen, also hört sie keine Klagen. Aber Lord Richard kommt oft nach Clydon, und er ist ein anderer Mensch, wenn er sein kleines Königreich verläßt. Er kann jeden, der ihn nicht gründlich kennt, von seiner absoluten Integrität überzeugen. Er ist jung und gescheit und erst seit vier Jahren Lord von Warhurst. Falls die Lady oder ihr Vater je Gerüchte über ihn hörten, glaubten sie nichts davon und verteidigten den Mann. Wenn Sie ihn treffen, werden auch Sie an meinen Worten zweifeln, denn er wirkt unglaublich vertrauenswürdig und rechtschaffen.«

»Ich muß ihn nicht erst treffen, um an deinen Worten zu zweifeln. Alles, was du gesagt hast, ist ungewiß, oder nimmst du an, daß ich einem Gesetzlosen blind vertraue? Deine Geschichte hat jedoch deinen Tod durch Erhängen für eine Weile aufgeschoben, wenigstens so lange, bis ich höre, was Lady de Burgh zu alldem zu sagen hat. Stelle ich dann fest, daß ihr nichts Böses getan habt, werde ich mir den Rest deiner Erzählung durch den Kopf gehen lassen.«

34

Louise de Burgh stand in der offenen Tür ihrer Halle und sah mit Entsetzen, wie ein Mann nach dem anderen durch ihr Tor geritten kam und sich in ihrem Hof aufstellte. Sie war unterrichtet, daß es sich um Lord Fitz Hugh und seine Leute handelte, doch es war zu spät gewesen, die Tore zu schließen. Das hätte auch nichts genützt, wie sie jetzt erkannte, denn fünfzig, sechzig und mehr Männer strömten herein, unter ihnen der Riese auf seinem mächtigen Schlachtroß, das nervös tänzelte, während er direkt in ihre Richtung blickte.

Sie erkannte einen weiteren Mann, Sir Eric Fitzstephen. Wenigstens war er nicht tot. Aber was war mit den beiden, die ihn gestern begleitet hatten? Bedeutete ihre Abwesenheit, daß sie den Überfall nicht überlebt hatten?

Gott mochte ihr helfen, sie mußte verrückt gewesen sein! Das hatte ihr bald gedämmert, nachdem sie ihre Männer ausgesandt hatte, jene Ritter anzugreifen. Sie hatte dann andere Männer hinter ihnen hergeschickt, doch es war zu spät gewesen. Und nun kam ihr Oberherr, um sie zu bestrafen. An allem war Searle von Totnes schuld, dieser erbärmliche Halunke. Wenn er nicht behauptet hätte, er könne sie, Louise, bekommen, wenn er Ranulf darum bäte, hätte ihr Ärger sie nicht dazu getrieben, etwas so Blödes zu tun.

Natürlich konnte sie auch William einige Schuld anlasten, weil er so schwierig war und sie nicht heiraten wollte. Wäre sie schon verehelicht gewesen, hätte Searle von Totnes sie nicht beunruhigen können. Doch sie wollte William keine Vorwürfe machen. Sie liebte ihn. Mit der Zeit hätte sie ihn davon überzeugen können, daß sie füreinander geschaffen waren. Nun war es zu spät.

Oder doch nicht? Konnte Lord Fitz Hugh sicher wissen, was sie getan hatte? Woher sollte er die Gewißheit haben, wenn sie nichts zugab? Die Männer, die gestern zurückgekehrt waren, würden niemals ihre Schuld bekennen. Und William mit seinem verfluchten Ehrgefühl wußte nichts von der Sache. Also brauchte sie nur...

»Louise de Burgh?«

Sie erschrak heftig. Er war nicht abgestiegen und nicht einmal nähergekommen. Seine Stimme dröhnte über den Hof wie Trompetenschall.

Um zu antworten, hätte Louise de Burgh schreien oder zu Ranulf hingehen müssen. Beides paßte ihr nicht, also nickte sie nur.

»Sind das alle Männer, die Sie haben, Lady?«

Louise blickte sich um und stellte fest, daß jeder angetreten war, um einen Blick auf den neuen Lord von Clydon zu werfen, selbst die Diener. Sie hatten ja auch nichts zu fürchten. William war ebenfalls anwesend. Er stand neben den Soldaten und runzelte die Stirn wegen Ranulfs Benehmen. Die Soldaten waren es, die Fitz Hugh gemeint hatte. Sie waren auf eine Zahl von zwölf zusammengeschrumpft, nachdem Louise am Vortag zehn von ihnen verloren hatte.

Ehe Louise bejahend nicken konnte, fragte Lord Ranulf: »Wer von Ihnen ist William Lionel?«

Nun rannte Louise die Stufen hinunter. »Was wollen Sie von Sir William?« rief sie. »Er war gestern nicht da...«

Es war zu spät, die Worte zurückzunehmen, die eine Verurteilung bedeuteten, nach Ranulfs Gesichtsausdruck zu schließen. Der Herr von Clydon stieg endlich vom Pferd, und Louise erbleichte, als sie sah, daß es sich wirklich um einen Riesen handelte – und daß er direkt auf sie zukam. Sie wäre geflohen, hätte das Entsetzen sie nicht gelähmt bei dem Gedanken, er würde sie auf der Stelle töten.

»Ich hätte geschworen, daß Sie es nicht waren, Lady. Als Eric vermutete, Lionel habe auf eigene Faust gehandelt, um einen Rivalen zu beseitigen, war ich geneigt zuzustimmen, obwohl Eric sich nicht an Lionel erinnern konnte.«

Ranulf hatte nicht erwartet, daß Eric auftauchen würde, gerade, als er die Hälfte seiner Männer zur Begleitung der Gefangenen nach Clydon abkommandiert hatte und selbst mit dem Rest nach Keigh Manor aufbrechen wollte. Aber Eric hatte ihn überzeugt, daß es sinnlos sei, noch länger auf die Gesetzlosen zu warten, nachdem die Gruppe von Warhurst noch unterwegs war.

Als Eric die Geschichte des Räubers gehört hatte, verteidigte er gleich die Witwe.

»Sie ist sehr schön. Hätte Searle sich nicht sofort in sie verliebt, hätte ich sie vielleicht haben wollen. Um sie zu besitzen, kann ein Mann leicht zum Mörder werden, und dieser Ritter sah vermutlich seine Chancen bedroht, als er den Zweck unseres Besuches erfuhr.«

Das leuchtete Ranulf ein, und er glaubte es, doch es war nicht so. Er hätte seinem Instinkt folgen sollen, der jeder Lady zuerst einmal mißtraute, denn diese Damen waren hinterlistig und fähig, Verrat zu üben. Und sie war bezaubernd, diese hier, mit ihrem weizengoldenen Seidenhaar und den saphirblauen Augen – jung und voller Angst, aus gutem Grund. Ranulf hätte sie aufhängen sollen, doch er vermutete, daß sein kleiner General dagegen protestieren würde.

»Was soll das bedeuten, Lord Fitz Hugh?«

Ranulf drehte den Kopf, um den Ritter anzusehen, den er schon vorher bemerkt hatte und von dem er zu Recht annahm, daß es Sir William Lionel war. Groß und hübsch, mit rußschwarzem Haar und kühnen, grauen Augen, konnte der Mann in einer einsamen jungen Frau bestimmt Leidenschaft erwecken. Die Frage war: Wer begehrte wen?

»Ihre Lady fand, sie habe zu viele Freier und sollte einige davon umbringen lassen«, erwiderte Ranulf angeekelt.

»Das ist eine schwere Anklage, mein Lord.«

»Die Dame ist dennoch schuldig.«

»Nicht, ehe es bewiesen ist, und ich will ihre Ehre verteidigen, um die Angelegenheit zu entscheiden.«

Ranulfs Interesse war sofort geweckt. Er betrachtete den Mann gründlicher. Er war groß genug, ausreichend kräftig und willig. Ranulf war der Kampf versagt geblieben, auf den er die halbe Nacht und den ganzen Morgen gewartet hatte. Sollte ihm jetzt ein Scharmützel gewährt werden?

»Gegen mich?«

Ein Überraschungsruf folgte, doch Sir William erholte sich rasch und nickte kurz. Ranulfs Lächeln breitete sich langsam aus – es wirkte niederdrückend. Lady Louise brach in Tränen aus und schlang die Arme um Williams Hals.

»Du kannst ihn nicht besiegen – nicht ihn: Bitte, William, ich habe nichts getan – jedenfalls kann er nichts beweisen. Und Lady Reina wird mich beschützen.«

»Hör auf«, sagte William grob und schob sie von sich.

»Aber er wird dich töten.«

»Daran hättest du denken sollen, ehe du deiner üblichen kindischen Unbesonnenheit freien Lauf ließest.«

Er wandte sich von ihr ab und ging in die Mitte des Hofes. Ranulf nickte Eric zu, er solle die Lady, wenn nötig, zurückhalten, und begab sich zu dem jungen Ritter. Eine kurze Pause entstand, während der Sir Williams Knappe dessen Helm holte, damit die beiden Kämpfer gleich ausgestattet waren. Dann zog Ranulf das Schwert und griff an.

Er hegte die starke Hoffnung, endlich einmal einen würdigen Gegner zu haben, und William Lionel hielt sich anfangs gut. Seine Bewegungen waren schnell, ebenso seine Reaktionen, und seine Klinge sowie sein Schild wehrten jeden Hieb ab. Das war jedoch alles, was er tun konnte. Wie gewöhnlich, ließ Ranulfs Taktik keine Gegenangriffe zu. Seine kraftvollen Schläge folgten pausenlos aufeinander, bis Lionel aus reiner Erschöpfung auf die Knie sank und seinen Schild nicht mehr hochheben konnte.

Er beugte den Kopf, um den tödlichen Stoß zu empfangen, und sein Schwächezustand war so groß, daß ihn sein Geschick nicht übermäßig bekümmerte. Er hörte, wie Ranulf das Schwert in die Scheide steckte, und blickte überrascht hoch. Der Riese grinste, und sein Atem ging kaum rascher. William schüttelte verwirrt und wehmütig den Kopf.

»Es ehrt Sie nicht, diesen Sieg auszukosten, nachdem es um das Schicksal der Lady ging.«

Ranulf lächelte über das Mißverständnis. »Das Schicksal der Lady war besiegelt, auch ohne Ihren Kampf.«

»Warum nahmen Sie dann meine Herausforderung an?«

»Ich brauche Übung. Da mein Partner dank des Verrates der Lady ans Bett gefesselt ist, wird es lange dauern, bis mir ein ebenbürtiger Gegner über den Weg läuft. Aber Sie fragen nicht nach der Strafe für die Lady. Lieben Sie sie so wenig?«

»Ich liebe sie überhaupt nicht. Sie mag ja schön sein, aber sie ist ein verzogenes, eingebildetes Kind und viel zu eigenwillig für meinen Geschmack.«

»Wußten Sie, daß Louise Sie haben wollte?«

»Ja, aber ich habe sie nie ermutigt – im Gegenteil. Ich tat alles, um ihr zu zeigen, daß ich kein Interesse hatte, meine Bitte, aus ihren Diensten entlassen zu werden, inbegriffen. Sie wollte mir nicht glauben.«

»Warum haben Sie dann für sie gekämpft?«

»Ich sehe in ihr eine verwöhnte kleine Hexe, die außerdem extrem dumm ist, aber ich stehe noch in ihren Diensten, bis sie mich entläßt.«

Ranulf mußte sich bei dem Groll, der in diesen Worten steckte, ein Lachen verbeißen. »Sehr lobenswert. Einen Mann mit diesen Ansichten kann ich in meinen eigenen Diensten gebrauchen, falls Sie interessiert sind. Aber was das Schicksal der Lady betrifft, brauchen Sie sich keine Gedanken zu machen. Ich werde sie mit meinem eigenen Gefolgsmann verheiraten, der dafür sorgen wird, daß sie kein Unheil mehr anrichten kann. Das wird ihr nicht gefallen, aber sie muß Treue ihrem Oberherrn gegenüber lernen, auch wenn ihr Leib bei der Lehre leidet.«

»Diese Lektion hätte sie schon längst bekommen sollen«, schnaubte William, völlig einverstanden.

Ranulf wandte sich ab und warf seinen Helm Kenric zu. Sein Blick fiel zufällig auf die Witwe, die zu weit entfernt war, als daß sie hätte hören können, was über sie geredet wurde. Sie war blaß, verängstigt und zitterte erheblich, nachdem es ihrem Ritter nicht gelungen war, sie durch den Kampf zu entlasten. Als Ranulf sich ihr näherte, um ihr seinen Entschluß mitzuteilen, beobachete er, wie sie sich veränderte. Ihr Gesichtsausdruck wurde sanft, ihr Körper entspannte sich, ihre Augen glänzten sinnlich und bewundernd, und er hörte förmlich, wie sich die Räder in ihrem Gehirn drehten. Diesen Blick hatte er zu oft erlebt, um ihn falsch zu deuten – es war der Blick einer Frau, die einen Mann verführen wollte, um zu bekommen, was sie sich wünschte.

»Verschwenden Sie Ihre Mühe nicht, Lady«, sagte er mürrisch und kehrte wieder um.

Sie mochte warten, bis Searle sich so weit erholt hatte, daß er herkommen und ihr persönlich sagen konnte, wie sich ihre Zukunft gestalten würde. In der Zwischenzeit sollte sie als Gefangene in Ungewißheit schmoren, was viel weniger war, als sie verdiente – bei den Menschenleben, die ihre Tat gekostet hatte. Wenn ihre Hinterhältigkeit nicht zu weiteren Entdeckungen geführt hätte, wäre Ranulf nicht so nachsichtig ihr gegenüber gewesen.

35

»Er kommt, meine Lady.«

Mehr brauchte Reina nicht zu hören. Sie lief aus ihrem Zimmer, die Treppen hinunter, quer durch die Halle, noch weitere Stufen hinab und erreichte den Hof gerade in dem Moment, als Ranulf abstieg. Ohne an das Schlachtroß zu denken, dessen Zügel er noch hielt, rannte sie vor und warf die Arme um Ranulfs Hals.

Das üble Fluchen ihres Mannes war das erste Anzeichen dafür, daß sie nicht so impulsiv hätte sein sollen. Als zweites spürte sie, wie sein Körper durch die Zügel zur Seite gezerrt wurde. Dann hörte sie, wie das Pferd sich ins Geschirr legte, um jeden niederzutrampeln, der sich ihm entgegenstellte, auch seinen Meister. Reina stieß einen leisen Schrei aus und sprang aus dem Weg.

Ranulf war wütend, als er das Tier endlich unter Kontrolle gebracht hatte. Doch ein Blick auf Reinas aschfahles Gesicht ließ ihn seine Wut wegstecken, um sie ein anderes Mal wieder hervorzuholen. Er ging zu seiner Frau hinüber und hob sie hoch.

»Das war ein dummer Streich, Lady«, sagte er einfach.

»Ich weiß. Dumm und gedankenlos – aber es wird nicht wieder passieren.«

»Gut«, entgegnete er, noch ruhig. »Könnten Sie mir jetzt verraten, warum Sie so etwas Törichtes gemacht haben?«

Sie senkte scheu die Augen, während ihre Hände zögernd seine Schultern berührten und über sie hinwegglitten, bis Reina wieder fest an seinem Hals hing. »Ich hatte Angst«, flüsterte sie. »Als die Männer mit Gefangenen zurückkamen und sagten, wohin Sie gegangen sind, machte ich mir Sorgen. Ich erinnerte mich an William Lionel und fürchtete, Sie könnten mit ihm kämpfen und dabei verletzt werden.«

Das Zucken, das sie spürte, war Lachen, wie sie nach einer Sekunde feststellte. Es vertrieb ihre Betroffenheit sehr gründlich und ersetzte sie durch Gekränktsein. Hinzu kam, daß Ranulf Reina heftig drückte, ehe er sie wieder auf den Boden herabließ.

»Seien Sie nicht albern, Mädchen.«

Das Grinsen, das er zur Schau stellte, genügte, um Reinas Temperament anzustacheln. »Ja, ich war albern, mich um einen hirnlosen Tölpel zu sorgen, der sich mit nur wenigen Männern an einen Ort des Verrats begab.«

»Erics Gruppe stieß zu mir, ehe wir dorthin kamen.« Er grinste immer noch.

»Oh«, sagte Reina, aber sie war nicht ganz zufrieden. »Dennoch hätten Sie warten sollen.«

»Worauf? Ich war dort und hatte genügend Leute zur

Verfügung – gegen eine Handvoll. Und Lionel? Er ist von beachtlicher Größe, aber sehen Sie mich an, Reina, auf welchen von uns beiden würden Sie wetten?«

Für diese dünkelhafte Logik erntete er einen sauertöpfischen Blick. »Nur ein Mann mit einem Pfeil ist nötig, um einen Riesen zu fällen, Ranulf. Sie sind nicht unverletzbar.«

»Vielleicht nicht«, stimmte er zu. »Aber ich bin auch kein Idiot. Sieben Jahre lang habe ich für andere Männer gekämpft. Glauben Sie, daß ich jetzt leichtsinnig werde, wo ich für mich kämpfe?«

»Ich denke nicht«, gab sie widerwillig zu.

»Warum haben Sie sich dann Sorgen gemacht?«

»Eine Frau muß keinen echten Grund haben, sich zu sorgen«, erwiderte sie gereizt. »Mir war eben danach zumute.«

»Lady, bevor Sie noch weitere Rätsel von sich geben, muß ich Ihnen sagen, daß ich nicht mehr lange auf den Füßen stehen kann. Sie sollten mir ein Bad, eine Mahlzeit und ein Bett anbieten, anstatt mich wegen meines gut verrichteten Tagewerks zu tadeln. Wissen Sie, wie lange ich nicht mehr geschlafen habe?«

Heiße Röte stieg in ihre Wangen. »Lieber Himmel, warum haben Sie das nicht gleich gesagt? Kommen Sie herein, mein Lord, und Sie werden alles erhalten, was Sie sich wünschen.«

Sie ging ihm voraus die Treppen hinauf. Er blickte auf ihre schwingenden Hüften und schüttelte den Kopf. Es wäre ihm lieber gewesen, sie hätte diese bestimmten Worte nicht benützt. Zum erstenmal war er zu müde, um Vorteile daraus zu ziehen.

Reina wußte nicht, was sie geweckt hatte, aber sie spürte sofort, daß das Bett neben ihr leer war – noch ehe sie es sah. Im ersten Moment gab es ihr einen Stich, dann erschrak sie, als sie merkte, daß Ranulf im Zimmer war. Er stand an den Bettpfosten gelehnt, hatte die Vorhänge zurückgezogen und betrachtete Reina. Das beunruhigte sie, ebenso wie seine Nacktheit, die sich bronzegolden im Licht der Kerze badete. Falls Ranulf sein neues Nachthemd auf der Kleidertruhe entdeckt hatte, so war es jedenfalls von ihm ignoriert worden.

»Ist etwas nicht in Ordnung, mein Lord?«

»Doch, alles.«

»Warum stehen Sie denn da?«

»Ich beobachte Sie beim Schlafen«, erwiderte er einfach und fügte genauso einfach hinzu: »Wissen Sie, daß Sie schnarchen?«

Sie war einen Moment sprachlos, dann widersprach sie mühsam: »Ich schnarche nicht.«

»Doch! Nicht laut, aber immerhin.«

Wie schrecklich, so etwas zu einer Frau zu sagen, und, verflucht, sie konnte nicht einmal dasselbe von ihm behaupten. »Danke. Es hätte mich sehr betrübt, wenn ich darüber noch länger in Unkenntnis geblieben wäre.«

Er lachte leise. »Seien Sie mir nicht böse, kleiner General. Ich schwelge noch im Glanz Ihrer mir vor einigen Stunden gewährten Zuwendung. Noch nie hat sich jemand so zärtlich um mich gekümmert wie Sie!«

Wie konnte sie nach dieser Behauptung ärgerlich auf ihn sein? »Ich habe Sie nur gebadet und Ihnen etwas zu essen gegeben.«

»Und meinen Wein sowie meine Bettücher gewärmt, die Fenster zugehängt, um den Raum zu verdunkeln, und die Damen unten verjagt, damit kein Lärm mich zu dieser frühen Stunde stören sollte. Lady, Sie haben mich sogar zugedeckt, ehe Sie auf den Zehenspitzen aus dem Zimmer schlichen.«

Neckte er sie, oder dankte er ihr? Reina errötete auf alle Fälle. Sie dachte, er sei sofort eingeschlafen. Er war so müde gewesen. Und sie war so erleichtert gewesen, daß er ohne einen Kratzer heimgekommen war, daß sie ihn mit Freuden verwöhnt hatte. Aber war er wirklich noch nie von jemandem liebevoll zugedeckt worden? Der Drang, die Arme um ihn zu legen und ihn nur festzuhalten, lebte wieder in ihr auf, aber Ranulf war kein Kind, das man trösten mußte, und sie fand ihre Aufwallung lächerlich.

»Ich dachte, Sie würden bis zum Morgen durchschlafen, mein Lord. Hat etwas Sie gestört?«

Ja, dachte er für sich, *Sie haben sich an meinen Körper gekuschelt.* Aber er hatte schon einmal für ihr Erröten gesorgt, deshalb behielt er diese Antwort für sich.

»Nein, ein paar Stunden genügen, um mich zu erfrischen. Ich bin noch nicht an den Luxus eines normalen Nachtschlafes gewöhnt. Aber ich war so müde, daß ich nicht einmal nach Walter gefragt habe. Wie geht es ihm?«

»Er wachte auf und beschwerte sich, wie ich es vorausgesagt habe.« Diesmal wenigstens sprach sie die Wahrheit. »Wollen Sie mir jetzt erzählen, was in Keigh Manor geschah?«

»Heißt das, daß Sie meine Männer nicht ausgehorcht haben, als ich im Bett lag?«

Sein wissendes Grinsen war peinlich, aber nach einer Sekunde gab Reina es zurück und bekannte: »Eric erzählte mir von Ihrem Kampf mit Lionel.«

»Und?«

»Sehr gut, ich hatte also keinen Grund zur Sorge«, meinte sie schmollend. »Aber ich sagte Ihnen schon, daß eine Frau keinen triftigen Grund braucht.«

»Daß Sie sich überhaupt um mich ängstigen, Lady, das verblüfft mich.«

»Glauben Sie, ich möchte die Mühsal noch einmal auf mich nehmen, mir einen neuen Ehemann zu wählen?« entgegnete sie.

»Dann finden Sie Ihren jetzigen Ehemann erfreulich?«

»Befriedigend.«

Er lachte polternd. »Das ist ein Wort mit vielen Bedeutungen.«

Reina knirschte mit den Zähnen. »Sie sind vom Thema abgekommen, mein Lord. Eric berichtete mir nicht, was Sie mit Lady Louise vorhaben.«

Er setzte sich auf seine Seite des Bettes. Einen Augenblick lang betrachtete Reina seinen breiten Rücken, und die Kraft, die er anzeigte, sandte ihr einen angenehmen Schauder durch den Körper, der auch ihre Gedanken abschweifen ließ. Dann stützte Ranulf sich neben ihrer Hüfte auf den Ellenbogen, und Reina war erstaunt, wie ernst sein Gesicht geworden war.

»Die Witwe bleibt in ihrem Zimmer gefangen, bis Searle so weit genesen ist, daß er sie heiraten kann – falls er sie noch will, nachdem er von ihrer Tücke weiß.«

Reina erstarrte. »Dann haben Sie Sir Arnulph gar nicht in Betracht gezogen?«

»Nein. Für ihn habe ich Birkenham im Sinn.«

»Aber das ist zuviel!« rief sie verwundert.

»Warum, wenn er so loyal ist, wie Sie sagen, und ich ihn nach einem Vorstellungsgespräch akzeptiere?«

»Aber... aber ich dachte, Sie würden Birkenham Walter geben.«

»Er will es nicht.«

»Ich weiß, daß er das sagte, aber das war sicher ein Scherz.«

Ranulf lächelte. »Er meinte es ernst. Er weiß, daß ich immer einen Platz für ihn habe, ohne ihn mit Verantwortung zu überhäufen. Würde ich das versuchen, dann ginge er nach Hause, wo er willkommen ist und nichts anderes tun müßte, als im Notfall zu kämpfen.«

»Warum haben Sie ihn dann nach Keigh Manor geschickt?«

Er zuckte mit den Schultern. »Um die beiden jungen Burschen vom Streit um die Lady abzuhalten, falls sie beide Louise hätten haben wollen.«

»Und was wäre gewesen, wenn er selbst sich in sie verliebt hätte?«

»Das war unwahrscheinlich, da Walter sich bereits intensiv für eine Ihrer Damen interessiert. Haben Sie das nicht gemerkt?«

»Eadwina ist keine Dame.«

Er lachte über ihr empörtes Schnauben. »Nicht sie. Sein Interesse für Eadwina entspringt einer reinen Notwendigkeit. Ein Mann muß seine Nöte befriedigen, wenn er ans Heiraten denkt. Oder würden Sie es billigen, wenn er in Dame Florettes Bett schliche?«

»Ich billige keine dieser Aktionen, wenn Sie es wissen müssen! Ich sehe nicht ein, warum ein Mann seine Begierden nicht einmal für kurze Zeit zügeln kann. Wenn Walter Florette haben will – und ich kann Ihnen versichern, daß sie ihn mit Entzücken nehmen würde –, warum kann er nicht warten, bis sie verheiratet sind? Sie haben gewartet.« Zum zweitenmal sah sie ihren Mann erröten. Das verleitete sie zu einem Schluß, der sie unvernünftigerweise verletzte: »Sie haben nicht gewartet?«

Er hörte den Schmerz in ihrer Stimme und legte die Hand an ihre Wange. »Lady, wäre ich nach unserer zweiten Hochzeit so ungeduldig gewesen, wenn ich mit einer Ihrer Huren geschlafen hätte? Aber als Sie mir die Tür vor der Nase zumachten, war ich so verärgert, daß ich daran dachte – das gebe ich zu. Und wenn Sie jetzt sagen, Gedanken seien genauso schlimm wie die Tat, dann werde ich Sie verhauen.«

Sie lächelte hilflos und wußte, daß er das nicht ernst meinte. »Nein, das würde ich nicht sagen, sonst müßte man ja jeden lebenden Mann verdammen.«

»Es ist gut, daß Sie vernünftig sein können«, meinte er und richtete sich wieder auf.

Auch er wußte, daß sie ihm keine Züchtigung zutraute, aber er war sich nicht sicher, ob das gut sein sollte. Wie hielt man eine Frau im Zaum, die sich nicht vor Strafe fürchtete? Wenn er je die Erfordernis sehen sollte, Reina zu schlagen, würde sie sich vermutlich verraten fühlen und ihm nie verzeihen, und das war keine Lektion wert. Aber nun fragte er sich, warum er so empfand.

»Ist etwas nicht in Ordnung, Ranulf?«

»Ich dachte gerade an die Gefangenen«, erwiderte er brummig. Seine eigenen Gedankengänge verwirrten ihn, und er benötigte eine Ablenkung. »Wo hat man sie hingebracht?«

»In einen der ummauerten Türme. Ich muß sagen, daß ich über die Gefangennahme der Männer erstaunt war.«

»Warum?«

»Ich glaubte nicht, daß Ihr Plan klappen würde, nachdem Sie statt eines Botschafters einen unsignierten Brief nach Warhurst schickten. Nur ein kompletter Narr würde nach so einer unzuverlässigen Information handeln.«

»Ich rechnete mit der Dummheit des Kastellans.«

»Warum ließen Sie es darauf ankommen?«

»Ich hatte keine Lust, als der Dummkopf angesehen zu werden, falls der Plan schiefging.«

Bei diesem kleinen Eitelkeitsbeweis mußte sie ein Lächeln zurückdrängen. »Oh, sehr weise, mein Lord.«

Er sah sie düster an, da er ihre Belustigung spürte. »Weise oder nicht, Lady, die Sache verlief wunschgemäß. Und weil ich nur eine Botschaft ohne Unterschrift schickte, weiß man in Warhurst nicht einmal, daß ich mit von der Partie war und die Gesetzlosen hier habe.«

»Wollten Sie sie nicht nach Warhurst bringen lassen? Haben Sie auch diesbezüglich Ihre Meinung geändert?«

»Vorerst ja.«

»Sie wollen sie doch nicht selbst aufhängen?«

»Sie brauchen sich nicht aufzuregen, Lady. Wenn sie verdienen zu hängen, dann werden sie auch hängen. Doch ich denke, daß eine geringere Strafe angebracht ist oder sogar überhaupt keine, wenn das, was sie über Warhurst gesagt haben, stimmt. Morgen werde ich mir darüber Gewißheit holen.«

»Aber Sie können einem Gesetzlosen doch nicht glauben«, protestierte sie.

»Das dachte ich auch, aber was der Anführer über Keigh Manor berichtete, erwies sich als wahr.«

»Und was haben die Leute über Warhurst gesagt?«

»Nur, daß Ihr geschätzter Lord Richard die letzten drei Wochen anwesend war, daß er Warhurst mit einer großen Streitmacht an demselben Morgen verließ, als ich eine große Streitmacht vorfand, die Clydon angriff, und daß er an jenem Morgen verwundet in seine Stadt zurückkehrte. Der Mann sagte noch einiges mehr, aber ... Sie lachen? Ich kann hierin nichts Lustiges erkennen.«

Reina versuchte sich zu beherrschen, doch sie konnte ihr schallendes Gelächter nicht bremsen. Es war Ranulfs immer finster werdende Miene, die sie schließlich ernüchterte, aber nicht vollständig.

»Sagen Sie mir, daß Sie dieser lächerlichen Geschichte nicht geglaubt haben.«

»Und warum ist sie lächerlich?«

»Aus welchem Grund könnte Richard mich angreifen?«

»Aus demselben Grund, den Sie auch Falkes de Rochefort unterstellten.«

»Um mich zu heiraten?« Sie lächelte. »Sie vergessen, daß ich bereit war, Richard zu heiraten.«

»Nein, das vergesse ich nicht. Aber sagen Sie mir, Reina, wußte er das?«

Das ernüchterte sie vollkommen, und daß Ranulf sich offenbar freute, diesen Punkt erwähnt zu haben, empfand sie als ärgerlich. »Ob er es wußte oder nicht – Sie werden mich niemals davon überzeugen, daß Richard mir etwas Böses antun könnte. Sie kennen ihn nicht, Ranulf. Er ist der umgänglichste, liebenswürdigste ...«

»Tatsächlich?« Er unterbrach sie mit einem Hohnlächeln. »Sind Sie dessen so sicher? Was wäre, wenn er sich innerhalb seines kleinen Königreichs als ein ganz anderer Mensch erwiese? Haben Sie ihn je in Warhurst erlebt und gesehen, wie er sich seinen Leuten gegenüber verhält oder wie sie sich ihm gegenüber verhalten?« Er fuhr fort, ihr den Rest dessen zu erzählen, was er von dem Gesetzlosen über ihren Lord Richard gehört hatte, und fragte am Schluß: »Was ist, wenn mindestens ein bißchen von dem allen der Wahrheit entspricht?«

»Weil ein Gesetzloser es behauptet?« spottete sie. »Natürlich sagte er die Wahrheit über Keigh Manor, nachdem Sie ihm nach dem Leben trachteten und er das wußte. Weil sein Verhalten Früchte trug, erfand er eine weitere Story des Unrechts, das ihm angetan worden war, in der Hoffnung, die Freiheit zu erlangen. Oh, er ist ein schlauer Bursche. Aber Sie werden mich nicht überzeugen, daß Richard etwas anderes ist als ein guter Mensch. Und ich weiß, warum Sie diesen Unsinn glauben wollen.« Sie gab ihm keine Chance, sich hierzu zu äußern, sondern fuhr hitzig fort. »Aus dem gleichen Grund, warum Sie auch Lord John so genüßlich herabgesetzt haben. Sie möchten, daß ich ewig dafür dankbar bin, Sie und nicht einen der beiden anderen bekommen zu haben. Aber ich bin ja dankbar, deshalb brauchen Sie nicht...«

Er beendete diese Tirade ganz plötzlich, indem er hinüberrollte und halb auf Reinas Körper landete. Sein Finger legte sich auf ihren Mund, so daß sie nicht einmal keuchen konnte, und dabei grinste er unverfroren.

»Sie haben sich für nichts in Rage gebracht, Lady. Ich sagte nicht, daß ich irgend etwas von dem allen glaube, nur, daß ich mir Gewißheit verschaffen werde. Wenn Sie behaupten, Ihr Richard sei ein Heiliger, sehe ich ihn als solchen an, bis ich einen Gegenbeweis habe. Aber lassen Sie uns jetzt die Dankbarkeit untersuchen, die Sie gerade zugegeben haben. Enthält sie gewisse wohltätige Leistungen?«

Als Reina die Richtung seiner Gedanken und Blicke erkannte, brachte sie kein Wort mehr hervor. Ihre Brüste strafften sich unter seinen Augen, ihre Wangen wurden heiß. Und als sein Blick den ihren wieder suchte, versank sie darin wie in einem tiefen Meer.

Sie wartete atemlos auf das Zauberwerk seines Mundes und war erstaunt, als seine Hände ihre Brüste umfaßten, während sein Blick sie immer noch festhielt. Seine Finger waren warm und zärtlich und unendlich aufregend; sie reizten ihre Brustwarzen, sich hart aufzurichten, und erschreckten Reina ein wenig, als ihr Griff sich verstärkte. Mit der Lockerung des Griffs empfand die junge Frau dann noch eine Steigerung ihres Wonneschauders.

Ranulf beobachtete sie immer noch. Er lauschte ihren keuchenden Atemzügen und flüsterte schließlich. »Tue ich Ihnen weh?«

»Nein.«

»Sie würden es mir sagen?«

»Jesus, fangen Sie schon wieder damit an?«

Sie hörte sein Lachen, ehe seine Zunge begann, über ihre Lippen zu streichen, und während der nächsten Stunde bot Reina ihm die Leistungen, die er sich gewünscht hatte – zu ihrem gegenseitigen Vergnügen.

36

Reina sah, wie der Riese mit ihrem Haushofmeister den Saal durchquerte, aber sie traute ihren Augen nicht, denn sie wußte genau, daß Ranulf noch im Bett lag. Seine ›wenigen Stunden‹ erholsamen Schlafes hatten sich über den Rest der Nacht und den ganzen Morgen hingezogen. Reina kam gerade aus der Küche, wo sie wegen ihres Mannes das Mittagsmahl auf einen späteren Zeitpunkt verschoben hatte.

Wenn es also nicht ihr Gatte war, der auf sie zukam, mußte es einen zweiten Mann von seiner Größe geben, obwohl sie das nie für möglich gehalten hatte. Das Gesicht des Riesen und die goldene Haarmähne sah sie erst, als er seine Haube zurückstreifte und näher gekommen war. Gilbert mußte ihn wohl vorgestellt haben, ehe er diskret verschwand, aber Reina hatte in ihrer Verwirrung kein Wort verstanden.

Goldenes Haar und eine ebensolche Haut, tiefviolette Augen, das gleiche Gesicht – Ranulfs Gesicht, aber der Mann war nicht Ranulf. Vielleicht sein Bruder? Nein, er hatte gesagt, sein Bruder sei jünger. Dieser Riese war älter, wenn auch nicht viel. Eigentlich wirkte er nicht alt genug, um Ranulfs Vater zu sein, und doch gab es wohl keine andere Möglichkeit. Allerdings kein liebender Vater. Reina erinnerte sich genau an das, was Ranulf über diesen Menschen erzählt hatte.

»Es ist in Ordnung, Lady Reina. Diese Wirkung erlebe ich oft bei Frauen.«

Diesen Satz sagte er gewiß routinemäßig, um die Verlegenheit der Damen zu mildern, die bei seinem außergewöhnlichen Anblick taub, blind und stumm wurden. Doch diesmal irrte er sich, was den Grund betraf, und Reinas Schock war verständlich. Man traf nicht jeden Tag ein älteres Ebenbild des Mannes, den man geheiratet hatte.

»Sind Sie hier, um Ranulf zu sehen?«

»Ranulf?« Nun war er an der Reihe, verwirrt zu sein, doch gleich darauf lächelte er verständnisvoll. »Deshalb waren Sie so überrascht – die Ähnlichkeit! Sie ist unheimlich, nicht wahr?«

»Ja, sehr.« Sie konnte es noch immer nicht glauben, daß zwei Männer verschiedenen Alters so gleich aussehen konnten.

»Aber ich wußte gar nicht, daß Ranulf sich in dieser Gegend aufhält. Letztens hörte ich, daß er für einen Lord kämpfen würde. Allerdings war das vergangenes Jahr, und er bleibt ja nicht gern lange an einem Ort.«

Woher wußte der Mann das? Laut Ranulf hatten die beiden nur zweimal in ihrem Leben zusammen gesprochen.

Wollte der Mensch eine familiäre Bindung und väterliches Interesse vortäuschen?

»Das mag wohl früher so gewesen sein, aber momentan wird er Clydon nicht so schnell verlassen«, erklärte Reina steif.

Den Mann schien ihr Verhalten zu erstaunen, doch seine Neugierde überwog. »Clydon und der dazugehörige, umfangreiche Besitz sind mir wohlbekannt, Lady Reina, aber ich habe nicht gehört, daß Sie so in Schwierigkeiten stecken, daß Sie die besonderen Fähigkeiten meines Sohnes in Anspruch nehmen müssen. Ich kann Ihnen jedoch versichern, daß Sie den besten Kämpfer engagiert haben.«

War das echter Stolz, der aus seiner Stimme klang? Mit welchem Recht war er stolz auf einen Sohn, den er im Stich gelassen hatte?

»Wir sind natürlich dankbar für Ranulfs außergewöhnliche Talente, mein Lord, aber ich fürchte, Sie erliegen einem Mißverständnis. Ich habe Ranulf nicht engagiert, ich habe ihn geheiratet. Er ist der neue Lord von Clydon.«

Reina fühlte sich nicht mehr so töricht wegen ihres vorherigen Schocks, als sie nun den seinen beobachtete. Der Mann betrachtete sie lange Zeit sprachlos, ehe er den Kopf zurückwarf und lachte.

»Zweifeln Sie an meinen Worten?« fragte sie hochfahrend.

Es dauerte einen Moment, ehe er antwortete. »Nein, keineswegs. Ich wußte immer, daß Ranulf es zu etwas bringen würde, aber ich hätte nie gedacht, daß er mich noch überträfe. Wenn er hier ist, würde ich ihn wirklich gern sehen.«

»Aber deshalb sind Sie nicht gekommen. Was führt Sie her, mein Lord?«

»Mein Gepäckkarren verlor hier ganz in der Nähe ein Rad. Ich wollte mir Ihren Schmied borgen und Ihnen einen Besuch abstatten, während die Reparatur erledigt wird. Aber würden Sie mir bitte sagen, warum Sie so abweisend sind?«

»Abweisend? Ich dachte, ich sei ausgesprochen unhöflich, aber wenn Sie es so nennen wollen...«

Er lachte schon wieder, anstatt verärgert zu sein, was Reina eigentlich erwartet hatte. Es war tatsächlich nicht einfach, Vater oder Sohn zu beleidigen. Nun war es ihr peinlich, es versucht zu haben. Der Mann war schließlich ein Gast unter ihrem Dach, wenn auch ein ungebetener. Er verdiente ihre Feindseligkeit nicht für Taten aus der Vergangenheit, die nichts mit ihr zu tun hatten. Vielleicht war Ranulf sogar froh, ihn zu sehen? Es wäre der Teufel los, wenn Reina den Besucher verjagte, ehe Ranulf die Gelegenheit haben würde, sich so oder so zu entscheiden. Alles in allem hatte sie sich abscheulich gegen einen Mann benommen, den sie nicht einmal kannte. Wie war sein Name? Himmel, ihn jetzt zu fragen, wäre eine weitere Beleidigung.

»Ich muß mich entschuldigen...«

»Nein«, unterbrach er sie, noch immer lächelnd. »Ich mag Ihre Art, Lady. Ihr Temperament ist nötig im Umgang mit meinem Sohn, der so unangenehm und einschüchternd sein kann. Eine Frau mit weniger Feuer würde von ihm gewiß überwältigt werden.«

Wieder wunderte sich Reina, woher er das wissen konnte, wenn er nie mit seinem Sohn zu tun gehabt hatte. Aber sie wollte nicht fragen. Sie würde sich am besten schnell zurückziehen, ehe sie ihre bisherige Unhöflichkeit noch überbot. Doch zuerst mußte sie sich zu seiner Bemerkung äußern.

»Ranulf ist nicht so furchterregend, wie er erscheint. Man muß sich nur erst an sein aufbrausendes Wesen gewöhnen. Aber das werden Sie ja selbst wissen...« Sie hielt inne, erschrocken über ihre erneute Anspielung, und doch in der Hoffnung, er habe ihren Spott nicht wahrgenommen. »Machen Sie es sich bequem, mein Herr.« Sie deutete auf eine Bank neben dem Feuer, in einiger Entfernung von den herumeilenden Dienern, die die Tische deckten. »Wir werden bald essen, und Sie sind freundlich dazu eingeladen.« Sie hoffte, die Wahrheit zu sprechen, obwohl sie nicht voraussagen konnte, wie Ranulf seinen Vater empfangen würde. »Entschuldigen Sie mich jetzt bitte, ich will meinen Mann suchen.«

Sie ließ ihm keine Zeit für eine Entgegnung, sondern eilte davon. Schnell befahl sie einem Diener, ihm Wein zu servieren. Sie fühlte sich verwirrt und ängstlich, und, im Gegensatz dazu, verärgert über das Verhalten des Mannes. Bei der Art, wie er sich benahm, hätte man denken können, Ranulf sei ihm ein lieber Sohn, dabei hatte er ihn in Wirklichkeit kaum anerkannt. Oder wollte der Mann an Ranulfs Vermögen teilhaben? Das würde seine Begeisterung dafür erklären, daß Ranulf nun Herr von Clydon war, nicht aber seinen Stolz auf diesen Sohn, der schon spürbar geworden war, als er noch dachte, Reina habe Ranulf nur in ihre Dienste gestellt.

Tatsächlich wußte Reina nicht, was sie denken sollte. Sie mußte damit rechnen, daß Ranulf ihr nicht alle Fakten mitgeteilt hatte, aber seine Bitterkeit hatte sich nicht wegleugnen lassen. Diese Bitterkeit hatte Reina dazu veranlaßt, jenen herzlosen Vater abzulehnen. Wenn Ranulf den Mann nicht liebte, hatte er gute Gründe, ob Reina alle Fakten kannte oder nicht.

Wenn sie nun an Ranulfs Bitterkeit dachte, wurde sie noch ängstlicher. In ihrer Scham über ihr eigenes Verhalten hatte sie den Mann willkommen geheißen. Das hätte sie nicht tun sollen. Wenn Ranulf sich weigerte, ihn zu empfangen, oder – noch schlimmer – seine Abreise forderte, mußte Reina sich noch mehr schämen. Wenn einmal Gastfreundschaft gewährt war, kam das einem Friedensangebot gleich. Sie konnte nicht rückgängig gemacht werden, es sei denn, der Gast störte mutwillig den Frieden.

Doch Reina vergaß all diese Überlegungen, als sie Ranulf noch im Bett vorfand. Er war wach und beobachtete sie. Sofort suchte sie nach Anzeichen von einer Erkrankung. Es gab keine, aber Ranulf mußte ernsthaft etwas fehlen, sonst wäre er längst aufgestanden, zumal er einen seiner Männer nach Warhurst hatte schicken wollen, um die Leute in der Stadt zu befragen. Reina machte sich Vorwürfe, daß sie nicht früher nach ihrem Mann geschaut hatte.

»Sie hätten mich rufen lassen sollen.« Die Nüchternheit ihrer Stimme stand im Gegensatz zu der zärtlichen Handbewegung, mit der sie Ranulfs Stirn und Hals befühlte. »Sie sind nicht heiß«, sagte sie mit besorgter Miene. »Welche Unpäßlichkeit plagt Sie?«

Ranulf sah sie einen Moment verblüfft an, dann antwortete er: »Es sitzt tiefer.«

Ihr Blick fiel auf seinen Magen, der vom Leintuch nicht bedeckt war. Ganz sanft legte sie die Finger auf die Stelle. Gleich spannten sich Ranulfs Muskeln an – ein Zeichen, daß er Schmerzen spürte. Reina erschrak heftig, denn die Situation war schlimmer, als sie gedacht hatte.

Ihr Hals schnürte sich vor Angst um ihren Gatten zusammen, und sie wisperte: »Ist es hier?«

Er krächzte. »Tiefer.«

Ihr Blick wanderte weiter, füllte sich mit Argwohn und kehrte zurück, um sich mit seinem zu treffen. »Dort, eh? Was könnte dort weh tun?«

»Eine höchst schmerzhafte Schwellung...«

»Ohhh!«

»Was?« Er grinste über ihre Empörung.

»Verflucht, Ranulf! Ich dachte, Sie wären ernsthaft krank. Erschrecken Sie mich je noch einmal so...« Das Bedürfnis, ihm einen Schlag zu versetzen, war zu stark, und als er weiterhin grinste, gab sie dem Drang nach.

»Au!«

»Das geschieht Ihnen recht«, stellte sie fest. »Jetzt habe ich etwas zu behandeln.«

Er rieb seine Schulter, als täte sie ihm wirklich weh, und klagte. »Es gab auch vorher etwas zu behandeln, Lady.«

»Ja, Ihr Sinn für Humor hätte eine Säuberung dringend nötig. Würden Sie mir jetzt den wirklichen Grund mitteilen, warum Sie noch im Bett liegen. Sind Sie gerade erst aufgewacht?«

Er schüttelte den Kopf. »Ich habe mich in Geduld geübt, kleiner General. Ich habe einfach gewartet, bis Sie kommen und mich wegen meiner Faulheit züchtigen.«

»Seien Sie doch einmal ernst.«

»Das bin ich doch! Wäre es Ihnen lieber, ich käme nach unten und würde Sie ins Bett zurückzerren? Würden Ihre Damen da nicht gemeinsam die Augenbrauen hochziehen?«

Ihre eigenen schwarzen Brauen zogen sich zusammen. »So... so rücksichtslos würden Sie doch nicht sein...« Doch sein schelmischer Blick verriet es, wenn die Erfahrungen der Vergangenheit es schon nicht taten.

»Soll ich Ihnen danken?«

»Das kann nie schaden.« Er lachte leise. »Wenn Sie mir nicht den Kopf abreißen, dann flüchten Sie sich in Spöttelei. Aber in diesem Fall sollten Sie mir vielleicht doch danken, kleiner General. Ich werde nicht immer so rücksichtsvoll sein. Es wird vorkommen, daß ich es eilig habe und...«

»Und irgendeine dunkle Ecke genügt Ihnen?«

Als Strafe für diesen Hohn zog er sie auf das Bett. »Ja, dann ist mir jeder Platz recht, obwohl ich dieses weiche Bett vorziehe.«

»Ist es besser als der Waldboden?«

»Viel besser.«

Sie verzichtete auf ein Grinsen, aber sie konnte ihm nicht länger böse sein, wenn er so heiter war. Sie hätte nie gedacht, daß eine spielerische Seite in diesem groben Riesen steckte, doch sie begann, an dieser Eigenschaft ihren Spaß zu haben. Und sie war auf dem Weg, sich seinem amourösen Trieb entgegenzuneigen, was in Zukunft ein Problem darstellen würde. Aber solange Ranulf sie begehrte, wollte sie es genießen – nur nicht gerade jetzt.

Ehe das vorsichtige Knabbern an ihrem Hals, das Ranulf nun betrieb, sie alles vergessen ließ, rief sie: »Ranulf, das muß warten!«

»Nur, wenn der Wohntrakt abbrennt.«

Er hörte nicht auf, sanft an ihr zu nagen, und seine Hände waren ebenfalls sehr eifrig. »Ranulf, ich wollte Ihnen... etwas sagen... unten ist jemand... den Sie... Ranulf!« Sie stöhnte, als er an ihrem Ohrläppchen zupfte, und beschloß: »Er kann warten«, dann seufzte sie. »Nein, er kann nicht warten. Ranulf, es ist Ihr Vater.«

Er wurde ganz still und reglos, doch dann lehnte er sich zurück und sah sie an. »Mein was?«

»Ihr Vater ist unten und möchte Sie sehen.«

Ranulf zeigte Überraschung und für eine flüchtige Sekunde so etwas wie Freude, aber dessen konnte Reina nicht sicher sein. Doch wie auch immer die ersten Reaktionen ausfielen, sie wurden schnell von dunkleren Gefühlen abgelöst.

Ranulf stand auf, doch er kleidete sich nicht an. Er begann, auf und ab zu gehen – oder eher wie ein rastloses Tier herumzuschleichen. Das Nachthemd, das Reina für solche Gelegenheiten genäht hatte, lag unbeachtet auf der Truhe. Momentan kümmerte das die junge Frau wenig. Ranulf war wohl ein Mann mit geringem Schamgefühl, und das Nachtgewand würde vielleicht nie seinen Zweck erfüllen. Der Körper des Riesen war prächtig anzusehen. Seine rohe Männlichkeit rief in Reina völlig primitive Regungen wach, und sie wünschte, sie hätte den Mund gehalten.

Aber jetzt war es zu spät, und obwohl sie Ranulfs Umhergehen ungern unterbrach, mußte sie fragen: »Wollen Sie ihn sehen?«

»Wie, zum Teufel, hat er es so schnell herausgefunden?«

Reina hatte das Gefühl, er spräche überhaupt nicht zu ihr, habe auch ihre Frage nicht gehört. Doch sie antwortete: »Falls Sie unsere Hochzeit meinen – davon wußte er nichts, bis ich es ihm sagte.«

Das erregte schnell seine Aufmerksamkeit. »Warum ist er dann hier?«

»Das ist kein großes Rätsel, Ranulf. Sein Gepäckkarren brach auf unserer Straße zusammen, sonst wäre Ihr Vater gar nicht nach Clydon gekommen. Gilbert brachte ihn zu mir und...«

»Und Sie vermuteten, wer er war«, beendete Ranulf unwillig ihren Satz.

»Vermuten? Da gab es kein Vermuten. Sie sagten mir nicht, daß er so jung ist – und Sie sein absolutes Ebenbild sind.«

»Denken Sie, daß mich diese starke Ähnlichkeit freut? Sie glauben gar nicht, wie oft ich mit ihm verwechselt wurde. Es gab sogar Menschen, die mir nicht abnahmen, daß ich nicht er sei. Wissen Sie, was es heißt, mit einem Mann verwechselt zu werden, den Sie...«

Er mochte den Gedanken nicht vervollständigen, so tat Reina es für ihn. »Verachten? Verachten Sie ihn wirklich?«

Statt einer Antwort sah er sie düster an. »Was will er, Lady?«

»Vielleicht Ihnen gratulieren?« Seine Miene wurde noch finsterer. »Nun, woher soll ich es wissen?« fügte sie etwas gereizt hinzu. »Warum gehen Sie nicht hinunter und fragen ihn?«

»Hüten Sie Ihre Zunge, Mädchen!«

Sie blinzelte, dann kräuselte sie die Lippen. So redete er auch mit Walter, und sie wußte, daß das mehr ein Ausdruck der Zärtlichkeit als des Ärgers war.

»Dann wollen Sie ihn nicht sehen?«

Er brummte. »Nein, das will ich nicht.«

»Zu schade«, bemerkte sie leichthin, als sei die Sache erledigt. »Ich hoffte herauszufinden, wieso er so viel von Ihnen weiß.«

»Was meinen Sie damit?«

»Irgendwie müssen Sie ihm Anlaß gegeben haben, Sie voller Stolz seinen Sohn zu nennen. Ich kann mir nicht vorstellen, wie...«

»Reina!«

»Ich habe nur gescherzt«, rief sie, als er sich ihr näherte. Sie erhob sich vom Bett und ging auf die Tür zu, ehe sie hinzufügte: »Aber Sie hätten ihn hören sollen, wie er ein Loblied auf Sie sang, als er dachte, Sie stünden in meinen Diensten. Er wollte mir wohl versichern, daß Sie mein Geld wert seien. Es machte mir Spaß, den Irrtum aufzuklären. Ich muß jedoch zugeben, daß ich anfangs schrecklich unhöflich war. Ich weiß nicht, was über mich gekommen ist. Aber Sie werden es gern hören, daß er im Fall von Beleidigungen ebenso dickfellig ist wie Sie. Er läßt sich einfach nicht kränken.«

»Da liegt der Fehler gewiß nicht bei Ihnen, denn Sie haben ein großes Talent, den Leuten an die Gurgel zu springen.«

Sie lächelte innerlich, denn sie fand, daß er mit diesen Worten sozusagen gegen ihre Bemerkung protestiert hatte. Doch nun trat sie näher auf die Tür zu, bevor sie ihre letzte Beichte ablegte.

»Er war für mich immerhin ein Fremder, und ich hatte keinen Grund, ungastlich zu sein; deshalb sorgte ich für eine Wiedergutmachung, indem ich ihn einlud, mit uns zu essen.«

Er explodierte. »Was haben Sie getan?«

Das war ihr Stichwort für einen schnellen Abgang.

37

Reina mußte die Hand auf den Mund legen, um ein Kichern zu unterdrücken, während sie über den Gang zu den Treppen lief. Ranulfs Gesichtsausdruck war so komisch gewesen – halb Überraschung, halb Zorn. Doch eigentlich hätte sie ihrem Mann das nicht antun dürfen. Er würde sich bestimmt dafür rächen, daß sie ihn vor vollendete Tatsachen gestellt hatte, und vielleicht klappte ihr Vorhaben gar nicht. Auch wenn er wußte, sie würde seinen Vater willkommen heißen, bedeutete das nicht, daß er selbst auch erscheinen würde. Was hatte sie überhaupt erhofft? Daß die beiden sich treffen würden, und alles sei gut? Das wäre eine unwahrscheinliche Lösung. Im Grunde wollte sie nicht diejenige sein, die Ranulfs Vater fortschickte. Sie war schon unhöflich genug gewesen. Wenn Ranulf seinen Vater aus dem Haus werfen wollte, sollte er es ihm selbst sagen.

Reina blieb am obersten Treppenabsatz stehen. Sie mußte dem Mann etwas erzählen, wenn sie ohne Ranulf in die Halle zurückkehrte. Keine Entschuldigung, eine Lüge, die Wahrheit? Was würde er glauben? Wenn er Ranulf so gut kannte, wie er vorgab, würde er dann die Reaktion seines Sohnes nicht beinahe erwarten?

Sie grübelte noch über dieses neue Problem, als sich eine Hand schwer auf ihre Schulter legte. Reina erschrak furchtbar, denn sie hatte niemanden kommen hören. Nun sah sie, warum sie nichts gehört hatte: Ranulf stand barfuß da, er war überhaupt splitternackt. Reinas Mund öffnete sich. Sie hätte es nie gewagt, ihren Mann so zu reizen, wenn sie nicht ihrer schnellen Fluchtmöglichkeit sicher gewesen wäre. Unbekleidet, wie er war, würde er ihr ja auf keinen Fall sofort folgen können – das hatte sie zumindest geglaubt.

»Sind Sie verrückt?« fragte sie atemlos, und ihre Wangen röteten sich vor Scham – einer Scham, die eigentlich

Ranulf hätte fühlen müssen. Reina stellte sich vor, wie zehn Diener und Dienerinnen plötzlich auftauchten, um sich von dem totalen Mangel an Sittsamkeit ihres Herrn zu überzeugen. »Lieber Himmel, Sie sind *nackt*!«

»Ich bin vor allem weit jenseits meiner Geduldsgrenze, Lady«, erwiderte er drohend. »Sie haben sich jetzt die längst überfällige Strafe verdient.«

»Würden Sie sich wenigstens vorher ankleiden?«

Sie bereute diese Keckheit sofort. Wenn hier jemand verrückt war, dann sie selbst, indem sie Ranulfs Zorn noch mehr anstachelte. Sie erwartete, auf der Stelle in ihr Zimmer zurückgezerrt zu werden, um die Züchtigung zu empfangen, oder sogar hier auf der Treppe, quer über Ranulfs Schoß, eine Abreibung zu bekommen. Nach ihrer unklugen Bemerkung konnte sie das ihrem Gatten nicht einmal verdenken.

Glücklicherweise tat er nichts dergleichen, denn er hatte den Hauptgrund seiner Wut nicht vergessen. »Sie gehen sofort in die Halle, Lady, und nehmen Ihre Einladung zurück.«

Reina seufzte stumm. Warum mußte er so unbeugsam sein? Ihre Antwort – die einzige, die sie geben konnte – würde ihn noch zorniger machen.

»Das kann ich nicht tun, mein Lord.«

»Sie können nicht? Ich habe Sie nicht darum gebeten, meine Liebe – das war ein Befehl!«

»Ich weiß.« Sie wand sich. »Ich würde ja gern gehorchen, aber wie kann ich das? Worum es hier geht, ist nicht länger eine Angelegenheit zwischen Ihnen und Ihrem Vater. Es war falsch von mir, ihn willkommen zu heißen, ohne vorher Ihre Meinung einzuholen, aber ich habe es getan. Als Ihre Frau spreche ich nicht nur für mich, sondern in Ihrer Abwesenheit auch in Ihrem Namen. Wenn Sie von mir verlangen, daß ich ein Angebot der Gastfreundschaft zurücknehme, beschämen Sie mich ebenso wie Clydon. Wollen Sie das wirklich von mir fordern?«

Er sah sie lange mit einem wilden Blick an, doch schließlich sagte er: »Geben Sie ihm zu essen, dann soll er gehen.«

Welch ein Segen, er war also doch nicht so starrsinnig! »Ja, mein Lord. Und soll ich ihm sagen...«

»Lady Reina?« erklang Florettes Stimme.

Reina atmete schwer, sah ihren Mann an und wurde blutrot. »Gehen Sie!« zischte sie.

»Wir sind noch nicht fertig«, erwiderte er störrisch.

»Ranulf, Sie sind... *nackt*!«

»So?«

»Lady Reina?« Florette erschien an der Treppenbiegung. »Die Dame Hilary möchte wissen...«

»Jetzt nicht«, rief Reina ungehalten und breitete rasch ihren Rock vor Ranulf aus. Dabei wußte sie, daß der Stoff nicht ausreichte, um Ranulfs imponierende Silhouette zu bedecken.

»Aber...«

»Jetzt nicht, Florette!«

Die Frau zog sich geschwind zurück, doch ob sie nicht zuerst einen gründlichen Blick auf Ranulf riskiert hatte, wußte Reina nicht zu sagen. Die Situation war zum Verzweifeln, und Reina konnte ihr Temperament nicht mehr zügeln.

Sie drehte sich erneut um und blickte wutentbrannt zu ihrem Gatten auf. »Das war die dümmste Demonstration von Sturheit, die ich je erlebt habe. Wenn Sie vor meinen Damen herumstolzieren wollen, können Sie gleich herunterkommen. Warum nur eine beglücken? Ich bin sicher, daß alle hellauf begeistert wären, Sie mit blankem Hintern und auch sonst splitternackt zu sehen.«

»Wechseln Sie nicht das Thema, Reina.«

Es machte sie noch zorniger, daß er nun aus irgendeinem Grund erheitert war. Er ging zwar nicht so weit, tatsächlich zu grinsen, aber er mußte sich anstrengen, es bleiben zu lassen.

»Sehr gut, mein Lord«, preßte sie hervor, »das Thema war Ihr Vater, wenn ich mich recht erinnere. Kann ich ihm sagen, daß Sie sich bald zu uns gesellen werden?«

Das vertrieb seine Belustigung, wie Reina erfreut feststellte. »Das wäre eine Lüge, Lady. Sie haben ihn eingeladen. Sie essen mit ihm.«

»Wie Sie wünschen.« Sie stieg ein paar Stufen hinab, dann schleuderte sie ihm entgegen: »Ihre Gegenwart ist nicht notwendig, wenn ich meine Neugierde befriedigen werde.«

»Reina, kommen Sie hierher zurück!«

Sie ging weiter. »Ich werde Ihnen Ihr Essen hinaufbringen lassen.«

»Reina!«

Sie antwortete nicht mehr, sondern beeilte sich jetzt. Dabei war sie diesmal nur halb überzeugt, daß er ihr nicht folgen würde. Sie verspürte keinen Drang zu kichern, aber sie konnte auch eine gewisse Befriedigung nicht leugnen, da sie Ranulf zum zweitenmal einen Strich durch die Rechnung gemacht hatte. Daß sie später dafür zahlen mußte, war ihr klar, denn er würde die angekündigte Züchtigung nicht vergessen – aber darüber wollte sie sich erst zu gegebener Zeit Sorgen machen.

38

Zwischen dem Befehl an die Diener, das Essen zu servieren, und der Anhörung von Dame Hilarys Problem, Sir Searle bestehe darauf, sein Zimmer schon verlassen zu können, war Reina noch nicht zu Ranulfs Vater zurückgekehrt, ehe Ranulf selbst die Treppen herunterkam. In der Eile war er noch dabei, seinen Gürtel zu schließen. Im ersten Moment wäre Reina am liebsten davongelaufen, weil sie dachte, die Wut ihres Mannes sei so groß, daß er sie sofort bestrafen wolle. Er blieb stehen, als er sie vor Searles Zimmer entdeckte, und es wurde ihm bewußt, daß sie noch nicht mit seinem Vater gesprochen hatte. Sein Blick suchte den Mann und fand ihn vor der Feuerstelle, wo er sich mit einigen von Reinas Damen unterhielt.

Reina biß sich auf die Lippen, als sie Ranulfs Unentschlossenheit und die schmerzlichen Regungen in seinem Gesicht beobachtete. Er rührte sich nicht, stand nur da und schaute seinen Erzeuger an. Sie erkannte, wie unsensibel sie gewesen war, was Ranulfs Reaktionen im Hinblick auf seinen Vater betraf. Sie hatte eine Tracht Prügel redlich verdient. Sie wußte nicht, wie es war, den eigenen Vater zu hassen, aber es konnte nicht einfach sein, denn es lief der Natur zuwider.

Dann sah sie, wie Ranulf erstarrte, und wußte, daß sein Vater ihn bemerkt hatte. Der ältere Mann stand auf und ging seinem Sohn entgegen. Sein Gesicht drückte Freude aus, unendliche Freude. Das von Ranulf wirkte plötzlich unergründlich, doch sein Körper blieb reglos. Nicht ein einziger Muskel zuckte.

Reina hielt den Atem an, während sie sich den Männern näherte, um im Notfall Frieden zu stiften. Sie konnte nur hoffen, daß ihre Gegenwart eine ärgerliche Konfrontation verhinderte. Die beiden Männer schienen sich ihrer Umgebung nicht bewußt zu sein, doch aller Augen ruhten auf ihnen, gefangen in der Faszination ihrer außergewöhnlichen Größe und Ähnlichkeit.

Ranulf erduldete eine herzliche Umarmung, die er aber nicht erwiderte. Sein Vater merkte es nicht, oder wenn er es merkte, dämpfte es seine gute Stimmung nicht.

»Beim Kruzifix, ich freue mich, daß du seßhaft geworden bist, Ranulf, und daß du dich so gut niedergelassen hast.«

»Tatsächlich? Dachtest du, ich würde ein Leben lang ein Söldner bleiben?«

»Keinesfalls. Ich wußte, daß du mehr anstreben würdest. Wie hätte es auch anders sein können, nachdem du mir so ähnlich bist? Was mich entzückt, ist, daß du meine Erwartungen übertroffen hast, und früher, als ich hoffen konnte. Wie hast du diese große Leistung vollbracht?«

»Die Lady war von mir hingerissen und wollte keinen anderen.« Reinas lauter Atemzug entlockte Ranulf ein spöttisches Lächeln. »Haben Sie ein Problem mit meinem Resümee, Lady?«

»Es ist nicht wichtig, auf welche Art du Herr von Clydon geworden bist«, erklärte der Vater schnell. »Jedenfalls gratuliere ich dir.«

»Dann bist du glücklich über mich?« entgegnete Ranulf kalt. »Ist es das, was ich glauben soll?«

Der ältere Mann zögerte. Er konnte Ranulfs Feindseligkeit nicht länger ignorieren. »Zweifelst du daran?«

»Nenne mir einen Grund, warum ich nicht zweifeln sollte.«

»Ich kann darauf die Antwort geben«, warf Reina ein, denn es ärgerte sie, daß er so flegelhaft war. »Weil er Ihr Vater ist. Das ist für ihn Grund genug, Ihnen nur Gutes zu wünschen.«

»Lady, Sie haben mich mit Ihren schlauen Winkelzügen hier heruntergebracht, und damit haben Sie genügend Schaden angerichtet. Gehen Sie jetzt. Dieses Gespräch betrifft Sie nicht.«

»Was Sie betrifft, betrifft auch mich«, erwiderte sie heftig. »Und ich lasse mich nicht aus meiner eigenen Halle wegschicken, Ranulf. Wenn Sie mich nicht hierhaben wollen, müssen Sie mich gewaltsam fortschleppen. Aber ich warne Sie: Wenn Sie vor meinen Leuten eine solche Szene machen, werden Sie es viel länger bereuen, als ich es bereue, Sie verspottet zu haben.«

Eine Entschuldigung und eine Drohung in einem? Ranulfs Miene verfinsterte sich für eine Sekunde, dann erhellte sie sich wieder. Nach einer weiteren Sekunde lachte Ranulf leise, und es lag kein Hohn darin.

»Du gratulierst mir, Lord Hugh? Vielleicht solltest du mich eher bemitleiden.«

Zweifellos scherzte er, und deshalb fühlte sich Reina nicht allzu gekränkt durch diese Bemerkung. Auch sein Vater war belustigt, und das konnte man als gutes Zeichen werten – nach Ranulfs bisherigem Verhalten. Lord Hugh? Daß das sein Name war, hätte sie wissen müssen, nachdem sie mit einem Fitz Hugh verheiratet war.

»Meine Herren, darf ich vorschlagen, daß Sie diese Wiedervereinigung bei Tisch fortsetzen? Das Mahl ist wegen der Faulheit gewisser Leute lange genug aufgeschoben worden.«

Ranulf verstand diesen Seitenhieb und gab ihn zurück. »Ist das heutzutage die Bezeichnung für Wollust, Lady?«

Reina hatte sich schon abgewandt, doch nun fuhr sie mit einem Fauchen herum, und zwei rote Flecken zeichneten sich auf ihren Wangen ab. Sie wollte etwas sagen, doch sie gab nur einen seltsamen Laut von sich und schloß dann den Mund. Aber ihre eisblauen Augen sprachen Bände, und Ranulf wußte, daß hier das letzte Wort noch nicht gefallen war. Wenn seine Eingeweide später auf dem Boden verstreut liegen würden, wußte er, daß Reina Rache geübt hatte.

Momentan hatte er seine Frau sprachlos gemacht, und das war keine kleine Leistung. Mit einem Blick, der einem tödlichen Bannstrahl glich, schritt sie davon und ließ Ranulf mit seinem Vater allein. Der ältere Mann schien von diesem letzten Schlagabtausch peinlich berührt zu sein.

»Das war...«, begann er vorsichtig, dann änderte er seine Absicht. »Lassen wir das.«

»Du kannst deine Meinung schon sagen«, stellte Ranulf in neutralem Ton fest. »Ich beabsichtige, dasselbe zu tun.«

Hugh verstand die Andeutung. »Sehr gut. Das war ziemlich unritterlich von dir. Sie ist schließlich deine Frau.«

»Eben: *meine* Frau. Und du bist nicht berechtigt zu beurteilen, was zwischen ihr und mir geschieht, nachdem du nicht weißt, was vorangegangen ist. Es genügt, wenn ich sage, daß sie Schlimmeres als das verdient, und sie weiß es auch, sonst hätte sie mich mit ihrer scharfen Zunge in Stücke geschnitten. Ich denke, du hast schon eine Kostprobe von ihr erlebt und weißt, wovon ich rede.«

»Das hatte ich schon vergessen«, gab Hugh zu. »Sie ist wirklich nicht auf den Mund gefallen.«

»Sie behauptete, du seist zu dickfellig, um das zu merken.«

Jetzt lachte Hugh. »Keineswegs – ich war eher bezaubert. Es war erfrischend, einer Frau zu begegnen, die sich weder von meinem Rang beeindrucken noch von meiner Größe einschüchtern oder von einem Lächeln einwickeln ließ. Das ist mir bisher noch nie passiert.«

»Du hast nichts von deiner Wirkung auf Frauen eingebüßt, alter Herr, falls du das befürchtest. Reina war auch bei ihrer ersten Begegnung mit mir ungerührt.«

»Aber du hast mißverstanden, was ich betonen wollte. Eine Dame kann eine wahre Xanthippe sein, und dennoch muß ein Ritter sich hüten, sie zu verspotten oder zu beleidigen, wenigstens in Gesellschaft.«

»Geht es wieder um Ritterlichkeit?« meinte Ranulf verächtlich. »Wie kommst du auf die Idee, daß ich solche Tugenden in Montfort gelernt haben könnte?«

Hugh war so anständig zu erröten. »Ich sagte dir, daß ich nicht wußte, was für ein Mann Montfort war, jedenfalls nicht, bis ich ihn während deines Trainings traf. Mein Vater besorgte die Stelle für dich. Lord Montfort war ein alter Freund von ihm. Man hatte mir versichert, du seist willkommen und würdest den besten Unterricht genießen. Ich wurde auch über deine Erfolge auf dem laufenden gehalten, die mehr als bemerkenswert waren. So wunderte es mich nicht, daß du deine Sporen schon in solch jungen Jahren verdientest. Ich war neunzehn, ehe ich zum Ritter geschlagen wurde. Selbst mein Vater war von deinen Fähigkeiten beeindruckt.«

»Glaubst du, es interessiert mich, was dieser alte Mann dachte?« Ranulf konnte seine Bitterkeit nicht länger verbergen. »In all den Jahren, in denen er ins Dorf kam, um meine Entwicklung zu überprüfen, hatte er keine einzige Freundlichkeit für mich, nicht einmal...«

»Was sagst du da?« unterbrach Hugh ihn scharf.

»War es zuviel verlangt, wenn ein kleiner Junge auf ein gutes Wort oder einen liebevollen Blick von seinem Großvater hoffte?«

»Lieber Gott, was sagst du da, Ranulf? Er wußte doch nichts von deiner Existenz. *Ich* wußte nichts von deiner Existenz. Du warst neun Jahre alt, als er mir von dir erzählte, und er schwor, gerade erst gehört zu haben, daß es dich gab.«

Ranulf konnte nichts anderes tun, als ihn sprachlos anzusehen, und dabei hatte er das Gefühl, als würden ihm die Gedärme aus dem Leib gerissen. Konnte sich der Kern seiner tiefen Bitterkeit – daß sein Vater ihn so sehr verachtete, daß er seine Existenz in den ersten fünf Lebensjahren überhaupt nicht anerkannte – auf diese Weise auflösen? Niemals war ihm der Gedanke gekommen, sein Vater könnte nichts von ihm wissen. Wie war das aber auch möglich? Sein Großvater hatte von ihm gewußt.

Mit tonloser Stimme sagte Ranulf: »Er log.«

»Das gibt es nicht!« meinte Hugh.

»Gut.« Ranulf seufzte. Seine innere Zerrissenheit ließ ihn keinen Kummer spüren. »Dann habe ich gelogen.«

Ein kurzer Ausdruck reiner Qual huschte über Hughs Züge, und Ranulf war bis ins Mark erschüttert. »Nein, ich weiß, daß du nicht lügst. Heiliger Jesus, kein Wunder, daß du am Tag unserer ersten Begegnung so kühl und teilnahmslos mir gegenüber warst. Mein Vater sagte, das sei natürlich, denn du hättest von mir auch nichts gewußt. Er meinte, du bräuchtest Zeit, dich an den Gedanken zu gewöhnen.«

»Ja, weitere sieben Jahre waren genügend Zeit, zumal ich mich nicht an den Gedanken gewöhnen mußte. Ich wußte von Anfang an, wer mein Vater war, und daß er mich nicht anerkennen wollte.«

Die Anklage, die in diesen Worten lag, ließ Hugh erbleichen. »Das hast du gedacht?«

»Was sonst hätte ich denken sollen? Ich lebte auf deinem Grund und Boden, in deinem Dorf. Jeder wußte, daß ich dein lediges Kind war, noch ehe mein Gesicht und Körper es bewiesen.«

Reina hatte genug gehört – zuviel. Sie war zurückgekommen, um die beiden zum Essen zu bewegen, ehe die Speisen kalt wurden. Dann hatte sie aber gelauscht, denn es war ihr klargeworden, daß Vater und Sohn zu sehr in ihren schmerzlichen Erinnerungen gefangen waren, um sie, Reina, oder sonst jemanden wahrzunehmen. Sie konnte es nicht ertragen, noch mehr zu hören, und vermutete, Ranulf erging es ebenso. Sein Gesicht war gramzerfurcht, das Elend einer erbärmlichen und einsamen Kindheit sprach aus seiner Stimme, seinen Augen, seinen Worten. Sein Inneres war schmerzerfüllt, und Reina spürte es; sie haßte es, und sie haßte seinen Vater, weil er schuld daran war.

Sie konnte ihrem Mann den Schmerz nicht nehmen, aber sie konnte noch größeren abwenden. »Falls Sie es nicht bemerkt haben, Ranulf, wir haben eine Halle voller Leute, die am Verhungern sind und darauf warten, daß Sie Ihren Platz am Tisch einnehmen.«

Wegen der Unterbrechung erntete sie einen grimmigen Blick, aber auch das gewünschte Resultat. Ranulf nickte kurz und ging auf das Podium zu. Als Hugh ihm folgen wollte, hielt Reina ihn mit einer Handbewegung zurück. Daß die violetten Augen, die sich auf sie richteten, fast ebenso gequält wirkten wie die von Ranulf, ließ Reina in ihrem Entschluß nicht schwanken.

»Ich hatte mir vorgenommen, meine anfängliche Grobheit wiedergutzumachen«, sagte sie mit leiser, aber darum nicht weniger hitziger Stimme, »aber ich merke, daß ich das nicht kann, nach dem, was ich gehört habe. Ich möchte, daß Sie Clydon noch in dieser Minute verlassen.«

Er schien über diesen Befehl nicht erstaunt sein, aber er beugte sich ihm auch nicht. »Ich kann diese Angelegenheit nicht unbereinigt lassen, Lady.«

»Sie weigern sich zu gehen?«

Er lächelte schwach über die Ungläubigkeit in ihrer Miene. »Ich glaube, Ihre Worte waren: ›Wenn Sie mich nicht hierhaben wollen, müssen Sie mich gewaltsam fortschleppen.‹ Ich bezweifle, daß *Sie* das können, meine Liebe.«

»Die Pest soll Sie heimsuchen«, zischte sie, denn sie wußte, daß sie Hugh nicht ohne Ranulfs Erlaubnis hinauswerfen lassen konnte. Diese Erlaubnis würde sie jetzt kaum bekommen, sonst hätte Ranulf den Hinauswurf selbst erledigt. »Ich warne Sie, Lord Hugh. Falls Sie meinen Mann durch Worte und Taten noch mehr verletzen, schwöre ich, daß ich Sie und Ihr Heim und alle, die Sie lieben, zerstören werde.«

»Und wenn Ihr Mann mir das liebste auf der Welt ist?«

»Davon konnten Sie ihn nicht überzeugen. Warum soll ich es dann glauben?«

»Weil es die Wahrheit ist. Ich liebe ihn. Ich liebte ihn vom ersten Tag an, als er vor mir stand und mich mit meinen eigenen Augen ansah. Ehe ich von hier fortgehe, wird er es wissen, und wenn ich es ihm hineinprügeln muß.«

Nach diesen Worten ließ er Reina in einem Dilemma von Zweifeln und Verwirrung stehen. Sie war sich nicht sicher, ob sie sich einmischen oder ihn versuchen lassen sollte, Ranulf von seiner Aufrichtigkeit zu überzeugen – wenn er wirklich aufrichtig war. Und selbst wenn er es nicht war – würde Ranulfs tiefe Bitterkeit, die er so lange mit sich herumgeschleppt hatte, sich nicht mildern, wenn der Sohn dem Vater glaubte? Aber die Wahrheit in ihn hineinprügeln? Reina lächelte über die Wahl dieser Worte, denn Lord Hugh war vielleicht der einzige lebende Mann, der das zustande bringen konnte.

39

Der Aal in einer würzigen Kräutersoße war noch warm, ebenso das Hühnchen mit Pignolen und das Kaninchen. Ranulf rührte das Essen nicht an, und auch Hugh griff nicht zu. Reina ließ sich normalerweise von seelischen Regungen ihren herzhaften Appetit nicht verderben, doch aus Achtung vor den beiden Männern, die rechts und links neben ihr saßen, nippte sie nur an ihrem Wein.

Es war eine schweigsame Tischrunde, verglichen mit den sonstigen Mahlzeiten. Walters witzige Einfälle fehlten heute besonders. Obwohl Reinas Damen leise miteinander redeten, wurden auch sie von der drückenden Atmosphäre erfaßt. Selbst die Diener benahmen sich tadellos, da sie die Spannung, die in der Luft lag, spürten.

Allerdings blieb diese Spannung zu Reinas Unglück nicht während der ganzen Mahlzeit bestehen. Die junge Frau hatte angenommen, Ranulfs Gedanken beschäftigten sich nur mit seinem Vater, doch ein kleiner Teil mußte für sie reserviert gewesen sein. Ranulf erhob sich und legte die Hand unter Reinas Ellenbogen, so daß sie auch aufstehen mußte. Und ohne ein Wort der Erklärung seinem Vater gegenüber führte er seine Frau vom Tisch weg. Da er die Richtung zur Treppe einschlug, fragte Reina in ängstlichem Flüsterton: »Was haben Sie vor?« Ihr Arm befand sich in fester Umklammerung.

»Ich brauche eine Ablenkung, Lady, ehe ich explodiere.«

Sie dachte sofort an seine wollüstige Natur und rief: »Nicht jetzt!«

»Doch, es gibt keine bessere Zeit, denn ich will nicht, daß Sie sich vor der Nacht fürchten. Oder dachten Sie, ich würde mein Versprechen vergessen?«

Versprechen? Fürchten? Himmel, er sprach von der Bestrafung, die er für angebracht hielt, nicht von Liebe. Schaurige Visionen von seinem Vorhaben begannen Reina zu plagen. Wenn er sie jetzt züchtigte, würde das eine sehr schmerzhafte Angelegenheit werden, denn er benötigte ein Ventil für den Aufruhr in seinem Inneren, den sein Vater verursacht hatte. Aber wenn Reina vorher eine Versöhnung der beiden herbeiführte, würden seine Emotionen nicht mehr so turbulent sein. Er würde Reina nicht so hart bestrafen und sie vielleicht nur kräftig schimpfen.

Sie blickte zum Tisch zurück und gab Lord Hugh ein stummes Zeichen, ihnen zu folgen. Glücklicherweise beobachtete er das Paar. Und ehe sie die Treppe erreichten, sah Reina, wie er aufstand. Doch sein Gesicht drückte Unsicherheit aus. Verflucht – erinnerte er sich möglicherweise daran, was sie zuletzt zu ihm gesagt hatte? Er war derjenige, der nicht gehen wollte, bevor er nicht mit Ranulf ins reine gekommen war. Dachte er, er würde eine bessere Gelegenheit finden, seinen Sohn allein zu sprechen?

Reina wurde die Stufen heraufgezerrt und war sich nicht mehr sicher, ob sie eine Begnadigung bewirken konnte. Ein harter Knoten bildete sich in ihrem Magen – die Angst, die Ranulf erwähnt hatte. Die junge Frau wollte nicht mit seiner Handfläche Bekanntschaft machen, wie er es ihr im Falle einer Provokation angedroht hatte – zumal diese Hand bisher immer nur zärtlich zu ihr gewesen war. Natürlich verdiente Reina irgendeine Strafe. Sie hatte Ranulf absichtlich herausgefordert und ihn gezwungen, seinen Vater zu sehen. Doch, lieber Gott, sie hatte nie geglaubt, daß er ihr das antun würde. Zu oft hatte er ihr eine Züchtigung angedroht, aber nie die Konsequenzen gezogen.

Er ließ sie nicht los, bis sie im Schlafzimmer waren, und dann nur, um die Tür zu schließen und den Riegel vorzuschieben. Reinas Entsetzen verzehnfachte sich. Ihr gesunder Menschenverstand sagte ihr, es sei schnell vorüber. Kinder konnten es ertragen, also auch sie. Verdammter gesunder Menschenverstand!

»Ranulf, können wir nicht darüber reden?«

»Nein«, sagte er kurz und bündig und ging zum Bett hinüber. Er setzte sich seitlich auf die Kante und klopfte auf den Platz neben ihm. »Lassen Sie sich hier nieder, Lady, und heben Sie Ihre Röcke.«

Reina erbleichte. »Sie wollen mich also auch demütigen?«

»Demütigung ist die Grundlage dieser Lektion. Sie werden die körperlichen Beschwerden schnell vergessen, aber an die Demütigung werden Sie noch lange denken.«

»Ich werde mich auch daran erinnern, daß Ihnen das Vergnügen bereitet hat«, fauchte sie.

»Kein bißchen, Lady. Ich mag das genausowenig wie Sie, aber Sie haben mir einmal zuviel die Stirn geboten. Kommen Sie jetzt her.« Sie blieb wie angewurzelt stehen. »Muß ich Sie vielleicht holen...«

Dann wird es schlimmer für Sie, hätte er den Satz beenden können, doch er tat es nicht. Die Warnung war deutlich genug, und Reina schenkte ihr Beachtung. Aber sie hatte noch nie so lange für so eine kurze Strecke gebraucht. Ihre Hände schwitzten. Es war nicht so sehr der schmerzende Po, den sie fürchtete, sondern der wirkungsvolle Schlag, den ihr Stolz erleiden würde...

Sie hatte Ranulf erreicht und schlang die Arme in einer verzweifelten Geste um seinen Hals. »Ranulf, Sie wollten eine Ablenkung. Lieben Sie mich statt der Strafe.«

Feuer funkelte in seinen Augen, aber nur für einen Moment. Seine Lippen bildeten eine harte, gerade, unerbittliche Linie. Langsam löste er ihr Arme von seinem Hals.

»Das werde ich tun – danach.«

Nun funkelten auch ihre Augen, aber auf eine andere Art. »Verflucht sollen Sie sein! Wenn Sie mich danach anrühren, werde ich Ihnen niemals verzeihen!«

»Das heißt, daß Sie mir diese Lektion verzeihen, die Sie verdient haben?«

Er hatte recht und sie unrecht in diesem Fall. Natürlich würde sie ihm vergeben, aber das wollte sie ihm nicht auf die Nase binden.

»Sie müssen das nicht jetzt erledigen!« rief sie. »Warten Sie wenigstens, bis Sie nicht mehr so ärgerlich sind.«

»Ich bin nicht mehr ärgerlich auf Sie«, erklärte er geduldig. »Ich verstehe sogar, was Sie tun wollten.« Doch dann verhärtete sich seine Stimme, und sie wußte, daß sie verloren war. »Aber ich lasse mich nicht so manipulieren, Lady, und am besten lernen Sie das gleich.«

Sie überlegte, ob Tränen an diesem Punkt hilfreich sein könnten. Wahrscheinlich nicht. Er war ein zu barbarischer Lümmel, um sie zu würdigen.

»Was ist, wenn ich verspreche, die langweilige, schweigsame, sich duckende Ehefrau zu sein, die Sie sich offensichtlich wünschen? Ich werde Ihnen keinen Anlaß mehr geben, mich ›kleiner General‹ zu nennen. Wird Sie das befriedigen?«

Anscheinend nicht, nach seinem finsteren Blick nach zu urteilen. Jesus, was hatte sie gesagt, das seinen Zorn wieder heraufbeschwor? Aber sie hatte keine Chance, es herauszufinden. Die Begnadigung, auf die sie gehofft hatte, kam schließlich durch ein Klopfen an der Tür.

Mit einem erleichterten Seufzer sagte sie zu Ranulf: »Das wird Ihr Vater sein, und keinen Augenblick zu früh.«

Ranulfs Miene verdunkelte sich beachtlich. »Er wird es nicht wagen.«

Reina krümmte sich innerlich. Sie fürchtete, ihre nächsten Worte würden ihre Situation noch verschlimmern. »Ich... ah... ich glaube, ich habe ihn eingeladen.«

Mit einem Brummen erhob sich Ranulf, und Reina sprang erschrocken zurück. Aber er sagte kein Wort. Sein Blick verriet jedoch alles und ließ sie nicht im Zweifel, daß Ranulf sich wieder bevormundet fühlte.

»Ich... ich werde ihn fortschicken«, sagte sie kleinlaut.

»Nein, Sie werden ihn hereinlassen«, entgegnete er in rauhem, aber beherrschtem Ton. »Und Sie werden hierbleiben. Ich beabsichtige nicht, Ihnen nachzujagen, wenn die Sache geklärt ist.«

Sie gehorchte und öffnete die Tür. Eine Sekunde lang zog sie in Erwägung zu fliehen, doch ihre eigene Neugier schob den Gedanken beiseite. Und sie hegte noch eine Hoffnung: daß Ranulf sich mit seinem Vater versöhnen und ihr die Rolle verzeihen würde, die sie dabei gespielt hatte. Die Hoffnung war gering, aber sie brachte Reina wieder auf Lord Hughs Seite.

»Kommen Sie herein, mein Lord«, sagte die junge Frau und schloß die Tür hinter ihm. »Sie können hier offen reden, wenn Sie geruhen, mich nicht zu beachten. Unglücklicherweise kann ich nicht weggehen. Sobald Sie fertig sind, soll ich nämlich bestraft werden.«

»Reina...«, sagte Ranulf warnend.

»Was für einen Unterschied macht es schon, wenn ich es ihm erzähle?« entgegnete sie mit einem unheilvollen Blick. »Ich werde laut genug schreien, wenn es passiert, daß ganz Clydon es sowieso wissen wird.«

»Danke für die Ankündigung«, erklärte Ranulf leise und boshaft. »Ich werde Sie vorher knebeln.«

Hugh räusperte sich an diesem Punkt und sah entschieden peinlich berührt aus. »Wenn die Zeit jetzt nicht paßt...«

»Es gibt nie eine passende Zeit für das Aufreißen alter Wunden«, stieß Ranulf wütend hervor. »Aber da du entschlossen bist, meine bluten zu sehen, bring dein Anliegen vor und beende dann deine Mission.«

»Glaubst du, daß mir das alles angenehmer ist als dir – nach all den vielen Jahren zu entdecken, daß mich mein Vater angelogen hat? Ich erkenne jetzt sogar, daß er uns absichtlich getrennt gehalten hat, ehe ich von dir wußte, und danach. Er war noch ein aktiver Mann, als du nach Montfort geschickt wurdest, und doch übertrug er mir die Leitung all seiner Besitzungen zu dieser Zeit. Ich war kaum älter, als du es nun bist, Ranulf, und ich hatte keine Ahnung von Verwaltungsaufgaben, denn bis dahin hatte ich mit meiner Frau praktisch nur bei Hofe gelebt.«

Ranulf schwieg dazu, und sein Gesicht verbarg jede Regung. Reina hätte ihm für sein Schweigen am liebsten einen Tritt versetzt. Wenn er keine Fragen hatte – sie wollte noch einiges wissen.

»Warum hätte Ihr Vater das alles tun sollen?«

»Ich kann es nicht sagen, Lady, und seine Gründe starben vor einigen Jahren mit ihm. Vielleicht hörte er erst viel später von Ranulfs Geburt...«

»Nein«, warf Ranulf ein. »Meine Mutter beichtete es ihm, und wegen ihrer Schwangerschaft verheiratete er sie mit dem Dorfschmied.«

»Und fast die Hälfte aller Dorfbabys stirbt im ersten oder zweiten Jahr«, erklärte Reina. »Könnte er Ihnen die Geburt verschwiegen haben, um Ihnen den Schmerz des Verlustes zu ersparen, falls Ranulf nicht überlebt hätte?«

»Lady, hätte ich von Ranulfs Geburt gewußt, wäre er in unserem Haus mit aller Sorgfalt großgezogen worden. Ich weiß einfach nicht, warum mein Vater ihn den Leibeigenen überlassen hat.«

»Mein Gott«, wisperte Reina, die sich an einen anderen Fall erinnerte, in dem das Kind den Leibeigenen übergeben worden war, um es sterben zu lassen. Sie sah Ranulf an und überlegte, ob er an den gleichen Vorfall dachte und vielleicht argwöhnte, sein Vater habe gehofft, er würde sterben. Es war besser, diesen Punkt nicht zu erwähnen, aber Hugh hatte ohnehin noch etwas vorzubringen.

»Ich kann mir nur einen Grund denken, warum er mir die Tatsachen vorenthielt. Ich hatte noch einen leiblichen Sohn, dessen Mutter aus einer äußerst mächtigen Familie stammte. Sie ließen mich die Lady nicht heiraten. Sie war bereits verlobt. Aber sie zwangen mich, ihren Sohn als meinen Erben einzusetzen.«

»Zwangen?«

»Das Zugeständnis wurde mir bei der Geburt des Jungen abverlangt. Mein Vater wirkte dabei mit, denn andernfalls hätten die Leute uns den Krieg erklärt, und mein Vater konnte sich zu der Zeit keinen solchen Krieg leisten.«

»Aber Sie waren noch so jung«, meinte Reina. »Man erwartete doch sicher, daß Sie heiraten und legitime Kinder haben würden.«

»Ja, aber dennoch mußte ich für den Sohn der Lady sorgen. Dann brauchte deren Anhang sich finanziell nicht zu engagieren, und unsere Familien waren inoffiziell verbündet, was meinen Vater entzückte. Vielleicht hat er aus diesem Grund mir und auch Lady Ellas Familie Ranulfs Existenz verschwiegen.«

»Ella?« Reina blickte Ranulf scharf an. »*Ella?*« Sein seltsamer Gesichtsausdruck reizte sie zum Lachen.

Hugh verstand ihre Heiterkeit nicht. »Kennen Sie die Lady?« fragte er Reina.

»Nein, mein Lord, aber mit ihrer Namensvetterin bin ich gut bekannt.« Ranulf brummte, und das wischte das Grinsen von ihren Lippen. »Das hat nichts mit unserem Thema zu tun. Warum erzählte Ihr Vater Ihnen schließlich von Ranulf?«

»In jenem Sommer war ich nach mehrjähriger Abwesenheit zu Hause. Der Hof reiste umher, und meine Frau glaubte, sie sei schwanger, also hatte ich keine Eile, wieder aufzubrechen. Ranulf war mir inzwischen so ähnlich geworden, daß ich ihn beim ersten Blick als meinen Sohn erkannt hätte.«

»Also fürchtete Ihr Vater, Sie würden ihn plötzlich von selbst entdecken und möglicherweise argwöhnen, der alte Herr habe Sie hintergangen. Indem er Ihnen schwor, er sei ebenso überrascht wie Sie, vermied er das Aufkommen jeden Verdachts.«

»Das muß ich wohl annehmen.«

»Aber warum sorgte er für eine Kluft, nachdem Sie von Ihrem Sohn wußten?«

»Auch hier kann ich nur vermuten, Lady, daß er das Entstehen einer Bindung nicht wünschte.«

»Haben Sie eine Beziehung zu Ihrem anderen Sohn?«

»Nein.« Hugh seufzte. »Ellas Familie zog ihn groß, und er gleicht mir überhaupt nicht. Manchmal frage ich mich sogar, ob er wirklich von mir stammt. Und dennoch ist er mir näher als Ranulf, denn Ranulf ließ mich nie an sich herankommen.«

»Können Sie ihm das verübeln? Wie ich Sie verstanden habe, mein Lord, ist das jetzt das dritte Mal in seinem Leben, daß er mit Ihnen spricht. In den ersten neun Jahren seines Lebens dachte er, Sie wollten ihn nicht haben. Während all der Jahre seines Trainings besuchten Sie ihn nie und ließen ihn auch nie zu sich kommen. Wenn man das bedenkt, versteht man doch, daß er Ihre Aufrichtigkeit bezweifelt. Ich bezweifle sie ebenfalls.«

Diesmal blickten beide sie mit gefurchter Stirn an. Das war übel. Ranulf stellte keine Fragen, aber sie wollte alles herausbekommen, was Hughs Behauptungen stützen konnte. Wenn sein Sohn ihm wirklich lieb war, hätte er die Entfremdung zwischen ihm und sich schon vor langer Zeit beenden müssen.

»Ich weiß zufällig, Lady, daß Clydon Ihnen seit einigen Jahren unterstellt ist«, meinte Hugh abwehrend. »Sagen Sie mir, wie oft Sie Zeit fanden, zu Ihrem eigenen Vergnügen zu reisen.«

Sie war so liebenswürdig zu erröten. »Ehrlich – kein einziges Mal.«

»Ich auch nicht. Mein Vater hatte seine Macht nie mit anderen geteilt, und in den ersten Jahren, als ich seine Pflichten übernahm, kannte ich nicht einmal Männer, denen ich genügend trauen konnte, um etwas von der Last auf sie abzuwälzen. Jetzt glaube ich, daß mein Vater auch da die Hand im Spiel hatte, aber beweisen kann ich es nicht. Ich weiß nur, daß er mir abriet, mich in Ranulfs Training einzumischen. Und nachdem ich ständig darüber unterrichtet wurde und selbst so viel zu tun hatte ... aber das ist keine Entschuldigung. Ich war im Unrecht und gebe es freimütig zu. Ich hätte nicht so lange bis zum Wiedersehen warten und die Verbindung nicht nur durch Briefe lebendig halten dürfen.«

»Welche Briefe?« Endlich brach Ranulf sein Schweigen. »Ich bekam nur zwei, und die erst, nachdem ich Montfort verlassen hatte.«

»Nein, du mußt viele bekommen haben. Während der ganzen Zeit, als du in Montfort warst, habe ich dir jedes Jahr mindestens ein halbes dutzendmal geschrieben. Ich erwartete keine Antwort. Ich wußte aus eigener Erfahrung, wie hart das Rittertraining sein konnte. Ich wollte dir nur zeigen, daß ich dich nicht vergessen hatte.«

Reina hätte beinahe aufgeschrien, als sie die Qual im Gesicht ihres Mannes sah.

»Ich sage dir, ich habe keine Briefe bekommen«, rief Ranulf.

Hugh war ebenfalls über Ranulfs offensichtlichen Schmerz erschüttert. »Dann muß mein Vater sie abgefangen haben.«

»Oder Lord Montfort«, warf Reina ruhig ein. »Sagten Sie nicht, daß er ein Freund Ihres Vaters war?«

Hugh erwiderte nichts und sah sie auch nicht an. Er ging auf Ranulf zu. Reina hatte das Gefühl, daß er sich verzweifelt wünschte, ihn zu umarmen. Aber Ranulf hatte seine Gefühle wieder unter Kontrolle, und seine Miene ermunterte nicht zu irgendwelchen Annäherungsversuchen.

»Ich habe dir geschrieben, Ranulf«, wiederholte Hugh. »Ich schwöre es dir. Ich lud dich auch viermal ein, aber jedesmal ließ Montfort mich wissen, daß die Zeit ungünstig sei, dich wegzulassen. Vermutlich hast du auch das nie erfahren?«

Als Antwort blickte Ranulf nur stumm vor sich hin. Reina zögerte, sich wieder einzumischen. Anscheinend glaubte Ranulf nicht alles, was er hörte. Warum sollte er auch? Er hatte nur das Wort seines Vaters, und das konnte falsch sein. Auf diese Art kamen sie einer Versöhnung nicht näher, und es mußte etwas geschehen, um Hugh zu unterstützen.

»Sie behaupten, über Ranulfs Fortschritte bei Montfort unterrichtet gewesen zu sein, Lord Hugh. Wie aber konnten Sie so viel über Ranulf wissen, als er nicht mehr bei Montfort war?«

Einen Augenblick lang dachte sie, er würde nicht antworten. Er zögerte und wirkte ausgesprochen verlegen.

»Einer von Ranulfs Männern ist in Wirklichkeit mein Kundschafter.«

»Ein gewöhnlicher Soldat, der schreiben kann?« spottete Reina.

»Er war mein Sekretär. Als ich ihm die Aufgabe zuwies, war er nicht erfreut, aber ich bezahle ihn gut für die Risiken des Soldatenlebens, und inzwischen gefällt es ihm.«

»Dann hast du mir nachspioniert?« meinte Ranulf, nicht sehr verwundert.

»Wie hätte ich sonst erfahren können, was aus dir geworden ist? Ich schrieb dir, als du Montfort verlassen hattest – du gibst zu, wenigstens diese beiden Briefe erhalten zu haben –, aber du hast dich nicht gemeldet. Diese Tatsache, im Zusammenhang mit deiner Kälte, als wir uns zum zweitenmal trafen, überzeugte mich schließlich, daß ich von dir nie mehr etwas hören würde.«

»Ich war deine fleischgewordene Sünde, zu deinem Ebenbild herangewachsen.« Die Bitterkeit war wieder in Ranulfs Stimme zurückgekehrt. »Du hast meinetwegen nichts als Scham empfunden.«

»Niemals«, schwor Hugh. »Wie könnte ich mich eines Sohnes schämen, der mir derart gleicht?« Dann stieß er in einem Anflug von Verzweiflung hervor: »Gütiger Himmel, Ranulf, was muß ich tun, um dich davon zu überzeugen, daß du mir lieb und teuer bist?«

Wieder gab Ranulf keine Antwort. Reina hatte eine Antwort parat, aber gewiß würde ihr einer der beiden Männer an die Kehle springen, wenn sie diese aussprach. Doch wann hätte eine Bedrohung Reina zurückgehalten?

»Anscheinend müssen Sie es in ihn hineinprügeln, mein Lord Hugh.«

»Lady«, tadelte Hugh. »Sie sind mir keine Hilfe.«

»Habe ich gesagt, ich würde Ihnen helfen?« fragte sie mit gehobenen Brauen. »Soweit ich mich erinnere, forderte ich Sie auf, Clydon zu verlassen, ehe Sie meinem Mann noch mehr Schmerz zufügen würden. Sie waren derjenige, der nicht gehen wollte, ohne die Angelegenheit geregelt zu haben. Sie behaupteten, Ranulf seit Ihrer ersten Begegnung zu lieben. Und der Satz, die Wahrheit vielleicht in ihn hineinprügeln zu müssen, stammt von Ihnen, mein Lord, nicht von mir. Möglicherweise bleibt Ihnen das als letztes Mittel, wenn Ranulf sich nicht entschließen kann, Ihren Bericht als wahr in Betracht zu ziehen. Was sagen Sie, Ranulf?« Sie wechselte die Richtung ihres Angriffs. »Können Sie ihm glauben? Sein Vater ist tot und vermag nichts mehr zu bestätigen, aber was ist mit Montfort? Oder wollen Sie diesen Sekretär fragen, der jetzt als Soldat in Ihren Diensten steht? Oder werden Sie sein Wort einfach akzeptieren und auch die Liebe, die er Ihnen unbedingt geben will? Es könnte für Sie von Vorteil sein, es zu versuchen, denn er erscheint als der einzige Mann, den Sie nicht so ohne weiteres besiegen würden. Es wäre doch jammerschade, wenn Sie nicht in der Lage wären, meine versprochene Züchtigung zu vollziehen.«

»Jammerschade, wirklich, also rechnen Sie nicht damit«, entgegnete Ranulf düster.

Reina zuckte mit den Schultern. Sie war schon so weit gegangen, also konnte sie auch das letzte wagen.

»Sie haben meine Frage nicht beantwortet, Ranulf, aber ehe Sie es tun, möchte ich Sie auf etwas aufmerksam machen, das Sie vielleicht nicht beachtet haben. Dieser Mann ist Ihnen sehr ähnlich, und jetzt spreche ich nicht vom Äußeren. Sein Wesen gleicht Ihrem. Er ist genauso störrisch. Sie beide machen sogar bei denselben Dingen ein mürrisches Gesicht. Könnte nicht auch Ihr Ehrgefühl das gleiche sein? An dieser Stelle möchte ich darauf hinweisen, daß wir nicht verheiratet wären, wenn ich Ihnen nicht in bezug auf Rothwell geglaubt hätte.«

»Gütiger Himmel!« rief Ranulf. »Was hat das mit unserer Sache hier zu tun?«

»Es hat mit Vertrauen zu tun. Ich hatte nie von Rothwell gehört. Ohne Beweise glaubte ich Ihrem Wort. Sie schulden Ihrem Vater dasselbe Vertrauen, zumal vieles, was er sagte, nachgeprüft werden kann. Warum sollte er also lügen? Und erzählten Sie nicht selbst, daß Ihr Großvater Ihnen nie ein bißchen Güte zuteil werden ließ? Man muß nicht sehr gescheit sein, um zu erkennen, daß Sie unwissentlich dem falschen Mann die Schuld zugeschrieben haben, Ranulf, und jetzt ist nicht die Zeit, stur zu bleiben. Wenn Sie mich fragen...«

»Niemand hat Sie gefragt«, erklärten beide Männer auf einmal – und zwar ziemlich gereizt.

Reina grinste. Sie war zufrieden, daß sie ihren Standpunkt klargemacht hatte. »Stimmt, aber sehen Sie«, sagte sie zu den beiden, »ich wäre nicht hier, um meine Meinung kundzutun, wenn ich nicht eine Bestrafung erwarten müßte. Und ich würde keine Strafe erwarten, wenn ich meinen Mann nicht gezwungen hätte, seinen Vater zu treffen. Wenn ich für das Zustandekommen dieses Treffens leiden muß, können Sie beide meine Ansicht erdulden.«

»Was wir getan haben, aber nicht mehr länger«, stellte Ranulf fest. »Gehen Sie jetzt hinaus, Lady.«

»Dann haben Sie also beschlossen, mir zu verzeihen?«

»Ich habe beschlossen, daß Sie sich jedenfalls vor der bevorstehenden Nacht fürchten müssen. Kümmern Sie sich um Ihre Pflichten, Reina. Ich werde mich später zu Ihnen gesellen.«

Sie bedachte ihn mit einem säuerlichen Blick, ehe sie zur Tür schritt. »Ich wußte schon immer, daß Sie ein miesepetriger Trampel sind. Sehen Sie zu, ob ich Ihnen je wieder einen Gefallen tue!«

Ein Schweigen entstand, nachdem sie die Tür zugeknallt hatte. Hugh vermied Ranulfs Blick, da er befürchtete, über die verdutzte Miene seines Sohnes lachen zu müssen. Hätte Ranulf Sinn für Humor, würde das nichts ausmachen, aber das war eines der vielen Dinge, die er von seinem Sohn nicht wußte. Und wenn die Lady jemanden einen Gefallen getan hatte, dann ihm. Er wollte nicht, daß sie dafür büßen mußte.

»Hast du die Absicht, sie zu schlagen?«

»Mit diesen Händen?« schnaubte Ranulf. »Ich will ihr eine Lektion erteilen, aber nicht sie töten. Außerdem steht es in ihrem Heiratsvertrag, daß ich die Fäuste nicht gegen sie erheben darf.«

»Die Bedingungen in einem Heiratsvertrag haben in der Hitze des Gefechts kein Gewicht.«

»Ich habe mein ganzes Dasein mit meiner Kraft gelebt. Anfangs hatte ich Angst, die Lady auch nur anzurühren, weil sie so winzig ist. Nie könnte sie etwas sagen oder tun, was mich das vergessen ließe. Also brauchen Sie sich um sie keine Sorgen zu machen. Sie wird nur meine flache Hand auf ihrem Hinterteil spüren.«

Hugh lachte leise. »Eine Methode, die ich selbst auch manchmal angewandt habe.«

»Hilft sie?«

»Ja, doch das Ergebnis ist nicht immer das monatelange Bedauern wert, das eine Frau in dir entstehen lassen kann – das heißt, wenn sie dir am Herzen liegt.«

Ranulf grinste. »Dann findest du einen Rat vielleicht interessant, den ich von einer Hure bekommen habe...«

Reina war nur bis in das Vorzimmer gegangen, wo sie auf und ab schritt, um ihren Zorn abzukühlen. Als sie das tiefe Lachen hörte, blieb sie stehen und entspannte sich. Ihr Einsatz hatte sich also gelohnt. Lächelnd ging sie nach unten, in der Gewißheit, keine Strafe mehr fürchten zu müssen.

40

Reina verrichtete ihre Pflichten an diesem Nachmittag mit einer gewissen Selbstgefälligkeit. Die Tatsache, daß Ranulf seinen Vater zu einer Besichtigungstour außerhalb des Schlosses mitgenommen hatte, verstärkte dieses Gefühl noch. Er mochte ihre Methoden zwar nicht, aber sie brachten Erfolge. Er hatte sich mit seinem Vater versöhnt. Die Bitterkeit, die lange in ihm geschwärt hatte, war verflogen und ließ ihn als glücklichen Menschen zurück, mit dem auch leichter umzugehen war. Hätte Reina sich selbst auf den Rücken klopfen können, dann hätte sie es gemacht.

Sie verbrachte einige Zeit bei Walter und erzählte ihm, was gestern und heute geschehen war. Um seine Wunden brauchte sie sich nicht mehr zu sorgen. Er hatte kein Fieber bekommen, und Florette kümmerte sich rührend um ihn. Das war wohl ein Hauptgrund, warum er sich nicht über die nötige Bettruhe beschwerte. In einer Woche würde er wohl aufstehen und herumgehen können – am Anfang natürlich mit Vorsicht und Geduld.

Die Neuigkeiten über die Gefangenen, Warhurst und Lord Richard überraschten Walter. Reina konnte seine Fragen nicht beantworten, denn sie wußte nicht, ob Ranulf einen Mann nach Warhurst geschickt hatte. Wahrscheinlich hatte er es über den Ereignissen dieses Morgens vergessen.

Reina konnte noch immer nicht glauben, daß Lord Richard ein verachtungswürdiger Tyrann war. Sie sprach selbst mit dem Anführer der Gesetzlosen, und seiner offenen Art gelang es, Reina ein paar Zweifel einzuimpfen, aber nicht genügend, um Gewicht zu haben. Seine Ausführungen liefen ihrem eigenen Instinkt zuwider, der sie selten im Stich ließ, und auch der vortrefflichen Menschenkenntnis ihres Vaters, die noch unfehlbarer gewesen war. Ihr Vater hatte Richard geschätzt und ihn als Gatten für Reina gutgeheißen. Sie konnten sich nicht beide so sehr in dem Menschen getäuscht haben.

Reina brütete nicht lang darüber. Sie dachte an anderes, vor allem an ihren Mann. Sie wollte Ranulf nicht vergessen lassen, daß er ihr Dank schuldete, zumal er sie beinahe bestraft hätte, anstatt sie zu loben. Er würde es nicht zugeben, aber sie hatte gewußt, daß er unter der ablehnenden Oberfläche tiefe Gefühle für seinen Vater hegte. Sonst hätte Hugh ihn auch nicht verletzen können.

Reina war gerade in der Halle, als die beiden zurückkehrten, und hatte Gelegenheit, sie unbemerkt zu beobachten. Ihr verändertes Verhalten war beachtlich. Sie lachten, berührten sich, als seien sie nie getrennt gewesen; sie wirkten wie Brüder, nicht wie Vater und Sohn. Hugh war ja auch noch keine vierzig Jahre alt, ein Mann, den jedes junge Mädchen mit Begeisterung ansehen mußte – ebenso wie Ranulf –, und genau das taten alle Frauen in der Halle. Reina fand, daß sie sich immer noch nicht ganz daran gewöhnt hatte.

Auf ihr Nicken hin erschien ein Diener mit einer Platte voller Zuckerwerk und Käse. Reina hatte nicht vergessen, daß die beiden Männer ihr Mittagsmahl nicht angerührt hatten, und bis zum Abendessen dauerte es noch eine Weile. Sie selbst hatte ihren Hunger in der Küche gestillt, wo sie auch Lady Ella aufgesammelt hatte. Ein kleiner Teufel in Reinas Innerem ließ sie mit dem Gedanken spielen, die Katze Ranulfs Vater vorzustellen. Was sie davon abhielt, war das Risiko, Hugh könnte es nicht lustig finden, daß Ranulf diesen Namen für sein räudiges Vieh gewählt hatte. Sic wollte das Boot nicht zum Schlingern bringen, das sie auf so einen stabilen Kurs gebracht hatte.

Lady Ella lag nun zusammengerollt zu ihren Füßen neben dem Kamin. Sie war nicht beleidigt, weil sie ihr Schlafquartier hatte aufgeben müssen. Jedenfalls verhielt sie sich so freundlich wie immer, wenn Ranulf nicht in der Nähe war. Doch seine Stimme weckte sie. Sofort lief sie auf ihn zu und sprang in seine Arme. Typisch! Ranulf durfte auf keinen Fall merken, daß sie friedlich zu Füßen irgendeiner anderen Person gelegen hatte.

Reina überlegte, ob Ranulf sich in Gegenwart seines Vaters zwanglos genug fühlte, um ihm die Katze vorzustellen. Vermutlich würde er ihren Namen gar nicht erwähnen. Als die Männer näher kamen, sprachen sie aber über Katzen.

»Nein«, sagte Hugh, »ich habe mich im Lauf der Jahre an sie gewöhnt. Meine Frau besitzt drei, die sie sogar in unser Zimmer läßt. Ich habe oft versucht, die Tiere hinauszuwerfen, aber ohne Erfolg.«

»Meine Lady könnte dir sagen, wie man sie loswird, denn sie schaffte das bei meiner ganz schnell.«

»Ah, aber was bei ihr geht, würde bei mir nicht gehen. Hast du denn noch nicht bemerkt, daß wir Männer zwar das entscheidende Sagen haben, aber daß unsere Damen fast bei jedem Streit gewinnen und schließlich das bekommen, was sie wollen?«

»Hüte deine Zunge«, gab Ranulf zurück, aber seine violetten Augen lachten. »Ich erwarte, in diesem Haushalt wenigstens bei der Hälfte der Streitfälle den Sieg davonzutragen – so oder so.«

Reina errötete, als die Männer sie erreichten. Das war keine Diskussion, die sie hören oder in die sie verwickelt werden wollte.

»Hatten Sie einen angenehmen Ritt, meine Herren?«

»Ja, sehr«, erwiderte Hugh. »Obwohl ich bekennen muß, daß ich hoffte, ein paar Gebiete zu finden, wo meine Ratschläge für Verbesserungen nötig gewesen wären. Statt dessen lernte ich einiges, das ich bei meinen eigenen Ländereien einführen möchte. Mein Kompliment, Lady. Clydon ist so prächtig wie sein Ruf.«

»Das verdankt es meinem Vater, nicht mir«, antwortete Reina. »In seinem Herzen war er ein Landwirt, und er liebte die freie Natur.«

»Und seine Tochter ist zu bescheiden«, fügte Ranulf hinzu. »Sie hat den ganzen Besitz so gut im Griff, daß für mich wenig zu tun bleibt, abgesehen von seiner Verteidigung.«

»Schmälern Sie die Wichtigkeit dieser Rolle nicht, mein Lord. Nur ein einziger Angriff genügt, um die Früchte jahrelanger harter Arbeit in Schutt und Asche zu legen.«

Hugh grinste. »Sie hat dich hier, Ranulf. Kein Besitz kann lange gedeihen ohne einen Herrn, der ihn zu beschützen in der Lage ist. Ich bin überzeugt, daß die Lady das in Betracht zog, ehe sie sich gestattete, deinem Charme zu erliegen.«

Ranulf lachte schallend, und auch Reina lächelte. »Dann haben Sie ihm von unserer ungewöhnlichen Eheschließung erzählt?«

»Es gelang ihm, mir ein paar Einzelheiten zu entreißen«, bekannte Ranulf, während er Lady Ella auf die Bank neben der Feuerstelle setzte.

»Ich kann mir gut vorstellen, welche«, schnaubte Reina,

doch in Wirklichkeit war sie belustigt. »Aber kommen Sie, ruhen Sie sich aus.« Sie erhob sich und schenkte jedem einen Becher Wein ein. Den einen reichte sie Hugh und sagte: »Ich möchte meine Pflichten nicht weiterhin vernachlässigen, mein Lord. Ich habe ein Zimmer für Sie herrichten lassen, in dem Sie sich vor dem Abendessen erfrischen können, wenn Sie wollen. Theodric wird Ihnen den Weg zeigen, wenn Sie...«

»Theodric wird nichts tun«, unterbrach Ranulf sie scharf. »Lady, das werden Sie doch nicht wagen.«

»Was nicht wagen?« fragte Reina mit süßer Stimme. »Eadwina wartet darauf, Ihrem Vater zu helfen. Theo wird ihm nur den Weg zum östlichen Turm zeigen.«

»Oh«, war alles, was Ranulf sagte.

»Ist etwas nicht in Ordnung?« fragte Hugh.

»Doch, absolut«, versicherte Reina. Sie hob ihren eigenen Weinpokal hoch und bedachte ihren Mann mit einem schwachen Lächeln. »Und jetzt möchte ich einen Toast ausbringen: auf einen Neubeginn...« Sie machte eine Pause, und ihr Lächeln wirkte plötzlich zutiefst befriedigt. Sie konnte es nicht ändern. »... der nur einen winzigen Anstoß benötigte.«

Hugh lachte leise, aber Ranulf lachte nicht. Dann erklang eine neue Stimme, die Reina sowie ihren Schwiegervater auffahren ließ.

»Ich hoffe, ich störe nicht.«

»Das ist aber eine Überraschung, Richard«, sagte Hugh, und er war tatsächlich überrascht, unangenehm unter den waltenden Umständen. »Ich glaube, Sie sind gut bekannt mit meinem Sohn, Lady Reina?«

Reina antwortete nicht. Sie hatte sich an ihrem Wein verschluckt, als ihr die Verbindung klarwurde, und würgte und hustete nun kräftig. Sie ließ sich auf ihren Stuhl fallen, lehnte aber mit einer Handbewegung Ranulfs Hilfe ab. Sie wollte von ihm nicht auf den Rücken geklopft werden und dann vielleicht auf dem Boden landen. Ranulf merkte glücklicherweise noch nicht, wer Richard war – nämlich sein Bruder.

»Geht es Ihnen wieder gut, Lady?« fragten Hugh und Richard.

»Ja«, krächzte Reina und stellte ihren Becher hin. »Ein schlechtes Gebräu«, fügte sie erklärend hinzu.

Hugh nickte und sah zu Ranulf hinüber, der aber nur leichte Neugier zeigte. Da wandte sich Hugh wieder an Richard. »Wie hast du entdeckt, daß ich nach Warhurst reisen wollte?«

»Ich wußte es nicht«, erwiderte Richard. »Ich war auf dem Weg nach Lyonsford, wollte aber Lady Reina meine Aufwartung machen, weil ich schon längere Zeit nicht nach Clydon gekommen bin. Ich hatte keine Ahnung, daß du mit der Dame bekannt bist, Vater.«

»Bis zum heutigen Morgen kannte ich sie auch nicht. Mein Gepäckkarren brach zusammen, sonst hätte ich hier nicht haltgemacht, nachdem Warhurst so nahe liegt.«

Reina achtete nicht auf dieses Gespräch. Sie beobachtete ihren Mann und bemerkte den Augenblick, in dem seine Unwissenheit endete. Ranulf saß neben ihr auf der Bank, so daß sie hörte, wie er scharf einatmete und die Luft noch lauter wieder ausstieß. Dann richteten sich seine Augen in wütender Anklage auf sie, und sie konnte nur mit den Schultern zucken.

Nun, sie war schuld. Hätte sie aufgepaßt, als Gilbert ihr Hugh vorstellte, hätte sie gewußt, daß er nicht nur Ranulfs, sondern auch Richards Vater war, und hätte ihren Mann darauf vorbereiten können. Lyonsford, das war die Familie, die ihr Vater für eine eheliche Verbindung gutgeheißen hatte, und Reina war diese Verbindung unwissentlich eingegangen.

Das war zu komisch, aber die junge Frau wagte nicht, jetzt zu lachen. Sie hatte den einen Bruder heiraten wollen und war an dem anderen hängengeblieben – ohne es zu wissen, und ohne daß die Brüder es wußten. Und nun dachte ihr Mann, sie habe ihm das absichtlich verheimlicht, und er würde das so lange denken, bis sie allein waren und sie ihm alles erklären konnte. Nein, warum sollte sie warten? Schließlich waren sie jetzt eine Familie.

»Es ist nicht so, wie Sie denken, Ranulf, deshalb können Sie aufhören, mich giftig anzuschauen. Ich war heute morgen so erstaunt über den Anblick Ihres Vaters, daß ich seinen Namen nicht mitbekam. So einfach ist das.«

»Wirklich?«

»Gut, sagen Sie mir einen Grund, warum ich Ihnen verschweigen sollte, daß Ihr Bruder jetzt Ihr Nachbar ist, wenn ich das gewußt hätte. Sie hätten es sowieso bald herausgefunden ...«

»Vielleicht taten Sie es aus Boshaftigkeit.«

»Ich bin nicht Lady ...« Mein Gott, beinahe hätte sie ›Anne‹ gesagt, aber sie durfte nichts von dieser Person wissen, durfte Walters Vertrauen nicht mißbrauchen. »Lassen wir das«, fügte sie steif hinzu. »Wenn Sie das glauben, kennen Sie mich überhaupt nicht.«

Aus ihrer Stimme hatten soviel Bitterkeit und Enttäuschung geklungen, daß Ranulf beeindruckt war, denn als Reina sich abwandte, hielt er sie zurück. »Es tut mir leid«, erklärte er rauh, und sie wußte, daß er es ehrlich meinte, denn er sah völlig betreten aus. »Es ist einfach zuviel über mich hereingebrochen.«

Sie wußte genau, wie er sich fühlte, und lächelte ermutigend. »Nichts, mit dem man nicht fertig werden könnte, mein Lord.« Sie beugte sich zu ihm hinüber und flüsterte: »Die Lösung ist, die Situation in die Hand zu nehmen und sie zu beherrschen – einfach so!« Da er sie alarmiert ansah, fügte sie hinzu: »Entspannen Sie sich. Diesmal werden Sie nicht der Leidtragende sein.«

Reina wandte sich den beiden Männern zu, die noch dastanden. Sie hatten ihr eigenes Gespräch beendet, doch wieviel sie von Reinas Worten gehört hatten, wußte sie nicht. Jedenfalls wirkte Richard beunruhigt.

Er war ungefähr fünfzehn Zentimeter kleiner als sein Vater, mit gewelltem braunen Haar und grauen Augen, die normalerweise fröhlich in die Welt blickten; doch momentan entbehrten sie jeden Humors. Hugh hatte recht: Dieser Sohn war ihm überhaupt nicht ähnlich. Das war nichts Ungewöhnliches. Als ungewöhnlich mußte man die verblüffende Ähnlichkeit zwischen Ranulf und Hugh bezeichnen, die Richard nicht übersehen konnte. Er hatte Reina einmal erzählt, er habe Vettern und Onkel väterlicherseits, die ihm noch nie begegnet seien. Falls er Ranulf zuerst für einen von ihnen gehalten und Reinas Erklärung gehört hatte, konnte sie seine Bestürzung über den neu entdeckten Bruder verstehen. Falls er nichts gehört hatte, mußte sich dennoch ein Verdacht in ihm regen.

»Nun, Lord Hugh, wie gut es Ihrem Vater auch gelungen sein mag, Ranulf vor Richards Verwandten geheimzuhalten, müssen Sie doch gestatten, daß das Geheimnis jetzt gelüftet wird. Wollen Sie Ihre Söhne einander vorstellen, oder soll ich es tun?«

Er mochte zwar einen Verdacht gehegt haben, aber die Bestätigung schockierte Richard derart, daß er auf einen Stuhl sank. Hugh sah Reina unwillig an, ebenso wie Ranulf, denn die beiden fanden die Enthüllung doch etwas plötzlich, aber Reina ignorierte das. Sie interessierte sich mehr für Richards Reaktion, die nicht nur Erstaunen, sondern Erschrecken ausdrückte. Warum eigentlich? Er war der Erbe seines Vaters – fürchtete er, das würde sich nun ändern? Möglicherweise, wenn er glaubte, sein Vater habe Ranulfs Existenz auch eben erst entdeckt.

»Sie haben es wirklich nicht gewußt, nicht wahr, Richard?« fragte sie etwas sanfter, da sie sich verspätet daran erinnerte, daß dieser Mann ihr immer ein Freund gewesen war.

»Nein«, antwortete dieser und schaute seinen Vater an. »Hast du es gewußt?«

»Schon seit vielen Jahren«, bekannte Hugh.

»Und du dachtest nie daran, es mir zu sagen? Ahntest du nicht, daß es interessant für mich sein würde zu wissen, daß du noch einen Bastard hast, der älter ist als ich?«

Er brachte diese hitzige Anklage in einem Ton und in einer Art vor, daß Reina erschrak und ihren Freund nicht wiedererkannte. Ranulf war ungerührt, aber natürlich wußte er nicht, wie lässig sich Richard sonst gab. Auch Hugh wunderte sich nicht, demnach hatte er solche Ausbrüche sicher schon früher erlebt. Reina jedoch nicht, und sie sah sich gezwungen, die Aussagen des Gesetzlosen nun für bare Münze zu halten. Es war ihr unmöglich erschienen, daß Richard zwei Gesichter haben könnte, und doch war es so.

»Es gab nie einen Grund für mich, es dir zu sagen«, erklärte Hugh. »Unglückliche Mißverständnisse führten dazu, daß ich in all den Jahren ein Fremder für Ranulf war.«

»Und jetzt bist du ihm kein Fremder mehr?« fragte Richard.

»Nein, erfreulicherweise nicht«, erwiderte Hugh und fügte schärfer hinzu: »Deine Verwirrung ist verständlich, aber überflüssig, Richard, denn das ändert nichts an deinen Vermögensverhältnissen. Was ich dir in Warhurst mitteilen wollte, ändert allerdings etwas daran. Du erfährst heute nicht nur, daß du einen Halbbruder hast, sondern auch eine Halbschwester, Elisabeth, die mir meine Frau letzten Monat geboren hat.«

Bei dieser Neuigkeit wurde Richard blaß. Reina warf Ranulf einen schnellen Blick zu und stellte fest, daß er nicht erstaunt war. Er hatte es also von Hugh bereits gehört. Außerdem machte es für ihn keinen Unterschied, aber für Richard, denn es betraf Lyonsford, und bei einem Besitz von diesen Ausmaßen fielen Erbschaftsprobleme stark ins Gewicht.

Doch Hugh war noch nicht fertig. »Die Bedingungen, die man mir bei deiner Geburt, Richard, gewaltsam diktierte, waren unvernünftig und niemals gedacht, volle Anwendung zu finden. Daß meine Frau so lange unfruchtbar blieb, ließ dich vielleicht glauben, du würdest mehr von mir bekommen. Das ist aber nicht der Fall. Ich habe dir Warhurst gegeben. Damit mußt du zufrieden sein.«

»Wieso? Weil es mehr ist, als ein Bastard erwarten sollte? Du vergißt, wer mein Großvater war!«

»Nein, das vergesse ich nicht«, sagte Hugh kalt. Endlich ließ er seinem Ärger über diesen Sohn freien Lauf. »Es war mein Vater, den ledige Enkel nicht kümmerten. Ich hatte eine andere Einstellung.«

Richard konnte das alles nicht auf einmal verarbeiten. Eine Schwester erschien ihm zu unwirklich – ein Baby, und Babys starben. Ranulf war jedoch eine Realität; er stand da und sah zu, wie er, Richard, sich zum Narren machte.

»Und was gibst du *ihm*, Vater?« fragte Richard verbissen und sah Ranulf wütend an.

Er wurde jedoch wieder blaß, als Ranulf sich erhob, um die unausgesprochene Herausforderung anzunehmen. Reina stand ebenfalls auf und trat zwischen die beiden. In ihrer Halle würde es keinen Kampf geben, wenn sie es verhindern konnte. Aber es war Hugh, der die angespannte Lage entschärfte.

»Nicht, daß es dich etwas anginge, Richard, doch Ranulf bekam vor langer Zeit etwas von mir, als er sein zehntes Lebensjahr erreichte; es ist also kein Teil von Lyonsford mehr. Der rechtliche Abschluß wurde vom König bestätigt, in dem Sinn, daß der Besitz zu Ranulfs fünfundzwanzigstem Geburtstag auf ihn übergehen sollte. Es handelt sich nicht um eine Stadt wie Warhurst, sondern nur um ein kleines Gut, aber ich weiß genau, daß Ranulf zufrieden sein wird.«

»Wird?« Richard lachte höhnisch. »Du hast es ihm also nicht einmal gesagt?«

Reina hätte dem jungen Lord einen Tritt versetzen mögen. Gütiger Himmel, hatte sie ihn wirklich heiraten wollen, diesen geldgierigen, nachtragenden Jammerlappen? Mehr und mehr erkannte sie, wie recht der Gefangene gehabt hatte.

Sie flüsterte Ranulf zu, der hinter ihr stand: »Er hat Ihnen von Elisabeth erzählt – etwa auch von diesem Erbe?« Er antwortete nicht und zwang sie dadurch, sich umzudrehen und ihn anzuschauen. Seine Miene verriet genug. »Also nicht«, zischte Reina.

Sie verspürte erneut einen unbilligen Ärger über Ranulfs Vater. Richard hatte Warhurst als Achtzehnjähriger geschenkt bekommen und konnte damit machen, was er wollte, Ranulf hatte viel weniger erhalten und es nicht einmal erfahren. Er konnte es erst übernehmen, wenn er fünfundzwanzig Jahre alt war. Nicht, daß er es jetzt benötigt hätte, aber welche Denkungsart zwang ihn zu warten? Er hätte es früher gebrauchen können, um eine Familie zu gründen... dann wäre sie, Reina, ihm nicht begegnet. Himmel, worüber ärgerte sie sich denn? Hughs Gründe, welche immer es gewesen sein mochten, hatten ihr Vorteile gebracht, wenn nicht Ranulf.

Doch Ranulf sollte nun keine weiteren Überraschungen mehr erleben. Sie war nachlässig gewesen und hatte die Kontrolle über das Gespräch verloren. Hugh bemerkte Ranulfs ablehnende Reaktion und kam näher, so nahe, daß Reina beinahe zwischen den beiden Männern eingeklemmt wurde.

»Du nimmst mir das übel?« fragte Hugh vorsichtig seinen Sohn Ranulf. »Davor hat man mich damals gewarnt, aber ich hatte meine Gründe. Ich wollte nicht, daß du mit deinem Erbe zufrieden sein und nicht mehr weiterstreben würdest. Du warst mir so ähnlich, Ranulf. Ich wollte zuerst sehen, wie du allein zurechtkämst.« Er strahlte, und Ranulf konnte den Stolz von seinem Gesicht ablesen, den Reina schon früher bemerkt hatte. »Ich möchte sagen, daß du deinen Weg hervorragend gemacht hast. Farring Cross ist unwichtig geworden.«

»Farring Cross!« Ranulf atmete zuerst laut ein, dann brach er in Gelächter aus.

Hugh lachte ebenfalls. »De Millers hatte es verflucht schwer, dir zu verheimlichen, daß er dort nur der Verwalter war. Es war ihm recht unangenehm, daß du dein Eigentum kaufen wolltest. Er dachte, du würdest ihn ermorden, als er gezwungen war, den Preis für den Besitz wieder zu erhöhen, um dich vom Kauf abzuhalten. Aber ich erlaubte ihm nicht, dir die Wahrheit zu sagen.«

Reina quetschte sich zwischen den beiden Männern hindurch und schüttelte den Kopf über diese Ironie. Richard verstand natürlich nicht, was die anderen so komisch fanden.

»Du hast versucht, dieses Farring Cross zu kaufen?« fragte er seinen Bruder.

»Ja.«

»Dann muß es mehr Reichtum beinhalten, als unser Vater durchblicken ließ.«

»Nicht mehr Reichtum – es befindet sich nur in einem ausgezeichneten Zustand und entsprach meinen damaligen Vorstellungen«, meinte Ranulf gelassen, doch plötzlich veränderte sich sein Verhalten, und seine Stimme wurde spöttisch. »Im Gegensatz zu dir gelüstete es mich nicht nach einem Besitz von den Ausmaßen und der Macht, die, sagen wir... Clydon darstellt.«

Reina bemerkte Richards deutliche Unsicherheit bei dieser Anspielung. Sie wollte ihrem Gatten gratulieren, doch vorher interessierte es sie, welche weiteren Reaktionen sie Richard noch entlocken konnte.

»Oh, Sie armer Mensch«, sagte sie zu Ranulf. »Welches Pech, daß Sie schließlich doch mit so einem Riesenbesitztum belastet worden sind.«

»Welchem Besitztum?« fragte Richard schnell.

»Sehen Sie, Lord Hugh«, tadelte Reina sanft, »Sie hätten die beiden einander vorstellen sollen, wie ich es vorgeschlagen habe; dann wüßte Richard schon, daß sein Bruder Herr von Clydon ist.« Sie wandte sich an Richard, dessen Gesicht vor Wut feuerrot angelaufen war. »Wir haben vor knapp zwei Wochen geheiratet.«

»Aber er ist ein Bastard!« brüllte Richard. »Wie konnten Sie einen Bastard ehelichen?«

Das war es also – klarer hätte er seine Beweggründe auch nicht darlegen können, wenn er gleich mit der Wahrheit herausgerückt wäre. Er hatte angenommen, daß Reina ihn nicht heiraten würde, weil *er* ein lediges Kind war, und deshalb wollte er sie sich gewaltsam nehmen. Doch Ranulfs Ankunft hatte seine Pläne zerstört. Reina überlegte, ob Richard vielleicht vorgehabt hatte, es heute noch einmal zu versuchen. Er hätte sie nur von Clydon fortlocken müssen, und schon hätte sie in der Falle gesessen. Schlimm für ihn, daß er nicht früher daran gedacht hatte – und welches Glück für sie!

»Ich verstehe nicht, was die Umstände von Ranulfs Geburt mit meiner Hochzeit zu tun haben sollen«, sagte Reina ruhig, doch ihre Augen funkelten eiskalt. »Wenn eine illegitime Geburt so wichtig wäre, hätte ich Sie doch nicht zuerst als Ehemann in Betracht gezogen.«

»Was?« kreischte er förmlich.

»Es stimmt, Richard. Ich schickte Ihnen mehrere Briefe, nach Warhurst und nach Lyonsford. Wären Sie nach Clydon gekommen, hätten Sie sicher meinen Heiratsantrag angenommen, und ich wäre heute mit Ihnen verheiratet, anstatt mit Ihrem Bruder. Doch ich befand mich unter Zeitdruck, verstehen Sie, und benötigte schnell einen Ehemann. Ich wußte nicht, wo Sie waren, und konnte nicht endlos darauf warten, von Ihnen zu hören. Als ich dann Ranulf letzte Woche traf und feststellte, daß er mir ebenso geeignet erschien, machte ich ihm meinen Antrag.«

Richard war momentan sprachlos, nicht so Hugh. »Sie wollten tatsächlich Richard?«

»Warum überrascht Sie das, mein Lord? Er war uns ein guter Nachbar, mein Vater schätzte ihn, und ich dachte, wir würden uns gut vertragen.«

»Warum konnten Sie denn nicht warten?« stieß Richard hervor. »Oder eine Andeutung machen, warum Sie mich sprechen wollten?«

Reinas schwarze Brauen hoben sich forschend. »Ich nahm an, daß meine Briefe Sie nicht erreichten, Richard. Ist es nun so, daß Sie sie bekommen und ignoriert haben?«

»Nein, nein, das wollte ich nicht andeuten... Ich war viel unterwegs...«

»Gut, es ist auch nicht mehr wichtig, oder?« unterbrach sie ihn mit seidenweicher Stimme. »Ich bin mit meinem Mann sehr zufrieden. Und bei der Verteidigung von Clydon hat er seine Fähigkeiten schon bewiesen. Er kam rechtzeitig, um eine Horde von Schurken zu vertreiben, die uns angriff. Bei dieser Gelegenheit lernte ich ihn kennen, wissen Sie! Er hat geschworen, die Kerle zur Rechenschaft zu ziehen, als Warnung an alle, die vielleicht einen Überfall planen und denken, Clydon habe noch keinen neuen Herrn. Er war viele Jahre lang Söldner, und es ist Ihnen sicher bekannt, daß diese Männer den Kampf und das Töten und überhaupt jede Art von Krieg lieben.«

»So blutdurstig bin ich auch wieder nicht, Lady«, protestierte Ranulf brummig, doch seine Augen sahen sie lachend an.

»Natürlich nicht«, stimmte Reina zu. Dann sah sie in dem wolligen Knäuel, das sich um seine Füße wand, eine Chance, dem Gespräch die Krone aufzusetzen. »Ein Mann kann nicht schlecht sein, der sich ein räudiges, häßliches Ding wie dieses als Lieblingstier hält und ihm auch noch den geschätzten Namen von...«

»Reina!«

Seine Warnung kam zu spät, und Reina hätte sie sowieso nicht beachtet. »...Lady Ella gibt«, beendete sie den Satz mit einem süßen, unschuldigen Gesicht. Sie erntete dafür einen wütenden Blick von ihrem Gatten.

Hugh mußte sich das Lachen verbeißen, doch zornige Röte stieg erneut in Richards Wangen. »Lady Ella? Du hast deine Katze nach meiner Mutter benannt?« fragte er ungläubig, dann begann er zu brüllen: »Du hast deine Katze nach meiner...«

»Was schreien Sie so, Richard?« unterbrach Reina ihn streng. »Sie werden doch nicht denken, daß Ihr Bruder so bösartig ist.«

Er antwortete ihr nicht, sondern richtete seinen Zorn gegen seinen Vater. »Erlaubst du ihm, daß er sie so beleidigt? Sie war deine...«

»Meine was?« fragte Hugh schnell, als Richard nicht weitersprach, und dann schüttelte er angewidert den Kopf. »Nein, wir beide wissen, was sie war, und sie konnte im Lauf der Jahre meine Zuneigung nicht gerade gewinnen, Richard. Zufällig habe ich in meinem Hundezwinger mehrere Hündinnen mit demselben Namen, also erwarte nicht, daß ich einem Mann Vorwürfe mache, dessen Humor dem meinen so sehr gleicht.«

»Mein Onkel wird alles erfahren!« war alles, was Richard darauf zu sagen wußte.

»Oh, um Christi willen, Richard...«, begann Hugh ärgerlich, doch dann seufzte er nur, als Richard davonmarschierte. Er sah Ranulf kleinlaut an. »Am besten folge ich ihm, um ihn zu beruhigen. Er war immer ein Hitzkopf, aber was kann man anderes erwarten, nachdem er von dieser seiner fürchterlichen Verwandtschaft großgezogen wurde?«

»Viel mehr...«, meinte Reina und hielt den Atem an, als sie in den Po gekniffen wurde.

»Geh nur, Vater«, sagte Ranulf, obwohl Reina ihn böse musterte. Hugh war das Zwischenspiel nicht entgangen, deshalb fügte Ranulf hinzu: »Meine Lady weiß nicht, wann sie aufhören muß, wenn sie einmal in Fahrt ist.«

Hugh nickte grinsend. Reina wartete kaum, bis er außer Hörweite war, dann zischte sie: »Warum haben Sie mich gestoppt, Ranulf?«

»Was Sie sagen wollten, kann nicht bewiesen werden.«

»Dann haben Sie noch keinen Mann nach Warhurst geschickt?«

»Nein, und ich schicke auch keinen mehr.«

»Warum nicht?« rief sie. »Haben Sie Richards Miene nicht beobachtet, als ich erwähnte, Sie würden die Kerle jagen, die Clydon angegriffen haben? Er ist schuldig!«

»Ja.«

»Und Ihr Vater muß es wissen.«

»Aber nicht von mir, Lady.«

Sie starrte ihn ungläubig an. »Warum? Weil er Ihr Bruder ist?«

»Genau. Ein Bruder, den ich nie mochte und für den ich auch jetzt nur Verachtung empfinde, aber ich werde nicht derjenige sein, der meinen Vater über ihn aufklärt.«

»Von allen Eseln... Nun gut, ich werde einen Mann nach Warhurst schicken. *Mich* wird man nicht der Gehässigkeit bezichtigen, obwohl Sie Ihrem Vater Unrecht tun, wenn Sie annehmen, er würde das von Ihnen denken.«

»Sie werden sich da heraushalten, Reina, darauf bestehe ich«, erklärte er kalt. »Wenn mein Vater weg ist, werde ich die Angelegenheit auf meine Weise regeln.«

»Aber Ihr Vater muß es erfahren!«

»Nicht durch uns!«

41

Reina dachte darüber nach. Ganz ernsthaft. Und sie kam zu dem Schluß, Ranulf die Stirn zu bieten und zu tun, was sie für das Beste hielt. Doch dann vergegenwärtigte sie sich, wie tödlich ernst sein Befehl gewesen war, sich nicht einzumischen, und sie fand, daß es ihre Pflicht sei, ihrem Mann in diesem Fall zu gehorchen. Sie mußte einmal damit anfangen, seinem Urteil zeitweise zu vertrauen, und nun schien der richtige Augenblick dafür gekommen zu sein. Am Ende war sie für diese Entscheidung dankbar, denn die Sache erledigte sich von selbst, und zwar recht schnell.

Als Hugh Richard nicht mehr einholen konnte, beschloß er, ihm nach Warhurst zu folgen und Ranulf eine Botschaft zu senden, daß er später zurückkäme. Es wurde aber sehr spät. Die Halle lag ruhig da, und Hugh wurde sofort in das für ihn vorbereitete Zimmer geführt. Reina hatte Essen warmgestellt und ein kleines Feuer für Badewasser anzünden lassen. Hugh sah erschöpft aus, aber nicht nur vor Müdigkeit. Ein Blick in sein Gesicht verriet Reina, daß er die Wahrheit über Richard erfahren hatte. Er war gerade erst durch das Stadttor geritten, als sich die Leute um ihn versammelt hatten, um ihm ihre Klagen, Beschwerden und Beweise der Tyrannei vorzutragen.

»Das ist Ellas Werk«, sagte Hugh, nachdem er einige der üblen Dinge wiederholt hatte, die ihm erzählt worden waren. »Sie wollte mich, Gott sei Dank, nicht heiraten, aber den Jungen wollte sie mir auch nicht geben. Sie wünschte, daß er, wie sie selbst, bei Hof erzogen würde.«

Reina hatte beabsichtigt, still dazusitzen und zuzuhören, damit Ranulf und sein Vater diese Angelegenheit unter sich ausmachen konnten; aber als Ranulf schwieg, vermochte sie ihre Neugier nicht zu zügeln. »Ich dachte, Sie hätten gesagt, daß Richard von der Familie seiner Mutter großgezogen wurde, mein Lord.«

»Das stimmt. Ah, ich sehe Ihre Verwirrung. Ich vergaß wohl zu erwähnen, daß Ella eine Angehörige des englischen Herrscherhauses ist – natürlich eine illegitime.«

Reina blieb der Mund offen, doch Ranulf blinzelte nicht einmal. Offenbar wußte er das schon, seit er von seinem Halbbruder gehört hatte.

»Stammt sie von Henry ab?« fragte sie, als sie ihre Stimme wiederfand.

»Genau. Und jetzt wissen Sie, warum mein Vater über die Verbindung so erfreut war. Aber König Richard ist nicht der Namensvetter meines Sohnes – er kennt ihn kaum. Prinz John interessierte sich für den Jungen, leider. Sie sehen, wohin dieser Einfluß geführt hat.«

»Was ist, wenn er mit John spricht, wie er es angedroht hat?«

Hugh schnaubte verächtlich. »John ist zu sehr beschäftigt mit seinen Machenschaften, Richard die Krone zu entreißen. Davon ist er besessen, seit der Vater der beiden starb. Glauben Sie, ihn würde irgendeine harmlose Beleidigung einer unehelichen Schwester kümmern? Nein, Lady, mein jüngerer Sohn gibt sich der Illusion hin, Einfluß bei Hof zu haben, aber er irrt, und auch seine Mutter hat keinen Einfluß mehr. Der Mann, den sie heiratete, war einmal mächtig; aber damit war Schluß, als Richard Löwenherz König wurde. Was mein Sohn besitzt, hat er von mir.«

»Was wollen... was können Sie dann tun? Durch Ihre eigene Großzügigkeit gehört ihm Warhurst.«

»Nein, nicht ganz. Anders als Farring Cross, das vorbehaltlos überschrieben wurde, hängt Warhurst noch mit Lyonsford zusammen, und das bleibt so bis zu meinem Tod. Mein Fehler war, Richard die Verwaltung von Warhurst anzuvertrauen, in der Hoffnung, daß die Verantwortung dazu beitragen würde, in ihm einen ehrenhafteren Charakter oder wenigstens eine gewisse Rechtschaffenheit zu entwickeln. Statt dessen besticht er den Haushalter, den ich als seine Stütze engagiert habe, und eifert seinen allmächtigen Verwandten auf das übelste nach.«

»Aber was ist mit dem Kastellan, Chaucer? Wir haben mit ihm verhandelt.«

Hugh schüttelte den Kopf. »Chaucer war mein Verwalter, Lady Reina. Richard war der Kastellan.«

»Was, dieser Lügner!« sagte Reina entrüstet. »Er ließ jeden in der Gegend glauben, er sei der Herr von Warhurst.«

Ranulf lachte leise über ihren Groll. »Keine Aufregung, Lady, Sie wurden von einem Experten hereingelegt, der von den größten Betrügern des Landes lernte. Es ist nicht Ihr Fehler, daß Sie seine Falschheit nicht durchschauen konnten.«

»Das können Sie leicht sagen«, gab sie heftig zurück. »*Sie* haben ihn ja nicht beinahe geheiratet.«

Ranulf grinste. »Das will ich doch hoffen.«

Hugh mischte sich schnell ein. »Jedenfalls werden Sie mit meinem jüngeren Sohn keine Schwierigkeiten mehr haben, Lady.« Dann lächelte er. »Dasselbe kann ich von diesem hier natürlich nicht garantieren. Gerade eben wird Richard zu einem meiner Vettern nach Irland gebracht, zu einem Mann, der Unehrenhaftigkeit nicht duldet. Ein paar Jahre dort müßten Richard verwandeln – das hoffe ich wenigstens.«

»War er tatsächlich einverstanden, dorthin zu gehen?«

»Ich habe ihn nicht gefragt«, erwiderte Hugh nüchtern.

»Oh, gut, das löst ein Problem, ausgenommen...«

»Das löst alle Probleme, Reina«, unterbrach Ranulf sie scharf. »Gehen Sie jetzt zu Bett. Ich folge Ihnen bald.«

Sie preßte die Lippen zusammmen. Einfach weggeschickt zu werden, stachelte Reinas Kampfeslust an. Der Mann mußte endlich lernen, sich zu benehmen. Doch plötzlich fiel ihr ein, welcher Katastrophe sie heute morgen knapp entronnen war, und sie beschloß, ihn heute nicht mehr zu provozieren.

Doch den ganzen Tag schon hatte sich ein kleiner Teufel in ihr geregt, und dieses verruchte Biest veranlaßte sie, auf ihrem Weg zur Tür zu entgegnen: »Meinetwegen brauchen Sie sich nicht zu beeilen, mein Herr. Wenn Sie kommen, werde ich fest schlafen.«

»Nein, das werden Sie nicht, denn wir haben noch etwas zu erledigen, falls Sie sich erinnern.«

Sie öffnete den Mund und schloß ihn sofort wieder. Nein, das konnte er nicht meinen – nicht *das*!

Er meinte es doch! Gleich, nachdem er das Schlafzimmer betreten hatte, fragte Ranulf: »Haben Sie sich vor diesem Moment gefürchtet, Lady? Sie brauchen nicht zu antworten. Ihr heutiges Verhalten spricht für sich. Aber Sie haben falsche Schlüsse gezogen – aus welchen Gründen auch immer.«

Reina saß auf einem Stuhl neben dem Kamin und kämmte ihr Haar. Ranulf ging zum Bett hinüber und nahm die gleiche Position ein wie am Morgen. Die junge Frau sah ihn entsetzt an.

»Kommen Sie, Reina«, sagte er in zwanglosem Ton. »Das wird nicht lange dauern.«

Oh, einfach so? Dieser Lümmel, dieses Scheusal! Wie konnte er es wagen, bei seinem Vorhaben so ruhig zu bleiben?

»Und wenn ich mich weigere?«

»Dann wird es nur länger dauern, viel länger.«

Er zählte wohl die Zeit nicht mit, in der er sie durch das Zimmer würde jagen müssen. »Wenn ich Ihnen heute morgen Ihren Willen gelassen hätte, wären Sie jetzt nicht mit Ihrem Vater versöhnt«, stellte sie bitter fest. »Ist das gar nichts wert?«

»Der Zweck heiligt nicht die Mittel, Reina. Sie ignorierten meine Wünsche völlig und zwangen mich, Ihre zu akzeptieren. Was wir nun machen, soll dafür sorgen, daß so etwas nie wieder passiert.«

»Das ist barbarisch.«

»Eine Peitsche zu benützen, wäre barbarisch.«

Er erhob sich, und auch Reina stand rasch auf. Als er nicht näher kam, erkannte sie, daß er ihr eine Chance geben wollte, ihr Los zu erleichtern. Wollte sie sich wegen eines sinnlosen Widerstands eine schlimmere Bestrafung einhandeln?

Reina überwand sich, ging die wenigen Schritte und blieb mit gesenktem Kopf vor Ranulf stehen. Ihr war übel, und ihr Herz klopfte wild. Diese schwächliche Unterwerfung kam ihr nicht richtig vor, doch was sonst sollte sie tun? Eine Frau durfte sich einfach nicht gegen ihren Mann auflehnen, durfte ihn nicht verspotten und herausfordern, bis sie ihren Willen bekam. Und dieser Ehemann wollte sichergehen, daß sie sich daran erinnerte – zum Teufel mit seiner unbeugsamen Sturheit!

»Eine kluge Entscheidung«, sagte er, während er sich wieder setzte und sie auf seinen Schoß zog. »Sie dürfen Ihr Nachtgewand anbehalten. Ich brauche es nur hochzuschieben.«

Sie hatte das Gefühl, daß er das nur sagte, um ihre Notlage und Demütigung zu verstärken, und das gelang ihm auch. Daß er nicht grob zu ihr war und keinen rauhen Ton anschlug, machte alles nur noch schlimmer. Seine Stimme klang heiser, seine Hände griffen sanft zu, als er sie umdrehte, so daß sie auf seinen Knien lag. Reina beugte den Kopf vor, um ihr Gesicht zu verbergen. Mit der einen Hand drückte sie gegen das Bett, mit der anderen gegen Ranulfs linkes Knie. Sie glaubte, sich so eventuell mit einer Art Hebelwirkung aus dieser schrecklichen Position befreien zu können. Ranulfs linke Hand, die mit sanftem Druck auf ihrem Rücken lag, belehrte sie eines Besseren.

Alarmglocken einer anderen Art klingelten in ihrem Kopf, als Ranulf begann, ihr Nachthemd hochzuschieben. Er legte die Hand auf ihre Wade und glitt langsam mit dem Stoff nach oben. Das war eine Liebkosung, und sie bewirkte eine seltsame Erregung in Reina. Ihr Körper wußte nicht mehr, was er erwarten sollte – Schmerz oder Vergnügen. Auch Reinas Gedanken wirbelten durcheinander. War das eine Bestrafung?

Bald staute sich das Nachthemd um ihre Taille. Ranulf zog seine Hand zurück, und Reina versteifte sich mit geschlossenen Augen. Ihr Gesicht brannte, weil Ranulf ihr nacktes Hinterteil vor Augen hatte. Ihr Herz raste. Ranulf ließ sich Zeit, und die Verzögerung war schrecklich, viel schlimmer, als die eigentliche Strafe sein konnte.

Als der Schlag dann fiel, wirkte er beinahe erlösend. Beinahe, nicht gänzlich. Er war heiß und brennend, und Reina keuchte. Ihre Muskeln spannten sich an, um den nächsten zu empfangen. Aber es folgte kein weiterer, nur Ranulfs Stimme erklang leise.

»Falls Sie darüber gegrübelt haben, kleine Reina: Das war das Ausmaß an Strafe, das ich Ihnen heute morgen zugedacht hatte.« Sie reagierte sofort, alle ihre Muskeln entspannten sich vor Erleichterung. »Aber da ich Sie so passend vor mir habe, möchte ich das tun.« Sie riß die Augen auf, als sie einen Kuß auf dem geröteten Abdruck seiner Hand spürte. »Und das.« Reina atmete laut ein, denn seine Finger glitten ohne Schwierigkeit in ihren Körper. Darauf hatte die andere Liebkosung sie vorbereitet, und sie konnte der Hitze, die sie durchflutete, nicht widerstehen. »Natürlich vergesse ich, daß Sie danach nicht angerührt werden wollten und etwas von ›niemals verzeihen‹ sagten.« Seine Finger folterten sie. »Stimmt das?«

Reina bebte, Feuer glühte in ihr, und sie konnte kaum sprechen. »Vielleicht... war ich... ein bißchen... voreilig.«

»Oder vielleicht ist es nicht mehr wichtig?« Seine Finger entlockten ihr ein Stöhnen. »Oder?«

»Nein.«

»Es scheint, daß die Rote Alma wieder recht hatte«, sagte er in befriedigtem Ton. »Angst, verbunden mit dem richtigen Reizmittel, kann die Lust einer Frau so erhöhen, daß sie die kleine Strafe, die sie empfängt, ignoriert.«

Reina straffte sich, aber nicht genug, um den Nebel des Vergnügens, den Ranulf so unglaublich schnell hervorgerufen hatte, zu zerreißen. »Sie haben die Rote Alma wieder besucht?«

»Nein, aus Dankbarkeit für die große Summe, die ich ihr für ihre Hilfe überreichte, gab sie mir eine kleine Information. Und die Frau hat uns doch sehr geholfen, nicht wahr?« Seine Finger schoben sich vor und zurück, vor und zurück, so daß Reina an den Rand der Ekstase geriet. »Sollen wir einen Test beginnen?«

Reina dachte, das habe er breits getan, aber im Moment konnte sie nicht klar denken. »Wie?«

»Was ich vorhin erwähnte, das hatte ich ursprünglich vor.« Die Veränderung in seiner Stimme warnte Reina. »Aber seitdem haben Sie eine weitere Strafe verdient...«

»Ra...nulf!« Ehe sie seinen Namen aussprechen konnte, hörte sie das Klatschen seiner Hand und spürte einen stechenden Schmerz, viel schlimmer als bei der vorangegangenen Abreibung. »Was habe ich getan?« schrie sie.

»Hier, in diesem Zimmer, Lady, schmähten Sie mich in Gegenwart meines Vaters.« Seine Hand sauste wieder herab.

»Ranulf!«

»Nennen Sie mich noch einmal einen miesepetrigen Trampel!« Erneut folgte ein wuchtiger Schlag.

»Hören Sie auf!« Ihr Schrei hallte laut durch den Raum. »Mein Gott, knebeln Sie mich! Sie sagten, Sie würden mich knebeln!«

»Das ist nicht mehr nötig«, sagte er schroff. »Ich bin fertig.«

Reina wurde auf die Füße gestellt, die sie nicht recht tragen mochten. Ein Blick auf ihren Mann zeigte ihr, wie wütend Ranulf geworden war, was ihr Po durchaus bestätigen konnte. Ranulfs nächste Worte bekräftigten es noch einmal.

»Bringen Sie mich nie wieder so weit, daß ich das wiederholen muß«, knurrte er.

Sie schüttelte den Kopf, aber das war nicht unbedingt ein Versprechen, in Zukunft immer brav zu sein. Nicht, daß das momentan wichtig gewesen wäre. Reinas Hinterteil brannte wie Feuer, aber dieses Feuer wirkte nicht halb so versengend wie die andere Glut, die Ranulf entfacht hatte. Ohne zu überlegen, kroch Reina auf seinen Schoß zurück.

»Sie haben mich gehörig gezüchtigt, mein Lord. Beenden Sie jetzt, was Sie sonst noch angefangen haben.«

Darum mußte sie ihn nicht zweimal bitten.

42

Knapp vierzehn Tage später stürmte Reina wutschnaubend in ihr Schlafzimmer. Theodric, der gerade dort putzte, blickte erschrocken hoch, denn er fürchtete, es sei Ranulf. Er ging dem Riesen aus dem Weg und half Reina nicht mehr beim Baden. Aber seine sonstigen Pflichten ließ er sich nicht wegnehmen. Er erfüllte sie, wenn er glaubte, der Herr sei nicht in der Nähe, wie nun, am frühen Nachmittag.

Als Theo Reina sah, beruhigte er sich wieder. Dann bemerkte er ihren zerrissenen Ärmel, ihr zerzaustes Haar und das Fehlen des seidenen Haarnetzes, das sie vorher getragen hatte. Zudem waren ihre Wangen nicht nur vom Ärger gerötet.

»Hat er Sie wieder in den Büschen vergewaltigt?« fragte er mit einem nichtsnutzigen Grinsen.

Reina wirbelte herum und sah ihn böse an. »Er ist ein Unmensch! Ein Tier!«

»Die besten sind gewöhnlich wie Tiere.« Theo seufzte.

Sie überhörte das. »Er ist davongeritten, um mit Rothwell zu kämpfen.« Aber vorher hatte er sie in eine leere Pferdebox im Stall gezerrt, um schnell und leidenschaftlich zu koitieren – damit es ihm Glück bringe, hatte er gesagt. Dabei wartete die ganze Truppe auf ihn! Er hatte die Stallburschen davongejagt, und jeder wußte zweifellos, was ihn aufgehalten hatte! Aber was Reina in Wahrheit erzürnte, das war sein Mangel an Vernunft. »Er hörte nicht auf ein einziges Wort, das ich sagte.«

»Was sagten Sie denn?«

»Daß er nicht gehen sollte, natürlich.«

Sie befahl dem kraftvollen Krieger, nicht zu kämpfen? Theo hätte beinahe gelacht, aber er glaubte nicht, daß die Lady das in diesem Moment verstanden hätte.

»Rothwell? Ist das nicht...«

»Ja, der! Ranulf meinte, er würde einmal auftauchen, und schon ist er da.«

»Wo ist er?«

»Er soll eine Reitstunde von hier im Norden stecken, mit einer Armee von dreihundert Männern. Ranulf hat nur fünfzig Männer mitgenommen! Er ist verrückt! Er hätte Rothwell doch herkommen lassen können. Clydon ist jetzt gut gerüstet. Wir können Tausenden die Stirn bieten. Aber nein, Ranulf glaubt, daß Rothwell es nie aufgeben wird, wenn er erst einen Blick auf Clydon geworfen hat. Mein Gatte will ihn stoppen, ehe er näher heranrückt, und ihn mit Worten zur Umkehr bewegen. Nur mit Worten, Theo! Hast du je gehört, daß ein Mann, der Krieg anzetteln will, bloßen Worten lauscht und sie beachtet?«

»Wenn sie von einem Riesen stammen...«

Reina blickte ihn eine weitere Sekunde finster an, dann zog sie nachdenklich die Brauen zusammen. »Das macht wohl einigen Sinn. Rothwell kennt Ranulf und weiß, wozu er fähig ist. Deshalb war er auch bereit, so viel für seine Dienste zu bezahlen. Doch, Himmel, der alte Mann wird außer sich sein, wenn Ranulf ihm erzählt, daß *er* mich geheiratet hat. Was ist, wenn er mich zur Witwe machen will?«

Theo lachte leise, weil sie nun etwas anderes gefunden hatte, worüber sie sich grämen konnte. »Reina, glauben Sie nicht, daß Ranulf sich das alles überlegt hat? Die Kriegskunst ist ihm geläufig. Kämpfen kann er am besten. Deshalb haben Sie ihn doch geheiratet, oder?«

»Ich weiß, ich weiß, aber ich hasse die große Übermacht, Theo. Ranulf ist nur *ein* Mann, wenn er auch denkt, er würde zehn aufwiegen. Warum kann er nicht vernünftig sein und einfach die Tore schließen, wenn er in der Minderzahl ist?«

Wenn Reina gewußt hätte, daß Ranulf nur Eric und Searle an der Seite hatte, als er Rothwell entgegenritt, hätte sie ihm den Kummer nie vergeben, den er ihr bereitet hätte. Darüber dachte Ranulf aber nicht nach. Er bemerkte das Dutzend Männer, das sich von den anderen trennte, um ihm den Weg abzuschneiden. Drei von ihnen kannte er von seinem ersten Treffen mit dem alten Lord. Die übrigen waren vermutlich Vasallen, die der Alte gezwungen hatte, ihm zu folgen. Sie schienen von dem Feldzug nicht sehr begeistert zu sein, doch damit hatte Ranulf gerechnet, nachdem er einiges von Rothwell wußte.

Wie er ebenfalls angenommen hatte, bestand die Truppe hauptsächlich aus Söldnern. Einige der Anführer kannte Ranulf aus früheren Zeiten. Sie wirkten nervös bei seinem Anblick. Er überlegte, ob sie überhaupt wußten, warum sie da waren. Wenn man eine Braut stehlen wollte, erzählte man das nicht überall herum.

Ranulf hatte seinen eigenen Männern befohlen, sich im Wald zu verstecken, einige sichtbar, andere nicht, so daß ihre Anzahl schwer geschätzt werden konnte. Er hatte hier auf Rothwell gewartet, um diesen Vorteil zu nutzen, obwohl er nicht wirklich glaubte, auf ihn angewiesen zu sein.

»Ich habe nicht erwartet, Sie noch in diesem Gebiet anzutreffen, Fitz Hugh«, sagte Lord Rothwell, als sie auf gleicher Höhe waren. »Sie kehrten nicht zu mir zurück, deshalb nahm ich an, Sie würden mein Angebot ablehnen. Oder wollen Sie mir sagen, daß Sie nicht in Clydon eindringen konnten und es noch immer versuchen?«

Das klang so höhnisch, daß es Ranulf gegen den Strich ging, aber sein Ton war ruhig, als er erwiderte: »Ihre erste Annahme war die richtige.«

»Was machen Sie dann noch hier?« polterte der alte Mann.

»Ich sorge dafür, daß Sie keinen Kardinalfehler begehen. Die Dame, die Sie haben wollten, ist nicht mehr verfügbar, sie hat inzwischen geheiratet.«

»Dann ist das der Grund, warum Sie nichts unternommen haben«, gluckste Rothwell, ehe er hinzufügte: »Sie hätten zurückkommen und mir das sagen sollen, aber jetzt ist es egal. Man kann die Dame ja zur Witwe machen. Mein Angebot gilt, falls Sie interessiert sind.«

Die goldenen Brauen hoben sich fragend: »Fünfhundert Mark, um den Gatten zu ermorden?«

»Ja.«

»Das wäre etwas schwierig, da ich der Ehemann bin.«

Rothwells Augen traten aus den Höhlen. Einen Moment lang verschluckte er sich an seinem eigenen Speichel. Als er seine Stimme wiederfand, brüllte er: »Teufelsbrut! Sie haben meine Braut gestohlen! Tötet ihn!« Dieser Befehl galt seinen Leuten.

Eric und Searle griffen nach ihren Schwertern, aber Ranulf rührte sich nicht. Auch Rothwells Männer blieben reglos, abgesehen von ihren Pferden, die das Gebrüll des Alten ein wenig scheu gemacht hatte. Rothwell wurde noch lauter, sein Gesicht färbte sich puterrot vor Wut, weil seine Befehle ignoriert wurden.

»Worauf wartet ihr? Seid ihr alle Feiglinge? Er ist nur ein einziger Mann.«

»Er ist auch der Herr von Clydon«, zischte einer seiner Männer. »Überlegen Sie sich, was Sie sagen.«

»Er hat meine Braut...«

»Genug, Rothwell«, sagte Ranulf drohend. »Ihnen wurde nichts gestohlen, und das wissen Sie genau. Die Lady war nie mit Ihnen verlobt, und sie hatte noch nie von Ihnen gehört. Aber jetzt ist sie mit mir verheiratet, und ich möchte behalten, was ich mir zu eigen gemacht habe. Wenn Sie darüber streiten wollen, fordern Sie mich nun heraus und nennen Sie mir Ihren Kämpfer.«

Rothwell war über das Angebot entzückt, bis er in die Runde seiner Männer schaute, um zu sehen, wer für ihn kämpfen wollte. Keiner begegnete seinem Blick. Wieder überzog Zornesröte sein Gesicht.

»Alles Feiglinge, die ich hier habe!«

»Nein«, widersprach Ranulf. »Was Sie haben, sind ehrenhafte Männer, deren Unglück es ist, Ihnen dienen zu müssen.«

»Hier ist das letzte Wort noch nicht gesprochen, Fitz Hugh.«

»Dann beschwören Sie Ihren eigenen Tod herauf«, sagte Ranulf in einem Ton, der so unheildrohend war wie die Worte. »Denn ich warne Sie nur dieses eine Mal. Kehren Sie heim und vergessen Sie Clydon, oder ich vergesse, wie alt Sie sind, und töte Sie persönlich.«

Er wartete keine Antwort ab, wendete sein Pferd und ritt davon. Aber er hatte die Furcht in den alten Augen gesehen. Rothwell würde sich eine andere Braut suchen.

43

Reina war im vierten Monat schwanger. Lange Zeit versuchte sie, es vor sich selbst zu leugnen. Sie fand eine Ausrede nach der anderen, um sich zu überzeugen, daß das nicht sein konnte. Aber als ihre Taille an Umfang zunahm und ihr Appetit sich nicht verringerte, mußte sie ihren Zustand akzeptieren. An diesem Tag war sie unausstehlich, für alle und jeden eine Nervensäge. Ihr ungezügeltes Temperament hatte sich in der Zwischenzeit auch nicht sehr verändert. Glücklicherweise war Ranulf zu der Zeit viel unterwegs und versäumte ihre schlimmsten Tage, an denen sie von widerstreitenden Gefühlen heimgesucht wurde, so daß sie bei der kleinsten Herausforderung entweder tobte oder in Tränen ausbrach.

Man hatte ihr wieder und wieder erzählt, daß das vorübergehen würde, daß die Veränderungen in ihrem Körper sie so sensibel machten. Jede der älteren Damen hatte ihr das versichert. Sie wußten alle von dem Kind. Jeder wußte von dem Kind – der Vater des Babys ausgenommen. Aber keiner ahnte, was Reina wirklich bekümmerte. Es war etwas, über das sie nicht sprechen mochte, nicht einmal mit Theo.

Der Schafskopf war so entzückt über das Baby, als würde er es selbst im Bauch tragen. Nicht, daß Reina gleichgültig gewesen wäre. Sie wünschte sich dieses Kind, mehr als alles in der Welt. Sie liebte es bereits, stellte es sich vor, wie es sein würde – ein Leben zum Festhalten, zum Beschützen... zum Verwöhnen. Ihr kleiner Riese, genau wie Ranulf, aber anders als Ranulf, weil der Kleine sie brauchte.

Oh, lieber Himmel, da waren schon wieder diese verfluchten Tränen. Reina wischte sie ärgerlich weg und verließ das Brauhaus, diesen unpassenden Ort, an dem Lady Ella fünf Junge geworfen hatte. Sie war eine Woche lang verschwunden gewesen und hatte eine schloßweite Suche sowie Panik bei Reina verursacht, die das Vieh finden wollte, ehe Ranulf zurückkehrte. Er war über die Trächtigkeit der Katze so entzückt und gleichzeitg ängstlich gewesen, daß Reina ihm beinahe von ihrer Schwangerschaft erzählt hätte, aber sie konnte es nicht über sich bringen. Nun hatte sie so lange gewartet, daß sie es ihm nicht mehr zu beichten brauchte. Während seiner dreiwöchigen Abwesenheit hatte ihr Körper sich verändert. Ranulf würde Bescheid wissen, sobald er sie sah, oder spätestens, wenn er mit ihr schlief. Gott, welche Angst sie davor hatte!

Die vergangenen Monate waren idyllisch und ereignislos verlaufen. Seit dem Besuch seines Vaters hatte Reina keine Probleme mehr mit Ranulf gehabt. Hugh hatte einen neuen Verwalter nach Warhurst gesandt, der die üblen Zustände bereinigen mußte, die Richard hinterlassen hatte, und dem es oblag, die Menschen zu entschädigen, die Unrecht erlitten hatten. Ranulfs Gefangene waren dem neuen Mann überstellt worden, um diesmal gerechte Gerichtsverfahren zu bekommen, und fast alle Männer wurden von jeglicher Schuld freigesprochen. Ranulf selbst betätigte sich überall eifrig, deshalb hatte er auch Reinas uncharaktistische Stimmungsschwankungen nicht miterlebt. Er hatte alle Güter besucht, die zu Clydon gehörten. Jedesmal war er ein paar Tage oder eine Woche weggewesen, für kurze Zeit zurückgekommen und dann wieder abgereist. Am Anfang hatte Reina ihn begleitet, bis das Reiten ihr leichte Übelkeit verursachte, dann hatte sie Ausreden gefunden, um in Clydon zu bleiben.

Diese letzte und längste Abwesenheit Ranulfs war eine Reise nach London, zu der sein Vater ihn eingeladen hatte. Es ging den Herren gut, wie ein Brief besagte. Zum erstenmal hatte Reina Korrespondenz von ihrem Mann in Händen, aber eine völlig unpersönliche. Der Brief war von Walter geschrieben worden, der sich Ranulf zugesellt hatte. Ranulf selbst konnte weder schreiben noch lesen. Deshalb fehlte Reinas Antwort ebenfalls die Intimität. Sie hatte schon beschlossen, dem Analphabetentum ihres Mannes abzuhelfen, doch Ranulf würde sich vermutlich dagegen wehren, etwas lernen zu müssen, was auch ein Schreiber für ihn erledigen konnte.

Nichts von alledem spielte eine Rolle in Anbetracht dessen, was geschehen würde, wenn Ranulf erfuhr, daß er seine Pflicht getan und das von Reina geforderte Kind gezeugt hatte. Bisher hatte sie seine sexuellen Leistungen nur empfangen, weil er die Bedingungen des Ehevertrages korrekt erfüllen wollte. Auf das lustvolle Vergnügen würde sie nun verzichten müssen, und damit auch auf das Gefühl der Nähe, das sie ihrem Mann gegenüber entwickelt hatte. Als sie beschlossen hatte, den Sex zu genießen, solange er ihr zuteil wurde, hätte sie nie gedacht, daß es niederschmetternd für sie sein würde, wenn Ranulf nicht mehr mit ihr schlief.

Sie überlegte, ob er sie wieder in ihr altes Zimmer zurückschicken und wie lange es dauern würde, bis er eine Geliebte hatte. Sie überlegte auch, ob sie ihm verzeihen und ihn wieder akzeptieren könnte, wenn es Zeit war, das nächste Kind zu zeugen, denn sie hatte Kinder, nicht nur ein Kind, zur Bedingung gemacht. Die vielen Überlegungen trieben sie fast in den Wahnsinn. Gütiger Himmel, das alles hätte sie gar nicht betreffen dürfen. So hatte sie sich ihr Eheleben nicht vorgestellt! Aber sie hatte sich auch nicht vorgestellt, soweit zu kommen, daß sie selbst Lust empfand, tiefe, unersättliche Lust, und dazu noch auf ihren Ehemann.

Sie war selbstsüchtig gewesen, ihm nichts von dem Baby zu sagen. Es konnte für Ranulf nicht leicht gewesen sein, ihr die ganze Zeit treu zu bleiben – und daß er treu war, auch bei seiner Abwesenheit von Clydon, das glaubte sie. Ein Mann, der zurückkehrte und sofort mit seiner Frau ins Bett ging, ohne Rücksicht auf die Tageszeit, und der dann Stunden mit Zärtlichkeiten verbrachte, der hatte sein Vergnügen nicht anderswo gefunden. Wie sie das vermissen würde – und vieles mehr!

Reina war von diesen trostlosen Gedanken so bedrückt, daß sie die Besucher kaum bemerkte, die ihren Weg kreuzten und auf das Wohngebäude zugingen. Die Leute beachteten sie ihrerseits auch nicht. Das war nicht erstaunlich. Reina hatte ihr ältestes Kleid angezogen, als die Bierfrau ihr berichtet hatte, sie habe das Miauen von Katzen hinter den Bierfässern gehört. Da Reina darauf verzichtete, eine Dienerschar zu rufen, um die riesigen Fässer zu verrücken – dabei hätten die Tiere ja zerquetscht werden können –, blieb ihr nur eines übrig: Sie mußte auf die gestapelten Fässer klettern und herumkriechen, bis sie in einem engen Zwischeraum die Mutterkatze, Lady Ella, und ihre Jungen entdeckte. Natürlich war Reina nun mit Staub und Schmutz bedeckt, aber wenigstens wußte sie, daß es Ranulfs Lieblingstier gutging. Bei der Vorstellung, wie Ranulf über diese Fässer kroch, um das Vieh selbst zu sehen, mußte sie lächeln – denn das würde sich ihr Mann nicht nehmen lassen.

Wer waren nun ihre unerwarteten Gäste? Es handelte sich um eine Dame und einen Herrn, deren zehn Mann starkes Gefolge elegant gekleidet und gut ausgerüstet war, aber daraus konnte Reina keinen Anhaltspunkt gewinnen. Sie hatte es auch mit der Identifizierung der Leute nicht eilig. Deren Ankunft hatte die Aufmerksamkeit einiger Ritter im Übungshof erregt. Das Training wurde für einen Moment unterbrochen, aber wiederaufgenommen, als die Besucher das innere Tor passierten. Das Klirren der Schwerter erklang über den ganzen äußeren Hof. Seit Ranulf hier herrschte, war das zu dieser Tageszeit ein vertrautes Geräusch.

Clydon hatte nun sieben neue Ritter im Dienst, mit ebensovielen neuen Knappen. Reina sah, wie Sir William einen von ihnen unterrichtete. Seit ihr Vater ins Heilige Land aufgebrochen war, hatte er sich nicht mehr so vergnügt. Searle war auch anwesend, er maß seine Kräfte mit einem der neuen Ritter. Sie hatte Walter und Ranulf beobachtet, wie sie sich gegenseitig herausforderten, und Searle, der bei ihnen gelernt hatte, benutzte dieselbe Technik. Es war kein echter Wettstreit. Der neue Ritter wurde in Sekunden entwaffnet.

Eric und Aubert waren ebenfalls da. Sie beobachteten zwei Knappen in einem ähnlich ungleichen Kampf. In einem von ihnen erkannte Reina Lanzo mit seinem leuchtend roten Haar. Er hätte einen Helm tragen müssen, denn er benutzte ein echtes Schwert anstatt der hölzernen, die viele der neuen Knappen bevorzugten. Sein kleinerer Gegner war auch nicht komplett ausgerüstet und ihm bei weitem unterlegen. Er konnte das Schwert kaum hochhalten, geschweige denn den Schild, und im nächsten Augenblick ging er zu Boden. Daß Lanzo ihn weiter bedrängte, ärgerte Reina. Sie wußte, daß ein Ritter lernen mußte, sich sogar vom Boden aus zu verteidigen, denn viele starben in dieser Position, wenn sie nicht genügend geübt waren, aber Lanzo schien bei dieser Lektion besonders brutal vorzugehen.

Reinas Herz blieb fast stehen, als sie den Jungen zu erkennen glaubte, der auf der Erde lag. Aylmer? Nein, Lanzo konnte nicht so grausam sein! Es stimmte, daß Aylmer den Rittern gern bei der Übung zuschaute. Aber Lanzo würde es nicht wagen, ihn auf das Feld zu locken, ihm ein Schwert zu geben und ihn anzugreifen! Oder doch?

Reina lief los und rief den Namen des Knappen. Lanzo konnte sie nicht hören, denn er schlug immer noch mit dem Schwert auf den Schild des gestürzten Jungen. Bald war die junge Frau nahe genug herangekommen, um festzustellen, daß es sich tatsächlich um Aylmer handelte, und eine blinde, rasende Wut packte sie. Ohne an die Gefahr zu denken, die das schwirrende Schwert bedeutete, sprang Reina vor und stieß Lanzo um.

Sofort half sie Aylmer auf die Füße, strich ihm die schweißnassen, braunen Locken aus der Stirn und suchte nach irgendwelchen Verletzungen. Sie war einigermaßen erleichtert, daß er nirgendwo blutete, doch ihr Zorn war noch nicht verraucht. Daß der Junge sie ansah, als sei sie verrückt, änderte nichts an der Situation.

»Lady, warum haben Sie das gemacht?«

»Warum?« Sie quietschte fast. »Du wirst hier beinahe umgebracht und fragst mich, warum ich mich einmische?«

Die Ritter, die Reina bemerkt hatten und näher kommen wollten, nahmen beim Klang ihrer empörten Stimme das Training schnell wieder auf. Eric, der die junge Frau hatte zurückhalten wollen, als er ihre Gefährdung erkannte, wandte sich ab, um ihre Aufmerksamkeit nicht zu erregen. Ein Blick auf Aubert verriet, daß alle Männer im Hof nicht wußten, was eigentlich Unrechtes geschehen war.

Aylmer war der einzige, dem klarwurde, daß Reina nur Angst um sein Wohlergehen gehabt hatte. In diesem Fall war das recht peinlich, aber es erfüllte den Jungen immer wieder mit Wärme, daß sie sich solche Sorgen um ihn machte.

Ruhig und in der Hoffnung, sie würde sich mit ihm freuen, sagte er: »Ich soll ein Knappe werden, Lady.«

Reinas Herz zog sich zusammen, als sie den Stolz in Aylmers Worten spürte. O Gott, dieser Scherz war noch grausamer, als sie befürchtet hatte.

»Wer hat das gesagt? Lanzo?«

»Nein, er unterrichtet mich auf Lord Ranulfs Befehl hin. Aber Lanzo ging zu sanft mit mir um. Ich habe ihm gesagt, daß ich auf diese Weise nichts lerne.«

»Dann rammte er dich in den Boden?« fragte sie, aber ihre Worte kamen automatisch, denn ihre Gedanken wirbelten durcheinander.

Aylmer hatte die Stirn zu grinsen. Er merkte nicht,

wie blaß Reina geworden war. »In einem Monat kann ich es besser.«

»Du möchtest das?« Was für eine dumme Frage! Einem Jungen, der keine Hoffnung haben konnte, irgend etwas im Leben zu erreichen, wurde die Chance der Ritterschaft geboten! Natürlich würde er das wollen! »Schon gut. Ich sehe, daß du es möchtest. Wer kam denn auf die Idee?«

»Ich dachte, das wüßten Sie, Lady. Lord Ranulf hat mich einfach gefragt. Er sagte, einige Ritter trügen so viele Wunden davon, daß sie auch Krüppel wären, aber trotzdem würden sie ein Schwert schwingen und kämpfen. Er sagte auch, mein Fuß solle mich nicht daran hindern, und er würde mir in London einen Spezialstiefel anfertigen lassen, damit ich das Gleichgewicht besser halten kann.« Dann fügte Aylmer mit unbeschreiblichem Stolz hinzu: »Er hat mir versprochen, daß er mich selbst trainiert, wenn ich mich gut anstelle.«

Tränen stiegen in Reinas Augen. Welcher Ritter würde daran denken, solch eine Aufgabe zu übernehmen? Reina wußte, daß Ranulf nicht so gefühllos war, wie sie es ihm gern vorwarf, aber dies? Tat er es für sie? Das glaubte sie nicht. Er war einfach so. Kein Wunder, daß sie ihn liebte...

Ja, das war die Wahrheit. Reina erschrak bei der Erkenntnis. Himmel, wann war das geschehen? Als sie seinen Sinn für Humor entdeckt hatte? Als sie festgestellt hatte, daß seine Schroffheit nur flüchtige Tarnung war? Als er zu einer Hure gegangen war, um herauszufinden, wie er ihr, Reina, Vergnügen bereiten konnte? Vor so langer Zeit schon? Oder als er sie nicht bestrafen mochte ohne Wiedergutmachung durch ein unglaublich erotisches Erlebnis, das sie nie vergessen würde? Wie dumm war sie doch gewesen, daß sie immer geglaubt hatte, ihre Gefühle seien rein sexuell geprägt. Und welchen Unterschied machte das, wenn er nicht dasselbe empfand?

»Lady?«

Sie drehte sich um und sah Lanzo noch auf dem Boden liegen. Der junge Mensch beobachtete sie vorsichtig. Da erkannte sie plötzlich, was sie Schreckliches getan hatte. Sie hatte sich in Ritterkämpfe eingemischt und einen Knappen angegriffen, Ranulfs Knappen. Er war nicht verletzt, nur argwöhnisch, ob Reina ihn gleich wieder attackieren würde, wenn er aufstünde. Doch er bekam wirklich Angst, als sie neben ihm auf die Knie sank.

»Lanzo, es tut mir so leid.«

Seine Augen flackerten vor Schreck, weil sie sich so erniedrigte und sich bei ihm entschuldigte. »Lady, bitte, stehen Sie auf.«

»Nein, Sie müssen mir sagen, daß Sie mir verzeihen können.«

»Lady, stehen Sie auf«, flehte er sie an. »Wenn Ranulf das hört, wird er mich töten.«

Sie schnitt eine Grimasse. »Ich bin hier im Unrecht, also kann er im Zweifelsfall nur mich töten.« Dann fügte sie besorgt hinzu: »Sind Sie in Ordnung?«

»Natürlich.« Er schnaubte entrüstet.

Sie lächelte erleichtert und bot ihm die Hand, so daß sie sich beide erheben konnten. »Dann werden Sie mir vergeben?«

»Es gibt nichts zu vergeben, Lady«, versicherte er, unangenehm berührt, weil sie nicht locker ließ. »Sie haben den Kampf mißverstanden, das ist alles.«

»Das stimmt. Aber um meines Seelenfriedens willen – können Sie mit Aylmer ein wenig nachsichtiger umgehen, bis Sie den Eindruck haben, daß er der Sache gewachsen ist?«

Lanzo grinste und nickte, und Reina entfernte sich. Als sie wenige Sekunden später hörte, wie Aylmer höchst wehklagend ihren Namen rief, wußte sie, daß Lanzo dem Jungen ihre Wünsche mitgeteilt hatte. Sie blieb stehen. Der Kleine war schließlich erst sieben Jahre alt. Er hatte noch eine lange Zeit vor sich, in der er geschlagen und verwundet werden konnte.

44

Reina hatte ihre Gäste vergessen, bis Gilbert, der sie suchte, sie im Vordergebäude traf. Lord Roghton und seine Frau baten auf ihrem Weg nach London um ein Nachtquartier. Das war ein allgemein üblicher Vorfall. Wenn in London Hof gehalten wurde, kamen zwei- bis dreimal in der Woche Reisende ins Schloß.

»Ich habe diesen Namen noch nicht gehört. Woher kommen die Leute?«

»Nordumbrien.«

»Oh, von so weit her? Gut, heißen Sie sie willkommen, Gilbert, und lassen Sie ihnen ein Zimmer herrichten. Und wenn ich es schaffe, heimlich durch die Halle zu schleichen«, fügte sie lächelnd hinzu und blickte an ihrer schmutzigen Kleidung herunter, »würde ich sie gerne beim Abendessen begrüßen.«

»Ja, meine Lady, aber der Lord ist vor vielen Jahren schon einmal hier aufgetaucht.« Das wollte Gilbert seiner Herrin nicht verschweigen. »Er bat damals auch um Quartier für eine Nacht und blieb dann fast vierzehn Tage.«

Auch das kam öfter vor. Leute, die wenig Rücklagen oder nur ein Gut besaßen, brauchten ihre Vorräte auf und reisten dann monatelang herum. Sie verweilten in verschiedenen Herrschaftshäusern, solange es nur eben möglich war, und sparten eigene Kosten.

»Einer von denen, eh?« Sie lachte vor sich hin, denn es war ihr egal, aus dem einfachen Grund, weil Clydon sich solche Extraausgaben leisten konnte.

Sie vermochte sich immer noch nicht an den Namen zu erinnern, aber als sie später zum Essen herunterkam, erinnerte sie sich an den Mann. Sie war bei seinem letzten Besuch fünf oder sechs Jahre alt gewesen, und sie hatte ihn für die häßlichste Kreatur auf der Welt gehalten. Er war noch immer scheußlich anzusehen, aber sie war kein Kind mehr, das sich vor seinem Anblick fürchtete. Als Mann, der sich den Vierzigern näherte, war er früher schon übergewichtig gewesen, was sich noch verschlimmert hatte, aber das war nicht der springende Punkt. Er besaß grausame Augen – es gab kein anderes Wort dafür – und eine große Knollennase, die von ihnen ablenkte. Hinzu kamen zwei abscheuliche Narben: eine, die seinen Mund zu einem ständigen Hohnlächeln verzerrte, und eine, die seine Wange zerschnitt und die Haut unter dem linken Auge herabzog.

Seine Frau war noch nicht anwesend. Reina konnte sie wegen ihres Ehemannes nur bedauern. Es wäre etwas anderes gewesen, wenn der Mann ein wenig Güte ausgestrahlt hätte, davon gab es aber keine Spur. Reina erinnerte sich nach und nach, daß Roghton sich damals mit seinen kleinen Sticheleien und Unverschämtheiten so unbeliebt gemacht hatte, daß er schließlich von Reinas Vater aufgefordert worden war, Clydon zu verlassen. Nun, sie würde merken, ob er sich verändert hatte, aber sie wünschte leidenschaftlich, Ranulf wäre da, um sich statt ihrer mit dem Besucher zu beschäftigen.

Er stand neben Sir William und Lady Margaret. Reinas jüngere Damen waren alle verschwunden. Sie konnte es ihnen nicht verdenken. Roghton war der Stoff, aus dem Alpträume entstehen.

Searle und Eric erschienen rechts und links an ihrer Seite, ehe sie die Gruppe vor dem Kamin erreichte. Die beiden gebärdeten sich Reina gegenüber lächerlich beschützend, wenn Ranulf unterwegs war, und oft mußten sie Reinas scharfe Zunge ertragen, seit die junge Frau sich so im Zwiespalt fühlte. Momentan war sie allerdings für die Begleitung dankbar.

Ranulfs Wunsch entsprechend, hatte Searle Louise de Burgh geheiratet, deshalb sah Reina ihn nicht mehr oft, außer, wenn Ranulf abwesend war. Diese Ehe entwickelte sich ganz gut, in Anbetracht der Tatsache, daß die Dame schreiend und um sich tretend in ihr Ehebett hatte gezerrt werden müssen. Als Reina sie das letzte Mal gesehen hatte, war sie glücklich und zufrieden gewesen. Was immer Searle mit ihr angestellt hatte – das Ergebnis war einfach wunderbar. Reina wünschte, sie hätte die gleiche Macht über Ranulf.

»Ah, Lady *Rhian*, nicht wahr? Das Kind mit den schwarzen Haaren einer Hexe. Erinnern Sie sich an mich?«

Reina erstarrte. Zwei Beleidigungen in den wenigen Sätzen? Hielt der Mann sie für eine komplette Idiotin, daß sie seinen Versprecher als harmlosen Fehler ansehen würde? Gilbert hatte ihm jedenfalls ihren Namen gesagt. Roghton mußte selbst ein Idiot sein, wenn er sich einen einfachen Vornamen keine zwei Stunden merken konnte.

Sie zahlte es ihm in gleicher Münze heim. »Eigentlich, Lord Ralston, heiße ich Reina – Reina Fitz Hugh. Falls Sie das wieder vergessen, können Sie mich auch Lady nennen, was mir zusteht. Und seien Sie froh, daß ich keine Hexe bin, sonst würden Sie unter meinem Dach nicht wohlbehütet schlafen.«

Sie war nicht ihre Mutter, die Anzüglichkeiten und versteckte Schmähungen aus Rücksicht auf den Frieden in ihren Mauern ignorierte. Falls Roghton glaubte, hier mit solchem Blödsinn davonzukommen, dann irrte er sich.

Es war ihr gelungen, ihn zu überraschen. Er hatte nicht erwartet, seine Unhöflichkeit zurückzubekommen, und schon gar nicht von einer Frau. Da er verwirrt war, fiel seine Entgegnung gesittet aus. »Ich habe gehört, Sie seien frisch verheiratet, Lady Reina.«

»Ja, wenn Sie vier Monate als frisch verheiratet bezeichnen wollen. Mein Mann hält sich jedoch momentan in London auf – mit seinem Vater, Hugh de Arcourt.«

»Lyonsford?«

»Genau.«

Danach hörte sie kein beleidigendes Wort mehr, was recht amüsant war, wenn man bedachte, daß Clydon mehr Macht besaß als Lyonsford. Das bewies einmal wieder, daß eine Dame mit einem kleinen Königreich nicht so beeindruckend wirkte wie ein Feldherr, der viel weniger sein eigen nannte – es sei denn, sie erwähnte ganz beiläufig, daß so ein Feldherr ihr Verwandter war.

Seine Frau kam herein, und Reina erlitt einen leichten Schock – übrigens wie alle anderen, die Lady Roghton noch nicht gesehen hatten. In völligem Kontrast zu ihrem Mann war sie eine Frau von überwältigender, unvergleichlicher Schönheit: blond, hellhäutig, mit dem Gesicht eines Engels. Sogar Eadwina hatte allen Grund, zähneknirschend eifersüchtig zu sein.

Es war unfaßbar, daß diese Vision der Lieblichkeit mit einem Mann wie Roghton verheiratet sein konnte. Wer brachte es fertig, so grausam zu sein, eine Verbindung zwischen solchen Gegensätzen zu arrangieren?

Searle und Eric waren beide von Ehrfurcht ergriffen. Tatsächlich verfiel jeder Mann im Raum in Schweigen, denn sie schöne Lady machte jeden betroffen. Reina war vielleicht die einzige, die das Entzücken des Ehemannes über die Reaktion auf seine Frau bemerkte. Er genoß das Aufsehen, das sie erregte, und dann den Horror, daß so ein begehrenswertes, zauberhaftes Ding ihm gehören konnte. Dennoch tadelte er die Lady wegen ihres Zuspätkommens. Er brachte sie und jeden in der Nähe durch sein absichtlich grobes Schimpfen in Verlegenheit. Und Reina war sich sicher, daß er es mit Absicht tat. Es war mehr eine Demonstration, um alle Zweifel zu zerstreuen, daß dieses Traumwesen wirklich sein Eigentum war.

Reina hatte kaum Gelegenheit, mit Lady Roghton zu sprechen, wenigstens nicht, bis das Abendessen fast beendet war. Roghton hatte die Unterhaltung an sich gerissen, und seine Lady hatte lammfromm zu seiner Linken gesessen, ohne ein Wort zu reden, und mit einem elenden Gesichtsausdruck. Reina versuchte, sich in die Lage der Lady zu versetzen. Hätte sie nicht einen liebenden Vater gehabt, hätte auch ihr so etwas passieren können. Schon allein der Gedanke daran verursachte ihr Übelkeit.

Als Roghton, der sich mit allen verfügbaren Speisen vollgestopft hatte, endlich gesättigt war, interessierte er sich mehr für die ungehemmten Gespräche der Männer an den niedrigeren Tischen. Reina blieb mit Lady Roghton allein zurück, und die Blondine rückte näher, sobald ihr Mann gegangen war. Doch nun überlegte Reina, was sie sagen könnte, ohne daß es nach Mitleid klingen würde. Sie hätte sich nicht zu sorgen brauchen. Die blonde Schönheit war überhaupt nicht mehr schüchtern, nun, da Lord Roghtons Gegenwart sie nicht mehr bedrückte.

»Ich habe gehört, daß Ranulf Fitz Hugh Ihr Mann ist?«

»Kennen Sie ihn?«

»Ich bin mir nicht sicher«, meinte Lady Roghton zögernd. »Ist er groß, sehr groß, und rundum golden?«

Reina war belustigt. »Ja, so könnte man ihn beschreiben.«

»Dann ist es mein Ranulf«, sagte die Frau aufgeregt. »Das finde ich unglaublich! Ranulf? Herr von Clydon? Es ist eine Schande, daß ich ihn verpaßt habe, aber jemand sagte, er sei in London. Dort werde ich ihn schon finden.«

Reina konnte nur vor sich hinstarren. Hatte die Frau vergessen, mit wem sie sprach? War sie sich überhaupt bewußt, daß ihr dieses besitzgierige ›mein‹ entschlüpft war? Schwer zu sagen! Ihr Benehmen hatte sich völlig verändert. Sie sprudelte förmlich über vor Erregung.

»Wann... wann kannten Sie Ranulf?«

»Oh, das ist lange her, aber er wird mich nicht vergessen haben.« Sie lachte, ein silberner, melodischer Laut. »Natürlich können Sie sich unsere Beziehung vorstellen. Jede Frau in Montfort wollte ihn haben, er war so schön anzusehen. Wie hätte ich ihm widerstehen können? Ich habe ihm sogar ein Kind geboren.«

Anne? Gütiger Himmel, das war Lady Anne!

Der Schock mußte sich auf Reinas Miene abgezeichnet haben, doch die Frau deutete ihn falsch. »Wußten Sie das nicht? Aber das muß Sie nicht beunruhigen. Männer sind niemals treu, wissen Sie! Sie verstreuen ihre Bastarde über das ganze Land. Ranulf ist selbst einer!« Dann lächelte sie. »Deshalb bin ich so erstaunt, daß er Herr von Clydon geworden ist.«

Reina nahm einen Schluck Wein und hoffte, er würde die Wut entschärfen, die sie plötzlich empfand. Was war das für eine Person, die so etwas zu der Ehefrau eines Mannes sagte – wenn sie nicht hoffte, Unfrieden zu stiften? Walter hatte recht, was die Lady betraf. Hinter dem Engelsgesicht mit dem süßen Lächeln steckte die Fratze eines berechnenden Weibsstücks. Und Reina hatte Mitleid mit ihr gehabt?

»Sie haben nicht gesagt, was mit diesem Kind geschehen ist«, sagte Reina. Sie erkannte, daß Anne sie glauben machen wollte, sie habe hier ein Bindeglied zu Ranulf.

Die Dame war etwas bestürzt über diese Bemerkung. »Habe ich nicht? Er starb, der arme Wurm. Ich war so verzweifelt.«

»Er?«

»Ich glaube...«, begann sie zögernd, doch sie faßte sich schnell. »Also, natürlich war es ein Junge. Ich weiß doch, was ich geboren habe.«

Jesus, sie wußte es tatsächlich nicht, es war ihr gleichgültig gewesen. Für Reina, als werdende Mutter, war das beinahe so unfaßbar wie der Entschluß der Frau, ihr Kind, ihr eigenes Fleisch und Blut, zum Sterben wegzugeben... O Gott!

Reina erhob sich. Sie konnte keine Sekunde länger die Gegenwart von Lady Anne ertragen. »Es ist ein Glück, daß Ranulf nicht hier ist«, sagte sie und entfernte sich.

Anne lächelte. Sie mißverstand diese Worte, weil sie nicht gescheit genug war, deren wahren Sinn zu erkennen.

45

Ranulf sprang die Stufen zur großen Halle hinauf. Es war schon spät, aber er achtete nicht auf den Lärm, den er machte. Er hatte Clydon vermißt. Drei Wochen waren eine zu lange Abwesenheit von ... nun, er konnte es ja zugeben. Es war seine Frau, die er vermißt hatte, nicht Clydon. Sie mochte eigenwillig, temperamentvoll und zeitweise äußerst anstrengend sein, aber in ihrer Nähe fühlte er sich zum erstenmal als etwas Besonderes – umsorgt, wichtig, benötigt. Sie verschaffte ihm jede Bequemlichkeit, pflegte ihn, wenn er krank war, schimpfte ihn, wenn er sich zu weit vorwagte, und ängstigte sich um ihn. Bei ihr mußte er nicht auf der Hut sein, mußte ihre Worte und Beweggründe nicht anzweifeln, denn sie hatte bewiesen, daß sie anders war, als er die Frauen ganz allgemein einschätzte. Selbst die neue Beziehung zu seinem Vater ließ sich mit seiner Bindung an Reina nicht vergleichen.

Er sollte ihr das sagen, aber ihm fehlte der höfische Schliff, sich so auszudrücken, wie eine Dame es gern hörte. Falls er versuchte, lyrisch zu werden, würde sie ihn sicher eher auslachen als ihn ernst nehmen. Außerdem mußte sie wissen, was er fühlte. Von Frauen erwartete man, daß sie ein Gespür für solche Dinge hatten. Und er wußte, was sie empfand, hatte es gewußt, seitdem sie ihn zum erstenmal Schafskopf genannt hatte, denn das sagte sie nur zu Menschen, die sie liebte.

Ja, er kannte sie gut. Das einzige, was er nicht verstand, war, warum sie ihm nichts von ihrer Schwangerschaft erzählte. Aber sein Vater und auch Walter, der bei der Geburt von zwei jüngeren Geschwistern zu Hause gewesen war, hatten ihm erklärt, daß Frauen in diesem Zustand sich oft seltsam benahmen.

Im Hinblick auf seine Gedanken und seine freudige Erwartung war Ranulf schlecht vorbereitet auf die Frau, die ihm in der halbdunklen Halle in den Weg trat. Sie erschien so plötzlich, daß er sie beinahe umrannte. Er wollte sich schon entschuldigen, da erkannte er sie. Die Worte blieben ihm im Hals stecken.

Anne hatte ihn kommen sehen. Sie hatte versucht, ihren betrunkenen Mann zu wecken, der neben dem Kamin eingeschlafen war. Nun war sie froh, daß er einen Rausch hatte. Die Gelegenheit war vom Himmel gesandt. Anne würde sie nicht ungenützt vorübergehen lassen.

»Du erinnerst dich also an mich, Ranulf«, sagte sie mit Befriedigung. Da sie wußte, daß kein Mann es schätzte, wenn man sich seiner zu sicher war, fügte sie raffiniert hinzu: »Deine Frau wollte mir weismachen, du hättest durch die Heirat mit ihr all deine früheren Liebschaften vergessen. Sie behauptete, sie hätte dich und deine Zuneigung fest im Griff.«

Ranulfs Mißtrauen aus früheren Tagen war sofort wieder geweckt. Er wußte, daß seine Frau so etwas nicht sagen würde, schon gar nicht zu einer Fremden. Es bewies nur einmal wieder, daß eine Lügnerin immer eine Lügnerin blieb. Diese Frau hatte sich überhaupt nicht verändert. Sie war so schön wie früher, nein, noch schöner durch die Fülle der Reife. Ihre Seele war jedoch so schwarz wie die Sünde, und wenn diese Schlange mit Reina zusammengewesen war, konnte man nicht ahnen, welches Unheil sie angerichtet hatte.

Er beschloß, sie momentan hinzuhalten, obwohl er ihr am liebsten die Kehle zugedrückt hätte. Sie war eine Frau, die ihre Worte sorgfältig wählte. Alles, was sie sagte, war auf Wirkung bedacht, ob gut oder schlecht.

Sie mußte einen Grund haben, daß sie ihn gegen die Mitteilsamkeit seiner Frau aufbringen wollte.

»Es ist eine Überraschung, dich hier zu finden.«

»Dachtest du, wir würden uns nie wiedersehen? Ich wußte immer, daß wir uns eines Tages begegnen würden.« Sie kam näher und wisperte: »Du kannst dir nicht vorstellen, wie oft ich an dich gedacht habe, Ranulf, an die Leidenschaft, die uns verband.« Sie legte die Hand auf seine Brust. »Können wir hier nirgends... allein sprechen?«

Es war ein verführerisches Angebot. Es gab eine Zeit, da hätte es seine Sinne entflammmt und ihn vor Begierde nach ihrem Körper verrückt gemacht. Jetzt war das einzige Resultat, daß Ranulfs Haut vor Abwehr kribbelte.

Er sah sich nach den Dienern um, die in den Schatten fest schliefen. »Wir sind hier durchaus allein.«

»Ich habe gemeint... ach, es ist egal.« Sie spitzte die Lippen zu einem Schmollmund. »Du hast wohl vergessen, wie oft wir uns in dunkle Ecken verzogen.«

Allmählich wurde er es leid, darauf zu warten, was sie von ihm wollte. Er wußte, daß es sich nicht um ihn persönlich handelte, also mußte es etwas sein, was er für sie tun konnte.

»Jetzt bin ich ein Mann, Anne. Ich ziehe ein warmes Bett vor.«

»Ich habe eins in meinem Zimmer.«

»Was mich zu der Frage veranlaßt, was du hier tust.«

Eine Sekunde lang drückte sich in ihrer sonst hervorragend beherrschten Miene eine gewisse Irritation aus. »Ist das alles, woran du denkst? Wir haben uns geliebt, Ranulf.«

»Ich habe dich geliebt, ich glaubte es wenigstsens. Du hast jedoch einen anderen Weg gewählt.«

»Für den ich unendlich bestraft wurde.« Sie brachte ihre Verteidigungsrede mit angemessenem Gefühl vor. »O Gott, Ranulf, du kannst nicht ahnen, welchem Monster

Montfort mich gegeben hat.« Mit spitzem Finger deutete sie auf den Kamin. Dort stand eine brennende Kerze, die den auf einer Bank ausgestreckten Roghton beleuchtete. »Das ist mein Ehemann, und seine Seele ist so grotesk wie sein Äußeres.«

»Der Mann zählte nicht, soweit ich mich erinnere«, entgegnete er kalt. »Nur sein Reichtum.«

»Merkst du denn nicht, daß ich dir klarzumachen versuche, daß ich im Unrecht war?« fragte sie zum Steinerweichen. »Er ist wohlhabend genug, aber alles Geld des Königreichs kann die Hölle nicht aufwiegen, in die er mein Leben all die Jahre verwandelt hat. Stell dir vor, er richtet Falken zum Angriff auf Menschen ab und läßt sie dann als sportliche Übung auf seine armen Leibeigenen los! So ein Mensch ist er, und ich kann ihn nicht mehr länger ertragen.«

Ob das nun stimmte oder nicht – Ranulf blieb unbeeindruckt. »Dann verlasse ihn.«

»Glaubst du, das hätte ich nicht versucht? Ich werde als Gefangene gehalten, beobachtet, verfolgt, in meinem Zimmer eingesperrt, wenn er nicht da ist.«

Ranulf blickte wieder zu dem schlafenden Mann hinüber. »Geh jetzt! Ich sehe keinen, der dich aufhalten könnte.«

»Er würde mich doch finden und zurückbringen, wie es schon öfter geschehen ist.«

Wie Ranulf bereits vermutet hatte, war eine Flucht nicht das, was ihr vorschwebte. »Warum erzählst du mir das alles?«

»Du könntest mir helfen, wenn du wolltest.«

»Wie?«

Sie kam wieder näher, und diesmal streifte sie mit ihren Brüsten seinen Unterarm. »Töte ihn für mich«, flehte sie mit belegter Stimme. »Er hat seinen Leuten mitgeteilt, daß ich zu Tode gefoltert werden soll, falls er unter verdächtigen Umständen stirbt. Und seine Männer werden das tun. Sie sind ebenso gemein und bösartig wie er. Er könnte an seinem Essen ersticken, und sie würden mich umbringen. Er muß ordnungsgemäß herausgefordert werden und durch das Schwert sterben. Bitte, Ranulf, befreie mich von ihm!«

Also gab es doch Gerechtigkeit. Er hätte beinahe laut aufgelacht. Sie wollte, daß er sie von einer Hölle befreite, die sie mehr als verdiente? Das fiel ihm nicht ein, aber er sagte ihr das nicht gleich.

»Mit welcher Begründung sollte ich ihn herausfordern? Ich sehe keine Zeichen der Mißhandlung an dir. Tatsächlich, Anne, kann ich es nicht recht glauben, daß der Mann dich nicht schätzt.«

»Am Anfang verehrte er mich, aber ich konnte seine Berührungen nicht ertragen. Er spürte es und begann mich deshalb zu hassen. Dann erwischte er mich mit einem... mit einem Liebhaber und ermordete ihn mit seinen bloßen Händen.«

»Aber dir hat er nichts angetan?«

»Er... er wartete, bis mein Kummer sich verringert hatte. Er wollte, daß ich trauerte. Das freute ihn. Er tat nichts, solange ich litt, doch als ich mich zu erholen begann, schlug er mich. Ich sollte mich erinnern. Zuerst, als mein Schmerz so groß war, glaubte dieses Monster, ich würde die Schläge kaum spüren. Deshalb wartete er. So teuflisch ist er. Jetzt verprügelt er mich, wenn ich nur einen anderen Mann ansehe. Oh, bitte, Ranulf«, bat sie und warf die Arme um seinen Hals. »So kann ich nicht mehr weiterleben. Wenn ich nicht bald von ihm befreit werde, bringe ich mich um.«

»Du denkst, das würde mich kümmern?«

Sie lehnte sich langsam zurück und furchte die Stirn, doch sie glaubte Ranulf nicht. »Du hast mich einmal geliebt.«

»Jetzt liebe ich eine andere.«

»Wen?« Als er nicht antwortete, weiteten sich ihre Augen ungläubig. »Doch nicht diese kleine graue Maus, die du geheiratet hast?«

»Maus? In meinen Augen ist sie schöner als jede Frau, die ich kenne – oder je gekannt habe.«

»Das kann nicht dein Ernst sein«, spottete Anne. In ihrer Verzweiflung wurde sie kühner. Sie preßte ihre Hüften gegen seine. »Du mußt dich doch erinnern, daß wir...«

Ranulf reagierte mit gewaltigem Widerwillen und stieß sie zurück. Dann packte er sie am Haar und riß ihren Kopf nach hinten. Nun sah sie, was er bisher vor ihr verborgen hatte. Glühender Haß funkelte in seinen Augen und jagte ihr einen Schauder über den Rücken.

»Lady, du hast meine Tochter auf dem Gewissen. Du hast ihr nicht einmal den Gnadentod gegeben, sondern sie verhungern lassen. Das ist alles, was ich von dir noch weiß. Nun verschwinde aus meinem Haus, ehe ich die Vergeltung übe, die du wirklich verdienst.«

»Ohne meinen Mann kann ich nicht gehen.«

»Dann weckst du ihn am besten ganz schnell – oder ich erledige das.«

»Und was soll ich ihm sagen? Es ist mitten in der Nacht!«

»Dir wird schon etwas einfallen. Lügen sind deine Spezialität.« Damit entfernte er sich und blickte nicht zurück.

»Dieser elende Hurensohn«, zischte Anne, aber erst, als er gegangen war. »Wie kann er sich wegen eines Bastards aufregen, der nicht einmal von ihm war? Ich hätte ihm das sagen sollen! Das hätte den blöden Kerl auf seinen Platz verwiesen.«

»Ja, Sie hätten es ihm wirklich sagen sollen«, meinte Walter ruhig hinter ihr. »Aber ich werde das für Sie besorgen. Es kann ihm den Schmerz all dieser Jahre nicht mehr nehmen, aber es wird die Erinnerung daran ein wenig mildern.«

Anne hatte sich bei seinem ersten Wort umgedreht und

lächelte nun bezauberd. »Sir Walter, nicht wahr? Stehen Sie schon lange da?«

»Lange genug.« Auch er ließ sie allein, ohne seine Verachtung zu verbergen.

Sie schaute ihm giftig nach, bis sie das grausame Gelächter neben dem Kamin hörte. Mit einem scharfen Atemzug wandte sie sich um. Ihr Mann saß auf der Bank und beobachtete sie. »Heute nacht haben Sie nicht viel Glück, meine Liebe. Ich hätte früher zu Bett gehen sollen, denn nun habe ich überhaupt kein Bett zur Verfügung. Wie soll ich Ihnen wohl dafür danken?«

Anne erbleichte und floh durch die Halle auf das Zimmer, das ihnen zugewiesen worden war. Dort kauerte sie sich in eine Ecke. Das Gelächter ihres Mannes klang noch durch die Gewölbe. Es bedeutete, daß ihn das Gehörte und Gesehene angenehm erregt hatte. Die Folge davon war, daß er mit Anne schlafen wollte, ehe sie aufbrachen. Und das empfand sie als das Schlimmste – es war weitaus schrecklicher als die Prügelstrafe, die später folgen würde.

46

Reina erwachte von der sanften Liebkosung einer Hand, die das Bettuch von ihrem Körper zog. Sie seufzte träumerisch, dann öffnete sie die Augen und erschrak im ersten Moment, ehe sie feststellte, daß es ihr Mann und kein anderer war, der in ihr Bett schlüpfte.

»Jesus, haben Sie mir einen Schrecken eingejagt, Ranulf.«

»Eigentlich möchte ich Ihnen etwas anderes einjagen, Lady«, meinte er grinsend.

Ihre Wangen röteten sich sanft. Sie hatte sich noch nicht völlig an seine anzüglichen Bemerkungen gewöhnt, obwohl sie nichts dagegen einzuwenden hatte.

»Sind Sie gerade erst zurückgekehrt?« Es war Morgen, dem Licht nach zu schließen, das durch die Bettvorhänge sickerte.

»Nein, Walter und ich kamen gestern abend hier an. Sie schliefen so friedlich, daß ich Sie nicht wecken wollte.«

Während er das sagte, strich seine Hand über ihren Nabel, und Reina erinnerte sich an das Baby, das darunter lag.

»Fällt Ihnen keine Veränderung an mir auf, Ranulf?«

»Nein.« Seine Finger zwickten eine Brust, und er beobachtete, wie sich die Brustwarze aufrichtete.

»Nichts?«

»Nein, warum?«

»Ach, vergessen Sie es«, erwiderte sie verstimmt.

»Merken Sie eine Veränderung an mir?« fragte er nekkend.

»Nur, daß Ihnen ein paar geistige Fähigkeiten abgehen«, schnaubte sie.

Ranulf lachte herzlich und nahm sie in die Arme. »Warum sagen Sie es nicht einfach, Lady?«

»Was?«

Seine Hand legte sich wieder auf ihren Bauch, und dann beugte er sich vor, um die Wölbung zu küssen. »Was Walter mir vor fast zwei Monaten erzählt hat.«

»Sie wissen es also?« meinte sie atemlos. »Und Sie haben nichts erwähnt?«

»Es ist das Privileg einer Frau, es ihrem Mann zu sagen. Ich wartete, daß Sie es tun würden.«

»Es tut mir leid. Ich weiß, ich hätte damit herausrücken müssen, aber...«

»Aber?«

Sie wand sich ungemütlich. »Der Grund klingt so dumm. Ich mag ihn gar nicht verraten.«

Er akzeptierte das. ›Streite nie mit einer schwangeren Frau‹, hatte sein Vater gesagt, ›denn sie gibt manchmal einen argen Unsinn von sich.‹ Außerdem hatte er momentan anderes im Kopf, zum Beispiel, sich gründlich mit der neuen Fülle von Reinas reizvollem Körper vertraut zu machen. Das tat er auch, und die junge Frau wunderte sich, daß er noch mit ihr schlafen wollte, nachdem er von dem Kind wußte. Sie war nicht so unklug, ihn darüber auszufragen, doch die Verwirrung, die sich in der nächsten glücklichen Stunde verflüchtigte, kehrte wieder, als Ranulf den Kopf von ihrem Busen hob, um für sein Tagewerk aufzustehen. Hieß das, daß er sich in den Monaten seiner Ehe an sie gewöhnt hatte und sich auch weiterhin ihrer bedienen wollte? Wenn das so wäre...

Reina lächelte strahlend. Freude und Zufriedenheit leuchteten in ihren Augen. Plötzlich fiel ihr etwas ein. »Oh! Das hätte ich beinahe vergessen. Wir haben Gäste, Ranulf, und...«

»Wir hatten Gäste, Lady«, sagte er, während er den Raum durchquerte und gegen die Tür schlug, um Lanzo zu wecken. »Sie sind gestern nacht abgereist.«

»Abgereist?« fragte sie erstaunt. »Warum?«

»Ich glaube, die Dame erkannte, daß es ihr nicht gutgetan hätte hierzubleiben.«

Reina schwieg. Solange dieses Paar Clydon den Rücken kehrte und nicht wiederkam, war sie zufrieden.

Zwei Monate später traf ein Botschafter ein, der Sheffords Ruf zu den Waffen übermittelte, und Reinas Seifenblase der Glückseligkeit zerplatzte. Die junge Frau spielte in der Halle gerade eine Partie Schach mit Walter, als Ranulf es ihr sagte. Offenbar hatte Lord Rothwell eine neue Erbin ins Auge gefaßt, ausgerechnet Lord Guys Nichte, die auch noch sein Mündel war. Ihr Landsitz wurde schon seit Wochen belagert, aber Sir Henry hatte es jetzt erst erfahren und entschieden, daß Ranulf zu Hilfe geholt werden sollte.

Reina widersprach sofort, und zwar sehr energisch. »Das ist nur eine Prüfung, und die mag ich nicht. Sir

Henry hätte ein halbes Dutzend Männer aus der Nähe von York für diese Aufgabe anfordern können, und das werde ich ihm auch sagen. Sie müssen nicht gehen, Ranulf.«

»Mischen Sie sich nicht ein, Lady«, entgegnete er ungläubig. »Hier wird mein Arm vor Untätigkeit noch verrosten.«

»Sie würden also ohne guten Grund kämpfen?« schrie sie ihn an.

»Ich werde kämpfen, weil es mir Spaß macht!« brüllte er zurück. »Das habe ich gelernt und das tue ich am liebsten – außer, mit Ihnen ins Bett zu gehen.«

Glühende Röte stieg ihr in die Wangen, und ihr Zorn explodierte noch heftiger. »Meine Gefühle sind Ihnen egal, oder? Wer bin ich schon – nur Ihre Frau!«

»Sie sind unvernünftig, Lady«, brummte Ranulf. »Rothwell ist ein ausgesprochenes Aas. Er wird auf der Stelle Fersengeld geben, wenn er sieht, daß Verstärkung eintrifft.«

»Und wenn er das nicht tut?« rief sie außer sich. »Ich liebe Sie, Sie Riesenschafskopf! Glauben Sie, ich möchte, daß Sie in einer unbedeutenden Schlacht verbluten?«

»Ich liebe Sie auch, Lady, aber ich werde nicht auf meine Freude an einem schönen Kampf verzichten, um Sie zu besänftigen.«

»Dann gehen Sie! Sehen Sie zu, ob es mich kümmert!«

Sie marschierte davon, aber nur ein paar Schritte, dann kam sie zurück und flog in seine Arme. »Sie lieben mich?«

»Ja.«

»Wirklich?«

»Ja.« Er grinste.

»Ich liebe Sie auch.«

»Ich weiß.«

Sie trat zurück und versetzte ihm einen Stoß. »Ich habe aber nicht gewußt, daß Sie mich lieben. Sie hätten es mir sagen können!«

»Wer ist nun der Schafskopf, Lady? Ich sage es Ihnen

jede Nacht, wenn ich Sie in die Arme nehme. Ich sage es Ihnen auf die einzige Art, die mir geläufig ist.«

»Nein, mein Lord, Sie sagten es eben viel deutlicher«, stellte sie fest und hatte Tränen des Glücks in den Augen. »Selbst wenn Sie es mir ins Gesicht geschrien haben, ist es das, was ich sehnsüchtig hören wollte.«

»Diese Worte?«

»Ja.«

»Aber Worte sagen so wenig«, wandte er ein.

»Mein Lord, wenn ich hören möchte, was ein Troubadour singt, engagiere ich mir einen. Von Ihnen möchte ich nur immer wieder hören: ›Ich liebe Sie.‹«

Ranulf lachte leise. »Wie Sie wünschen, kleiner General.«

Sie zog seinen Kopf herunter, um ihm einen langen Kuß zu geben. Er hatte es sich abgewöhnt, sie hochzuheben, denn Anfang des Monats hätte er sie beinahe fallen lassen, so überrascht war er über einen kleinen, übermütigen Tritt seines Sohnes.

»Nun«, meinte sie, beinahe schnurrend vor Zufriedenheit, »werden Sie diesen dummen Krieg vergessen?«

»Nein.«

»Ranulf!«

»Aber ich liebe Sie trotzdem.«

Sie musterte ihn wütend, ehe sie wieder davonmarschierte, aber diesmal kam sie nicht zurück.

»Sie bleibt nicht lange ärgerlich«, erklärte Walter, der seine Belustigung nicht verbergen konnte. »Niemals.«

»Aber ich werde fort sein, ehe sie sich beruhigt.« Dann grinste Ranulf. »Ich hasse es, daß ich das versäumen muß. Sie ist immer so... ausdrucksvoll in ihrer Versöhnlichkeit.«

Walter johlte. »Jemand müßte ihr das erzählen.«

»Hüte dich! Wenn du ihr verrätst, warum ich ihr heftiges Temperament so oft reize, werde ich dir als Ausgleich für meinen Schaden das Fell gerben.«

47

Der Winter bedeckte Clydon mit einem weißen Tuch aus Schnee, das vermutlich bis zum Frühjahr nicht mehr schmelzen würde. Reina liebte diese Jahreszeit heimlich, obwohl die Lebensmittel schal und schimmelig wurden und die Untätigkeit den Männern schlechte Laune verursachte. Es war eine Zeit, in der die Frauen Dinge tun konnten, die sonst immer zu kurz kamen. Wandteppiche wurden gestickt und vor Saisonschluß fertiggestellt, Kleider für besondere Gelegenheiten im nächsten Jahr genäht, neue Talente entdeckt und Rezepte diskutiert und ausprobiert. Da alle Öfen brannten, war es ein warmer, gemütlicher Teil des Jahres, in dem Beziehungen sich stärker entwickelten. Wollte sich eine Frau den extremen Luxus leisten, einen ganzen Tag faul im Bett zu liegen, konnte sie auch das tun.

Reina machte es oft, einfach, weil ihr zierlicher Körperbau so viel zusätzliches Gewicht kaum tragen konnte. Ranulf neckte sie unbarmherzig wegen ihres Umfangs und behauptete, ihn so schön zu finden, daß er auch später für ein Beibehalten dieser üppigen Linie sorgen wolle. Erstaunlicherweise kam er öfter heim, als Reina erwartet hatte, zumal Sir Henry noch kämpfte. Ranulf erschien an jedem Festtag. Er war zur Dreikönigsfeier daheim, um den herrschaftlichen Dienern ihre Vergütungen zu überreichen: die Speisen, Kleider, Getränke und das Feuerholz, was zu ihren traditionellen Weihnachtsgeschenken zählte. Ranulf blieb diesmal bis zum Montag nach Dreikönig, an dem die Zinsbauern mit ihren Pflügen über die Gemeindewiese rasten, um zu bestimmen, wie viele Ackerfurchen jeder Mann im nächsten Jahr mit Aussaat bearbeiten konnte.

Aber Ranulf tauchte nicht auf, als Lichtmeß kam, der Feiertag Anfang Februar, an dem Reina ihren Mann fest erwartet hatte. Nun war es eine Woche später, und die junge Frau konnte jeden Tag ihr Baby bekommen, doch Ranulf erschien nicht. Er hatte versprochen, zur Geburt zu Hause zu sein, und nun befürchtete Reina, irgend etwas Schlimmes sei passiert.

Walter versuchte, ihr die Sorgen auszureden. Er hatte Ranulf bei dem Feldzug nicht begleitet und blieb auch ganz gern in Clydon, da er Florette gerade geheiratet hatte. Doch was wußte er von den Ängsten einer Frau? Und dennoch hatte er recht, wie Reina realistischerweise zugeben mußte.

Rothwell war geflohen, wie Ranulf vorausgesagt hatte, doch das bedeutete noch nicht das Ende des Kampfes. Sir Henry hatte entschieden, daß der gierige Alte eine Lektion verdiente, und seine Armee westwärts geschickt, um Rothwells Herrensitz zu belagern. Diese Belagerung fand nun seit zwei Monaten statt, allerdings ohne große Kämpfe.

Ranulfs vierzigtägige Dienstzeit war abgelaufen, doch was zählte das, wenn ein Mann das Soldatenleben genoß? Daß er noch geblieben war, um die Reihen zu füllen, hatte einen weiteren Streit mit Reina heraufbeschworen, den er natürlich gewann, und sie verzieh ihm natürlich. Der Bursche liebte einfach jede Herausforderung, und Reina würde sich wohl notgedrungen an diese Seite ihres gemeinsamen Lebens gewöhnen müssen. Im Lauf der Jahre würde es leichter werden. Es würde Zeiten geben, in denen er so viel daheim war, daß Reina vielleicht gern einmal allein sein würde. Und es würde Zeiten geben, in denen er wieder so spät nach Hause zurückkehrte, daß sie vor Angst fast verging. Es würde auch die Zeiten der Liebe geben, die für alles entschädigten.

Worüber wollte sie sich eigentlich beschweren? Daß Ranulf nicht rechtzeitig erschien, um die Geburt seines ersten Sohnes zu erleben, der pünktlich und ohne Komplikationen zur Welt kam? Sie würde ihrem Gatten deshalb Bescheid sagen! Aber als er ihr Zimmer eine Stunde nach der Niederkunft betrat und Reina sofort in die Arme nahm, war alles Negative vergessen.

Er war reuevoll und stolz in einem, und wie hätte sie ihn schimpfen können, nachdem er sie mit Liebe überschüttete? Seine Entschuldigung wegen des Zuspätkommens war stichhaltig. Lord Guy war endlich nach England zurückgekehrt und hatte Ranulf für ein erstes Treffen nach Shefford bestellt. Die Begegnung war sehr angenehm verlaufen. Der Lord hatte sogar angedeutet, daß er nichts dagegen hätte, Taufpate von Ranulfs und Reinas erstem Kind zu werden. Reina konnte nur lachen. Ihr Oberherr war sonst nicht zurückhaltend, was seine Wünsche betraf. Ranulf mußte ihn stark beeindruckt haben. Das hieß, daß Reina in dieser Hinsicht keine Bedenken mehr zu haben brauchte. Die kleine Täuschung ihres Vaters, die er ihr zuliebe inszeniert hatte, würde nie ans Tageslicht kommen, und sein letzter Wille war erfüllt. Reina hatte den Mann ihrer Wahl geheiratet, wie er es sich gewünscht hatte.

Theodric summte leise, während er Guy in den Armen wiegte. Das drei Monate alte Baby schlief fest, doch Theo hatte es nicht eilig, den Kleinen in sein Bettchen zu legen. Wenda kämmte Reinas Haar, das vom Baden noch feucht war. Theo beschwerte sich nicht länger, daß das Mädchen seine Pflichten übernommen hatte, seitdem er für Guy sorgen durfte, den er vergötterte. Er war schlimmer als jede Mutter, wenn es darum ging, sich wegen des Kleinen zu beunruhigen. Reina dachte manchmal, daß er sie um das Stillen beneidete und daß er das auch noch erledigen würde, wenn er könnte.

Lady Ella putzte sich inmitten von Reinas Bett. Ihr letzter Wurf kleiner Kätzchen tollte auf dem Boden herum und entlockte Wenda immer wieder ein Kichern. Auch Reina amüsierte sich über die putzigen Tiere. Sie war nicht begeistert gewesen, als die Göttin der Rache dafür gesorgt hatte, daß Lady Ella ihre Jungen unter Reinas Bett bekam. Reina hatte versucht, die ganze Bescherung wenigstens in den Vorraum zu befördern, doch Lady Ella hatte geschrien und an der Tür gekratzt, bis aufgemacht wurde. Dann hatte sie der Reihe nach ihre Kinder gepackt und zurückgeschleppt. Ranulf hatte kein Wort gesagt und Reina die Entscheidung überlassen. Welche Entscheidung? Die Katze hatte einen Entschluß gefaßt, und daran war nichts zu ändern.

Als die Tür sich öffnete und Ranulf hereinkam, war Reina entzückt. Nachdem Lord Hugh am Nachmittag eingetroffen war, hatte sie Ranulf erst spät am Abend zum Schlafengehen erwartet. Ein Blick zeigte ihr, wie ihr Mann entgeistert auf Theo schaute, der das Baby im Arm hielt. Reina stöhnte innerlich. Daß Ranulf Theos Position als Kinderpfleger noch nicht entdeckt hatte, war nur Theos kluger Zeiteinteilung zu verdanken.

Ranulf bemühte sich nicht um höfliche Worte. Er bellte nur: »Raus!«

Theo fürchtete sich bei Ranulfs Gebrüll nicht mehr zu Tode. Er legte Guy vorsichtig in sein Bettchen und marschierte steif aus dem Zimmer. Reina befahl Wenda mit einem Kopfnicken, den Korb mit dem Kind zu nehmen und hinauszugehen. Die bevorstehende Unterredung würde vermutlich laut genug werden, um Guys Schlaf zu stören.

»Sie haben Theo beleidigt«, begann sie ruhig.

»Ich werde mehr als das tun, wenn ich diesen Lustknaben wieder in der Nähe meines Sohnes finde, Lady. Ich will nicht, daß Guy beeinflußt wird.«

»Benutzen Sie nicht diese Ausrede, Ranulf«, unterbrach sie ihn scharf. »Der einzige, der Ihren Sohn beeinflussen wird, sind Sie, und das wissen Sie genau. Sie würden gar nichts anderes zulassen, und das wissen wir *beide.* Was Theo betrifft, hat er sein ganzes Leben hier verbracht. In der Zeit hat er sich um zwei Babys und drei Kinder gekümmert, mich inbegriffen, und ich möchte hinzufügen, daß ich das einzige Mädchen war. Er hat niemanden hier widernatürlich beeinflußt und wird es auch nie tun.« Als sie sah, daß Ranulf ihr tatsächlich zuhörte und nicht mehr so erzürnt blickte, fügte sie sanfter hinzu: »Er liebt Guy, als wäre es sein eigener Sohn. Er würde dem Baby nie weh tun. Was ist nun wichtiger? Daß Ihr Sohn die beste Pflege bekommt? Oder daß Sie weiterhin einen Groll gegen Theo hegen, weil er Ihren herrlichen Körper bewundert?«

Das traf ihn unvorbereitet. »Herrlich?«

»Ja.« Ein Lächeln erhellte ihr Gesicht.

»Ich wußte nicht, daß Sie das finden.«

War er verlegen? Mein Gott, wie sie diesen Mann liebte, mit all seinen seltsamen Angewohnheiten, Fehlern und betörenden Eigenschaften.

»Habe ich Ihnen das nicht gesagt, mein Lord?«

»Nein.«

»Ich muß es Ihnen doch gezeigt haben.«

Er war wirklich verlegen. Reina lächelte und ging langsam zu ihm hinüber. Absichtlich ließ sie ihr Nachthemd über die eine Schulter rutschen und sah, wie sich sein Blick entzündete. Ranulf mochte momentan verwirrt gewesen sein, doch das dauerte nicht länger, als sie Zeit benötigte, um ihn zu erreichen. Er hob sie hoch, und sie schwebte in der Luft. So waren sie sich das erstemal begegnet. Der einzige Unterschied lag darin, daß die Leidenschaft, die in seinen Augen glomm, nichts mit Ärger zu tun hatte.

»Himmel, Mädchen, wenn Sie mich so ansehen...«

»Worauf warten Sie noch?« fragte sie mit belegter Stimme und schlang die Arme um ihn, so daß kein Atemzug mehr zwischen ihnen Platz hatte. »Soll *ich* Sie zur Abwechslung einmal ins Bett zerren?«

Das brauchte sie nicht zweimal zu sagen.